OS IMORTALISTAS

OS IMORTALISTAS

CHLOE BENJAMIN

TRADUÇÃO
SANTIAGO NAZARIAN

Harper Collins

RIO DE JANEIRO, 2018

Título original: The Immortalists

Rua da Quitanda, 86, sala 218 – Centro – 20091-005
Rio de Janeiro – RJ
Tel.: (21) 3175-1030

CIP-Brasil. Catalogação na Publicação
Sindicato Nacional dos Editores De Livros, RJ

B416i
Benjamin, Chloe, 1990-
Os imortalistas / Chloe Benjamin ; tradução Santiago Nazarian. - 1. ed. - Rio de Janeiro : Harper Collins, 2018.
336 p.

Tradução de: The immortalists
ISBN 9788595082779

1. Ficção americana. I. Nazarian, Santiago. II. Título.

18-49557 CDD: 813
CDU: 82-3(73)

Leandra Felix da Cruz - Bibliotecária - CRB-7/6135

Para minha avó, Lee Krug

PRÓLOGO

A MULHER EM HESTER STREET

1969

VARYA

VARYA TEM TREZE ANOS. Novidade para ela são os oito centímetros a mais de altura e uma área de pelos escuros entre as pernas. Seus seios têm um palmo, seus mamilos são botões rosa. Seu cabelo bate na cintura e tem a cor castanha — não o preto de seu irmão Daniel ou os cachos amarelos de Simon, nem o brilho de bronze de Klara. De manhã, ela o arruma em duas tranças francesas; gosta da forma como elas roçam em sua cintura, como os rabos dos cavalos. Seu narizinho minúsculo não veio de ninguém, é o que ela acha. Aos vinte, ele terá assumido toda sua majestade aquilina; o nariz de sua mãe. Mas ainda não.

Eles perambulam pela vizinhança, todos os quatro: Varya, a mais velha; Daniel, de onze; Klara, nove; e Simon, com sete. Daniel mostra o caminho, passando por Clinton até Delancey, virando à esquerda em Forsyth. Caminham ao redor do parque Sara D. Roosevelt, mantendo-se debaixo das árvores, na sombra. De noite, o parque fica perigoso, mas nesta manhã de terça há apenas grupos de jovens descansando dos protestos do fim de semana passado, com suas bochechas pressionadas contra a grama.

Na Hester, os irmãos ficam em silêncio. Aqui eles precisam passar pela Alfaiataria e Confecção Gold, que é do pai deles e, apesar de ser pouco provável que ele os veja — Saul trabalha totalmente compenetrado, como se o que estivesse costurando não fosse a barra da calça de um homem, mas o tecido do universo — ele ainda é uma ameaça à mágica desse abafado dia de julho e seu objetivo precário e trêmulo que eles precisam encontrar na Hester Street.

Apesar de Simon ser o mais novo, ele é rápido. Usa uma bermuda jeans herdada do irmão, que cabia perfeitamente em Daniel quando ele tinha essa idade, mas que fica frouxa na cinturinha fina de Simon. Em uma das mãos, ele carrega um saco fechado com cordas, feito de um tecido *chinoiserie*. Dentro, notas de dinheiro farfalham e moedas tocam sua música metálica.

— Onde fica esse lugar? — pergunta ele.

— Acho que é aqui mesmo — diz Daniel. Eles levantam o olhar para o antigo prédio, para o ziguezague das saídas de incêndio e janelas retangulares escuras do quinto andar, onde dizem que reside a pessoa que eles vieram ver.

— Como entramos? — pergunta Varya.

Parece muito com o prédio deles, só que a cor é creme em vez de marrom, e tem cinco andares em vez de sete.

— Acho que a gente toca o interfone — sugere Daniel. — O interfone do quinto andar.

— É — diz Klara —, mas qual número?

Daniel tira um recibo amarrotado do bolso de trás. Quando levanta o olhar, seu rosto está vermelho.

— Não tenho certeza.

— Daniel! — Varya encosta no muro do prédio e passa a mão no rosto. Faz mais de trinta graus, quente o suficiente para que a testa dela coce de tanto suor e a saia grude nas coxas.

— Espera — pede Daniel. — Deixa eu pensar um pouquinho.

Simon se senta no asfalto; o saco de pano fica frouxo entre suas pernas, como uma água-viva. Klara tira uma bala do bolso. Antes que ela possa tirar o papelzinho, a porta do prédio se abre e um jovem sai. Ele usa óculos roxos e uma camisa com estampa paisley desabotoada.

O rapaz acena para os Gold.

— Querem entrar?

— Sim — diz Daniel. — Queremos — e ele se levanta com pressa, com os outros em seu encalço, entra no prédio e agradece ao homem de óculos roxos antes que a porta se feche; Daniel, o destemido e inexperiente líder que teve essa ideia.

ELE OUVIU DOIS GAROTOS conversando semana passada na fila do restaurante chinês kosher em Shmulke Bernstein, onde ele pretendia pegar uma das tortas quentes de creme de ovos que adora comer, mesmo no calor. A fila estava grande, os ventiladores girando na velocidade máxima, então ele teve de se inclinar para escutar os meninos e o que diziam sobre a mulher que havia se mudado temporariamente para o topo de um prédio na Hester Street.

Enquanto andava de volta para a rua Clinton, número 72, o coração de Daniel se apertou no peito. No quarto, Klara e Simon estavam jogando Escadas e Escorregadores no chão, enquanto Varya lia um livro na sua cama de cima no beliche. Zoya, a gata branca e preta, estava deitada no aquecedor numa área quadrada de sol.

Daniel contou seu plano para eles.

— Não entendo. — Varya apoiou um pé sujo no teto. — O que essa mulher *faz* exatamente?

— Já te disse. — Daniel era hiperativo, impaciente. — Ela tem poderes.

— Tipo o quê? — perguntou Klara, movendo sua peça do jogo. Ela passou a primeira parte do verão aprendendo o truque de cartas com elástico do Houdini, sem muito sucesso.

— O que eu fiquei sabendo — disse Daniel — é que ela lê a sorte. O que vai acontecer com você, se vai ter uma vida boa ou ruim. E tem mais. — Ele apoiou as mãos na moldura da porta e se inclinou. — Ela sabe dizer quando você vai morrer.

Klara levantou o olhar.

— Isso é ridículo — disse Varya. — Ninguém pode saber isso.

— E se pudesse? — perguntou Daniel.

— Aí eu não iria querer saber.

— Por que não?

— Porque não. — Varya abaixou o livro e se sentou, balançando as pernas na lateral do beliche. — E se a notícia for ruim? E se ela disser que você vai morrer antes mesmo de ficar adulto?

— Aí mesmo é que é melhor saber — disse Daniel. — Para que você possa fazer tudo antes.

Houve um minuto de silêncio. Então Simon começou a rir, seu corpo de passarinho balançando. O rosto de Daniel se tingiu de vermelho.

— Estou falando sério — disse ele. — Eu vou. Não aguento mais um dia neste apartamento. Eu me recuso. Então, quem vem comigo?

Talvez nada tivesse acontecido se não fosse o auge do verão, com um mês e meio de um tédio úmido sobre eles e um mês e meio ainda por vir. Não havia ar-condicionado no apartamento, e neste ano — o verão de 1969 — parecia que todo mundo estava fazendo alguma coisa, menos eles. As pessoas estavam ficando doidonas no Woodstock cantando "Pinball Wizard" e assistindo a *Perdidos na noite*, que nenhum dos filhos dos Gold podia ver. Estavam protestando em frente ao Stonewall, batendo nas portas com parquímetros arrancados, quebrando janelas e jukeboxes. Estavam morrendo das formas mais horrendas possíveis, com explosivos químicos e armas que podiam disparar quinhentos e cinquenta balas em sequência, seus rostos transmitidos com um imediatismo horrendo na televisão na cozinha dos Gold. "Estão andando na porra da *Lua*", disse Daniel, que havia começado a usar esse palavreado, mas só numa distância segura de sua mãe. James Earl Ray foi condenado, assim como Sirhan Sirhan, e enquanto isso os Gold jogavam bugalha ou dardos e tiravam Zoya de um cano aberto atrás do fogão, que ela ficou convencida de ser seu lar por direito.

Porém algo mais criou a atmosfera necessária para essa peregrinação: naquele verão eles seriam irmãos de uma forma que nunca seriam novamente. No próximo ano, Varya iria para as Montanhas Catskill com sua amiga Aviva. Daniel estaria mergulhado nos rituais particulares dos garotos da vizinhança, deixando Klara e Simon por conta própria. Porém, em 1969, eles ainda eram uma unidade, juntos como se não fosse possível ser nada além disso.

— Eu topo — disse Klara.

— Eu também — disse Simon.

— Então, como marcamos hora com ela? — perguntou Varya que, aos treze, sabia que nada era de graça. — Quanto ela cobra?

Daniel franziu a testa.

— Vou descobrir.

ENTÃO FOI ASSIM que começou: como um segredo, um desafio, uma saída de emergência que eles usaram para fugir da presença de sua mãe, que exigia que eles pendurassem a roupa lavada ou tirassem a maldita gata do cano do fogão sempre que os encontrava ociosos no quarto. Os filhos dos Gold perguntaram por aí. O dono de uma loja de mágicas em Chinatown tinha ouvido sobre a mulher na Hester Street. Era uma nômade, ele contou à Klara, viajando pelo país, fazendo seu trabalho. Antes de Klara partir, o dono levantou um dedo, desapareceu numa estante dos fundos e voltou com um livro grande, quadrado, chamado *O Livro da Adivinhação.* Sua capa mostrava doze olhos abertos cercados de símbolos. Klara pagou sessenta e seis centavos pelo livro e voltou para casa agarrada a ele.

Outros moradores da Clinton Street, 72, também sabiam dessa mulher. A Sra. Blumenstein a havia conhecido nos anos cinquenta, numa festa fabulosa, contou ela ao Simon. Ela havia saído com seu schnauzer para a entrada do prédio, onde Simon se sentava, e onde o cachorro prontamente fabricou um cocô do tamanho de uma ração, que a Sra. Blumenstein não catou.

— Ela leu minha mão. Disse que eu teria uma vida bem longa — disse a Sra. Blumenstein, inclinando-se à frente para enfatizar. Simon prendeu a respiração: a Sra. Blumenstein tinha bafo, como se estivesse soltando o mesmo ar de noventa anos que ela havia inspirado quando bebê. — E sabe, meu querido, ela estava certa.

A família hindu do sexto andar chamava a mulher de *rishika*, uma vidente. Varya embalou um pedaço do kugel da Gertie em papel-alumínio e levou para Ruby Singh, sua colega de classe, em troca de um prato de frango apimentado. Elas comiam na saída de incêndio enquanto o sol se punha, suas pernas nuas balançando entre as grades.

Ruby sabia tudo sobre a mulher.

— Dois anos atrás, eu tinha onze anos e minha avó estava doente. O primeiro médico falou que era o coração dela. Ele nos disse que ela morreria em três meses. Mas o segundo médico disse que ela era forte o suficiente para se recuperar. Ele achava que ela podia viver mais dois anos.

Por trás deles, um táxi cantou pneu por Rivington. Ruby virou a cabeça para forçar a vista para o Rio East, que estava marrom esverdeado com lama e esgoto.

— Um hindu morre em casa— disse ela. — Deve estar cercado pela família. Até os parentes do papai na Índia queriam vir, mas o que iríamos dizer a eles? Fiquem por dois anos? Então o papai ouviu sobre a *rishika.* Fomos vê-la, e ela deu a ele uma data: a data que Dadi iria morrer. Colocamos a cama de Dadi no quarto da frente, com seu rosto virado para o leste. Acendemos um lampião e mantivemos vigília: rezando, cantando hinos. Os irmãos do papai vieram de Chandjgarh. Eu me sentei no chão com meus primos. Éramos vinte, talvez mais. Quando Dadi morreu em dezesseis de maio, bem como a *rishika* disse, nós choramos de alívio.

— Não ficaram bravos?

— Por que ficaríamos bravos?

— Porque a mulher não salvou sua avó — disse Varya. — Ela não a fez melhorar.

— A *rishika* nos deu uma chance de dizer adeus. Nunca poderemos recompensá-la por isso. — Ruby comeu seu último pedaço de kugel, então dobrou o alumínio no meio. — Enfim, ela não podia fazer a Dadi melhorar. Ela sabe das coisas, a *rishika*, mas não pode impedi-las. Ela não é Deus.

— Onde ela está agora? — perguntou Varya. — Daniel ficou sabendo que ela está num prédio na Hester Street, mas não em qual.

— Eu sei lá. Ela fica num lugar diferente a cada vez. Por segurança.

Dentro do apartamento dos Singh houve um estrondo agudo e o som de alguém gritando em hindi.

Ruby ficou de pé, limpando as migalhas de sua saia.

— O que você quer dizer com por segurança? — perguntou Varya, também ficando de pé.

— Sempre há gente indo atrás de uma mulher dessas — explicou Ruby. — Não dá pra imaginar as coisas que ela sabe.

— Rubina! — gritou a mãe dela.

— Preciso ir. — Ruby saltou pela janela e a fechou, obrigando Varya a descer pela saída de incêndio até o quarto andar.

Varya ficou surpresa que os boatos sobre a mulher tivessem se espalhado tão rápido, mas nem todo mundo havia ouvido sobre ela. Quando mencionou a vidente aos homens que trabalhavam no balcão da Katz, com seus braços tatuados com números, eles a encararam com medo.

— Molecada — disse um deles — por que vocês querem mexer com uma coisa dessas? — A voz dele era incisiva, como se Varya o tivesse ofendido pessoalmente. Ela saiu com seu sanduíche, envergonhada, e não falou mais no assunto.

NO FINAL, OS MESMOS garotos de quem Daniel ouviu sobre a mulher deram a ele o endereço. Ele os viu naquele final de semana na calçada da Ponte Williamsburg, fumando maconha enquanto se apoiavam no corrimão. Eram mais velhos — talvez tivessem catorze anos —, e Daniel se forçou a confessar que havia ouvido por acaso antes de perguntar se eles sabiam algo mais. Os garotos não pareceram se importar. Logo passaram o número do prédio onde diziam que a mulher estava, apesar de não saberem como marcar hora. Disseram a Daniel que o boato era que você tinha de levar uma oferenda. Alguns diziam que era dinheiro, mas outros diziam que a mulher já tinha todo o dinheiro de que precisava e que você tinha de ser criativo. Um garoto levou um esquilo ensanguentado que encontrou no canto da rua, pegou com pinça e entregou num saco plástico selado. Mas Varya discutiu que ninguém iria querer isso, nem uma cartomante, então no final eles reuniram suas economias no saco de pano e torceram para que fosse o bastante.

Quando Klara não estava em casa, Varya pegou *O Livro da Adivinhação* debaixo da cama de Klara e subiu na sua. Ficou deitada de barriga para baixo para pronunciar as palavras: *haruspicia* (com o fígado de animais sacrificados) *ceromancia* (por padrões em cera), *rabdomancia* (por varas). Em dias frios, a brisa da janela farfalhava as árvores genealógicas e velhas fotos que ela mantinha presas na parede ao lado da cama. Através desses documentos, ela rastreava o misterioso intermédio de traços subterrâneos: genes apagando-se, manifestando-se e sumindo, as pernas longas de seu avô Lev pulando Saul e chegando a Daniel.

Lev veio para Nova York num barco a vapor com seu pai, um comerciante de roupas, depois que sua mãe foi morta nos massacres de 1905. Na Ilha Ellis, eles fizeram exame médico e foram interrogados em inglês enquanto encaravam o pulso da mulher de ferro que observava, impassível, o mar que eles haviam acabado de cruzar. O pai de Lev consertava máquinas de costura; Lev trabalhava numa fábrica de roupas administrada por um judeu alemão que o deixava folgar o sábado. Ele se tornou gerente assistente, então gerente. Em 1930 ele abriu seu próprio negócio: Alfaiataria e Confecção Gold — num porão na Hester Street.

Varya recebeu o nome da mãe de seu pai, que trabalhou como contadora de Lev até sua aposentadoria. Ela sabe pouco sobre seus avós maternos — só que sua avó se chamava Klara, como sua irmã mais nova, e que chegou da Hungria em 1913. Mas morreu quando a mãe de Varya, Gertie, tinha apenas seis anos, e Gertie raramente fala dela. Uma vez, Klara e Varya se infiltraram no quarto da mãe e procuraram traços de seus avós. Como cachorros, farejaram o mistério que cercava o casal, o sopro de intriga e vergonha, e seguiram até o criado-mudo onde Gertie guardava suas roupas íntimas. Na gaveta de cima, encontraram uma pequena caixa de madeira envernizada e com bordas douradas. Dentro havia uma pilha de fotografias amareladas que mostravam uma mulher baixinha e endiabrada com cabelo preto curto e olhos pesados. Na primeira foto, ela vestia um collant com saia, quebrando a cintura para o lado, segurando uma bengala sobre a cabeça. Em outra, montava um cavalo, inclinada para trás com a barriga de fora. Na foto que Varya e Klara mais gostaram, a mulher estava suspensa no ar, pendurada numa corda que segurava com os dentes.

Duas coisas diziam que essa mulher era avó deles. A primeira era uma velha foto amassada, engordurada com digitais, na qual a mesma mulher estava de pé com um homem alto e uma criança pequena. Varya e Klara sabiam que a criança era a mãe delas, mesmo naquele tamanho reduzido: ela segurava a mão de seus pais com seus pequenos punhos gorduchos, e seu rosto estava apertado numa expressão de consternação que Gertie ainda mostrava com frequência.

Klara se apossou da caixa e de seu conteúdo.

— Ela pertence a mim — disse. — Eu tenho o nome dela. A mãe nunca olha para isso mesmo.

Mas logo elas descobriram que isso não era verdade. Na manhã seguinte em que Klara levou secretamente a caixa envernizada para seu quarto e a colocou debaixo da cama do beliche, um grasnado veio do quarto de seus pais, seguido pelas interrogações inflamadas de Gertie e as negativas abafadas de Saul. Momentos depois, Gertie irrompeu pela porta delas.

— Quem pegou? — gritou ela. — Quem?

Suas narinas se dilataram e seu quadril largo bloqueou a luz que geralmente vinha do corredor. Klara estava quente de tanto medo, quase chorando. Quando Saul saiu para o trabalho e Gertie foi para a cozinha, Klara entrou de mansinho no quarto dos pais e colocou a caixa exatamente onde a encontrou. Mas quando o apartamento ficava vazio, Varya sabia que Klara voltava às fotos e à mulherzinha minúscula nelas. Ela encarava a intensidade dessa mulher, seu glamour, e jurava que faria jus a ela.

— NÃO OLHEM AO redor assim — reclama Daniel. — Ajam como se vocês morassem aqui. — Os Gold correm escada acima. As paredes estão cobertas de tinta bege descascada, e os corredores são escuros. Quando chegam ao quinto andar, Daniel para.

— O que sugere que a gente faça agora? — cochicha Varya. Ela gosta quando Daniel fica desconcertado.

— Esperamos — diz Daniel. — Até alguém sair.

Mas Varya não quer esperar. Ela está irrequieta, tomada de um medo inesperado, e começa a seguir pelo corredor sozinha. Achava que a mágica seria detectável, mas as portas deste andar parecem exatamente iguais, com suas maçanetas gastas de metal e seus números. O *quatro* no número *cinquenta e quatro* tinha caído de lado. Quando Varya caminha em direção à porta, escuta o som de uma televisão ou um rádio: um jogo de beisebol. Supondo que uma *rishika* não iria ligar para beisebol, ela se afasta novamente.

Seus irmãos se espalharam. Daniel está perto da escada com as mãos nos bolsos, observando as portas. Simon se junta a Varya no número cinquenta e quatro, fica na ponta dos pés e empurra o *quatro* de volta no lugar com seu dedo indicador. Klara estava vagando na direção oposta, mas agora vem ficar com eles. Ela vem com cheiro de Breck Gold Formula, um produto que Klara comprou depois de juntar semanas de mesada; o resto da família usa Prell, que vem num tubinho plástico como pasta de dente e sai como uma geleia da cor de algas marinhas. Apesar de Varya tirar sarro de Klara abertamente — *ela* nunca gastaria tanto em xampu —, tem inveja dela, que tem cheiro de alecrim e laranja e que agora ergue a mão para bater na porta.

— O que está fazendo? — cochicha Daniel. — Pode ser de qualquer um. Pode ser...

— Sim? — A voz que vem de trás da porta é grave e rouca.

— Estamos aqui para ver a mulher — experimenta Klara.

Silêncio. Varya segura o fôlego. Há um olho mágico na porta, menor do que uma borracha de lápis. Do outro lado, alguém pigarreia.

— Um de cada vez — diz a voz.

Varya cruza olhares com Daniel. Eles não se prepararam para se separar. Mas antes que possam negociar, uma fechadura é virada e Klara entra... O que ela tem na cabeça?

NINGUÉM SABE AO CERTO há quanto tempo Klara está lá dentro. Para Varya, parecem horas. Ela se senta contra a parede com seus joelhos no peito. Está pensando em contos de fada: bruxas que levam crianças, que as comem. Uma árvore de pânico desabrocha em seu estômago e cresce até a porta se abrir.

Varya se levanta, apressada, mas Daniel é mais rápido. É impossível ver dentro do apartamento, apesar de Varya conseguir ouvir música — uma banda de *mariachi*? — e o barulho de panelas no fogo.

Antes de Daniel entrar, ele olha para Varya e Simon.

— Não se preocupem — diz ele. Mas eles se preocupam.

— Onde está Klara? — pergunta Simon, quando Daniel parte. —Por que ela não voltou?

— Ela ainda está lá dentro — diz Varya, apesar de a mesma pergunta ter ocorrido a ela. — Eles estarão lá quando entrarmos, Klara e Daniel. Eles provavelmente só estão... esperando por nós.

— Isso foi má ideia — diz Simon. Seus cachos dourados estão grudados de suor. Por Varya ser a mais velha e Simon o mais novo, ela sente que deveria ser maternal com ele, mas Simon é um enigma para ela; apenas Klara parece compreendê-lo. Ele fala menos do que os outros. No jantar, ele se senta com a testa franzida e os olhos vidrados. Mas tem velocidade e agilidade de um coelho. Às vezes, enquanto caminha ao lado dele para a sinagoga, Varya se vê sozinha. Ela sabe que Simon apenas correu à frente ou ficou para trás, mas toda vez parece que ele desapareceu.

Quando a porta se abre novamente, aquela mesma fração de centímetro, Varya coloca uma mão no ombro dele.

— Tudo bem, Sy. Vai na frente e eu fico de olho, tá?

Por quem ou o quê, ela não tem certeza — o corredor está tão vazio quanto estava quando eles chegaram. Na verdade, Varya é tímida: apesar de ser a mais velha, ela prefere deixar os outros irem primeiro. Mas Simon parece convencido. Ele tira um cacho de seus olhos antes de deixá-la.

SOZINHA, O PÂNICO de Varya aumenta. Ela se sente separada de seus irmãos, como se estivesse numa praia, vendo o navio deles partir. Deveria tê-los impedido de vir. Quando a porta se abre novamente, o suor se juntava sobre seu lábio superior e na bainha de sua saia. Mas é tarde demais para fugir pelo caminho que veio, e os outros estão esperando. Varya empurra a porta aberta.

Ela se vê numa minúscula copa cheia de tantos pertences que, inicialmente, não vê ninguém. Livros estão empilhados no chão como modelos de arranha-céus. As prateleiras da cozinha foram tomadas de jornais em vez de comida, e alimentos industrializados estão jogados pelo balcão: biscoitos, cereal, sopa em lata, uma dúzia de variedades de chá. Há cartas de tarô e de baralho, mapas astrológicos e calendários — Varya reconhece um em chinês, outro com números romanos e um terceiro que mostra as fases da lua. Há um pôster amarelado do I Ching, cujos hexagramas ela reconhece do *Livro da Adivinhação* de Klara; um vaso cheio de areia; gongos e tigelas de cobre; uma coroa de louros; uma pilha de gravetos de madeira, entalhados com linhas horizontais; e uma tigela de pedras, algumas das quais foram presas com longos pedaços de corda.

Apenas um cantinho ao lado da porta foi limpo. Lá, uma mesa dobrável está entre duas cadeiras dobráveis. Ao lado dela, uma mesa menor foi montada com rosas de pano vermelho e uma Bíblia aberta. Dois elefantes brancos de gesso estão posicionados ao redor da Bíblia, junto a velas de reza, uma cruz de madeira e três estátuas: uma de Buda, uma da Virgem Maria e uma de Nefertiti, que Varya reconhece por causa de uma pequena placa escrita à mão que diz *NEFERTITI*.

Varya sente uma pontada de culpa. Na escola hebraica, ela ouviu pregarem contra os ídolos, escutando solenemente enquanto o Rabino Chaim lia sobre o tratado de Avodá Zará. Seus pais não gostariam que ela estivesse ali. Mas Deus não fez a cartomante, assim como havia feito os pais de Varya? Na sinagoga, Varya tenta rezar, mas Deus nunca parece responder. A *rishika* pelo menos vai conversar.

A mulher está na pia, despejando chá numa delicada bola de metal. Usa um vestido largo de algodão, um par de sandálias de couro e uma bandana azul-marinho; seu longo cabelo castanho pendura-se em duas tranças finas. Apesar de ela ser grande, seus movimentos são elegantes e precisos.

— Onde estão meus irmãos? — A voz de Varya é gutural, e ela está envergonhada pelo desespero que acabou de revelar.

As persianas estão abertas. A mulher tira uma caneca da prateleira de cima e coloca a bola de metal dentro dela.

— Quero saber — diz Varya mais alto — onde estão meus irmãos.

Uma chaleira apita sobre o fogão. A mulher desliga o fogo e levanta a chaleira sobre a caneca. A água escorre num fio grosso e claro, e o cômodo é tomado pelo cheiro de grama.

— Lá fora — diz a mulher.

— Não, não estão. Esperei no corredor e eles nunca saíram.

A mulher caminha na direção de Varya. Suas bochechas são pastosas, seu nariz, bulboso, e seus lábios, franzidos. A pele é de um marrom dourado, como a de Ruby Singh.

— Não posso fazer nada se você não confia em mim — diz ela. — Tire os sapatos. Daí você pode se sentar.

Varya tira seus sapatênis e os coloca ao lado da porta, aflita. Talvez a mulher esteja certa. Se Varya se recusa a confiar nela, essa visita vai ser inútil, junto com tudo o que eles arriscaram: o olhar atravessado do pai, o desprazer da mãe, quatro mesadas reunidas. Ela senta-se à mesa dobrável. A mulher coloca a caneca de chá diante dela. Varya pensa em essências e venenos, em Rip Van Winkle e seu sono de vinte anos. Então pensa em Ruby. *Ela sabe das coisas, a* rishika, disse Ruby. *Nunca poderemos recompensá-la por isso.* Varya levanta a caneca e dá um gole.

A *rishika* senta na cadeira dobrável à sua frente. Ela encara os ombros rígidos de Varya, as mãos úmidas, o rosto da menina.

— Você não tem se sentido muito bem, tem, querida?

Varya engole o chá, surpresa. Ela balança a cabeça.

— Tem esperado se sentir melhor? — Varya está parada, apesar de sua pulsação acelerar.

— Você se preocupa — diz a mulher, assentindo. — Você tem problemas. Você sorri por fora, até gargalha, mas, em seu coração, você não está feliz; você está sozinha. Estou certa?

A boca de Varya treme concordando. Seu coração está tão cheio que ela sente que pode rachar.

— É uma pena — diz a mulher. — Temos trabalho a fazer. — Ela estala os dedos e aponta para a mão esquerda de Varya. — Sua mão.

Varya se aproxima da beirada do assento e oferece sua mão para a *rishika*, cujas próprias mãos são ágeis e frias. A respiração de Varya é superficial. Ela não pode se lembrar da última vez que tocou uma estranha; ela prefere manter uma membrana, como uma capa de chuva, entre si mesma e outras pessoas. Quando volta da escola, onde as mesas estão oleosas com impressões digitais, e o playground, contaminado pelas crianças pequenas, ela lava a mão até estar quase em carne viva.

— Você consegue mesmo? — pergunta ela. — Saber quando vou morrer?

Ela está assustada pelos caprichos da sorte: as pílulas de cores sólidas que podem expandir sua mente ou virá-la de cabeça para baixo; os homens aleatoriamente escolhidos e mandados para a baía de Cam Ranh e a montanha Dong Ap Bia, onde mil homens foram encontrados mortos entre bambuzais e capim de quatro metros de altura. Ela tinha um colega de classe, Eugene Bogopolski, cujos três irmãos foram enviados para o Vietnã quando Varya e Eugene tinham apenas nove anos. Os três voltaram, e os Bogopolski deram uma festa no apartamento deles na Broome Street. No ano seguinte, Eugene mergulhou numa piscina, bateu a cabeça no concreto e morreu. A data da morte de Varya seria uma coisa — talvez a coisa mais importante — que ela poderia saber com certeza.

A mulher olha para Varya. Seus olhos são contas brilhantes, negras.

— Posso te ajudar — diz ela. — Posso te fazer bem. — Ela vira a palma da mão de Varya, olhando primeiro sua forma geral, depois para os dedos quadrados, sem pontas. Gentilmente, ela puxa o polegar de Varya para trás; não dobra muito até resistir. Examina o espaço entre o quarto e o quinto dedo de Varya. Aperta a ponta do dedo mindinho.

— O que está procurando? — pergunta Varya.

— Seu caráter. Já ouviu falar de Heráclito? — Varya balança a cabeça. — Um filósofo grego. *Caráter é destino*, é o que ele dizia. Estão amarrados, os dois, como irmãos e irmãs. Quer saber o futuro? — Ela aponta para Varya com a mão livre. — Olhe no espelho.

— E se eu mudar? — Parece impossível que o futuro de Varya já esteja dentro dela como uma atriz fora do palco, esperando décadas para sair da coxia.

— Então você seria especial. Porque a maioria das pessoas não muda. — A *rishika* vira a mão de Varya e coloca na mesa. — 21 de janeiro de 2044. — Sua voz é objetiva, como se ela estivesse dando a temperatura ou o vencedor de um jogo. — Você tem muito tempo.

Por um momento, o coração de Varya se solta e levanta. Em dois mil e quarenta e quatro ela teria oitenta e oito anos, uma idade bem decente para morrer. Então faz uma pausa.

— Como sabe?

— O que eu disse sobre confiar em mim? — A *rishika* levanta uma sobrancelha peluda e franze a testa. — Agora, quero que você vá para casa e pense no que eu disse. Se você fizer isso, vai se sentir melhor. Mas não conte a ninguém, certo? O que mostra a sua mão, o que eu te disse, isso é entre mim e você.

A mulher encara Varya. Varya a encara de volta. Agora que ela é a avaliadora e não a pessoa sendo avaliada, algo curioso acontece. Os olhos da mulher perdem seu brilho, e seus movimentos, a elegância. É boa demais a sorte que Varya recebeu, e sua boa sorte se torna prova da fraude da profeta: provavelmente dá a mesma previsão a todos. Varya pensa no Mágico de Oz. Como ele, essa mulher não é feiticeira nem profeta. É uma trapaceira, uma charlatã. Varya fica de pé.

— Meu irmão deve ter te pagado —diz ela, colocando os sapatos de volta.

A mulher fica de pé também. Caminha em direção ao que Varya achava que era uma porta para um armário — um sutiã se pendura da maçaneta, suas taças em rede longas como as redes que Varya usa para pegar borboletas monarcas no verão —, mas não: é uma saída. A mulher abre a porta, e Varya vê uma faixa de tijolos vermelhos, um pedaço da saída de emergência. Quando escuta a voz de seus irmãos, vindo de baixo, seu coração se infla.

Mas a *rishika* fica diante dela como uma barreira. Ela belisca o braço de Varya.

— Tudo vai dar certo para você, querida. — Há algo ameaçador em seu tom de voz, como se fosse urgente que Varya escutasse isso, urgente que acreditasse. — Tudo vai dar certo.

Entre os dedos da mulher, a pele de Varya fica branca.

— Me solte — diz ela. Está surpresa pelo frio em sua voz. No rosto da mulher, uma cortina se fecha. Ela solta Varya e dá um passo para o lado.

VARYA DESCE COM ESTRONDO a saída de emergência em seus sapatênis. Uma brisa atinge seus braços e levanta os finos pelos castanho-claros que começaram a aparecer em suas pernas. Quando ela chega ao beco, vê que as bochechas de Klara estão marcadas com água salgada, seu nariz bem rosado.

— O que houve?

Klara se vira.

— O que você acha?

— Ah, mas você não pode acreditar... — Varya pede ajuda a Daniel, mas ele está sério. — O que quer que ela tenha dito para você, não significa nada. Ela inventou. Certo, Daniel?

— Certo. — Daniel se vira e começa a caminhar em direção à rua. — Vamos nessa.

Klara puxa Simon por um braço. Ele ainda segura o saco de pano, que está tão cheio quanto antes.

— Vocês deveriam pagá-la — diz Varya.

— Eu esqueci — diz Simon.

— Ela não merece nosso dinheiro. — Daniel fica na calçada com as mãos na cintura. — Vamos!

Estão em silêncio na volta para casa. Varya nunca se sentiu mais distante dos outros. No jantar, ela belisca a carne em seu prato, mas Simon não come nada.

— O que foi, docinho? — pergunta Gertie.

— Não estou com fome.

— Por que não?

Simon dá de ombros. Seus cachos loiros estão brancos debaixo da luz.

— Coma a comida que sua mãe preparou — diz Saul.

Mas Simon se recusa. Ele se senta em suas mãos.

— O que foi, hum? — cacareja Gertie com uma sobrancelha levantada. — Não é boa o suficiente para você?

— Deixa ele em paz. — Klara se estica para bagunçar o cabelo de Simon, mas ele se afasta e empurra a cadeira para trás com um rangido.

— Eu odeio vocês! — grita ele, ficando de pé. — Eu odeio! Todos vocês!

— Simon — diz Saul, também ficando de pé. Ele está com o terno que usou no trabalho. Seu cabelo é mais ralo e mais claro do que o de Gertie, um loiro acobreado incomum. — Não fale assim com sua família.

Ele é desajeitado nesse papel. Gertie sempre foi a disciplinadora. Agora está boquiaberta.

— Mas eu odeio — diz Simon. Há espanto em seu rosto.

PARTE 1

VÁ DANÇAR, MOLEQUE

1978-1982

SIMON

1

QUANDO SAUL MORRE, Simon está na aula de física, desenhando círculos concêntricos representando os anéis de uma camada de elétrons, mas que para Simon não representam coisa alguma. Com seus devaneios e sua dislexia, ele nunca foi um bom aluno, e o propósito da camada eletrônica — a órbita de elétrons ao redor do núcleo de um átomo — passa batido para ele. Nesse momento, seu pai cai numa faixa de pedestres da Broome Street enquanto volta do almoço. Um táxi buzina ao parar; Saul cai de joelhos; o sangue escapa de seu coração. Sua morte não faz mais sentido para Simon do que a transferência de elétrons de um átomo para outro: ambos estão lá por um momento e se foram no seguinte.

Varya dirige da faculdade em Vassar, Daniel do campus da Universidade Estadual de Nova York em Binghamton. Nenhum deles entende. Sim, Saul era estressado, mas os piores momentos da cidade — a crise fiscal, o apagão — finalmente ficaram para trás. Os sindicatos salvaram a cidade da falência, e Nova York está esperançosa. No hospital, Varya pergunta sobre os últimos momentos de seu pai. Ele sentiu alguma dor? Só brevemente, diz a enfermeira. Ele falou? Ninguém pode dizer que sim. Isso não deveria ser surpresa para sua esposa e seus filhos, que estão acostumados com seus longos silêncios — e ainda assim Simon se sente passado para trás, tendo roubada a lembrança final de seu pai, que permanece com lábios tão fechados na morte quanto em vida.

Como o dia seguinte à morte cai no *Shabat*, o velório acontece no domingo. Eles se encontram na Congregação Tifereth Israel, a sinagoga conservadora da qual Saul era membro e patrono. Na entrada, o Rabino Chaim dá a cada Gold uma tesoura para a *keriá*.

— Não, não vou fazer isso — diz Gertie, que tem de ser conduzida por cada passo do velório como se estivesse migrando para um país que ela nunca nem quis visitar. Ela usa uma mortalha que Saul fez para ela em 1962: algodão preto grosso, com uma cintura ajustada, botões fechados na frente e cinto removível. — Não podem me obrigar —acrescenta ela, seus olhos correndo entre o Rabino Chaim e seus filhos, que cortaram obedientemente suas roupas acima do coração, e apesar do Rabino Chaim explicar que não é *ele* quem manda, mas Deus, parece que Deus também não pode mandar nela. No final, o rabino dá a Gertie uma fita preta para cortar e ela toma seu assento com resignação.

Simon nunca gostou de vir aqui. Quando criança, ele achava que a sinagoga era assombrada, com seu interior rústico e úmido de pedra preta. Piores eram as missas: a interminável devoção silenciosa, os apelos fervorosos pela restauração de Israel. Agora Simon para diante do caixão fechado, com ar circulando através da fenda em sua camisa, e percebe que nunca mais vai ver o rosto de seu pai. Ele relembra os olhos distantes e o sorriso recatado, quase feminino, de Saul. O Rabino Chaim chama Saul de magnânimo, uma pessoa de caráter e força, mas para Simon ele era um homem contido e tímido que evitava conflitos e problemas — um homem que parecia fazer tão pouca coisa com paixão que foi um espanto ele ter se casado com Gertie, porque ninguém teria visto a mãe de Simon, com sua ambição e oscilação de temperamento, como uma escolha pragmática.

Após a cerimônia, eles seguem os coveiros para o Cemitério Mount Hebron, onde os pais de Saul foram enterrados. Ambas as meninas estão chorando — Varya em silêncio, Klara tão alto quanto sua mãe —, e Daniel parece estar se segurando por nada mais do que uma obrigação anestesiada.

Mas Simon se vê incapaz de chorar, mesmo quando o caixão é abaixado para a terra. Ele sente apenas perda, não do pai que ele conhecia, mas da pessoa que Saul pode ter sido. No jantar, eles se sentavam em cantos opostos da mesa, perdidos em pensamentos particulares. O choque veio quando um deles levantou o olhar, e seus olhos se encontraram, um acidente, mas um acidente que uniu como uma dobradiça seus mundos separados, antes que um deles afastasse o olhar novamente.

Agora não há dobradiça. Distante como era, Saul havia permitido que cada Gold assumisse seus papéis individuais: ele como o ganha-pão; Gertie, a general; Varya, a mais velha e obediente; Simon, o caçula despreocupado. Se o corpo de seu pai — com seu colesterol mais baixo do que o de Gertie, seu coração nada além de estável — havia simplesmente *parado*, o que mais poderia dar errado? Que outras leis podiam ser desviadas? Varya se esconde em seu beliche. Daniel tem vinte anos, mal se formou homem, mas recebe os convidados e serve comida, conduz rezas em hebraico. Klara, cuja parte do quarto é mais bagunçada do que a de qualquer um, limpa a cozinha até seus bíceps doerem. E Simon cuida de Gertie.

Esse não é o arranjo costumeiro, pois Gertie sempre mimou Simon mais do que os outros. Outrora ela quis ser uma intelectual; deitava-se ao lado da fonte no Parque Washington Square lendo Kafka, Nietzsche e Proust. Mas aos dezenove anos conheceu Saul, que havia entrado na empresa do pai depois do colégio, e ficou grávida aos vinte. Logo Gertie saiu da Universidade de Nova York, onde tinha uma bolsa, e se mudou para um apartamento a poucos quarteirões da Alfaiataria e Confecção Gold, que Saul herdaria quando seus pais se aposentassem em Kew Gardens Hills.

Logo após Klara nascer — muito antes do que Saul achou necessário, e para seu embaraço —, Gertie se tornou recepcionista numa firma de advocacia. De noite ela ainda era a formidável capitã. Mas de manhã ela colocava o vestido e aplicava ruge de uma caixinha redonda antes de deixar as crianças na Sra. Almendinger, saindo depois do prédio com o máximo de leveza de que era capaz.

Porém, quando Simon nasceu, Gertie ficou em casa por nove meses em vez de cinco, que se tornaram dezoito. Ela o carregava para todo canto. Quando ele chorava, ela não respondia com uma frustração teimosa, mas o aninhava e cantava para ele, como se nostálgica por uma experiência que sempre ressentiu, porque ela sabia que não iria repetir. Logo após o nascimento de Simon, enquanto Saul estava no trabalho, ela foi para o escritório do médico e voltou com um pequeno frasco de pílulas — *Enovid,* dizia — que ela mantinha nos fundos da gaveta de lingerie.

— Si-*mon*! — Ela chama agora, numa longa explosão, como uma buzina.

— Passe-me isso — diria ela, deitada na cama apontando para um travesseiro logo além dos pés. Ou num tom grave e agourento: — Tenho um machucado; estou há tempo demais nessa cama. — E apesar de Simon internamente se contorcer, examina o calcanhar grosso dela:

— Não é um *machucado*, mãe —responde ele. — É uma bolha.

Mas ela já seguiu em frente, pedindo para ele trazer o *Kadish*, ou peixe e chocolate da bandeja de shivá entregue pelo Rabino Chaim.

Simon poderia pensar que Gertie tem prazer em mandar nele, se não fosse pela forma como ela chora à noite, de maneira abafada, para que seus filhos não escutem, apesar de Simon escutar; ou as vezes em que ele a vê em posição fetal na cama que ela dividiu com Saul por duas décadas, parecendo a adolescente que era quando o conheceu. Ela cumpre o shivá com uma devoção que Simon não sabia que ela podia expressar, pois Gertie sempre acreditou mais em superstição do que em qualquer Deus. Ela cospe três vezes enquanto acontece um velório, joga sal se o saleiro cai, e nunca passou por um cemitério enquanto estava grávida, o que exigiu que a família refizesse rotas constantemente entre 1956 e 1962. A cada sexta-feira, ela guarda o *Shabat* com uma paciência esforçada, como se o *Shabat* fosse um hóspede de quem ela não visse a hora de se livrar.

Mas esta semana ela não usa maquiagem. Evita joias e sapatos de couro. Como se em penitência por sua fracassada *keriá*, ela usa sua mortalha negra dia e noite, ignorando as migalhas de comida em uma das coxas. Como os Gold não têm banquinhos de madeira, ela se senta no chão para recitar o *Kadish* e até tenta ler o livro de Jó, forçando a vista enquanto leva o *Tanakh* até o rosto. Quando ela o larga, parece estar com o olhar louco e perdido, como uma criança em busca de seus próprios pais, então vem o chamado, "Si-*mon*", por algo tangível: frutas frescas ou bolo inglês, uma janela aberta para ventilar ou fechada contra uma corrente de ar, um cobertor, um pano de prato, uma vela.

Quando convidados suficientes se reúnem para um *minian*, Simon a ajuda a vestir um novo vestido e chinelos, e ela emerge para rezar. São acompanhados dos empregados de muito tempo de Saul: os contadores; as costureiras; os estampeiros; os vendedores; e o sócio minoritário de Saul, Arthur Milavetz, um homem aquilino e esganiçado de trinta e dois anos.

Quando criança, Simon adorava visitar a loja de seu pai. Os contadores davam a ele clipes de papel para brincar ou retalhos de tecido, e Simon tinha orgulho de ser filho de Saul — pela reverência com a qual a equipe o tratava e por seu longo escritório com janelas, era claro que ele era alguém importante. Ele balançava Simon num joelho enquanto demonstrava como cortar padrões e costurar amostras. Mais tarde, Simon o acompanhava para lojas de tecido, nas quais Saul escolhia as sedas e *tweeds* que estariam na moda na próxima estação, e para a Saks da Quinta Avenida, cujos últimos estilos ele comprava para fazer imitações na loja. Depois do trabalho, Simon tinha permissão de ficar enquanto os homens jogavam cartas ou se sentavam no escritório de Saul com uma caixa de charutos, debatendo a greve dos professores e dos serviços de saneamento, a Guerra do Canal de Suez e do Yom Kippur.

O tempo todo, algo maior pairava, mais perto, até que Simon era forçado a ver em toda sua terrível majestade: seu futuro. Daniel sempre planejou ser médico, o que deixava Simon, o outro filho, impaciente e desconfortável consigo mesmo, ainda mais usando um terno de peito duplo. Quando chegou à adolescência, as roupas femininas o entediavam e a tecelagem lhe dava coceira. Ele ressentia a fragilidade da atenção de Saul, que Simon achava que não iria perdurar depois que ele saísse do negócio, se é que tal coisa era possível. Ele se irritava com Arthur, que estava sempre ao lado de seu pai e tratava Simon como um cachorrinho prestativo. Acima de tudo, ele sentia algo mais confuso: que a loja era o verdadeiro lar de Saul, e que seus empregados o conheciam melhor do que seus filhos.

Hoje, Arthur traz três pratos da deli e uma travessa de peixe defumado. Ele torce seu longo pescoço de cisne para beijar a bochecha de Gertie.

— O que faremos, Arthur? —pergunta ela, com a boca no casaco dele.

— É terrível — responde ele. — É horrível.

Gotículas de chuva se depositam nos ombros de Arthur e nas lentes de seus óculos de tartaruga, mas seus olhos estão focados.

— Agradeço a Deus por você. E por Simon — diz Gertie.

NA ÚLTIMA NOITE DE SHIVÁ, enquanto Gertie dorme, os irmãos vão para o sótão. Estão esgotados, exauridos, com olhos turvos, inchados, e o estômago embrulhado. O choque não passou: Simon não consegue imaginar que em algum momento vá passar. Daniel e Varya se sentam num sofá de veludo laranja, com o forro saindo dos braços. Klara toma a poltrona de retalhos que outrora pertenceu à agora morta Sra. Blumenstein. Ela serve bourbon em quatro xícaras de chá lascadas. Simon se curva de pernas cruzadas no chão, misturando o líquido âmbar com o dedo.

— Então, qual é o plano? — pergunta ele, olhando para Daniel e Varya. — Vão embora amanhã?

Daniel assente. Ele e Varya vão pegar os primeiros trens de volta para a faculdade. Já disseram adeus para Gertie e prometeram voltar em um mês, quando suas provas tiverem terminado.

— Não posso mais tirar folga se não quiser ser reprovado — diz Daniel. — Alguns de nós — ele cutuca Klara com o pé — se preocupam com esse tipo de coisa.

O último ano de colégio de Klara termina em duas semanas, mas ela já contou à família que não vai para a formatura. ("Todos esses pinguins se arrastando em uníssono? Eu não.") Varya está estudando biologia e Daniel quer ser médico militar, mas Klara não quer ir para a faculdade. Ela quer fazer mágica. Passou os últimos nove anos sob tutela de Ilya Hlavacek, um vaudeviliano idoso que faz truques de mão e também é seu patrão na Ilya Mágica & Cia. Klara ficou sabendo da loja aos nove anos, quando comprou *O Livro da Adivinhação* de Ilya; agora, ele é tão seu pai quanto Saul foi. Um imigrante checo que chegou à maioridade entre as duas Guerras Mundiais, Ilya — aos setenta e nove anos, curvado e artrítico, com um tufo de cabelo branco — conta histórias fantásticas de seus anos de palco: um que passou viajando pelas casas de shows mambembes mais sujas do meio-oeste, sua mesa de cartas a poucos metros de fileiras de cabeças humanas encolhidas; a tenda do circo da Pensilvânia na qual ele fez desaparecer um burro siciliano marrom chamado Antonio enquanto mil expectadores irrompiam em aplausos.

Mais de um século se passou desde que os irmãos Davenport invocavam espíritos nos salões dos abastados e John Nevil Maskelyne fez uma mulher levitar no Egyptian Theatre de Londres. Hoje, o mais sortudo dos mágicos da América consegue fazer efeitos especiais teatrais ou shows elaborados em Las Vegas. Quase todos eles são homens. Quando Klara visitou Marinka's, a loja de mágica mais antiga do país, o jovem no caixa levantou o olhar com desdém antes de direcioná-la a uma prateleira marcada com *Bruxaria.* ("Canalha", murmurou Klara, apesar de comprar *Demonologia: Invocações de Sangue* só para vê-lo se contorcer.)

Além disso, Klara é menos atraída por mágicos de palco — as luzes brilhantes e roupas de noite, as levitações presas a cabos — do que àqueles que se apresentam em locais mais modestos, onde a mágica é passada de pessoa a pessoa como uma nota amarrotada de dinheiro. Aos domingos, ela observa o mágico de rua Jeff Sheridan em seu posto costumeiro ao lado da estátua de Sir Walter Scott no Central Park. Mas ela poderia mesmo ganhar a vida dessa forma? Nova York está mudando. No bairro dela, os hippies foram substituídos por garotos barra-pesada, as drogas por drogas mais pesadas. Gangues de porto-riquenhos tomam conta da Avenida A e da Décima Segunda. Uma vez, Klara foi assaltada por homens que provavelmente fariam pior se Daniel não estivesse passando ali naquele exato momento, por pura sorte.

Varya bate as cinzas do cigarro numa xícara vazia de chá.

— Ainda não acredito que você está indo embora. Com a mãe assim.

— Esse sempre foi o plano, Varya. Eu sempre ia embora.

— Bem, às vezes os planos mudam. Às vezes têm de mudar.

Klara levanta uma sobrancelha.

— Então por que você não muda os seus?

— Não posso. Tenho provas.

As mãos de Varya estão duras, suas costas, retas. Ela sempre foi inflexível, santimonial, alguém que caminha entre as linhas como se estivesse numa corda bamba. Em seu décimo quarto aniversário, ela soprou todas as velas menos três, e Simon, com apenas oito, ficou na ponta dos pés para soprar o resto. Varya gritou com ele e chorou tão intensamente que até Saul e Gertie ficaram confusos. Ela não tem nada da beleza de Klara, nenhum interesse em roupas ou maquiagem. Sua única indulgência é seu cabelo. Chega à cintura e nunca foi tingido ou descolorido, não por causa da cor natural de Varya — o marrom claro, empoeirado, da terra no verão —, que não é nada excepcional; ela simplesmente prefere que seja como sempre foi. Klara tinge o cabelo, num vívido vermelho de farmácia. Sempre que tinge suas raízes, a pia parece ensanguentada por dias.

— Provas — repete Klara, acenando com a mão, como se provas fossem um hobby que Varya já deveria ter superado.

— E para onde você planeja ir? — pergunta Daniel.

— Ainda não decidi. — Klara fala friamente, mas sua expressão fica tensa.

— Meu Deus. — Varya joga a cabeça para trás. — Você nem tem planos?

— Estou esperando que se revelem para mim — diz Klara.

Simon olha para sua irmã. Ele sabe que ela morre de medo do futuro. Ele também sabe que ela disfarça bem.

— E quando for revelado a você esse lugar para onde você está indo — diz Daniel —, como vai chegar lá? Está esperando que o universo também te revele isso? Você não tem dinheiro para um carro. Não tem dinheiro para uma passagem de avião.

— Tem uma coisa nova aí chamada carona, Danny. — Klara é a única que chama Daniel por seu apelido de infância, sabendo que traz lembranças de xixi na cama, de uma época dentuça e, principalmente, uma viagem familiar para Lavallete, Nova Jersey, durante a qual ele não pôde evitar cagar nas calças, destruindo o primeiro dia de férias dos Gold e o banco traseiro do Chevrolet alugado. — Todo o pessoal bacana faz isso.

— Klara, por favor. — A cabeça de Varya se vira para a frente. — Me promete que você não vai cruzar o país pedindo carona? Você vai acabar morta.

— Não vou ser *morta*. — Klara traga e solta fumaça para a esquerda, para longe de Varya. — Mas se significar grande coisa para você, eu pego um ônibus.

— Vai levar dias — diz Daniel.

— É mais barato do que trem. Além do mais, acha mesmo que a mãe precisa de mim? Ela fica mais feliz quando não estou por perto. — A revelação de que Klara não iria para a faculdade foi seguida por longas discussões de gritos entre ela e Gertie, que deram lugar a um silêncio amargo. — De todo modo, ela não vai estar sozinha. Sy vai estar aqui. — Ela alcança Simon e aperta o joelho dele.

— Isso não te incomoda, Simon? — pergunta Daniel.

Incomoda. Ele já pode ver como será quando todo mundo tiver ido embora, ele e Gertie presos sozinhos dentro de um shivá infinito —"Si-*mon*!"—, seu pai em nenhum lugar e em todos os lugares ao mesmo tempo. Noites quando ele vai sair de fininho para correr, precisando estar em qualquer lugar menos em casa. E o negócio — claro, o negócio — que agora por direito é dele. Igualmente ruim é o pensamento de perder Klara, sua aliada, mas, pelo bem dela, ele dá de ombros.

— Nah. Klara deve fazer como ela quer. Só vivemos uma vez, certo?

— Até onde sabemos. — Klara apaga o cigarro. — Vocês pensam nisso de vez em quando?

Daniel ergue uma sobrancelha.

— Sobre o pós-vida?

— Não — diz Klara. — Sobre quanto a sua vida vai durar.

Agora que a caixa foi aberta, o silêncio recai sobre o sótão.

— Não aquela vaca de novo — diz Daniel.

Klara estremece, como se fosse ela quem tivesse sido ofendida. Eles não discutem sobre a mulher na Hester Street há anos. Porém, esta noite, ela está bêbada. Simon vê seus olhos vidrados, a forma como seus S se misturam.

— Vocês são uns covardes — diz ela. — Não podem nem admitir.

— Admitir o quê? — pergunta Daniel.

— O que ela disse a você. — Klara aponta um dedo para ele, a unha pintada com esmalte vermelho descascando. — Vamos, Daniel. Eu te desafio.

— Não.

— Covarde. — Klara sorri torto, fechando os olhos.

— Eu não poderia te falar nem se eu quisesse — diz Daniel. — Foi anos atrás, uma *década* atrás. Acha mesmo que guardei na memória?

— Eu guardei — diz Varya. — 21 de janeiro de 2044. Então, está dito.

Ela dá um gole na bebida, depois outro, e coloca o copo vazio de chá no chão. Klara olha para sua irmã com surpresa. Então pega a garrafa de bourbon pelo gargalo com uma mão e repõe o copo de Varya antes do seu próprio.

— O que dá isso? — pergunta Simon. — Oitenta e oito anos?

Varya assente.

— Parabéns.

Klara fecha os olhos.

— Ela me disse que eu morreria aos trinta e um.

Daniel pigarreia.

— Bom, isso é baboseira.

Klara ergue o copo.

— Estou na torcida.

— Ótimo. — Daniel vira seu próprio copo. — 24 de novembro de 2006. Você me venceu, V.

— Quarenta e oito — diz Klara. — Está preocupado?

— Nem um pouco. Tenho certeza que aquela velha disse a primeira coisa que deu na cabeça. Seria tolice botar alguma fé nisso. — Ele abaixa o copo, que chacoalha na tábua de madeira.

— E quando a você, Sy?

Simon está no sétimo cigarro. Ele traga e solta a fumaça, mantendo olhos na parede.

— Jovem.

— Quão jovem? — pergunta Klara.

— Assunto meu.

— Ai, deixa disso — diz Varya. — É ridículo. Ela só tem poder sobre nós se a gente deixar, e é óbvio que ela era uma fraude. Oitenta e oito? Por favor. Com uma profecia dessas, eu provavelmente vou ser atropelada por um caminhão quando tiver quarenta.

— Então como o resto de nós foi tão ruim? — pergunta Simon.

— Sei lá. Variedade? Ela não pode dizer a mesma coisa para todo mundo. — O rosto de Varya está vermelho. — Me arrependo de ter ido vê-la. A única coisa que ela fez foi colocar essa ideia em nossas mentes.

— É culpa do Daniel — diz Klara. — Ele que nos fez ir.

— Acha que não sei disso? — esbraveja Daniel. — Além do mais, você foi a primeira a concordar.

A fúria toma o peito de Simon. Por um momento, ele se ressente de todos eles: Varya, racional e distante, com uma vida à frente; Daniel, que seguiu a medicina anos atrás, forçando Simon a continuar o legado dos Gold; Klara, abandonando-o agora. Ele odeia que eles possam escapar.

— Gente! — diz ele. — Parem com isso! Não encham, tá? O pai morreu. Então podem calar a porra da boca de vocês?

Ele está surpreso pela autoridade em sua voz. Até Daniel parece encolher.

— O Simon manda — diz Daniel.

VARYA E DANIEL descem para dormir em suas camas, mas Klara e Simon sobem até a cobertura. Trazem travesseiros e cobertores e adormecem no concreto sob o brilho de uma lua encoberta pela poluição.

São sacudidos antes de amanhecer. Inicialmente acham que é Gertie, mas então o rosto magro de Varya entra em foco.

— Estamos indo — cochicha. — O táxi está lá embaixo.

Daniel paira atrás dela, seus olhos distantes atrás de óculos. A pele abaixo deles tem um tom piscina azul-prateado, e a semana entalhou parênteses profundos ao redor de sua boca — ou será que eles sempre estiveram lá?

Klara joga um braço em cima da cara.

— Não.

Varya destampa o rosto da irmã, acaricia o cabelo de Klara.

— Diga tchau. — Sua voz é gentil, e Klara se senta. Ela coloca os braços em volta do pescoço de Varya tão firme que pode tocar seus próprios cotovelos.

— Tchau — sussurra.

Depois que Varya e Daniel partem, o céu brilha vermelho, então âmbar. Simon aperta seu rosto no cabelo de Klara. Tem cheiro de fumaça.

— Não vá — ele diz.

— Preciso ir, Sy.

— Que tem lá pra você, afinal?

— Quem pode saber? — Os olhos de Klara estão aguados de cansaço, e suas pupilas parecem brilhar. — O ponto é esse.

Eles ficam de pé e dobram os cobertores.

— Você poderia vir também — acrescenta Klara, olhando para ele.

Simon ri.

— É, certo. Largar os dois últimos anos de escola? A mãe ia me matar.

— Não se fosse longe o suficiente.

— Eu não poderia.

Klara caminha até o corrimão e se apoia nele, ainda usando seu suéter azul acolchoado e bermuda cortada. Ela não olha para ele, mas Simon pode sentir a força de sua atenção, como ela vibra com isso, como se soubesse que apenas fingindo indiferença pode dizer o que propõe em seguida.

— Podíamos ir para São Francisco.

A respiração de Simon se entrecorta.

— Não fale assim.

Ele se abaixa para pegar seus travesseiros, então coloca um debaixo de cada braço. Ele tem um e setenta e sete, como Saul tinha, com pernas ágeis e fortes e um peito magro. Seus lábios carnudos, vermelhos, e cachos loiro-escuros — a contribuição de algum ancestral ariano há muito enterrado — conquistaram a admiração das meninas em sua turma de calouros, mas essa não é a plateia que ele quer. Vaginas nunca o seduziram; suas dobras como repolho, seu longo corredor escondido. Ele anseia pela longa penetração de um pau, sua insistência determinada e o desafio de um corpo como o dele. Apenas Klara sabe. Depois que seus pais iam dormir, ela e Simon saíam pela janela, com um bastão de proteção na bolsinha de couro falso de Klara, e pegavam a saída de incêndio até a rua. Iam para o Le Jardin para ouvir Bobby Guttadaro tocar, ou pegavam o metrô para o 12 West, um depósito de flores transformado em boate, e foi lá que Simon conheceu o gogo boy que contou a ele sobre São Francisco. Eles se sentaram no jardim da cobertura enquanto o dançarino contava que São Francisco tem um comissário para a parte gay da cidade e um jornal gay, que as pessoas podem trabalhar em qualquer lugar e transar a qualquer hora porque não há lei contra sodomia. "Não dá para imaginar", disse ele, e de lá para frente Simon não pôde fazer nada além disso.

— Por que não? — pergunta Klara, virando-se agora. — É, a mãe ia ficar brava. Mas eu vejo como seria sua vida aqui, Sy, e não quero isso pra você. Você também não quer. Claro, a mãe quer que eu vá para a faculdade, mas ela já tem isso com Danny e V. Ela tem de entender que eu não sou ela. E você não é o pai. Jesus, você não nasceu para ser alfaiate. Alfaiate! — Ela para, como para deixar a palavra fazer efeito. — Está tudo errado e não é justo. Então me dê um motivo. Me dê uma boa razão por que você não pode começar sua vida.

Assim que Simon se permite visualizar, ele está quase tomado. Manhattan é como um oásis — há boates gays, até saunas —, mas ele tem medo de se reinventar num lugar que sempre foi seu lar. "*Faygelehs*," murmurou Saul uma vez, olhando atravessado para um trio de homens esguios descarregando um arsenal de instrumentos na unidade que os Singhs não podiam mais pagar. Aquele palavrão iídiche também foi adotado por Gertie, e, apesar de Simon fingir não ouvir, ele sempre sentiu que falavam dele.

Em Nova York ele viveria por eles, mas em São Francisco ele podia viver para si mesmo. E, apesar de não gostar de pensar nisso, apesar de na verdade evitar o assunto patologicamente, ele se permite pensar nisso agora. E se a mulher na Hester Street estivesse certa? O mero pensamento torna sua vida diferente; faz tudo parecer urgente, reluzente, precioso.

— Jesus, Klara. — Simon se junta a ela no corrimão. — Mas o que tem lá para você?

O sol nasce com um vermelho vivo, sangrento, e Klara aperta os olhos.

— Você pode ir para um lugar — diz ela. — Eu posso ir para qualquer um. — Ela ainda tem o resto de sua gordurinha de criança e seu rosto é redondo. Seus dentes quando sorri são levemente tortos: meio selvagens, meio charmosos. Sua irmã.

— Algum dia vou encontrar alguém que eu ame como você? — pergunta ele.

— Por favor. — Klara ri. — Você vai encontrar alguém que vai amar muito mais.

Seis andares abaixo, um jovem corre pela Clinton Street. Ele usa uma camiseta branca fina e bermuda de náilon azul. Simon observa os músculos de seu peito ondularem sob a camiseta, observa os poderosos membros que são suas pernas fazerem o trabalho. Klara segue seus olhos.

— Vamos sair daqui — diz ela.

2

MAIO CHEGA NUM borrão de sol e cor. Ramos de açafrão tomam a grama do Parque Roosevelt. Depois de sua última aula do ensino médio, Klara irrompe pela porta com a moldura do diploma vazia. O diploma será enviado quando a caligrafia for finalizada, mas daí ela já terá partido.

Gertie sabe que Klara está partindo, então sua mala fica no corredor. O que ela não sabe é que Simon — cuja mala está enfiada embaixo da cama — está indo com ela. Ele está deixando a maioria dos seus pertences para trás, trazendo apenas aqueles que são úteis ou preciosos. Duas camisetas aveludadas listradas de colarinho. O saquinho de pano vermelho. A calça de veludo marrom que usava quando um jovem porto-riquenho cruzou olhares com ele no trem e piscou; sua experiência mais romântica até agora. Seu relógio de ouro com pulseira de couro, presente de Saul. E seu New Balance 320: camurça azul, os sapatos de corrida mais leves que ele já usou.

A mala de Klara é maior e inclui algo que Ilya Hlavacek deu a ela no seu último dia de trabalho. Na noite antes de partirem, ela conta a Simon a história do presente.

— Me traga essa caixa aqui — Ilya disse a ela, apontando.

A caixa, feita de madeira e pintada de preto, acompanhou Ilya desde pequenas apresentações a circos, até ele contrair poliomielite em 1931 — "Foi na hora certa", ele frequentemente brincava, "porque daí os filmes já tinham matado o vaudeville mesmo". Ele sempre se referia a ela como *aquela caixa,* apesar de Klara saber que era seu bem mais precioso. Ela fazia como ele instruía, levantando até o balcão para que Ilya não tivesse de levantar da cadeira.

— Agora, quero que fique com isso — disse ele. — Tudo bem? É seu. Quero que use e quero que aproveite. Foi feita para a estrada, minha querida, não para ficar presa aqui dentro com um velho aleijado como eu. Sabe como desmontar? Aqui, eu te mostro.

Klara observou ele ficar de pé com a ajuda da bengala e virar a caixa na mesa como havia feito tantas vezes antes.

— Aqui é onde você coloca suas cartas. Você fica atrás, assim. — Klara experimentou. — Aí está — disse ele, sorrindo seu grande sorriso de leprechaun. — Fica maravilhoso em você.

— Ilya. — Klara ficou envergonhada ao perceber que estava chorando. — Não sei como te agradecer.

— Apenas use. — Ilya acenou com a mão e cambaleou para o quartinho dos fundos com sua bengala, ostensivamente para preencher as prateleiras, apesar de Klara suspeitar de que ele queria se lamentar sozinho. Ela carregou a caixa para casa e a encheu de ferramentas: um trio de lenços de seda; um conjunto de anéis de prata sólida; uma bolsa cheia de moedinhas de vinte e cinco centavos; três copos de metal com o mesmo número de bolas vermelhas do tamanho de morangos; e um maço de cartas tão gasto que o papel é tão flexível quanto tecido.

Simon sabe que Klara tem talento, mas o interesse dela em mágica o desconcerta. Quando ela era criança, era bonitinho; agora é apenas estranho. Ele espera que desapareça quando chegarem em São Francisco, onde o mundo real certamente será mais excitante do que o que quer que esteja na caixa preta dela.

Naquela noite, ele fica acordado por horas. Com o falecimento de Saul, uma velha proibição foi revogada: Arthur pode cuidar dos negócios e Saul não vai ter de saber da verdade sobre Simon. Porém como lidar com sua mãe? Simon se defende. Diz a si mesmo que a vida é assim: o filho deixando os pais para sua vida adulta — os humanos são no mínimo risivelmente lentos. Girinos nascem na boca de seus pais, mas saltam fora assim que perdem a cauda. (Pelo menos,

Simon acha que é assim; sua mente sempre viaja nas aulas de biologia). O salmão do pacífico nasce em água doce antes de migrar para os oceanos. Quando é hora de procriar e morrer, eles viajam centenas de quilômetros, voltando para as águas em que nasceram. Como eles, Simon sempre poderá voltar.

Quando finalmente adormece, sonha que é um deles. Flutua por sêmen, um ovo coral brilhante, e aterrissa no ninho de sua mãe no leito de um rio. Então irrompe de sua casca e se esconde em águas escuras, comendo o que aparece em seu caminho. Suas escamas escurecem. Ele viaja por milhas e milhas. Inicialmente, está cercado de massas de outros peixes, tão próximos que se esbarram e escorregam uns nos outros, mas conforme ele nada para longe, o cardume diminui. Quando percebe que começou a voltar para casa, ele não consegue se lembrar do caminho para o antigo córrego esquecido em que nasceu. Foi longe demais para voltar atrás.

ELES ACORDAM de manhã bem cedo. Klara vai até Gertie para dizer adeus, então a manda dormir de volta. Desce as escadas na ponta dos pés com ambas as malas enquanto Simon amarra os sapatos. Ele entra no corredor, evitando a tábua que sempre range, e cuidadosamente segue para a porta.

— Vai a algum lugar?

Ele se vira, seu pulso acelerando. Sua mãe está na porta do quarto. Está enrolada no grande roupão de banho rosa que usa desde o nascimento de Varya, e seu cabelo — geralmente preso em bobs nesse horário do dia — está solto.

— Eu só ia... — Simon se remexe de um pé para o outro. — Pegar um sanduíche.

— São seis da manhã. Hora estranha para um sanduíche.

As bochechas de Gertie estão coradas, seus olhos esbugalhados. Um vislumbre de luz ilumina suas pupilas: pequenos nós de medo, brilhando como pérolas negras.

Lágrimas inesperadas escorrem dos olhos de Simon. Os pés de Gertie — placas rosadas, gordos como costelas de porco — estão alinhados com seus ombros, seu corpo é rígido como o de um boxeador. Quando Simon era pequeno e seus irmãos estavam na escola, ele e Gertie brincavam de um jogo que chamavam de Balão Dançarino. Gertie ligava o rádio na Motown — algo que ela nunca escutava quando Saul estava em casa — e enchia uma bexiga vermelha até metade. Eles dançavam pelo apartamento, jogando a bexiga do banheiro para a cozinha, e sua única missão era se certificar de que não caísse no chão. Simon era ágil, Gertie, impetuosa: juntos eles podiam manter o balão no ar por todo o programa de rádio. Agora Simon se lembra de Gertie avançando pela cozinha, um candelabro caindo no chão — "Não quebrou!", gritava ela — e engole um soluço de risada inapropriada que, se solta, certamente teria se transformado num choro.

— Mãe — diz ele. — Preciso viver minha vida.

Ele odeia a forma como sai, como se ele estivesse implorando. De repente seu corpo anseia pelo corpo de sua mãe, mas Gertie olha para a Clinton Street. Quando seu olhar retorna para Simon, há uma desistência em sua expressão que ele nunca viu antes.

— Tudo bem. Vá pegar seu sanduíche. — Ela inspira. — Mas vá para a loja depois da escola. Arthur vai te mostrar como as coisas são feitas. Você deve ir lá todo dia, agora que seu pai...

Mas ela não termina.

— Tá, mãe — diz Simon. Sua garganta queima.

Gertie assente em gratidão. Antes que ele possa se impedir, Simon desce as escadas voando.

SIMON IMAGINAVA a viagem de ônibus em termos românticos, mas passa a maior parte do primeiro trajeto dormindo. Não consegue mais suportar pensar sobre o que aconteceu entre ele e sua mãe, então descansa a cabeça no ombro de Klara enquanto ela brinca com um maço de cartas e um par de miniargolas: de tempos em tempos ele acorda com um leve tinir, ou o ruído de cartas sendo embaralhadas. Às seis e dez do dia seguinte, eles descem numa rodoviária de transferência no Missouri, onde esperam pelo ônibus que os vai levar para o Arizona, e no Arizona pegam um ônibus para Los Angeles. A etapa final leva nove horas. Quando chegam a São Francisco, Simon se sente a criatura mais nojenta da Terra. Seu cabelo loiro está num tom marrom oleoso, e ele não troca de roupa há três dias. Mas quando vê o céu azul abrindo e os homens vestidos de couro na Folsom Street, algo em seu coração salta como um cachorro na água, e ele não pode evitar um riso alto, apenas uma vez: um latido de prazer.

Eles ficam por três dias com Teddy Winkleman, um menino da escola deles que se mudou para São Francisco depois de se formar. Agora Teddy anda com um grupo de siques e se chama Baksheesh Khalsa. Ele tem dois colegas de apartamento: Susie, que vende flores na frente de Candlestick Park, e Raj, de pele marrom com cabelo preto na altura do ombro, que passa os fins de semana lendo García Márquez no sofá da sala. O apartamento não é o lar vitoriano com teias de aranha que Simon imaginava, mas uma série de cômodos úmidos e estreitos não muito diferente do 72 da rua Clinton. A decoração, no entanto, é diferente; há um tecido tingido preso na parede com a barriga para cima, como pele de animais, e pisca-piscas se espalham ao redor de cada porta. O chão está tomado de discos e garrafas de cerveja vazias, e o cheiro de incenso é tão denso que Simon tosse sempre que entra.

No sábado, Klara marca com caneta vermelha o anúncio de um apartamento: *2 quartos e 1 banheiro*, diz. *U$389/mês. Ensolarado/espaçoso/chão de tacos. Prédio histórico!! PRECISA GOSTAR DE BARULHO.* Eles pegam o J para a Décima Sétima com a Market, e lá está: o Castro, aquele paraíso de dois quarteirões com o qual ele sonha há anos. Simon observa o Castro Theatre, o toldo marrom do Toad Hall, e os homens, sentados em saídas de incêndio ou fumando na entrada dos prédios, usando jeans e camisas de flanela ou sem camisa nenhuma. Ter esperado tanto tempo por isso — ter isso finalmente e tão cedo — o faz se sentir como se estivesse vislumbrando sua vida futura. *Este é o presente*, diz a si mesmo, tonto. *Este é o agora.* Ele segue Klara para Collingwood, um quarteirão silencioso tomado por árvores frondosas e construções eduardianas coloridas. Param na frente de um largo prédio retangular. O primeiro andar é uma boate, fechada nesse horário, com janelas que se estendem até o teto. Através do vidro, Simon vê sofás roxos, globos de espelho e plataformas como pedestais. O nome da boate está pintado no vidro: *PURP.*

O apartamento fica em cima da boate. Não é espaçoso, nem tem dois quartos: o primeiro quarto é a sala e o segundo é um closet. Mas é ensolarado, com piso de madeira dourada e janelas de sacada, e eles conseguem pagar o primeiro mês de aluguel. Klara abre os braços. Sua camisetinha de alça laranja listrada sobe, expondo o rosa claro de sua barriga. Ela gira uma vez, duas vezes — sua irmã, uma xícara de chá, uma dervixe na sala do novo apartamento.

ELES COMPRAM UTENSÍLIOS descombinados de cozinha em uma loja de quinquilharias na Church Street e mobília de um bazar de garagem na Diamond. Klara encontra dois colchões de solteiro na Douglass, ainda na embalagem plástica, que eles empurram escada acima. Saem para dançar em comemoração. Antes de partirem, Bakshee Khalsa fornece haxixe e ácido. Raj dedilha um ukulele com Susie escorada em seu joelho; Klara se senta encostada na parede e encara o peixe vidente que encontrou na prateleira de novidades de Ilya. Baksheesh Khalsa se inclina em direção a Simon e tenta engatar uma conversa sobre Anwar el-Sadat, mas as janelas estão acenando para Simon e ele pensa que preferiria beijar Baksheesh Khalsa. Não há tempo: agora estão numa boate, dançando numa massa de gente pintada de azul e vermelho por luzes piscantes. Baksheesh Khalsa arranca seu turbante e seu cabelo bate como uma corda. Um homem, alto e largo, coberto numa bela purpurina verde, reflete a luz como uma bola de fogo. Simon avança pelo povo, atrás dele, e seus rostos colidem com uma intensidade impressionante: o primeiro beijo que Simon já teve.

Logo eles estão voando pela noite num táxi, corpos misturados no banco traseiro. O outro homem paga. Lá fora, a lua oscila como um número solto numa porta; a calçada se desenrola para eles, um tapete. Eles entram num prédio prateado alto e sobem no elevador, para algum andar acima.

— Onde estamos? — pergunta Simon, seguindo-o para o apartamento no fim do corredor. O homem avança para a cozinha, mas deixa as luzes apagadas, então o apartamento está iluminado apenas pelos postes lá fora. Quando os olhos de Simon se ajustam, ele vê uma sala limpa e moderna, com um sofá de couro branco e uma mesa de vidro com cantos cromados. Uma pintura respingada de neon está pendurada na parede em frente.

— No bairro financeiro. Novo na cidade?

Simon faz que sim. Ele caminha para a janela da sala e olha para os prédios comerciais reluzentes. Muitos andares abaixo, as ruas estão praticamente vazias, salvo por alguns bêbados e o mesmo número de táxis.

— Quer alguma coisa? — oferece o homem, sua mão na maçaneta do refrigerador. O ácido está rapidamente esvanecendo, mas ele não parece nada menos atraente; é musculoso, mas esguio, com os traços harmônicos de um modelo masculino.

— Qual é seu nome? — Simon pergunta.

O homem pega uma garrafa de vinho branco.

— Este aqui está bom?

— Claro. — Simon faz uma pausa. — Não quer me contar seu nome?

O homem se junta a ele no sofá com duas taças.

— Tento evitar, nessas situações. Mas você pode me chamar de Ian.

— Tá. — Simon força um sorriso, apesar de se sentir levemente enojado, enojado de ser agrupado com outros (quantos?) *nessas situações*, e pela cautela do homem. Não é por libertação que homens gays vêm para São Francisco? Mas talvez Simon tenha de ser paciente. Ele se imagina namorando Ian: deitado num cobertor no Parque Golden Gate ou comendo sanduíches em Ocean Beach, o céu marcado de laranja acinzentado, com gaivotas.

Ian sorri. Ele tem pelo menos dez anos a mais que Simon, talvez quinze.

— Estou duro pra caralho — diz ele.

Simon se assusta, e uma onda de desejo se forma dentro dele. Ian já está tirando a calça, agora a cueca, e lá está: vermelho intenso, sua cabeça orgulhosamente levantada — um pau de rei. A ereção de Simon pressiona contra seu jeans; ele fica de pé para tirá-lo, puxando quando uma perna prende em seu tornozelo. Ian se ajoelha no chão, encarando-o. Ali, no curto espaço entre o sofá e a mesa de vidro, Ian puxa Simon para a frente pela bunda e de repente — de forma chocante — o pênis de Simon está na boca de Ian.

Simon dá um grito e a parte de cima de seu corpo se dobra para a frente. Ian segura o peito dele para cima com uma mão e chupa enquanto Simon ofega de espanto e de um prazer intenso, há muito sonhado. É melhor do que ele imaginou que seria — é um prazer agonizante, irracional; essa boca nele é tão concentrada e intensa como o sol. Ele intumesce. Quando está à beira do orgasmo, Ian o empurra para trás e sorri, safado.

— Quer ver esse belo piso cheio de porra? Quer gozar nesse belo piso de madeira?

Simon ofega confuso, com isso tão longe de qualquer objetivo que ele tinha em mente.

— Você quer?

— É — diz Ian. — Quero sim. — E agora ele está engatinhando de quatro, e seu pênis, tão vermelho que é quase roxo, se estende em direção a Simon como um cetro. Uma grande veia sinuosa serpenteia pelo prepúcio.

— Ei — diz Simon. — Vamos desacelerar um pouquinho, tá? Só um pouquinho, por um segundo?

— Claro, cara. Podemos fazer isso. — Ian o vira para encarar as janelas e pega o pênis de Simon com uma mão, bombeando. Simon geme até que uma dor torpe em seus joelhos o traz de volta à sala e a Ian, cujo pênis está persistentemente cutucando a bunda de Simon.

— Podemos apenas... — Simon perde o ar, tão próximo do clímax que é preciso esforço para falar. — Podemos, você sabe...

Ian se senta de volta nos calcanhares.

— Quê? Quer lubrificante?

— Lubrificante. — Simon engole. — É.

Não é lubrificante o que ele quer, mas pelo menos assim ele ganha tempo. Enquanto Ian salta de pé e desaparece por um corredor, Simon recupera o fôlego. *Lembre-se disso*, ele diz a si mesmo, *o logo antes.* Ele ouve o piso leve dos passos, um baque oco com Ian tomando seu lugar e colocando um frasco laranja vivo de lado. Há um barulho gosmento do lubrificante sendo apertado, então o som molhado de Ian esfregando-o entre suas mãos.

— Assim está bom? — pergunta Ian.

Simon se segura, pressionando as mãos no chão.

— Tudo bem — responde ele.

O SOL DESLIZA pelas persianas. Há o som de um chuveiro ligado e o cheiro corporal não familiar que fica no lençol dos outros. Simon está pelado numa cama king debaixo de cobertas grossas. Quando se senta, suas pernas doem, e ele acha que vai vomitar. Força a vista pelo quarto: uma porta lateral fechada, que deve levar para o banheiro; fotos de catálogo de arquitetura urbana em molduras pretas elegantes; um pequeno closet, dentro do qual Simon vê fileiras com cores combinadas de ternos e camisas de gola.

Ele sai da cama e busca suas roupas no chão, antes de perceber que deve tê-las deixado na sala — ele se lembra vagamente da noite anterior, apesar de parecer menos realidade do que o sonho mais intenso que já teve. Seu jeans e sua camisa polo estão amarrotados debaixo da mesinha de centro, seus amados tênis 320 ao lado da porta. Ele os calça e olha lá fora. Hordas de pessoas correndo pelas calçadas com pastas e café. Em alguma realidade alternativa, é segunda de manhã.

O chuveiro para. Simon volta para a cama quando Ian sai do banheiro, com a toalha enrolada baixa em sua cintura.

— Ei. — Ele sorri para Simon, tira a toalha e a esfrega vigorosamente no cabelo. — Posso te servir algo? Café?

— Hum — diz Simon. — Tudo bem. — Ele observa Ian caminhando para o closet e vestindo uma cueca preta, depois meias pretas finas. — Onde você trabalha?

— Martel & McRae. — Ian abotoa uma camisa branca de aparência cara e busca uma gravata.

— Que é isso?

— Consultoria financeira. — Ian franze a testa no espelho. — Você não sabe mesmo muito sobre nada, não é?

— Ei, eu te disse que era novo aqui.

— Relaxa. — Ian tem um sorriso suspeitamente belo, como o de um advogado de danos morais.

— O povo no seu trabalho — diz Simon. — Eles sabem que você gosta de caras?

— De jeito nenhum. — Ian ri brevemente. — E gostaria de manter assim.

Ele sai do closet, e Simon se afasta da porta.

— Olha, preciso correr. Mas sinta-se em casa, tá? Só se certifique de que a porta fique fechada quando você sair. Deve trancar automaticamente. — Ian pega um paletó do armário do corredor e para na porta. — Foi divertido.

Sozinho, Simon fica paralisado. Klara não sabe onde ele está. Pior, Gertie deve estar histérica. São oito da manhã, o que significa onze horas em Nova York — seis dias desde que ele partiu. Que tipo de pessoa ele é para fazer isso com sua mãe? Encontra um telefone no balcão da cozinha. Enquanto toca, ele visualiza o aparelho em sua casa, cor creme com botões. Ele imagina Gertie caminhando até lá — sua mãe, sua querida, ele precisa fazê-la entender —, então ela pega o telefone em sua forte mão direita.

— Alô?

Simon leva um susto. É Daniel.

— Alô? — Daniel repete. — Alguém aí?

Simon pigarreia.

— Ei.

— Simon. — Daniel solta um longo suspiro entrecortado. — Puta merda, Jesus Cristo, Simon, onde você está?

— Estou em São Francisco.

— E Klara está com você?

— É, ela está aqui.

— Tá. — Daniel fala lentamente e com controle, como se para uma criança volátil. — O que está fazendo em São Francisco?

— Espera aí. — Simon esfrega a testa, que lateja de dor. — Você não deveria estar na faculdade?

— Sim — diz Daniel com a mesma estranha calma. — Sim, Simon, eu *deveria* estar na faculdade. Gostaria de saber por que não estou na faculdade? Não estou na faculdade porque a mãe me ligou em *surto* na sexta quando você não voltou para *casa,* e sendo o puta filho bom que eu sou, a porra do único *responsável* nesta família, eu deixei a faculdade para ficar com ela. Não vou completar este semestre.

A mente de Simon acelera. Ele se sente incapaz de responder a tudo isso ao mesmo tempo, então ele diz:

— Varya é responsável.

Daniel ignora isso.

— Vou repetir: que diabos está fazendo em São Francisco?

— Decidimos ir embora.

— É. Entendi até aí. Tenho certeza de que tem sido *massa.* E agora que você já se divertiu, vamos falar sobre o que vai fazer em seguida.

O que ele vai fazer em seguida? Lá fora o céu está claro, um azul infinito.

— Estou olhando os horários da estação para amanhã — diz Daniel. — Tem um trem saindo de Folsom a uma da tarde. Você tem de fazer baldeação em Salt Lake City e de novo em Omaha. Vai te custar cento e vinte paus, e eu espero por Deus que você não tenha viajado o país sem isso, mas se você for mais idiota do que eu penso, eu deposito na conta da Klara. Nesse caso, você vai ter de esperar para sair na quinta. Tudo bem, Simon? Está me ouvindo?

— Não vou voltar. — Simon está chorando porque percebe que o que disse é verdade: agora existe uma janela de vidro entre ele e seu antigo lar, um vidro pelo qual ele consegue enxergar, mas não cruzar.

A voz de Daniel suaviza.

— Deixa disso, meninão. Você está lidando com muita coisa, eu entendo. Entendo isso. Todos estamos. O pai se foi... entendo por que você ficou impulsivo. Mas você precisa fazer o que é certo. A mãe precisa de você. A Gold precisa. Precisamos da Klara também, mas ela é... meio que um caso perdido, sabe o que quero dizer? Escuta. Sei como é com ela. Ela não aceita não como resposta; imagino que ela tenha te convencido a ir embora também. Mas ela não tem direito de te levar na idiotice dela. Quero dizer, Jesus, você nem terminou a escola. Você é um moleque.

Simon está em silêncio. Escuta a voz de Gertie no fundo.

— *Daniel? Com quem está falando?*

— Segura aí, mãe! — grita Daniel.

— Vou ficar aqui, Dan. Vou mesmo.

— Simon. — A voz de Daniel endurece. — Sabe como tem sido por aqui? A mãe perdeu completamente o juízo. Está falando em ligar para a polícia. Estou me esforçando ao máximo. Prometi que você ia retomar a consciência, mas não posso segurá-la por muito tempo. Você só tem dezesseis — é menor de idade. E tecnicamente isso o torna um fugitivo.

Simon ainda está chorando. Ele se encosta no balcão.

— Sy?

Simon limpa as bochechas com as mãos. Suavemente, ele desliga.

3

NO FINAL DE MAIO, Klara já preencheu dúzias de fichas de trabalho, mas não consegue entrevistas. A cidade está mudando, e ela perdeu as melhores partes: os hippies, os Diggers, os encontros psicodélicos no Parque Golden Gate. Ela quer tocar pandeiro e ouvir Gary Snyder ler em Polo Fields, mas agora o parque está cheio de gays flertando e traficantes, e os hippies são apenas mendigos. A São Francisco corporativa não a aceita, não que ela a aceitasse de volta. Ela mira nas livrarias feministas na Mission, mas as balconistas olham para os vestidinhos dela com desdém; os cafés são de lésbicas que assentaram elas mesmas o chão de cimento e certamente não precisam de ajuda agora. Emburrada, ela se inscreve em uma agência de trabalhos temporários.

— Nós só precisamos nos arrumar — diz ela. — Algo fácil, algo que renda dinheiro rápido. Não precisa significar nada para nós.

Simon pensa na boate no andar de baixo. Passou por ela de noite, quando fica cheia de rapazes e uma luz roxa estonteante. Na tarde seguinte, ele fuma lá na frente até que um homem de meia-idade — com menos de um metro e meio e cabelo laranja vivo — caminha para a porta carregando um molho de chaves.

— Ei! — Simon apaga seu cigarro debaixo do sapato. — Sou o Simon. Moro no andar de cima.

Ele estende a mão. O outro homem comprime os olhos e o cumprimenta.

— Benny. O que posso fazer por você?

Simon se pergunta quem era Benny antes de vir a São Francisco. Parece um moleque do teatro com seus tênis e jeans pretos, e uma camiseta igualmente preta enfiada na calça.

— Queria um trabalho — diz Simon.

Benny empurra a porta de vidro com o ombro e a segura aberta com um pé para deixar Simon entrar.

— Quer, é? Quantos anos você tem?

Ele avança pelo local: acendendo as luzes, verificando as máquinas de fumaça.

— Vinte e dois. Eu podia trabalhar como bartender.

Simon achou que soaria mais maduro do que *barman*, mas agora ele vê que estava errado. Benny faz uma careta, caminha para o bar e começa a baixar os bancos que estavam empilhados.

— Primeiro — diz —, não minta para mim. Você tem quantos, dezessete, dezoito? Segundo, não sei de onde você é, mas para ser *bartender* na Califórnia você precisa ter pelo menos vinte e um anos, e não vou perder minha licença de venda de bebidas por causa de um novo empregado gatinho. Terceiro...

— Por favor. — Simon está desesperado: se não conseguir um trabalho e Gertie continuar atrás dele, não vai ter escolha a não ser voltar para casa. — Sou novo aqui e preciso de dinheiro. Faço tudo: limpo o chão, carimbo mãos. Eu...

Benny levanta uma das mãos.

— Terceiro. Se eu *fosse* te contratar, eu não te colocaria no bar.

— Onde você me colocaria?

Benny faz uma pausa, um pé apoiado na armação de um banco. Ele aponta para uma das plataformas roxas altas espalhadas regularmente pelo local.

— Ali.

— Ah, é? — Simon olha para as plataformas. Têm pelo menos um metro e vinte de altura e talvez 60 centímetros de largura. — O que eu faço lá?

— Você vai dançar, moleque. Acha que pode fazer isso?

Simon sorri.

— Claro, posso dançar. É tudo o que tenho que fazer?

— É tudo o que você tem a fazer. Você tem sorte que Mikey saiu semana passada, do contrário eu não teria nada para você. Mas você é gato, e com maquiagem... — Benny inclina a cabeça. — Com maquiagem, é, você vai parecer mais velho.

— Que maquiagem?

— O que acha? Tinta roxa. Da cabeça aos pés. — Benny tira uma vassoura de um quartinho no canto e começa a pegar os detritos da noite anterior: canudos tortos, notas fiscais, uma embalagem roxa de camisinha. — Chegue hoje aqui às sete. O pessoal te mostra tudo.

HÁ CINCO DELES, cada um no seu próprio pilar. Richie — um veterano de quarenta e cinco anos com músculos avantajados e um corte de cabelo militar — conquistou o pilar de número um, perto das janelas da frente. Na frente dele, no número dois, está Lance, vindo de Wisconsin, cujo sorriso pronto e o fechado canadense são motivo de zombaria carinhosa. O pilar número três é Lady, um metro e noventa e cinco e vestido de drag; número quatro é Colin, magro como um poeta de olhos tristes, por isso Lady o chama de Menino Jesus. Adrian — diabolicamente belo, com seu corpo moreno dourado totalmente sem pelos — pega o pilar número cinco.

— Número seis — diz Lady, quando Simon entra o camarim. — Como vai?

Lady é negra, com maçãs do rosto salientes e olhos calorosos emoldurados por longos cílios. O resto dos homens não usa nada exceto uma tanguinha roxa, mas Benny deixa Lady usar um minivestido apertado de couro falso — roxo, é claro — e salto plataforma pesado.

Ela balança sua lata de tinta roxa.

— Vire-se, querido. Eu faço você.

Adrian comemora, e Simon se vira obediente, sorrindo. Já está bêbado. Ele se inclina em direção ao chão, com a bunda para cima, e a balança na direção da Lady, que grita de prazer. Lance liga o rádio — "Le Freak" do Chic — enquanto Adrian pega um tubo de maquiagem roxa de sua nécessaire. Ele pinta o rosto de Simon, espalhando a base ao redor das narinas e em suas jovens entradas na testa, então nos lóbulos das orelhas. Eles terminam pouco antes das nove da noite, quando é hora de se enfileirar e desfilar para dentro da boate.

Mesmo cedo, a Purp já está bem cheia, e por um momento a visão de Simon se escurece. Nem em suas fantasias mais loucas de São Francisco ele imaginou algo assim. Se não fosse pela garrafa de Smirnoff de Klara, ele teria dado meia-volta, correndo para fora da Purp e de volta para seu apartamento como um coadjuvante fugitivo de um pornô gay de ficção científica. Em vez disso, enquanto os homens se espalham e assumem seus lugares, Simon se posiciona atrás do pilar de número seis. Por Lady ser a mais alta, ela puxa cada homem para seu pedestal. Richie é atlético é cheio de energia: ele salta com um pulso no ar e de vez em quando gira uma corda invisível sobre sua cabeça. Lance é desajeitado, doce; já tem uma massa de fãs atrás de seu pedestal, comemorando quando ele faz o passinho *bus stop* e o *funky chicken*. Colin balança incansável, chapado de quaaludes. Ocasionalmente estende um braço e move as mãos como mímica. Adrian salta e corre as mãos pela virilha. Simon se esforça para não ficar duro enquanto observa.

Lady aparece atrás dele.

— Pronto para um empurrão? — cochicha ela.

— Pronto — diz Simon, e de repente ele se levanta. Lady o coloca no topo do pedestal, suas mãos firmes em sua cintura. Quando ela solta, ele para. Os homens na plateia o encaram com curiosidade.

— Uma salva para o novo garoto! — pede Richie do outro lado do salão.

Há algumas palmas espalhadas e um grito. A música aumenta: "Dancing Queen", do ABBA. Simon engole em seco. Ele mexe a cintura para a esquerda, depois para a direita, mas o movimento não é fluido como com Adrian; ele se sente idiota e desconfortável, como uma menininha num baile da escola. Tenta novamente, saltando como Richie, que parece mais natural, mas talvez parecido demais com Richie. Ele aponta para a plateia com uma mão e dá uma jogadinha com o outro ombro.

— Vamos lá, gato! — grita um rapaz negro com uma regata branca e bermuda jeans. — Sei que você pode fazer melhor do que isso!

A boca de Simon fica seca.

— Relaxe — diz Lady atrás dele; ela ainda não saiu para seu próprio pilar. — Solte os ombros. — Ele não havia percebido que eles subiram até suas orelhas. Quando os solta, seu pescoço relaxa também, e suas pernas ficam flexíveis. Suavemente, ele balança os quadris. Joga a cabeça. Quando escuta a música, em vez de copiar os outros caras, seu corpo afunda no ritmo, como quando ele está correndo. Sua pulsação é vigorosa, mas constante. Eletricidade corre da cabeça aos pés, estimulando-o.

QUANDO ELE aparece para seu turno no dia seguinte, encontra Benny limpando o bar.

— Como fui?

— Foi. — Benny levanta as sobrancelhas, mas não olha para Simon.

— O que quer dizer?

Simon ainda se sente chapado, lembrando-se de como foi dançar com aqueles belos homens esculpidos, como foi se sentir adorado. Por um momento, no vestiário, ele tinha amigos. Ele não pensou em casa, em sua mãe ou sobre o que seu pai acharia do público.

Benny pega uma esponja detrás do bar e começa a esfregar uma crosta de xarope.

— Já dançou antes?

— Sim. Já dancei. Claro que já dancei.

— Onde?

— Em boates.

— Boates. Onde ninguém estava te observando, certo? Onde você era apenas outro rosto na multidão? Bem, estão de olho em você agora. E os meus rapazes? Eles sabem dançar. São bons. Preciso que você acompanhe. — Ele aponta a esponja para Simon.

O orgulho de Simon é ferido. Claro, ele pode ter sido um pouco duro, mas no final da noite ele estava arrasando como os outros, não estava?

— E quanto a Colin? — pergunta ele, audaciosamente imitando o balançar etéreo de Colin, sua mímica. — Ele está acompanhando?

— Colin tem um estilo. As bichas cultonas curtem ele. Você precisa de um estilo também. O que você estava fazendo noite passada, seja lá o que for? Se remexendo no pedestal como se tivesse pulga na cueca? Não é por aí.

— Pô, cara. Não é como se eu estivesse fora de forma. Sou um corredor.

— E daí? Qualquer um pode correr. Baryshnikov, Nureyev... olhe esses caras, eles não correm. Eles voam. E é porque são artistas. Você é um cara bonito, sem dúvida, mas os caras que vêm aqui têm padrões, e você vai precisar de mais do que beleza para acompanhar.

— Tipo o quê?

Benny bufa.

— Tipo presença. *Carisma.* — Simon observa Benny abrir a caixa registradora e contar o rendimento da noite anterior.

— Então você está me demitindo?

— Não, não estou te demitindo. Mas eu gostaria que você fizesse uma aula. Aprenda a se mexer. Tem uma escola de dança na esquina da Church com Market, balé. Eles têm muitos caras lá, então você não vai ficar com um bando de minas.

— Balé? — Simon ri. — Deixa disso, cara. Não é minha pegada.

— E acha que isso é? — Benny tira dois maços grossos de notas e os enrola em elásticos. — Você já está fora da sua zona de conforto, moleque. Isso é um fato. O que seria um passo a mais?

4

DO LADO DE FORA, a Academia de Balé de São Francisco é nada além de uma estreita porta branca. Simon sobe por uma escadaria alta, vira à direita e chega a uma pequena área de recepção: piso de madeira rangendo, um lustre tomado de poeira. Ele não achava que bailarinos fossem tão barulhentos, mas as mulheres conversam em grupos enquanto se alongam contra a parede e homens em collants pretos gritam uns com os outros, massageando seus quadríceps. A recepcionista o inscreve no nível misto das doze e trinta — "a aula teste é grátis" — e passa a ele um par de sapatilhas pretas de lona do saco de achados e perdidos. Simon se senta para colocá-los. Segundos depois, as portas duplas atrás dele se abrem num estrondo. Meninas adolescentes em collants azul-marinho saem, com cabelos presos tão puxados que suas sobrancelhas se levantam. Atrás delas, o estúdio é tão grande quanto um refeitório de escola. Simon se aperta na parede para deixar as meninas passarem. É preciso toda a determinação dele para não correr escada abaixo.

Os outros dançarinos pegam suas sacolas e garrafinhas d'água e começam a marchar para o estúdio. É um velho salão majestoso, com pé direito alto, piso gasto e uma plataforma elevada para o piano. Os alunos carregam barras de metal de aparência pesada dos cantos para o centro enquanto um senhor entra no estúdio. Mais tarde, Simon saberá que esse é o diretor da academia, Gali, um emigrante de Israel que dançou com o Balé de São Francisco até que uma lesão nas costas encerrou sua carreira. Ele parece estar próximo dos cinquenta, tem uma passada poderosa e o corpo denso de um ginasta. Sua cabeça está raspada, assim como suas pernas; ele usa um macacão marrom que termina em bermudas, revelando coxas lisas marcadas de músculos. Quando ele coloca a mão na barra, o salão fica em silêncio.

— Primeira posição — diz Gali, virando os pés para fora com os tornozelos se tocando. — Preparamos os dois braços e vamos: *plié* um, estica dois. Levante o braço três, abaixa em *grand plié* quatro, braços *en bas* cinco, levanta sete. *Tendu* para a segunda posição em oito.

Ele poderia estar falando em holandês. Antes de terminarem os *pliés*, os joelhos de Simon estão queimando e seus dedos doem. Os exercícios se tornam mais desconcertantes conforme a aula continua: há *dégagés* e *ronds de jambe*, os dedos do pé fazendo círculos largos no chão e acima; *pirouettes* e *frappés*; *développés*— a perna se abrindo para longe do corpo, então se dobrando de volta — e *grand battements* para preparar os quadris e tendões para os grandes saltos. Depois do aquecimento, quarenta e cinco minutos tão dolorosos que Simon não consegue imaginar continuar pela mesma duração de tempo, os dançarinos afastam as barras e seguem para o que Gali chama de o centro, onde se movem pelo chão ligeiramente. Gali basicamente caminha pelo salão gritando coisas sem sentido em ritmo: "Ba-di-da-DUM! Da-pi-pá-PUM!"—, mas, durante as piruetas, ele aparece do lado de Simon.

— Minha nossa. — Seus olhos são escuros e afundados, mas dançam. — Que foi, é dia de lavar a roupa?

Simon está usando a mesma camisa listrada de gola que usou no ônibus para São Francisco, junto de shorts de corrida. Quando a aula termina, ele corre para o vestiário masculino, tira as sapatilhas pretas — as almofadas de seus dedos dos pés já estão inchadas — e gorfa na privada. Esfrega a boca com papel higiênico e se encosta na parede, ofegante. Ele não teve tempo de fechar a porta do reservado, e outro dançarino que entra no vestiário para em frente. É facilmente o homem mais bonito que Simon já viu ao vivo: esculpido de ônix, sua pele negra escura. Seu rosto é redondo, com maçãs do rosto proeminentes que se curvam como asas. Uma argola prateada minúscula se pendura de uma orelha.

— Ei. — Suor pinga da testa do homem. — Tudo bem contigo?

Simon assente e cambaleia passando por ele. Depois do longo lance de escadas, ele vaga tonto por Market Street. Faz quinze graus e venta. Num impulso, ele tira a camisa e estica os braços acima da cabeça. Quando sente a brisa no peito, é tomado de uma inesperada euforia.

É um belo masoquismo o que ele acabou de fazer, mais difícil até do que a meia maratona que ele ganhou aos quinze anos: morros, trovões nos pés, e Simon no meio disso, buscando ar em frente ao Rio Hudson. Ele toca as sapatilhas pretas, que enfiou no bolso de trás. Parecem provocá-lo. Ele precisa se tornar como um dos outros bailarinos: especialista, majestoso, invencivelmente forte.

EM JUNHO, o Castro desabrocha. Panfletos da Proposta 6 se espalham pelas ruas como folhas; flores desabam nos cantos de floreiras com tamanha fartura que são quase incômodas. Em 25 de junho, Simon vai para a Freedom Parade com os dançarinos da Purp. Ele não sabia que existia tantos gays no país, quanto mais numa cidade só, mas há duzentos e quarenta mil deles, vendo a abertura das Dykes on Bikes e comemorando quando a primeira bandeira do arco-íris é levantada no ar. O corpo de Harvey Milk aparece do teto solar de um Volvo em movimento.

— Jimmy Carter! — berra Milk, com seu megafone apontado para o alto, enquanto um mar de homens ruge. — Você fala sobre direitos humanos! Há de quinze a vinte milhões de gays nesta nação. Quando vai falar sobre os direitos deles?

Simon beija Lance, depois Richie, envolvendo suas pernas ao redor da cintura grossa e musculosa dele. Pela primeira vez na vida ele está namorando — ele chama assim, apesar de geralmente ser apenas sexo. Tem o gogo boy do I-Beam e o barista do Café Flore, um taiwanês amável que bate tão forte em Simon que sua bunda fica vermelha por horas. Ele se apaixona perdidamente por um fugitivo mexicano com quem passou quatro prazerosos dias em Dolores Park; no quarto dia, Simon acorda sozinho ao lado do chapéu verde e rosa de Sebastian e nunca mais vê o menino. Mas há tantos outros: o viciado sob tratamento de Alapaha, Georgia; o repórter de quarenta e poucos do *Chronicle* que está sempre chapado de anfetamina; o comissário de bordo australiano com o maior pau que Simon já viu.

Nos dias de semana, Klara acorda antes das sete e veste um dos dois tailleurs bege da Goodwill. Ela frila primeiro numa empresa de seguros, depois num consultório odontológico, e volta tão irritada que Simon a evita até ela tomar seu primeiro drinque. Ela odeia o dentista, é o que diz, mas isso não explica a exasperação com a qual olha para Simon quando ele se arruma no espelho ou volta do trabalho na Purp — sonolento, empolgado, com tinta roxa escorrendo por suas pernas em cascatas. Ele se pergunta se são as mensagens na secretária eletrônica. Chegam diariamente; missivas emotivas de Gertie, argumentos advocatícios de Daniel e apelos cada vez mais desesperados de Varya, que voltou para casa depois das provas finais.

— Se você não voltar, Simon, vou ter que parar os estudos — diz Varya, sua voz oscilante. — *Alguém* precisa ficar com a mãe. E não entendo por que sempre tem que ser eu.

Às vezes ele chega até Klara com o fio do telefone enrolado no braço, implorando que um deles entenda.

— São sua família — diz ela depois para Simon. — Vai ter de falar com eles uma hora.

Mas não agora, Simon pensa. *Ainda não.* Se falar com eles, suas vozes vão alcançar o oceano caloroso e prazeroso no qual ele esteve flutuando e vão puxá-lo — sem ar, pingando — para terra firme.

Numa tarde de segunda, em julho, ele volta da Academia para encontrar Klara sentada no colchão, brincando com lenços de seda. Presa na moldura da janela atrás dela está uma foto da mãe de Gertie, uma mulher curiosa cujo tamanho diminuto e olhar forte sempre deixou Simon desconfortável. Ela o lembra de bruxas de contos de fada, não porque haja nada de sinistro nela, mas porque não parece nem criança nem adulta, mulher ou homem, é algo intermediário.

— O que está fazendo aqui? — pergunta ele. — Você não deveria estar no trabalho?

— Eu me demiti.

— Você se demitiu — Simon diz lentamente. — Por quê?

— Porque odeio aquilo. — Klara guarda um dos lenços em seu pulso esquerdo. Quando puxa do outro lado, mudou de preto para laranja. — Obviamente.

— Bom, você precisa arrumar outro emprego. Não consigo pagar o aluguel sozinho.

— Sei disso. E vou. Por que acha que estou ensaiando? — Ela acena com um lenço para Simon.

— Não seja ridícula.

— Vai se foder. — Ela agarra os dois lenços e enfia na caixa preta. — Acha que você é o único que tem direito de fazer o que quer? Está trepando com a cidade toda. Está fazendo strip e dançando balé e eu não disse nada. Se alguém tem direito de me desestimular, Simon, não é você.

— Estou ganhando dinheiro, não estou? Estou cumprindo com a minha parte.

— Vocês gays do Castro. — Klara mostra um dedo para ele. — Não pensam em ninguém além de vocês mesmos.

— Quê? — Ele se ofende. Klara nunca falou com ele assim.

— Pense um pouco, Simon: como o Castro é machista! Digo, onde estão as mulheres? Onde estão as lésbicas?

— Que você tem com isso? Virou lésbica agora?

— Não — diz Klara, e quando balança a cabeça, parece quase triste. — Não sou lésbica. Mas também não sou um cara gay. Não sou nem um cara hétero. Então onde me encaixo aqui?

Quando seus olhos se cruzam, Simon afasta o olhar.

— Como eu posso saber?

— Como eu posso? Pelo menos, se fizer meu próprio show, posso dizer que tentei.

— Seu próprio *show*?

— Sim — retruca Klara. — Meu próprio show. Não espero que você entenda, Simon. Não espero que você se preocupe com nada além de si mesmo.

— Foi você que me convenceu a vir para cá! Achou mesmo que eles iam deixar a gente ir embora sem briga? Achou que eles iam deixar a gente ficar?

Klara tensiona as mandíbulas.

— Eu não estava pensando nessas coisas.

— Então em que diabos estava pensando?

As bochechas de Klara se tornaram um rosa-choque queimado de sol que apenas Daniel provocava, mas ela fica quieta, como se estivesse cedendo a Simon. Não é típico dela evitar contato visual, o que faz agora, fechando sua caixa preta com mais foco do que a tarefa exige. Simon pensa na conversa na cobertura em maio. *Podíamos ir para São Francisco,* ela disse, como se a ideia apenas tivesse ocorrido a ela, como se ela não soubesse exatamente o que estava fazendo.

— Esse é o problema — diz Simon. — Você nunca pensa. Você sabe exatamente como entrar numa dessas e me levar junto, mas nunca pensa nas consequências, ou talvez pense e apenas não se importe, não até ser tarde demais. E agora está me culpando? Se você se sente tão mal, por que não volta?

Klara se levanta e vai para a cozinha. A pia está cheia de tantos pratos sujos que eles começaram a empilhar mais pelo balcão. Ela liga a torneira, pega uma esponja e esfrega.

— Eu sei o motivo — diz Simon, seguindo-a. — Porque significaria que Daniel estava certo. Significaria que você não tem planos, que não pode viver sua vida longe deles. Significaria que você fracassou.

Ele está tentando atiçá-la — a contenção da irmã o perturba mais do que quaisquer de suas explosões, mas Klara permanece firme, os nós dos dedos brancos ao redor da esponja.

SIMON TEM SIDO EGOÍSTA, ele sabe. Mas pensamentos sobre a família zumbem através de seus dias. De certa forma, ele continua na Academia por eles: para provar que sua vida não é só excesso, que também contém disciplina e aperfeiçoamento. Ele assume a culpa e a transforma num salto, um impulso, uma virada perfeita.

A ironia, é claro, é que Saul teria ficado horrorizado de saber que Simon está dançando balé. Mas Simon está convencido de que, se ele estivesse vivo e viesse vê-lo, seu pai entenderia como é realmente difícil. Levou seis semanas para descobrir como apontar os pés, até mais para entender o conceito de *en dehors*. Porém, no final do verão, seu corpo parou de doer tanto e ele conquistou uma parte maior da atenção de Gali. Ele gosta do ritmo do estúdio, de ter um lugar para ir. Em momentos fugidios ele se sente em casa, ou como *uma* casa, como é para muito deles: Tommy, dezessete anos e de cair o queixo, um antigo aluno do Royal Ballet em Londres; Beau, do Missouri, capaz de dar oito giros seguidos; e Eduardo e Fauzi, gêmeos da Venezuela, que foram de carona até o norte num caminhão de soja. Esses quatro estão todos na companhia da Academia, Corps. Na maioria das companhias de balé, os bailarinos homens agem como príncipes sem graça de contos de fada ou oferecem apoio como uma mobília — mas a coreografia de Gali é moderna e acrobática, e sete dos doze membros da companhia são homens. Entre eles está Robert, o homem que Simon viu enquanto vomitava e com quem não fez contato visual desde então. Não que Robert pareça ter notado: antes da aula, os homens se alongam juntos, mas ele se aquece sozinho na janela.

— Esnobe — diz Beau.

É final de agosto, uma frente fria trouxe a neblina do Sunset para o Castro e Simon usa um moletom sobre sua camiseta branca e meia calça preta. Ele massageia o tornozelo direito, fazendo careta quando estala.

— Qual é a dele?

— Se ele é gay, você quer saber? — pergunta Tommy, batendo os punhos em ambas as coxas.

— É a pergunta de um milhão de dólares — ronrona Beau. — Queria eu saber.

Robert não chama atenção apenas por ser solitário. Seus saltos são quilômetros mais altos do que os de todo mundo, seus giros comparáveis apenas aos de Beau ("Viado", murmura Beau quando Robert gira oito vezes, e ele, seis) — e, claro, ele é negro. Mas Robert não é apenas um homem negro no bairro branco do Castro. Ele é um bailarino negro, mais raro ainda.

Simon fica depois da aula para vê-lo ensaiar *O Nascimento do Homem*, a mais nova criação de Gali. Cinco homens usam seus corpos para criar um tubo, seus joelhos dobrados se tocam e suas costas se curvam, braços entrecruzados sobre suas cabeças. Robert é o Homem. Ele avança pelo tubo, guiado por Beau, o parteiro. No final da peça, Robert emerge da frente do tubo e dança um solo trêmulo, nu exceto por uma tanga marrom escuro.

A companhia se apresenta num teatro caixa-preta em Fort Mason, um grupo de prédios militares reformados na Baía de São Francisco. Quando começam a ensaiar lá, Simon vem ajudar, fazendo anotações para Gali ou colocando marcações no palco. Numa tarde, ele encontra Robert fumando numa doca. Robert escuta Simon atrás de si, vira e assente de forma afável. Não é exatamente um convite, mas ele se vê caminhando até o canto da doca e se sentando.

— Cigarro? — pergunta Robert, oferecendo o maço.

— Claro. — Simon está surpreso; Robert tem a reputação de ser todo natureba. — Valeu.

Gaivotas voam em círculos acima, grasnando; o cheiro da água, salobra e salgada, toma o nariz de Simon. Ele pigarreia.

— Você estava ótimo.

Robert balança a cabeça.

— Esses *tours* estão me dando um baita trabalho.

— Os *tour jetés*? — pergunta Simon, aliviado de conseguir lembrar essa parte da terminologia. — Para mim pareceram incríveis.

Robert sorri.

— Você está sendo generoso comigo.

— Não estou. É verdade. — Imediatamente ele deseja não ter dito isso. Soa meloso, como um fã boboca.

— Tá. — Os olhos de Robert reluzem. — O que eu poderia fazer melhor?

Simon se desespera em pensar em algo — seria meio que um flerte —, mas para ele, a dança de Robert é impecável. Em vez disso, ele diz:

— Você podia ser mais simpático.

Roberto franze a testa.

— Não acha que sou simpático?

— Na verdade não. Você se aquece sozinho. Nunca disse nada para mim. Apesar de eu também nunca ter dito nada para você — acrescenta Simon.

— É justo — diz Robert. Eles se sentam num silêncio companheiro. Pilastras de madeira se erguem das águas como troncos de árvores. De tempos em tempos um pássaro pousa numa, guincha de forma ditatorial e parte com um ruído pesado de bater de asas. Simon está observando isso acontecer quando Robert se vira, abaixa a cabeça e beija sua boca.

Simon está chocado. Fica bem parado, como se, do contrário, Robert pudesse sair voando como uma gaivota. Os lábios de Robert são deliciosamente carnudos; têm gosto de suor e fumaça e levemente de sal. Simon fecha os olhos. Se a doca não estivesse embaixo dele, ele iria desmaiar direto na água. Quando Robert recua, Simon se inclina à frente, como se para encontrá-lo novamente, e quase perde o equilíbrio. Robert coloca uma mão no ombro de Simon para segurá-lo, rindo.

— Eu não sabia... — diz Simon, balançando a cabeça. — Eu não sabia que você... gostava de mim.

Ele quase disse "gostava de homem". Robert dá de ombros, mas não em descaso; ele está pensando, pois seus olhos estão distantes, mas focados, em algum lugar no meio da baía. Então eles retornam a Simon.

— Nem eu — ele diz.

5

SIMON PEGA O TREM para casa naquela noite. Lembrar da boca de Robert o deixa tão excitado que ele só consegue pensar em passar pela porta, usar as próprias mãos e bater uma enquanto se recorda da inacreditável potência daquele beijo. Só quando está no meio do quarteirão que vê o carro de polícia parado na frente de seu prédio. Um policial se apoia no capô. É alto e magro, ruivo, e parece pouco mais velho do que Simon.

— Simon Gold?

— Sim — diz Simon, mais lento.

O policial abre a traseira do carro e acena com um floreio.

— Por favor.

— Oi? Por quê?

— Respostas na delegacia.

Simon quer perguntar mais, mas tem medo de dar informações ao policial — se ele não sabe que Simon está trabalhando na Purp sendo menor de idade, não é Simon que vai contar — e mal consegue engolir; algo firme, do tamanho de um punho, como um figo, está enfiado na sua garganta. O banco traseiro é feito de plástico preto duro. Na frente, o ruivo se vira, olha torto para Simon e fecha a barreira à prova de som. Quando param em frente à delegacia de Mission Street, Simon o segue para dentro, então através de um corredor de salas e homens uniformizados. Emergem numa pequena sala de entrevistas com uma mesa de plástico e duas cadeiras.

— Sente-se — diz o policial.

Na mesa há um telefone preto gasto. O policial pega um pedaço de papel amarrotado do bolso da sua camisa e aperta os botões com uma mão. Então o estende para Simon, que olha para o telefone com apreensão.

— O que você tem, é retardado? — pergunta o policial.

— Vai se foder — murmura Simon.

— O que você disse? — O homem o empurra pelos ombros. A cadeira de Simon oscila para trás e ele busca equilíbrio. Quando volta à mesa e busca o telefone, seu ombro esquerdo lateja.

— Alô?

— Simon.

Quem mais seria? Simon podia ter se chutado por ser tão idiota. Imediatamente o policial parece desaparecer, assim como a dor em seu ombro.

— Mãe — diz ele.

É terrível. Gertie está chorando da mesma forma que no velório de Saul, soluços guturais e pesados como se fosse algo em seu estômago que ela pudesse fisicamente expelir.

— Como você pôde? — pergunta ela. — Como pôde fazer isso?

Ele faz uma careta.

— Sinto muito.

— Você *sente muito*. Então espero que você esteja vindo para casa. — Há um amargor na voz dela que ele já ouviu antes, mas que nunca foi direcionado a ele. Sua primeira lembrança: deitado no colo da mãe às duas da manhã enquanto ela corria as mãos por seus cachos. *Como um anjo*, cacarejou. *Como um querubim*. Sim, ele os deixou — todos eles —, mas ele a deixou acima de tudo.

E ainda assim...

— Sinto muito, *sim*. Sinto muito pelo que eu fiz, por ter te deixado. Mas não posso, não vou... — Ele se interrompe novamente. — Você escolheu sua vida, mãe. Quero escolher a minha.

— Ninguém escolhe a vida. Eu com certeza não escolhi. — Gertie solta uma risada áspera. — O que acontece é isso: você faz escolhas, então *elas* fazem escolhas. Suas escolhas fazem escolhas. Você termina a faculdade... meu Deus, você termina o colégio... Isso é uma forma de empurrar a sorte a seu favor. O que você está fazendo agora... não sei o que vai acontecer com você. Nem você sabe.

— Mas essa é a questão. Para mim, tudo bem não saber. Prefiro não saber.

— Eu te dei um tempo — diz Gertie. — Disse a mim mesma: *Apenas espere.* Pensei que se eu esperasse, você ia colocar a cabeça no lugar. Mas não colocou.

— Eu coloquei a cabeça no lugar. Meu lugar é aqui.

— Pensou pelo menos uma vez nos negócios?

Simon esquenta.

— É só nisso que você pensa?

— O nome — diz Gertie, fraquejando. — Mudou. *Gold agora é Milavetz.* É do Arthur.

Simon sente uma onda de vergonha. Mas Arthur sempre encorajou Saul a pensar no futuro. Os estilos em que Saul se especializou — calça de gabardine, ternos de lapelas grandes e pernas largas — estavam saindo de moda quando Simon nasceu, e dá a ele certo alívio pensar que, nas mãos de Arthur, o negócio irá continuar.

— Arthur será bom — diz ele. — Ele manterá a loja atualizada.

— Não me importo com relevância. Me importo com a família. Há coisas que você faz para as pessoas que fizeram isso por você.

— E há coisas que você faz por si mesmo.

Ele nunca falou com sua mãe assim, mas está louco para convencê-la; ele a imagina vindo vê-lo na Academia. Gertie aplaudindo de uma das poltronas do teatro enquanto ele salta e gira.

— Há, sim. Há muita coisa que você faz por si mesmo. Klara me contou que você é bailarino.

O desdém dela vem tão alto pelo receptor que o policial começa a rir.

— Sim, eu sou — diz Simon, olhando feio para ele. — E daí?

— Não entendo. Você nunca dançou um único dia da sua vida.

O que Simon pode dizer a ela? É misterioso para ele também, como algo em que ele nunca pensara, algo que o faz sentir dor e exaustão e frequentemente vergonha se tornou uma porta para uma coisa totalmente diferente. Quando ele faz ponta nos pés, sua perna cresce centímetros. Durante os saltos, ele paira no meio do ar, como se tivesse ganhado asas.

— Bem, estou dançando agora.

Gertie solta um longo suspiro entrecortado, então fica em silêncio. Nesse intervalo — um intervalo que tipicamente ela preencheria com mais argumentos, até ameaças —, Simon reconhece sua liberdade. Se fosse ilegal ser fugitivo na Califórnia, ele já estaria algemado.

— Se você tomou sua decisão — diz ela. — Não quero que você volte.

— Você não quer o quê?

— Não quero que você volte — anuncia Gertie. — Você fez sua escolha... você nos deixou. Então viva com isso. Fique.

— Jesus, mãe — murmura Simon, pressionando o telefone na orelha. — Não seja tão dramática.

— Sou muito realista, Simon. — Há uma pausa enquanto ela inspira. Então Simon escuta um clique silencioso e a linha fica muda.

Ele segura o telefone numa mão, atônito. Não era isso que ele queria? Sua mãe o havia libertado, dado a ele o mundo do qual ele ansiava fazer parte. E ainda assim sente uma pontada de medo; o filtro foi tirado das lentes, a rede de segurança arrancada de debaixo de seus pés, e ele está tonto com uma amedrontadora independência.

O policial o conduz até a saída. Lá fora, na entrada, agarra Simon pelo colarinho da camiseta e o puxa para cima com tanta força que Simon fica na ponta dos pés.

— Vocês fugitivos me dão nojo, sabia?

Simon busca o ar. Seus pés procuram apoio no concreto. Os olhos do policial são cor de uísque com cílios esparsos, suas bochechas, cobertas de sardas. Em sua testa, perto da linha do cabelo, há um grupo de cicatrizes redondas.

— Quando eu era moleque — diz ele —, gente como você chegava de caminhão todo maldito dia. Achei que vocês aprenderiam que não queremos vocês, mas ainda estão aqui, entupindo o sistema como gordura. Não fazem nada de útil de suas vidas, apenas vivem da cidade, como parasitas. Eu nasci no Sunset, assim como meus pais e os pais deles, até nossos parentes que vieram para cá da Irlanda, excluindo os que morreram porque não tinham comida. Sabe o que acho? — Ele se inclina para mais perto; sua boca é um nó rosa. — Vocês merecem o que recebem.

Simon se desvencilha do aperto dele, tossindo. Em sua visão periférica, ele vê um borrão vermelho vivo, um borrão que se torna sua irmã. Klara está aos pés da escada num minivestido preto com ombreiras e Doc Martens marrons, seu cabelo balançando atrás dela como uma capa. Ela parece uma super-heroína, radiante e vingativa. Parece com a mãe deles.

— O que está fazendo aqui? — pergunta Simon, ofegante.

— Benny me disse que viu o carro da polícia. Essa era a delegacia mais próxima. — Klara sobe correndo pelos degraus de granito e para na frente do policial. — Que porra está fazendo com meu irmão?

O policial pisca, pego no pulo. Algo acontece entre ele e Klara que Simon não pode ver direito, algo que pode apenas sentir: faíscas, calor, uma fúria azeda como metal. Quando Klara coloca os braços ao redor dos ombros de Simon, o jovem policial estremece. Ele parece tão certinho, tão deslocado nessa nova cidade, que Simon quase sente pena dele.

— Qual é seu nome? — pergunta Klara, forçando a vista para o pequeno distintivo na camisa azul do policial.

— Eddie — diz o homem, levantando o queixo. — Eddie O'Donoghue.

O braço de Klara está firme ao redor de Simon, suas feridas recentes perdoadas. O conforto de sua proteção faz Simon pensar em Gertie e sua garganta se aperta. Mas Eddie ainda está olhando para Klara, com as bochechas coradas e levemente caídas, como se a irmã de Simon fosse uma miragem.

— Vou me lembrar disso — diz ela. Então conduz Simon pelos degraus da delegacia e para o coração do Mission. Faz trinta graus, as barracas de fruta da calçada cheias como o Éden, e ninguém tenta detê-los.

6

— O QUE VAI SER? — pergunta Simon. Ele vasculha a minúscula despensa, que é na verdade um armário onde guardam um pequeno estoque de alimentos não perecíveis: caixas de cereal, latas de sopa, álcool. — Dá para fazer uma vodca tônica, Jack com Coca...

Outubro: dias cinza-prateados refrescantes, abóboras nos degraus da frente da Academia. Alguém colocou um cinto masculino de dança num esqueleto de mentira e o botou na recepção. Simon e Robert já ficaram na Academia — se beijando no banheiro ou no vestiário vazio antes da aula —, mas esta é primeira vez que Robert vem ao apartamento de Simon.

Robert se inclina para trás na poltrona turquesa.

— Eu não bebo.

— Não? — Simon tira a cabeça do armário e sorri, com uma mão na porta. — Sei que tem um baseado por aqui, se for tua viagem.

— Também não fumo. Não esse troço.

— Sem vícios?

— Sem vícios.

— Exceto homens — diz Simon.

Um galho de árvore acena na frente da janela da sala, bloqueando o sol, e o rosto de Robert se apaga como uma lâmpada.

— Isso não é vício.

Ele se levanta e passa por Simon até a pia, onde se serve um copo d'água da torneira.

— Ei, cara — diz Simon. — É você que quer manter segredo.

Na aula, Robert ainda se aquece sozinho. Uma vez Beau viu Robert e Simon deixando o banheiro e assobiou com os dedos na boca, mas quando perguntou sobre isso, Simon fingiu inocência. Ele sente que Robert iria desaprovar a exposição, e seus momentos com ele — a risada grave, murmurada de Robert, suas mãos no rosto de Simon — são bons demais para se abrir mão.

Agora Robert se apoia na pia.

— Não é só porque não quero falar sobre isso que quero manter segredo.

— Qual é a diferença? — Simon coloca seus dedos indicadores nas alças do cinto de Robert. Ele nunca sonhou que teria confiança para fazer tal coisa, mas São Francisco é estimulante. Apesar de ele estar aqui há apenas cinco meses, sente como se tivesse envelhecido uma década.

— Quando estou no estúdio, estou trabalhando. Fico quieto por respeito: pelo local de trabalho e por você.

Simon o puxa para mais perto, até seus quadris estarem pressionados juntos. Coloca a boca no ouvido de Robert.

— Me desrespeite.

Robert ri.

— Você não iria gostar.

— Iria. — Simon abre o jeans de Robert e enfia a mão dentro. Ele agarra o pau de Robert e o estimula. Ainda não fizeram sexo.

Robert se afasta.

— Deixa disso, cara. Não seja assim.

— Assim como?

— Vulgar.

— Divertido. — diz Simon, corrigindo-o. — Você está duro.

— E?

— E? — repete Simon. *E tudo*, ele quer dizer. *E vai.* Mas o que sai é diferente. — Então me fode como um animal.

É algo que o repórter do *Chronicle* disse uma vez para Simon. Robert parece que vai rir novamente, então sua boca torce.

— O que estamos fazendo aqui, nós dois? — diz. — Não há nada de errado nisso. Nada.

O pescoço de Simon fica quente.

— É, eu sei.

Robert agarra sua jaqueta da poltrona turquesa e a veste.

— Sabe mesmo? Às vezes não tenho certeza.

— Ei — diz Simon, em pânico. — Não tenho vergonha, se é aí que quer chegar.

Robert para na porta.

— Bom —diz ele, então fecha a porta atrás de si e desaparece na escadaria.

QUANDO HARVEY MILK é baleado, Simon está no vestiário da Purp, esperando que uma reunião da equipe comece. São onze e meia da manhã, uma segunda; os homens estão emburrados de virem durante suas horas de folga, e ainda mais emburrados porque Benny está atrasado. Estão com a TV ligada enquanto esperam. Lady está deitada num banco com sacos de chá frios sobre os olhos; Simon está perdendo a aula masculina da Academia. O clima é pesado, esgotado: uma semana antes, Jim Jones conduziu mil seguidores à morte na Guiana.

Quando o rosto de Dianne Feinstein toma a televisão, sua voz está vacilando: "É meu dever fazer este pronunciamento: tanto o Prefeito Moscone quando o Supervisor Harvey Milk foram baleados e mortos" — Richie grita tão alto que Simon salta de sua cadeira. Colin e Lance estão em silêncio com o choque, mas Adrian e Lady choram lágrimas fartas, e quando Benny chega — horrorizado, pálido; o trânsito está parado nos quarteirões ao redor do Civic Center — seus olhos estão vermelhos e inchados. Eles fecham a Purp neste dia, pendurando uma echarpe negra de Lady na porta da frente, e de noite eles se juntam ao resto do Castro na marcha.

É final de novembro, mas as ruas estão quentes com os corpos. A multidão é tão grande que Simon tem de tomar uma rota traseira por Cliff para comprar velas.

O caixa dá a ele doze pelo preço de duas, e copos de papel para cortar o vento. Dentro de horas, cinquenta mil pessoas se uniram a eles. A marcha para a prefeitura é conduzida pelo som de um único tambor, e aqueles que choram o fazem em silêncio. As bochechas de Simon estão molhadas. É Harvey, mas é mais do que Harvey. Essa massa, enlutada como crianças sem pai, faz Simon pensar em seus pais, ambos perdidos para ele agora. Quando o San Francisco Gay Men's Chorus canta um hino de Mendelssohn — *Tu, Senhor, Foste Nosso Refúgio* —, Simon abaixa a cabeça.

Quem é o Senhor dele, seu refúgio? Simon acha que não acredita em Deus, mas até aí, nunca achou que Deus acreditava nele. De acordo com o Levítico, ele é uma abominação. Que tipo de Deus criaria uma pessoa que desaprova?

Simon só pode pensar em duas explicações: ou não há Deus nenhum, ou Simon foi um erro, uma cagada. Ele nunca teve certeza de qual opção o assusta mais. Quando limpa as bochechas, os outros dançarinos da Purp foram levados pelo fluxo. Simon examina o público e capta um rosto familiar: olhos escuros, quentes; um brilho prateado num lóbulo da orelha, balançando sobre uma vela branca brilhante: Robert.

Eles mal se falaram desde aquela noite de outubro no apartamento de Simon, mas agora abrem espaço na multidão, buscando um ao outro, e se encontram em algum ponto no meio desse mar.

A QUITINETE DE ROBERT está fincada nas ruas íngremes e sinuosas de Randall Park. Quando ele destranca a porta e os dois cambaleiam para o corredor, estão tirando a camisa um do outro e remexendo fivelas de cintos. Numa cama de casal ao lado da janela, Simon fode Robert e Robert o fode. Porém, logo não parece uma foda: quando o frenesi inicial passa, Robert é terno e atencioso, empurrando para dentro de Simon com tal emoção — emoção por quem? Por Simon? Por Harvey? — que Simon se sente anormalmente tímido. Robert põe o pau de Simon em sua boca e chupa. Quando a pressão dentro de Simon cresce ao ponto de irromper, Robert levanta o olhar e seus olhos se encontram com tamanha intensidade que Simon se inclina para a frente para segurar a cabeça de Robert enquanto goza.

Depois, Robert liga a lâmpada sobre um criado-mudo. Seu apartamento não é tão espartano quanto Simon esperava, mas decorado com objetos que Robert encontrou durante a primeira turnê internacional da Corps: tigelas russas pintadas, duas garças japonesas. Até suas camisinhas são mantidas numa minúscula caixa esmaltada. Uma prateleira de madeira na frente da cama está tomada de livros — *Sula*; *The Football Man* —, e a minicozinha tem um conjunto de frigideiras penduradas. Um boneco de papelão guarda a entrada do quarto, a imagem em tamanho real de um jogador de futebol americano em pleno movimento.

Eles se sentam apoiados em travesseiros para fumar.

— Eu o encontrei uma vez — diz Robert.

— Quem? Milk?

Robert assente.

— Foi depois que ele perdeu sua segunda campanha 1975? Eu o vi num bar no fim da rua da loja de câmeras. Ele estava sendo jogado para cima por todos esses caras, estava rindo e eu pensei: é o tipo de pessoa de quem precisamos. Alguém que não ficava para baixo. Não um velho amargo, como eu.

— Harvey era mais velho do que você. — Simon sorri, apesar de parar quando percebe que usou o pretérito.

— Sim, era. Mas não agia assim. — Robert dá de ombros. — Olha, eu não vou às paradas, não vou às boates. Com certeza eu não vou às saunas.

— Por que não?

Robert olha para ele.

— Quanta gente parecida comigo você vê por aqui?

— Há caras negros aqui. — Simon cora. — Não muitos, acho.

— É. Não muitos — diz Robert. — Tente encontrar um que faça balé. — Ele apaga seu cigarro. — Aquele policial que te pegou? Pense no que ele teria feito se você fosse como eu.

— Teria sido pior — diz Simon. — Eu sei.

Ele gosta tanto de Robert que reluta em encarar a diferença óbvia entre os dois. Ele quer que a sexualidade deles seja um equalizador; quer focar na discriminação que encaram em comum. Mas Simon pode esconder sua sexualidade. Robert não pode esconder sua cor, e quase todo mundo no Castro é branco.

Robert acende um novo cigarro.

— Por que você não vai às saunas?

— Quem diz que não vou? — pergunta Simon. Mas Robert bufa e Simon ri. — Sinceramente? Elas me assustam um pouco. Não sei se eu conseguiria.

Existe algo como prazer demais? Quando Simon imagina as saunas, ele imagina um carnaval de gulodice, um submundo tão infinito que parece possível ficar lá para sempre. O que ele disse a Robert não é mentira — ele *tem* medo de que não seja capaz de aguentar —, mas também tem medo de conseguir, de que sua ânsia não encontre limites, que não tenha fim.

— Eu entendo. Parece nojento. — Robert torce o nariz.

Simon se apoia num braço.

— Então, por que veio para São Francisco?

Robert levanta uma sobrancelha.

— Vim para São Francisco porque não tive escolha. Sou de Los Angeles. South Central, um bairro chamado Watts. Já ouviu falar?

Simon assente.

— Foi onde tiveram os protestos.

Em 1965, quando ele tinha quatro anos, Simon foi ao cinema com Gertie e Klara enquanto os outros irmãos estavam na escola. Apesar de ele não se lembrar do filme, ele se lembra das notícias mostradas logo antes. Houve uma animada chamada da Universal City Studios e a familiar voz rítmica de Ed Herlihy, ambas notavelmente diferentes das imagens em preto e branco que apareceram em seguida: ruas escuras tomadas de fumaça e prédios em chamas. A música se tornou ameaçadora enquanto Ed Herlihy descrevia marginais negros jogando tijolos — atiradores com fogos de artifício dos telhados, saqueadores roubando bebidas e brinquedos —, mas Simon só via policiais com jaquetas à prova de balas e armas caminhando por ruas vazias. Finalmente dois negros apareceram, mas não podiam ser os marginais que Ed Herlihy mencionou: algemados e acompanhados de policiais brancos, eles caminhavam estoicos sem resistência.

— Certo. — Robert apaga seu cigarro num pequeno prato azul. — Eu fui ok na escola, minha mãe era professora, mas o que eu realmente tinha era força física. Futebol americano era meu jogo. No primeiro ano do ensino médio, comecei no time da escola como defesa. Minha mãe achou que eu conseguiria uma bolsa para a faculdade. E quando veio um olheiro do Mississipi, comecei a acreditar também.

Outros caras não falavam assim com Simon. Na verdade, com outros caras Simon não conversou quase nada, e certamente não sobre sua família. Mas é assim com a maioria dos homens no Castro — homens suspensos no tempo, como se em âmbar, homens que não querem olhar para trás.

— Então, conseguiu a bolsa? — pergunta ele. Robert faz uma pausa. Parece estar preparando Simon.

— Eu era bem próximo desse outro cara do time — diz Robert. — Dante. Eu estava na defesa, Dante era nosso recebedor. Eu podia ver que havia algo diferente nele. E ele podia ver que havia algo diferente em mim. Nada aconteceu até meu segundo ano, último treino fora da temporada. Dante deveria sair naquele verão; recebeu uma bolsa do Alabama. Imaginei que seria a última vez que nos veríamos. Esperamos até todo mundo deixar o vestiário, vestimos lentamente nossas roupas, então as tiramos novamente.

Robert traga e solta. Lá fora, Simon ainda pode ver a luz da marcha. Cada vela simboliza uma pessoa. Elas tremulam, como estrelas em solo.

— Juro por Deus que não ouvi ninguém entrando. Mas acho que alguém entrou. No dia seguinte, fui expulso do time e Dante perdeu sua bolsa. Não deixaram nem a gente pegar nossas coisas no vestiário. Da última vez que o vi, ele estava parado no ponto de ônibus. Tinha o boné puxado para baixo. Sua mandíbula tremia. E ele olhou para mim como se quisesse me matar.

— Jesus. — Simon se remexe na cama. — O que aconteceu com ele?

— Um grupo de caras do time o pegou. Me pegaram também, mas não foi tão feio. Eu era mais alto, mais forte. Defesa: esse era meu trabalho, sabe? Mas não era o do Dante. Arrebentaram o rosto ele, quebraram suas costas com um bastão. Então o levaram para o campo e o amarraram numa cerca. Disseram que o deixaram respirando, mas que tipo de filho da puta idiota acreditaria nisso?

Simon balança a cabeça. Está enjoado com medo.

— O juiz. Ele acreditou. Sei que eu ficaria louco se continuasse lá. É por isso que vim para São Francisco. Comecei a fazer aulas de dança porque sabia que era um lugar de onde não me expulsariam por ser gay. Nada mais gay do que balé, cara. Mas há um motivo pelo qual Lynn Swann faz treinamento de dança. É pesado para caralho. Deixa você forte.

Robert se abaixa para descansar o rosto no peito de Simon, e Simon o abraça. Ele se pergunta o que pode fazer para proteger Robert, para acalmá-lo — seja apertar a mão de Robert ou conversar, acariciar sua cabeça recém-raspada. Essa responsabilidade, um presente que acabou de ganhar, não tem nada a ver com trepar: é mais intimidante, mais adulto, com uma margem muito mais ampla para fracasso.

EM ABRIL, Gali chama Simon e diz a ele para vir rápido ao teatro. Simon esbanja num táxi, sua sacola de dança nos braços. Gali o encontra do lado de fora da porta do palco.

— Eduardo se acidentou no ensaio — diz Gali. — Torceu o tornozelo num *saut de basque*. Um acidente bizarro, terrível. Esperamos que seja só uma luxação. Mesmo assim, ele está de fora este mês. — Ele acena para Simon. — Você conhece a coreografia.

Não é uma pergunta; é uma oferta de trabalho para *O Nascimento do Homem*. O coração de Simon se aperta.

— É, quero dizer, eu sei, mas...

O que ele quer dizer é não sou bom o suficiente.

— Você estará no fim da fila — diz Gali. — Não temos escolha.

Simon o segue para o longo corredor dos camarins. Eduardo está sentado no chão com a perna apoiada num caixote, um saco de gelo no tornozelo. Seus olhos estão vermelhos, mas ele abre um sorriso para Simon.

— Pelo menos você não vai ter de ajustar seu figurino — diz ele.

Em *O Nascimento do Homem,* os homens não usam nada além de cintos de dança. Até suas bundas ficam à mostra. Quanto a isso, a Purp foi um bom treino: no palco, Simon se sente pouco desconfortável e pode focar apenas nos movimentos. As luzes são tão fortes que ele não consegue ver a plateia, então finge que ela não existe: há apenas Simon e Fauzi, Tommy e Beau, todos se esforçando para apoiar Robert enquanto ele percorre o canal feito de homens. Eles fazem uma reverência em grupo, e Simon aperta as mãos de todos até suas próprias doerem. Depois disso, pegam um táxi para o bar QT na Polk com a maquiagem de palco. Num pico de êxtase, Simon agarra Robert e o beija na frente de todos. Os outros comemoram, e Robert sorri com uma indulgência tão escancarada que Simon faz novamente.

Naquele outono, Simon recebe seu próprio papel em *Requebra Noz*, o *Quebra-Nozes* da companhia. Uma nota no *Chronicle* dobra a venda de ingressos, e Gali faz uma festa em sua casa em Upper Haight para comemorar. Os quartos estão cheios de mobília de couro marrom e tudo cheira como as laranjas com cravos sobre uma tigela dourada na cornija. O pianista da Academia toca Tchaikovsky no Steinway de Gali. As portas foram enfeitadas com ramos de visco, e o burburinho da festa é periodicamente interrompido por gritos de prazer quando pares aleatórios são forçados a se beijar. Simon chega com Robert, que usa uma camisa marrom com calça social preta; ele trocou o brinco de argola prateada por um diamante do tamanho de uma pimenta-do-reino. Eles interagem com patrocinadores durantes os aperitivos, antes de Robert puxar Simon pelo corredor e para uma porta de vidro que os leva ao jardim. Sentam-se no deque. Mesmo em dezembro o jardim está viçoso. Há jades e nastúrcios e papoulas-da-Califórnia, todas saudáveis o suficiente para crescer entre a neblina. Ocorre a Simon que ele gostaria de ter uma vida assim: uma carreira, uma casa, um companheiro. Ele sempre supôs que essas coisas não fossem para ele — que ele fora feito para algo com menos sorte, menos convencional. Na verdade, não é apenas o fato de ser gay que o faz se sentir assim. É a profecia também, algo de que ele gostaria de esquecer, mas que em vez disso o seguiu por todos esses anos. Ele odeia aquela mulher por ter dado isso a ele, e odeia a si mesmo por acreditar nela. Se a profecia é uma bola, sua crença é uma corrente; é a voz em sua mente dizendo *corra*, dizendo *mais depressa*, dizendo, *acelera*.

Robert diz:

— Consegui o lugar.

Na semana anterior, ele fez uma proposta para um apartamento na Eureka Street. Tem aluguel controlado, com uma cozinha e um quintalzinho. Simon foi à visita com Robert e se impressionou com a lava-louças, a lavadora de roupas, as janelas com sacada.

— Você tem com quem dividir? — pergunta ele.

Os nastúrcios acenam com suas festivas mãos vermelhas e amarelas. Robert se apoia nos antebraços, sorrindo.

— Quer dividir comigo?

A ideia é sedutora: uma comichão corre pela cabeça de Simon.

— Estaríamos perto do estúdio. Podíamos pegar um carro usado e dirigir para o teatro juntos nos dias de apresentação. Economizaríamos combustível.

Robert olha para Simon como se ele tivesse dito que é hétero.

— Quer morar comigo para economizar combustível.

— Não! Não. Não é o combustível. Claro que não é o combustível.

Robert balança a cabeça. Ainda está sorrindo quando olha para Simon.

— Você não consegue admitir.

— Admitir o quê?

— O que você sente por mim.

— Claro que consigo.

— Tá. O que você sente por mim?

— Eu gosto de você — diz Simon, mas sai um pouco rápido demais.

Robert joga a cabeça para trás e ri.

— Você é uma merda de mentiroso.

7

ESTÃO ARRUMANDO as coisas no apartamento, Simon, Robert e Klara, que não ligou para a mudança; ela parece aliviada de ter o apartamento de Collingwood só para si. Depois de um dezembro agradável, as temperaturas afundaram pouco acima de zero. Isso não seria nada em Nova York, mas a Califórnia deixou Simon fraco para o frio: ele usa ceroulas debaixo do seu moletom enquanto corre entre o apartamento e o caminhão de mudança. Quando Klara sai, Simon e Robert se beijam sobre a lava-louça, Robert segura firme a cintura de Simon, Simon agarra a bunda de Robert, seu pau, seu rosto magnífico.

É 1980, o começo de uma nova década, assim como um novo ano. Em São Francisco, Simon está isolado da recessão global e da invasão soviética no Afeganistão. Ele e Robert juntam dinheiro para comprar uma TV, e, apesar de o noticiário os deixar apreensivos, o Castro é como um abrigo nuclear: lá, Simon se sente poderoso e seguro. Ele cresce dentro da Corps e na primavera já é um integrante da companhia, em vez de um substituto.

Klara voltou ao consultório odontológico, trabalhando durante o dia como secretária e à noite como recepcionista de um restaurante na Union Square. Passa os fins de semana planejando seus shows e coloca cada centavo mensal de sobra em suas economias. Aos domingos, Simon a encontra para jantar num restaurante indiano na Décima Oitava. Numa noite ela traz uma pasta parda, com dois elásticos e recheada de fotocópias: fotos preto e branco granuladas, jornais antigos, programas vintage e anúncios. Ele usa a mesa toda para espalhar o conteúdo.

— Esta — diz ela — é a vó.

Simon se inclina na mesa. Ele reconhece a mãe de Gertie da foto presa sobre a cama de Klara. Numa imagem, ela está com um homem alto de cabelo escuro sobre um cavalo galopante, troncuda em seu shorts e blusa de faroeste amarrada. Em outra, a capa de um programa, ela tem uma cintura minúscula e pés pequeninos. Ela levanta a barra da saia com uma mão; na outra, puxa seis homens em coleiras. Abaixo dos homens as palavras: "A RAINHA DO BURLESCO! Venha ver os músculos da Srta. KLARA KLINES balançarem e tremerem como uma TIGELA DE GELATINA NUMA VENTANIA — A DANÇA que fez João Batista PERDER A CABEÇA!"

Simon caçoa.

— Essa é a mãe da mãe?

— Sim. E esse — diz Klara apontando para o cara no cavalo — é o pai dela.

— Tá de brincadeira. — O cara não é bem bonito, tem sobrancelhas grossas como bigodes e o nariz grande da Gertie, mas tem um tipo de carisma resplandecente. Parece com Daniel. — Como você sabe?

— Tenho pesquisado. Eu não consegui achar a certidão de nascimento dela, mas sei que ela chegou à Ilha Ellis em 1931, num navio chamado *Ultonia.* Era húngara; tenho quase certeza de que era órfã. A tia Helga chegou depois. Então a vó veio com uma trupe de dançarinas e morou num pensionato: o Lar De Hirsch para Garotas Trabalhadoras.

Klara pega um pedaço de papel no qual várias fotos foram copiadas: um grande prédio de pedra, uma sala de jantar cheia de meninas de cabelo castanho sentadas, e o retrato de uma mulher de olhar severo — a Baronesa de Hirsch, diz a legenda — numa blusa de gola alta, luvas e chapéu quadrado, todos pretos.

— Quero dizer, só Deus sabe... a vó era judia e não tinha família, se não fosse por esse lar, ela provavelmente estaria na rua. Mas esse lugar era bem convencional. Ensinava as meninas a costurar, casar cedo, e a vó não era assim. Em algum ponto, ela foi embora, e foi quando começou a fazer isso. — Klara indica o programa burlesco. — Começou no vaudeville. Ela se apresentava em casas de dança, circos, parques de diversão, teatros mambembes também, que é como eles chamavam os cinemas. E então ela o conheceu.

Cuidadosamente ela levanta uma página escondida sob o programa e passa para Simon. É uma certidão de casamento.

— Klara Kline e Otto Gorski — diz Klara. — Ele era um cavaleiro de faroeste com Barnum & Bailey, um campeão mundial. Então essa é minha teoria: a vó conheceu Otto a caminho de um show, se apaixonou e se juntou ao circo.

Klara tira um pedaço de papel dobrado de sua carteira. É outra foto, mas essa mostra a vó Klara deslizando do topo da tenda do circo, suspensa apenas por uma corda que segura com os dentes. Abaixo da foto há uma legenda: *Klara Kline e sua Mordida de Vida!*

— Por que está me mostrando tudo isso? — pergunta Simon.

As bochechas de Klara estão rosadas.

— Quero fazer um show misto: principalmente mágica, com um ato de desafio de vida. Estou aprendendo a Mordida de Vida.

Simon para de comer seu korma de vegetais.

— Isso é loucura. Você não sabe como ela fazia isso. Pode ser algum truque.

Klara balança a cabeça.

— Nenhum truque; era real. Otto, o marido da vó? Ele morreu num acidente no show em 1936. Depois disso, a vó se mudou para Nova York com a mãe. Em 1941 ela fez a Mordida de Vida na Times Square, do Edison Hotel até o telhado do Palace Theater. No meio disso ela caiu. Ela morreu.

— Jesus Cristo. Por que não sabíamos disso?

— Porque a mãe nunca fala sobre isso. Foi uma história bem grande naquela época, mas acho que ela sempre teve vergonha da vó. Ela não era comum — diz Klara acenando para uma foto da mãe de Gertie num cavalo, com uma camisa de brim puxada para cima para revelar sua barriga musculosa. — Além disso, faz tanto tempo... a mãe só tinha seis anos quando ela morreu. Depois disso, a mãe foi viver com a tia Helga.

Simon sabe que Gertie foi criada pela irmã da mãe, uma mulher muito rigorosa e velha que falava basicamente húngaro e nunca se casou. Ela vinha para a casa deles nos feriados judaicos, trazendo balas duras embaladas em alumínio colorido. Mas suas unhas eram longas e pontudas, seu cheiro era de uma caixa que não era aberta há décadas e Simon sempre teve medo dela.

Agora ele vê Klara colocando as cópias de volta na pasta.

— Klara, você não pode fazer isso. É loucura.

— Não vou morrer, Simon.

— Como você sabe?

— Porque eu sei. — Klara abre a bolsa, coloca a pasta dentro e fecha o zíper. — Eu me recuso.

— Certo — diz Simon. — Você e cada pessoa que já viveu.

Klara não responde. Simon sabe que ela fica assim quando tem uma ideia. *Como um cachorro que não larga o osso*, Gertie costumava dizer, mas isso não é bem verdade; é mais que a Klara se torna impermeável, inalcançável. Ela existe em algum outro lugar.

— Ei. — Simon dá um peteleco no braço dela. — Como vai chamar a sua apresentação?

Klara sorri de sua forma felina: os pequenos caninos afiados, um toque de purpurina em seus olhos.

— A Imortalista — diz ela.

ROBERT SEGURA o rosto de Simon em suas mãos. Ele acordou em pânico de outro pesadelo.

— Do que está com medo? — pergunta Robert.

Simon balança a cabeça. São quatro da tarde de domingo, e eles passaram o dia todo na cama, tirando a meia hora em que fizeram ovos pochê e pão lambuzado de geleia de cereja.

É bom demais, esse sentimento, é o que ele quer dizer. *Não pode durar.* No próximo verão, ele terá vivido por duas décadas — uma longa vida para um gato ou um pássaro, mas não para um homem. Ele não contou a ninguém sobre sua visita à mulher na Hester Street ou sobre a sentença que ela deu a ele, que parece estar vindo com tudo em sua direção. Em agosto, ele pega o ônibus 38 Geary para o canto do Parque Golden Gate e sobe a íngreme trilha de Land's End. Lá, ele vê ciprestes e flores silvestres e o que sobrou do Sutro Baths. Um século atrás, os banhos eram um aquário humano, mas agora o concreto está em ruínas. Ainda assim, já não foi luxuoso? Nem mesmo o Éden — especialmente o Éden — durou para sempre.

Quando chega o inverno, ele começa a ensaiar para o programa de primavera da Corps, *Mito*. Tommy e Eduardo vão abrir o show como Narciso e sua Sombra, seus movimentos espelhados. Em seguida é o *Mito de Sísifo,* na qual as mulheres apresentam uma série de movimentos em intervalos, como uma música em looping. Na peça final, *O Mito de Ícaro,* Simon vai apresentar seu primeiro papel principal: ele é Ícaro e Robert é o Sol.

Na noite de abertura, ele decola ao redor de Robert. Orbita mais próximo. Usa um grande par de asas feitas de cera e penas, como aqueles que Dédalo fez para Ícaro. A física de dançar com dez quilos nas costas aumenta sua tontura, então fica grato quando Robert as remove, mesmo que isso signifique que elas derreteram e que Simon, como Ícaro, irá morrer. Quando a música — "Concerto de Varsóvia", de Addinsell — chega ao clímax, Simon sente que sua alma é como um corpo erguido do chão, seus pés pairam no ar. Ele sente saudades de sua família. *Se pudessem me ver agora*, pensa. Em vez disso, ele se agarra a Robert, que o carrega para o palco central. A luz ao redor de Robert é tão brilhante que Simon não consegue ver mais nada; nem os membros da plateia ou os outros membros da companhia, que tomam as coxias para vê-los.

— Eu te amo — cochicha ele.

— Eu sei — diz Robert.

A música está alta; ninguém pode ouvi-los. Robert o coloca no chão. Simon arranja o corpo da forma que Gali mostrou a ele, com suas pernas enroladas e seu braço buscando Robert. Robert usa as asas para cobrir Simon antes de se afastar.

ELES PASSAM DOIS ANOS ASSIM. Simon faz o café; Robert faz a cama. Tudo é novo até não ser mais: o moletom gasto de Robert, seu grunhido de prazer.

Como ele corta as unhas semanalmente — meias luas perfeitas, translúcidas, na pia. A sensação de posse, externa e inebriante: *meu homem. Meu.* Quando Simon olha para trás, esse período de tempo parece impossivelmente curto. Momentos vêm para ele como quadros de um filme: Robert fazendo guacamole no balcão. Robert se alongando na janela. Robert saindo para pegar alecrim ou tomilho dos vasos no jardim. De noite, os postes de luz brilham tão forte que o jardim é visível no escuro.

8

— SEUS MOVIMENTOS — diz Gali. — Eles precisam. Ter. Integridade.

Dezembro de 1981. Na aula dos homens, eles estão praticando giros *fouetté*, nos quais o corpo gira, equilibrado na meia ponta, com outra perna estendida de lado. Simon caiu duas vezes e agora Gali está atrás dele — uma mão contra a barriga de Simon a outra contra suas costas — enquanto o resto dos homens observa.

— Levante a perna direita. Mantenha a firmeza no abdômen. Mantenha o alinhamento. — É fácil manter o alinhamento quando ambos os pés estão no chão, mas quando Simon levanta a perna, sua lombar arqueia e seu peito cai para trás. Gali bate palmas desaprovando. — Viram? Esse é o problema. Você levantou a perna, o ego assume. Você deve começar com a base.

Ele avança para o centro para demonstrar. Simon cruza os braços.

— Tudo — diz Gali, olhando para os homens. — Tudo está conectado. Observe. — Ele coloca os pés na quarta posição e faz um *plié*. — *Aqui* é quando eu preparo. Aqui é que importa. Sinto a conexão entre meu peito e meus quadris. Sinto a conexão entre meus joelhos e a ponta dos meus pés. A estrutura do corpo tem alinhamento e integridade, viu? Então quando eu decolo — ele levanta sua perna traseira e gira —, há unidade. É sem esforço.

Tommy, o prodígio britânico, cruza olhares com Simon. *Sem esforço?* Ele balbucia, e Simon sorri. Tommy é um saltador, não um girador, e gosta de se comiserar com Simon.

Gali ainda está girando.

— Do controle vem a liberdade — diz ele. — Da contenção vem a flexibilidade. Do tronco — ele coloca uma mão no abdômen, então aponta com sua mão livre para sua perna erguida —, vêm os galhos.

Ele volta ao solo num *plié* profundo, então levanta uma mão como para dizer "viram?". Simon vê, mas fazer é outra coisa. Quando a aula termina, Tommy passa um braço sobre o ombro de Simon e grunhe enquanto eles caminham para o camarim. Robert lança um olhar para eles. Chuva cai nas janelas, mas o cômodo está tomado de vapor com suor e a maioria dos homens está sem camisa. Quando Simon sai com Beau e Tommy para almoçar, Robert não vai com eles.

Eles caminham para o Orphan Andy's na Décima Sétima. Simon diz a si mesmo que não está fazendo nada de errado: a maioria dos caras na academia gosta de flertar e não é sua culpa se Robert não faz isso. Ele ama o Robert — ama mesmo. Ele é inteligente, maduro e surpreendente. Gosta de música clássica tanto quanto gosta de futebol, e apesar de ainda não ter feito trinta, ele prefere ler na cama do que ir para a Purp com o Simon.

— Ele é *classudo* — disse Klara quando o conheceu e Simon sorriu de orgulho. Mas isso também é parte do problema: Simon gosta de vulgaridade, gosta de levar uns tapas e ser paquerado e chupado, e tem certo apetite para a depravação — ou pelo menos o que seus pais chamavam de depravação — que ele finalmente está começando a assumir.

Depois do almoço, eles vão para a Farmácia Star comprar seda. Simon paga enquanto os outros esperam lá foram. Estão os dois olhando para a vitrine da farmácia quando ele volta.

— Ai, meu Deus, gente — diz Tommy. — Vocês viram isso?

Ele aponta para um folheto caseiro preso na vitrine: *O CÂNCER GAY*, diz. Abaixo há três fotos polaroides de um jovem. Na primeira foto, ele levanta a camisa para revelar manchas roxas, salientes e ásperas como queimaduras. Na segunda, sua boca está bem aberta. Há uma mancha lá também.

— Cala a boca, Tommy. — Tommy é um hipocondríaco notório, está sempre reclamando de dores em grupos musculares de que ninguém nunca ouviu falar, mas a voz de Beau é mais incisiva do que de costume.

Eles se reúnem sob o toldo do Toad Hall para fumar. Simon traga, doce e úmido, e isso deveria acalmá-lo, mas não acalma; ele sente como se pudesse saltar para fora de sua pele. Pelo resto do dia ele não consegue apagar as imagens de sua mente — aquelas terríveis lesões, escuras como ameixas — ou as palavras que alguém rabiscou embaixo do folheto em caneta vermelha: *Cuidado, rapazes. Há algo aí.*

RICHIE ACORDA com um ponto vermelho em seu olho esquerdo. Simon cobre seu turno para que ele possa ir ao médico; quer se certificar de que tenha ido embora na véspera de Natal, a noite do baile anual Jingle Bell Cock da Purp. Poucos clientes da Purp visitam a família nas festas de fim de ano, então os dançarinos se pintam de vermelho e verde e penduram sinos na cintura de suas tanguinhas. O médico manda Richie para casa com um antibiótico.

— Eles falaram tipo: "Talvez seja conjuntivite" — diz Richie no dia seguinte, tingindo as costas de Adrian de roxo. — A queridinha do laboratório, com provavelmente dezenove anos, ela diz: "Alguma chance de você ter entrado em contato com material fecal?" E eu digo, com a mão no coração: "Ah, não, querida, eu não tocaria nisso" — e os homens estão todos rindo, e Simon vai se lembrar de Richie assim, sua gargalhada, seu cabelo raspado no estilo militar, com um leve toque de branco, porque em vinte de dezembro Richie estará morto.

Como descrever o choque? As manchas aparecem no vendedor de flores de Dolores Park e nos belos pés de Beau, que outrora girava oito vezes seguidas e agora é levado para o Hospital San Francisco General no carro de Eduardo, convulsionando. Essas são as lembranças mais antigas de Simon da Ala 86, apesar de não conhecer este nome por mais um ano: o ranger dos carrinhos com refeições; as enfermeiras no telefone, sua calma notável (*não, não sabemos como se transmite. Seu namorado está com você? Ele sabe que você está vindo para o hospital?*); e os homens, homens de vinte e poucos, trinta e poucos, sentados com olhares esbugalhados nas macas e em cadeiras de rodas, como se alucinassem. *Câncer raro visto em 41 homossexuais* diz o *Chronicle*, mas ninguém sabe como se pega. Ainda assim, quando os nódulos nas axilas de Lance começam a inchar, ele termina seu turno na Purp e vai para o hospital de táxi com o artigo em sua mochila. Dez dias depois, os nódulos estão grandes como laranjas.

Robert caminha de um lado para o outro no apartamento.

— Precisamos ficar aqui — diz ele. Eles têm comida o suficiente para duas semanas. Nenhum deles dormiu em dias.

Mas Simon está em pânico com a ideia de quarentena. Ele já se sente deslocado do mundo e se recusa a se esconder, recusa a acreditar que esse é o fim. Ele não está morto ainda. E ainda assim, ele sabe, claro que sabe, ou pelo menos teme — a linha tênue entre medo e intuição; como um se mascara tão fácil como o outro — que a mulher está certa, e que em 21 de junho, no primeiro dia do verão, ele também terá partido.

Robert não quer que ele trabalhe na Purp.

— Não é seguro — diz ele.

— Nada é seguro. — Simon pega sua bolsa de maquiagem e caminha até a porta. — Preciso do dinheiro.

— Bobagem. A Corps paga você. — Robert o segue e agarra seu braço com força. — Admita, Simon. Você gosta do que tem lá. Você precisa disso.

— Qual é, Rob. — Simon força uma risada. — Não seja um pé no saco.

— Eu? Sou pé no saco? — Há um fogo nos olhos de Robert que deixa Simon ao mesmo tempo intimidado e excitado. Ele busca o pau de Robert. Robert recua. — Não brinque assim comigo. Não me toque.

— Venha comigo. — Simon enrola a língua. Estava bebendo, o que Robert não gosta quase tanto quanto de seu trabalho na Purp. — Por que nunca vai a lugar nenhum?

— Eu não me *encaixo* em nenhum lugar, Simon. Não com vocês branquelos. Não com os negros. Não no balé ou no futebol. Não lá em casa e nem aqui. — Robert fala lentamente, como se falasse com uma criança. — Então fico em casa. Me mantenho invisível. Exceto quando estou dançando. E mesmo assim, toda vez que subo no palco, sei que há alguém na plateia que nunca viu ninguém como eu dançar como eu danço. Sei que alguns deles não vão gostar. Tenho medo, Simon. Todo dia. E agora você sabe como é. Porque você também está com medo.

— Não sei do que você está falando — diz Simon, áspero.

— Acho que você sabe exatamente do que estou falando. Esta é a primeira vez que você se sente como eu, como se não houvesse lugar seguro. E não gosta disso.

Simon sente a pulsação em seu crânio. Ele foi atingido pela verdade do que Robert disse como um inseto numa tábua, com as asas ainda batendo.

— Você tem inveja — reclama ele. — É isso. Você podia se esforçar mais, Rob, mas não se esforça. E tem inveja, tem *inveja,* de que eu consigo.

Robert permanece no lugar, mas vira seu rosto abruptamente para um lado. Quando olha para Simon novamente, seus olhos estão vermelhos.

— Você é como todos os outros — diz ele —, todos os gatinhos e os cultões e as porras dos ursos. Vocês falam de direitos e liberdade, comemoram nas paradas, mas tudo o que querem mesmo é o direito de trepar com algum cara vestido de couro num buraco na Folsom ou espalhar sua merda por toda uma sauna. Vocês querem o direito de serem tão descuidados quanto qualquer cara branco — qualquer cara hétero. Mas vocês não são qualquer cara branco. E é por isso que este lugar é tão perigoso: porque faz com que você se esqueça disso.

Simon queima de humilhação. Vá se foder, ele pensa. *Vá se foder. Vá se foder.* Mas o discurso de Robert o deixou quieto, de raiva e vergonha — por que esses sentimentos são tão inseparáveis? Ele se vira e empurra a porta, em direção ao borrão escuro da Castro Street, às luzes e aos homens que parecem sempre estarem esperando por ele.

OS NOVOS FUNCIONÁRIOS da Purp são terríveis — têm dezesseis anos e morrem de medo, não conseguem nem dançar —, e a plateia é rala, alguns caras reunidos nos cantos e mais alguns se espremendo fervorosamente perto das plataformas. Depois do turno, Adrian está agitado.

— Preciso dar o fora daqui —murmura ele, se limpando. O mesmo faz Simon. Ele entra no carro de Adrian para caçar por Castro, mas o dono do Alfie's está doente, e a cena no QT está tão deprimente quanto na Purp, então Adrian faz uma curva fechada e vai para o centro.

Cornholes e Liberty Baths não estão abertas. Eles param na Folsom Gulch Books — *Comprometida com o Prazer*, diz o cartaz —, mas as cabines de filmes estão ocupadas e não tem ninguém na galeria. A sauna Boot Camp na Bryant está vazia. Eles terminam no Animals, um bar de couro, e nem Adrian nem Simon estão usando couro, mas graças a Deus há gente lá, então eles jogam suas roupas nos armários antes de Adrian os conduzir por um labirinto de quartos escuros. Homens em calças de couro enfiadas e coleiras de cachorro montam uns nos outros nas sombras. Adrian desaparece num canto com um moleque usando arreios, mas Simon não consegue tocar ninguém. Ele espera na entrada por Adrian, que volta uma hora depois com pupilas dilatadas e lábios vermelhos.

Adrian o leva para casa. Simon respira. Ele não estragou tudo, não irremediavelmente, ainda não. Eles estacionam a um quarteirão do apartamento e olham um para o outro segundos antes de Simon ir até Adrian, e é assim que começa.

KLARA ESTÁ NO PALCO sob uma luz azul. O palco é uma pequena plataforma feita para músicos. Uma plateia dispersa se senta em mesas redondas ou em banquinhos no bar, apesar de Simon não saber quantos deles estão lá para vê-la e quantos são apenas clientes frequentes. Klara usa um smoking masculino com suas calças listradas e botas Doc Martens. Seus truques são habilidosos, mas não são grande mágica, são faceiros e espertos, e seu roteiro tem um quê de perfeccionismo calculado, como um aluno durante a defesa da dissertação. Simon gira seu martini com um canudo e se pergunta o que vai dizer a ela depois. Mais de um ano de planejamento e esse é o resultado: truques de lenços no único lugar que a aceitou, um clube de jazz em Filmore cujos fregueses já estão saindo para a noite fria de primavera. Apenas um punhado ainda está lá quando Klara desenrola uma corda de um cavalete e coloca um pequeno bocal marrom entre os dentes. A corda se pendura de um cabo que se pendura de um cano no teto; controlada por uma polia, Klara se iça e agora é suspensa, segundo seu comando, pelo gerente do bar.

— Confia nele para fazer isso? —perguntou Simon na semana anterior, quando Klara explicou o procedimento. — Quer que eu faça?

— Não misturo negócios com prazer.

— Eu sou prazer?

— Bem, não. Você é família.

Agora ele a observa subir para as janelas do segundo andar. Durante um breve intervalo ela trocou de roupa, agora usando um vestido sem mangas, cor *nude* e coberto de lantejoulas douradas; sua saia franjada dá no meio da coxa. Klara vaga em círculos fantasmagóricos antes de puxar seus braços e pernas para perto do corpo. De repente ela é um borrão; vermelho e dourado, cabelo e purpurina, um vórtice de luz. Enquanto desacelera, ela se torna sua irmã novamente — suor reluz em seu cabelo e sua mandíbula começa a tremer. Seus pés se estendem em direção ao palco, joelhos tremendo quando ela está baixa o suficiente para alcançar. Ela cospe o bocal na mão e faz uma reverência.

Há tilintar de gelo, ranger de cadeiras sendo ajustadas, antes que o aplauso comece a aumentar. Não é mágica o que Klara fez. Não há truque — só uma curiosa combinação de força e estranha leveza humana. Simon não sabe se lembra a ele de uma levitação ou um enforcamento.

Enquanto a próxima apresentação se prepara, Simon encontra Klara no camarim. Ele espera do lado de fora enquanto ela conversa com o gerente, um homem grandalhão num macacão que parece ter cinquenta e poucos. Quando cumprimenta a mão dela e passa a outra mão em suas costas, pousando na curva da bunda, Klara fica rígida. Depois que ele sai, ela olha para a porta antes de caminhar para a cadeira onde o gerente deixou sua jaqueta de couro. Uma carteira sai de um bolso. Ela pega um maço de notas e as enfia na lateral do vestido.

— Sério? — pergunta Simon, dando um passo para dentro.

Klara gira. A vergonha em seu rosto se torna uma expressão de justiça.

— Ele foi um cuzão. E me pagou uma merda.

— E?

— E daí? — Ela coloca a casaca do smoking. — Ele tinha algumas centenas. Peguei cinquenta.

— Que nobre da sua parte.

— Sério, Simon? — Klara está com as costas duras, colocando seus materiais na caixa preta de Ilya. — Faço meu primeiro show, o show no qual estou trabalhando há anos, e isso é tudo o que você tem a dizer para mim? Quer falar sobre ser nobre?

— O que você quer dizer?

— Quero dizer que as notícias voam. — Klara fecha a caixa e a segura entre seus braços como um escudo. — Meu colega é primo do Adrian. Semana passada ele disse: "Acho que meu primo está namorando seu irmão."

Simon embranquece.

— Bom, é mentira.

— Não minta para mim. — Klara se inclina em direção a ele, seu cabelo raspando no peito de Simon. — Robert é a melhor coisa que já aconteceu na porra da sua vida. Quer jogar fora, escolha sua. Mas pelo menos tenha a decência de terminar com ele.

— Não me diga o que fazer — diz Simon, mas a pior parte é que Klara não sabe nem da metade. Caçar no Parque Golden Gate nas primeiras horas da manhã, trepar com estranhos no parque Speedway Meadows ou nos banheiros públicos da Quarenta e Um e JFK. Punhetas na fileira de trás do Castro Theatre enquanto a pequena órfã Annie canta na tela. Hordas de homens no descampado de Ocean Beach, um aquecendo o outro.

E a pior noite: maio, no Tenderloin. Uma drag queen num vestido prateado de lantejoulas e saltos pesados o conduz a um hotel para solteiros no Hyde. Um cafetão agarra Simon pelo colarinho e busca sua carteira, mas Simon acerta um chute no saco dele e corre escada abaixo. Eles pegam um quarto e acendem uma luzinha, e é então que Simon vê que seu parceiro é Lady. Ela não vai à Purp há semanas; todos assumiram o pior, que o câncer gay a tivesse pego, e por segundos Simon sente uma pontada de alívio. Mas Lady não o reconhece. Ela tira a garrafinha miniatura de vodca do bolso do vestido. Está vazia, com uma tela de papel alumínio. Ela enfia uma pedrinha e inspira.

NO PRIMEIRO DIA DE JUNHO, Simon fica de pé no chuveiro. A performance de *Mito* da noite passada foi a primeira vez que Simon tocou Robert em dias, a primeira vez que eles ficaram juntos sem discutir. Agora Simon tenta se masturbar pensando em Robert, mas não consegue gozar até se lembrar de Lady curvada sobre seu cachimbo improvisado.

Ele pega o frasco de xampu e joga na saboneteira com toda sua força. A saboneteira é mandada para cima, batendo no chuveiro, que desencaixa e balança loucamente, molhando o teto, até Simon ser capaz de fechar a porcaria toda. Ele desliza para se sentar contra a porcelana fria da banheira e soluça. A marca preta ainda se pronuncia de seu abdome, apesar de que, quando ele se inclina, parece mais uma verruga do que parecia no dia anterior. Sim: definitivamente poderia ser uma verruga. Ele fica de pé e ajusta a saboneteira, então pisa no tapetinho do banheiro. A luz do sol ilumina o banheiro. Simon não nota que Robert está parado na porta até ele falar.

— O que é isso? — Ele encara a barriga de Simon.

Simon agarra uma toalha.

— Nada.

— Porra nenhuma. — Robert coloca uma mão no ombro de Simon e puxa a toalha. — Ah, meu Deus.

Eles olham para a marca por segundos. Então Simon abaixa a cabeça.

— Rob — sussurra. — Sinto muito. Sinto muito pelo que fiz com a gente. — Então, como louco: — Temos show esta noite. Precisamos ir ao teatro.

— Não, meu bem — diz Robert. — Não é para onde precisamos ir — e em minutos ele chama um táxi.

9

HÁ DOZE CAMAS na ala de Simon no San Francisco General. As portas duplas que levam para dentro têm uma placa: *MÁSCARA ROUPÃO LUVAS AGULHAS SERINGAS CAIXAS PROIBIDO GRÁVIDAS* — e um sinal menor que diz: *Proibido flores*. Klara e Robert passam a noite no quarto de Simon, dormindo em cadeiras. Sua cama é separada de outra por uma cortina fina. Simon não gosta de olhar para seu colega de quarto, um antigo chef cujos ossos agora estão aparentes; ele não consegue engolir nada. Em poucos dias a cama está vazia novamente, a divisão balançando ao vento.

Robert diz:

— Você precisa contar à sua família.

Simon balança a cabeça.

— Eles não podem saber que terminei assim.

— Mas você não terminou — diz Klara. Seu colo está coberto de panfletos: *Quando um amigo tem câncer; Afeto, não rejeição*, e seus olhos estão aguados. — Você está aqui, com a gente.

— É. — A garganta de Simon se aperta; as glândulas do pescoço estão inchadas. Uma noite, quando Robert e Klara saem para pegar comida, Simon vai até o canto da cama e busca o telefone. Ele sente vergonha ao perceber que não tem nem o número de Daniel. Mas Klara deixou uma pilha de pertences em sua cadeira, incluindo uma fina caderneta de telefones. Daniel atende no quinto toque.

— Dan — diz Simon. Sua voz é áspera e seu pé esquerdo se remexe, mas ele é tomado de gratidão.

Há uma longa pausa antes de Daniel falar.

— Quem é?

— Sou eu, Daniel. — Ele pigarreia. — É o Simon.

— Simon.

Outra pausa, que se estende tanto que Simon não sabe se não vai acabar a não ser que ele a preencha.

— Estou doente — diz ele.

— Você está doente. — Ele pausa. — Sinto muito. — Daniel fala de forma seca, como se para um estranho. Quanto tempo faz que eles não conversam? Simon tenta imaginar como deve estar o rosto de Daniel. Ele tem vinte e quatro anos.

— O que você está fazendo? — Simon pergunta qualquer coisa para manter seu irmão no telefone.

— Estou na faculdade de medicina. Acabei de chegar da aula.

Simon visualiza: portas zunindo, abrindo e fechando, jovens caminhando com mochilas. O pensamento o conforta tanto que ele quase se sente capaz de adormecer. Com suas dores e tremores, ele passa a maioria das noites acordado.

— Simon? — pergunta Daniel, suavizando. — Há algo que eu possa fazer?

— Não — diz Simon—, não há nada. — Ele se pergunta se Daniel está aliviado quando ele desliga.

13 DE JUNHO. Dois homens na ala de Simon morreram durante a noite. Seu novo colega de quarto — um garoto hmong de óculos que sempre pede por sua mãe — não deve ter mais de dezessete anos.

— Teve uma mulher... — Simon conta a Robert, empoleirado ao lado dele como sempre. — Ela me disse quando vou morrer.

— Uma mulher? — Robert se aproxima. — Que mulher, meu bem? Uma enfermeira?

Simon está com a cabeça leve. Estão dando morfina para ele para a dor. — Não, não uma enfermeira; uma mulher. Ela veio para Nova York. Quando eu era criança.

— Sy... — Klara olha de sua cadeira, onde está misturando um iogurte para ele. — Por favor, não.

Robert mantém os olhos em Simon.

— E ela te contou o quê? Do que você se lembra?

Do que ele se lembra? Uma porta estreita. Um número de bronze balançando em seu parafuso. Ele se lembra da sujeira do apartamento, que o surpreendeu; ele havia imaginado uma cena de tranquilidade, como poderia aparecer ao redor de um Buda. Ele se lembra de um baralho do qual a mulher pediu para ele pegar quatro cartas. Ele se lembra das que escolheu: quatro espadas, todas pretas — e o terrível choque da data que ela o deu. Ele se lembra de cambalear pela saída de incêndio, sua mão úmida no corrimão. Ele se lembra de que ela nunca pediu dinheiro.

— Eu sempre soube — diz ele. — Eu sempre soube que morreria cedo. Foi por isso que fiz o que fiz.

— Por que fez o quê? — pergunta Robert.

Simon levanta um dedo.

— Por que deixei a mãe. Pra começar. — Ele levanta um segundo dedo, mas perde a linha de raciocínio. Conversar é como tentar chegar à superfície de um oceano. Mais e mais é como vagar para o fundo, como se ele soubesse o que há lá embaixo, apesar de não conseguir explicar para ninguém em terra.

— Quieto — diz Robert, acariciando o cabelo dele para longe da testa. — Não importa mais. Nada importa.

— Não. Você não entende. — Simon nada cachorrinho; busca ar. É urgente dizer isso. — Tudo importa.

Quando Robert vai ao banheiro, Klara vem à cama de Simon. A pele abaixo de seus olhos está inchada.

— Um dia vou encontrar alguém que eu ame tanto quanto você? — diz ela.

Ela se aninha na cama ao lado de Simon. Ele ficou tão magro que ambos se encaixam facilmente na cama de solteiro do hospital.

— Por favor — diz Simon: as palavras dela, quando estavam na cobertura enquanto o sol nascia, quando estavam bem no começo. — Você vai encontrar alguém que amará muito mais.

— Não — diz Klara, sem ar. — Não vou. — Ela coloca a cabeça no travesseiro de Simon. Quando se vira para olhar para ele, seu cabelo cai sobre seu colo. — O que ela te contou?

Do que importa agora?

— Domingo — diz Simon.

— Oh, Sy. — Há um choro sufocado, como algo que poderia vir de um cão acorrentado. Klara coloca a mão sobre a boca quando percebe que vem dela. — Eu queria... eu queria...

— Não queira. Olhe o que ela me deu.

— Isso! — diz Klara, olhando para as lesões em seu braço, suas costelas pronunciadas. Até sua cabeleira loira rareou: depois que uma enfermeira o ajuda no banho, o ralo está tomado de cachos.

— Não — diz Simon —, isso — e ele aponta para a janela. — Eu nunca teria vindo para São Francisco se não fosse por ela. Eu não teria conhecido Robert. Eu nunca teria aprendido a dançar. Eu provavelmente ainda estaria em casa, esperando minha vida começar.

Ele está bravo com a doença. Ele ataca a doença. Por tanto tempo ele odiou a mulher também. Ele se perguntava: como ela podia dar um destino tão terrível para uma criança? Mas agora pensa nela de forma diferente, como uma segunda mãe, ou um deus, ela o mostrou a porta e disse: *Vá*.

Klara parece paralisada. Simon se lembra da expressão que viu no rosto dela depois que se mudaram para São Francisco, aquele estranho misto de irritação e indulgência, e percebe por que o perturbou. Ela o lembrava da mulher: na contagem regressiva, observando-o. Dentro dele, o botão de amor por sua irmã desabrocha. Ele pensa nela no telhado — como ela ficou na beirada e falou sem olhar para ele: *Me dê um bom motivo por que você não deveria começar sua vida.*

— Você não está surpresa de que é domingo — diz Simon. — Você sempre soube.

— Sua data — sussurra Klara. — Você disse que era jovem. Eu queria que você tivesse tudo o que sempre quis.

Simon aperta a mão de Klara. A mão dela é carnuda, um rosa saudável.

— Mas eu tenho — diz ele.

ÀS VEZES KLARA sai para deixar Simon e Robert sozinhos. Quando estão cansados demais para fazer outra coisa, eles assistem vídeos, alugados da Biblioteca Pública de São Francisco, dos grandes bailarinos: Nureyev, Baryshnikov, Nijinsky. Um dos voluntários do Projeto Shanti traz a televisão da sala comunitária, e Robert se deita na maca com Simon.

Simon o encara. *Que sorte eu tive de te conhecer.* Ele teme pelo futuro de Robert.

— Se ele pegar — diz Simon a Klara —, ele tem de entrar no grupo de testes. Promete, Klara, promete que você vai se certificar.

Surgiu pelos corredores a história sobre um medicamento experimental que se mostrou promissor na África.

— Tá, Sky — sussurra Klara. — Prometo. Vou tentar.

Por que, em seus anos com Robert, ele teve tanto problema em expressar amor? Conforme os dias ficam mais longos, Simon diz seguidamente: *te amo, te amo,* esse chamado e resposta, tão essencial para o corpo como comida ou respiração. É só quando ele escuta a resposta de Robert que seu pulso desacelera, seus olhos fecham e ele finalmente pode adormecer.

PARTE 2

PROTEUS

1982-1991

KLARA

10

KLARA PODE TRANSFORMAR um lenço preto numa rosa e um ás numa rainha. Pode fazer uma moeda de dez centavos virar uma de um, e uma moeda de vinte e cinco se tornar uma de dez, e tirar dólares do próprio ar. Ela pode fazer o passe Hermann, a jogada Thurston, a ilusão da carta levitando e o truque Back Palm. Ela é especialista no clássico número de copo e bola, passado pelo mestre canadense Dai Vernon para Ilya Hlavacek e para ela: uma ilusão de óptica estonteante, na qual um copo prateado vazio é enchido de bolas e dados e ao final, um limão inteiro perfeito.

O que ela não pode fazer — o que ela nunca vai parar de tentar — é trazer seu irmão de volta.

QUANDO KLARA CHEGA para um show, sua primeira tarefa é preparar o local para a Mordida de Vida. Não é fácil encontrar casas noturnas com teto alto, então ela também se apresenta em bares com palco e casas de shows, e, ocasionalmente, como artista independente num pequeno circo em Berkeley.

Ainda assim, ela prefere as boates, pelo clima esfumaçado e sombrio, pelo fato de poder trabalhar sozinha e porque são frequentados por adultos, as pessoas para quem ela prefere se apresentar. A maioria diz não acreditar em mágica, mas Klara sabe que não é assim. Por que alguém iria investir na permanência — se apaixonar, ter filhos, comprar uma casa — em face da evidência de que não há tal coisa? O truque é não convertê-los. O truque é fazê-los admitir.

Ela traz suas ferramentas numa sacola de pano: a corda de descer e de subir, chaves e fechos, bocal de rotação, a corda. Ilya a ensinou que cada armação é diferente, então Klara avalia o pé-direito, a largura do palco, o tipo e a força das ripas. Não há meio-termo entre sucesso e fracasso — o *timing* tem que ser perfeito, ou é desastroso —, e sua pulsação acelera enquanto ela joga a corda de ascensão para a viga de uma escada, circula a viga três vezes com cordas e coloca um freio de segurança na corda de reversão.

No palco, ela mede um e setenta e cinco desde o chão: seu próprio um metro e sessenta e sete, que chega a um e setenta quando faz pontas nos pés, e cinco centímetros de afastamento do chão.

Ela começou a apresentar o Breakaway há dois anos. Um assistente puxa a corda até Klara pairar no teto com o apetrecho em sua boca. Mas em vez de flutuar de volta para baixo, como ela fazia em seus primeiros shows, ela despenca quando a corda é solta. A plateia sempre acredita que é um acidente, há suspiros, às vezes gritos, até que ela para. Agora, ela já está quase acostumada com a forma como sua mandíbula absorve o peso do corpo, o estalo de seu pescoço e a ardência em seus olhos, nariz e orelhas. Tudo o que ela pode ver é o branco quente das luzes até a corda ser baixada mais algumas polegadas e seus pés tocarem o chão. Quando ela levanta a cabeça e cospe a peça em sua mão, ela vê a plateia pela primeira vez, seus rostos boquiabertos de espanto.

— Amo vocês todos — ela cochicha, fazendo uma reverência. As palavras inspiradas por Howard Thurston, que as repetia antes de cada show, parado atrás da cortina enquanto tocava a música de abertura. — Amo vocês todos, amo vocês todos, amo vocês todos.

11

NUMA NOITE ANORMALMENTE fria em fevereiro de 1988, Klara está no palco do Committee, um teatro de cabaré na Broadway, que é tipicamente frequentado por uma trupe de comédia de mesmo nome. Nesta segunda, eles o alugaram para Klara, que pagou mais para se apresentar do que ela vai conseguir faturar de volta. Colocou um cartão de visitas em cada mesa — *A Imortalista*, diz o cartão —, mas a plateia é esparsa, caras que vieram do Condor ou do Lusty Lady ou que irão para esses lugares depois. Klara é esperta no número de copo e bola, mas ninguém está interessado em nada além do Breakaway, e mesmo esse já perdeu sua novidade.

— Chega de mágica, queridinha — grita alguém. — Mostra as tetas!

Quando sua apresentação acaba e uma trupe burlesca começa a se arrumar, Klara coloca o longo sobretudo preto que usa em noites de apresentação e caminha até o bar. Ela bate uma carteira de couro do bolso de um passante a caminho do banheiro e a coloca de volta, sem dinheiro.

— Ei.

Seu estômago aperta. Ela gira, esperando ver um rosto de sardas, olhos cor de uísque, de uniforme e distintivo, mas em vez disso encara um homem alto de camiseta, jeans largo e galochas, um homem que levanta as mãos, se rendendo.

— Não queria te assustar — diz ele, mas agora Klara está encarando sua pele marrom clara e o cabelo preto brilhante na altura do ombro, ambos os quais ela tem certeza de ter visto antes.

— Você me é familiar.

— Sou o Raj.

— Raj... — E a lâmpada se acende. — Raj! Meu Deus, o colega de apartamento do Teddy. Quero dizer, do Baksheesh Khalsa — se corrige, lembrando-se do cabelo longo e do bracelete de aço de Baksheesh Khalsa.

Raj ri.

— Nunca gostei daquele moleque. Que tipo de branquelo começa a usar turbante do nada?

— O tipo que anda pelo Haight, acho.

— Eles todos se foram agora. Trabalham no Vale do Silício ou são advogados. Com bem pouco cabelo.

Klara ri. Ela gosta da rapidez de Raj e de seus olhos, que buscam por ela. As pessoas estão deixando o teatro; quando a porta da frente se abre, ela vê a noite preta, salpicada de estrelas, e os sinais de neon dos clubes de strip. Normalmente, depois dos shows, ela pega o 30 Stockton para o apartamento em Chinatown onde mora sozinha.

— O que vai fazer agora? — pergunta.

— Agora? — A boca de Raj tem lábios finos, mas expressivos, com uma curva marota. — Agora não vou fazer nada. Não tenho nenhum plano.

— DEZ ANOS SE PASSARAM. Pode acreditar? Dez anos! E você foi uma das primeiras pessoas que conheci em São Francisco.

Estão sentados no Vesuvio's, um café italiano na frente do beco da City Lights. Klara gosta porque já foi frequentado por Ferlinghetti e Ginsberg, apesar de agora estar ocupado por um grupo barulhento de turistas australianos.

— E ainda estamos aqui — diz Raj.

— E ainda estamos aqui. — Klara tem imagens turvas de Raj no apartamento onde ela e Simon ficaram durante os primeiros dias na cidade: Raj lendo

Cem Anos de Solidão no sofá ou fazendo panquecas na cozinha com Susie, a loira de pernas longas que vendia flores perto do estádio de beisebol. — O que aconteceu com a Susie?

— Fugiu com um espiritualista cristão. Não a vejo desde setenta e nove. Você veio com seu irmão, não foi? Como ele está?

Klara estava mexendo o copo de martini, apertando a haste estreita, mas agora levanta o olhar.

— Morreu.

Raj engasga na bebida.

— Morreu? Porra, Klara, sinto muito. Morreu do quê?

— AIDS — diz Klara, e é grata ao menos por ter um motivo, um nome, que não existia até três meses depois da morte de Simon. — Ele tinha vinte anos.

— Puta merda. — Raj balança a cabeça novamente. — É uma filha da puta, a AIDS. Levou um amigo meu ano passado.

— O que você faz? — pergunta Klara. Qualquer coisa para mudar de assunto.

— Sou mecânico. Conserto carros, basicamente, mas também já trabalhei na construção civil. Meu pai queria que eu fosse cirurgião. Zero chance disso, eu sempre disse a ele, mas ele me mandou para cá mesmo assim. Ele ficou em Dharavi, uma favela de Bombaim, meio milhão de pessoas lá, rio cheio de merda, mas é minha casa.

— Deve ter sido difícil, vir para cá sem seu pai — diz Klara, olhando para ele. Ele tem sobrancelhas grossas, mas seus traços são delicados — maçãs do rosto salientes que se estreitam numa mandíbula marcada e queixo pontudo. — Quantos anos você tinha?

— Dez. Eu me mudei com o primo do meu pai, Amit. Era a pessoa mais esperta da nossa família: conseguiu uma bolsa para a faculdade e se mudou para a Califórnia para estudar medicina nos anos sessenta com um visto de estudante. Meu pai queria que eu fosse como ele. Eu nunca fui bom em ciência. Não gosto de arrumar as pessoas, mas gosto de arrumar *coisas*, então meu pai estava meio certo sobre mim; apesar de meio não ser o suficiente, creio eu. — Ele tem uma risada nervosa, o traço de um sotaque, apesar de Klara ter de se esforçar para perceber. — E você? Há quanto tempo tem feito isso?

— Humm — diz Klara. — Seis anos? — No começo, era eletrizante, mas agora a exaure: armar e montar tudo sozinha, pegar o transporte público para Berkeley usando seu sobretudo enquanto o hip-hop explode da caixa de som de alguém. Em casa à uma da manhã, ou três se ela vem de East Bay, afundada na banheira enquanto a padaria chinesa no primeiro andar volta à vida. Noites passadas costurando as malditas lantejoulas de volta em seu vestido com a máquina vagabunda que ela é pobre demais para trocar — há lantejoulas entre as almofadas do sofá, lantejoulas nas escadas, lantejoulas no ralo do chuveiro.

Um ano atrás ela se feriu feio durante o Breakaway. Uma menina que ela contratou através do *Chronicle* soltou a corda sem verificar o freio de segurança e ela deslizou um metro a mais na viga. Klara chegou ao chão. Quando deu por si, estava de quatro, seu crânio latejando como se tivesse levado um soco e seus pés inchados como bexigas pretas. Ela não tinha plano de saúde e a conta do hospital quase limpou o dinheiro que herdou de Saul. Passou seis semanas com gesso, revoltada. Depois disso ela só trabalhou com um garoto de dezenove anos do circo, mas ele está partindo em março para entrar no Barnum.

— Isso te deixa feliz, dá para ver — diz Raj, sorrindo.

— Ah. — Klara sorri. — Deixava. Deixa. Mas estou cansada. É difícil fazer isso sozinha. E é difícil conseguir marcar shows. Há poucos lugares que me contratam e eles fazem isso poucas vezes: você se apresenta no mesmo lugar por anos, a história se espalha, o interesse cresce e depois morre e você ainda está lá, pendurada numa corda pelos dentes.

— Gostei dessa parte, o truque da corda. Qual é o segredo?

— Não tem segredo. — Klara dá de ombros. — É só se segurar.

— Impressionante. — Raj levanta as sobrancelhas. — Você fica nervosa?

— Menos do que eu costumava e só antes. É a ansiedade: estou na coxia e sinto... medo do palco, acho, mas é mais do que isso, é empolgação; saber que estou prestes a mostrar às pessoas algo que elas nunca viram antes. Que eu posso mudar a forma como elas veem o mundo, mesmo que seja só por uma hora. — Ela franze a testa. — Não me sinto nervosa antes dos truques com lenços ou a bola e o copo. Fui criada com isso, mas as pessoas não gostam disso tanto quanto gostam do Breakaway.

— Então por que você não muda a apresentação? Corta aqui e ali, investe na parte grande?

— Seria complicado. Eu precisaria de equipamento e um assistente real em tempo integral. Eu teria de encontrar uma forma de levar equipamentos maiores. Além do mais, meus números favoritos, aqueles que só li em livros? Bem, eu teria de descobrir como são feitos. Os mágicos são uma espécie com boca de siri.

— Vamos imaginar então que você pode fazer o que quiser. O que você faria?

— Qualquer coisa? Nossa. — Klara sorri. — A Gaiola Desaparecida de DeKolta, para começar. Ele ergueu uma gaiola no ar com um papagaio dentro e então: bum! Desapareceu. Sei que deve ter subido pela manga dele, mas nunca consegui descobrir como.

— Devem ser dobráveis, as barras... tinham emendas? Eram mais grossas no meio do que nas pontas?

— Não sei — diz Klara, mas agora ela está corando, falando rápido. — E tem o Gabinete de Proteus. É um armário pequeno, reto com pernas altas, elevadas, então a plateia sabe que você não pode passar por um alçapão. Um assistente vira o gabinete, abre e fecha as portas e daí vem uma batida de dentro. As portas abrem e você está lá.

— Espelhos — diz Raj. — A plateia não vê a superfície. Eles olham através dela, para o objeto que está sendo refletido.

— Claro. Sei disso. Mas o segredo é o ângulo; a geometria tem de ser perfeita, é esse o truque, a matemática. — Ela terminou sua bebida, mas nem reparou. — Mas o número que eu realmente queria fazer, meu favorito de todos os tempos, é chamado de Segunda Visão. Foi inventado por um mágico chamado Charles Morritt. A plateia dava a ele vários objetos — um relógio de ouro, digamos, ou um maço de cigarro —, e a assistente, vendada, os identificava. Outros mágicos já fizeram, com falatório, sabe: "Sim, aqui tem um objeto interessante, me passe por favor", que era obviamente algum tipo de código, mas tudo o que Morritt dizia era "sim, obrigado", toda vez. Ele manteve o segredo até a morte.

— Dava para ver através da venda.

— A assistente ficava virada para a parede.

— Ele plantava membros da plateia.

Klara balança a cabeça.

— Sem chance. O número nunca teria ficado tão famoso... as pessoas tentam desvendá-lo há mais de um século.

Raj ri.

— Droga.

— Eu disse. Pensei nisso por anos.

— Então acho que vamos ter de pensar mais — diz Raj.

12

CERTA VEZ, durante a viagem anual dos Gold para Lavellette, Nova Jersey, Saul acordou a família ao amanhecer. Gertie grunhiu, a última a se levantar, enquanto Saul os conduzia pela casa de praia alugada com suas venezianas azuis e amarelas e pelo caminho que levava ao mar. Todos estavam descalços; não havia tempo para sapatos, e quando chegaram à água, Klara viu o motivo.

— Parece ketchup — disse Simon, apesar de virar um fúcsia melancia no horizonte.

— Não — disse Saul — parece o Nilo. — E encarou o oceano com tamanha crença que Klara pôde concordar com ele. Anos depois, na escola, Klara aprendeu sobre o fenômeno chamado maré vermelha: a eflorescência de algas torna as águas costeiras tóxicas e descoloridas. Esse conhecimento a fez se sentir curiosamente vazia. Ela não tinha mais motivo para se perguntar sobre o mar vermelho ou se maravilhar com seu mistério. Ela reconhecia que algo havia sido dado a ela, mas algo mais — a mágica da transformação — havia sido levado.

Quando Klara tira uma moeda de dentro da orelha de alguém ou transforma uma bola num limão, ela espera não enganar, mas transmitir um tipo diferente de conhecimento, uma sensação expandida de possibilidade. A questão não é negar a realidade, mas descascar seu tecido, revelando suas peculiaridades e contradições. Os melhores truques mágicos, do tipo que Klara quer apresentar, não subtraem da realidade. Eles acrescentam.

NO SÉCULO OITO A.C., Homero escreveu sobre Proteus, deus do mar e pastor de focas, que podia assumir qualquer forma. Ele podia prever o futuro, mas mudava de forma para evitar isso, respondendo apenas quando capturado. Três mil anos depois, o inventor John Henry Pepper apresentou uma nova ilusão na Instituição Politécnica de Londres chamada "Proteus" ou "Estamos Aqui, Mas Não Aqui". Um século depois, num lixão de construção em Fisherman's Wharf, Klara e Raj buscam sucatas de madeira. Nesse horário avançado, o lugar está abandonado — até os leões marinhos estão dormindo, apenas seus narizes estão fora d'água —, e eles puxam nove tábuas de volta para o caminhão de Raj. No porão da casa de Sunset que ele divide com outros quatro caras, Raj constrói um gabinete de um metro de largura por um e oitenta de altura. Klara cobre o interior com papel de parede branco e dourado, como o de John Henry Pepper. Raj afixa dois espelhos de vidro dentro do gabinete, também com papel de parede, de forma que parecem com as paredes do gabinete quando estão fixos. Quando abertos em direção ao centro do gabinete, com seus cantos tocando, eles escondem um triângulo de espaço aberto dentro do qual Klara se encaixa perfeitamente. Agora os espelhos refletem uma parede lateral em vez dos fundos.

— Está lindo. — Ela perde o fôlego.

A ilusão é impecável. Klara desaparece em plena vista. Lá, em meio à realidade, há outra em que ninguém pode ver.

O PASSADO DE RAJ não tem nada de mágico. Sua mãe morreu de difteria quando ele tinha três anos; seu pai era um catador de sucata, revirando montanhas de lixo para encontrar vidro e metal e plástico para vender para sucateiros. Ele trazia a sucata da sucata para casa, para Raj, que a transformava em minúsculos robôs delicados e os alinhava no piso do apartamento de um cômodo deles.

— Ele teve tuberculose — diz Raj. — Foi por isso que me mandou para cá. Ele sabia que estava morrendo e sabia que eu não tinha mais ninguém. Se ele fosse me mandar para fora, tinha de ser logo.

Estão deitados na cama da Klara, apenas uma polegada de espaço entre seus narizes.

— Como ele conseguiu?

Raj pausa.

— Ele pagou alguém. Alguém que forjou a papelada para mim, dizendo que eu era irmão de Amit. Foi a única forma de me pôr para dentro, e levou tudo o que ele tinha. — Há uma vulnerabilidade em seu rosto que ela não havia visto antes, ou uma ansiedade. — Estou legalizado agora, se é isso o que você está se perguntando.

— Não estou. — Klara enlaça sua mão na dele e aperta. — Seu pai conseguiu chegar aqui?

Raj balança a cabeça.

— Ele viveu mais dois anos. Mas não tinha me dito que estava doente, então não pude vê-lo antes de morrer. Acho que ele tinha medo de que, se eu o visitasse, não fosse mais embora. Eu era seu único filho.

Klara visualiza os pais dos dois. Em sua mente, eles são amigos, onde quer que estejam: jogam xadrez em parques públicos fantasmas e debatem teísmo em bares esfumaçados do Céu. Ela sabe que não deveria acreditar no Céu cristão, mas acredita. A versão judaica — o Sheol, Terra do Esquecimento — é desesperançosa demais.

— O que eles achariam de nós? —pergunta ela. — Uma judia e um hindu.

— Um hindu meia boca. — Raj belisca o nariz dela. — E uma judia meia boca.

Raj forja sua nova mitologia pessoal. É o filho de um lendário faquir que ensinou os maiores truques de mágica para Howard Thurston: como fazer brotar uma mangueira de um caroço em segundos, como se sentar em pregos, como jogar uma corda solta no ar e subir por ela. É isso que ele vai contar aos empresários e agentes, o que ele vai imprimir no interior dos programas, e, toda vez, ele sente uma satisfação mordida pela culpa. Ele não tem certeza se sente mais como o neto imaginário do faquir, pegando algo que pertence a ele, ou como o vigarista Howard Thurston, se infiltrando no Ocidente com um truque roubado em seu bolso.

— NÃO ENTENDO — diz Raj. — A Imortalista. — Eles se sentam no sofá de Klara. É abril, quatro da tarde e está chuviscando, mas o calor sobe da padaria no andar de baixo e eles abriram uma janela.

— O que tem para não entender? — Klara usa uma camiseta larga e uma cueca boxer do Raj; seus pés descalços descansam nas coxas dele. — Eu nunca vou morrer.

— Papo furado. — Ele aperta a panturrilha dela. — Entendo o que significa. Só não entendo por que você acha que esse é seu ato.

— Qual é meu ato?

— Transformação. — Ele se apoia em um cotovelo. — Um lenço se torna uma flor. Uma bola se torna um limão. Uma dançarina húngara — ele mexe as sobrancelhas; Klara contou a ele sobre a avó — torna-se uma estrela americana.

Raj tem grandes planos: novos figurinos, novos cartões de visita, lugares maiores. Está aprendendo o Truque dos Pregos do leste da Índia, no qual um mágico engole pregos soltos e barbante e abre as bochechas para a plateia verificar, antes de regurgitá-los perfeitamente amarrados. Ele até reservou para eles o ZinZanni, um teatro-restaurante de um de seus clientes da oficina mecânica.

Klara não consegue se lembrar exatamente quando eles decidiram trabalhar juntos, ou quando começaram a pensar nisso como um trabalho. Mas até aí, ela não consegue se lembrar de muitas coisas. Mas ela ama Raj; o impulso de sua energia, sua genialidade em animar objetos. Ela adora o cabelo preto liso que ele sempre tira dos olhos e adora seu nome: Rajanikant Chapal. Ele constrói um canário mecânico para a Gaiola Desaparecida — gesso oco no qual gruda penas reais —, e usa uma vara para manipular sua cabeça e asas. Ela ama quando o pássaro ganha vida nas mãos dele.

O MAIOR TRUQUE de Klara não é a Mordida de Vida, mas a força de vontade necessária para ignorar os pagers e jeans desbotados da plateia. Ao se apresentar, ela volta o relógio para um tempo quando as pessoas se admiravam com ilusão e espiritualistas conversavam com os mortos, quando acreditavam que os mortos tinham algo a dizer. William e Ira Davenport — irmãos de Rochester, Nova York, que conjuravam fantasmas enquanto estavam amarrados sentados em tábuas dentro de um grande gabinete de madeira — são os médiuns vitorianos mais famosos, mas foram inspirados por irmãs. Em 1848, sete anos antes da primeira apresentação dos Davenport, Kate e Margaret Fox ouviram sons de batida no quarto da casa de fazenda delas em Hydesville. Logo a casa das Fox foi considerada assombrada, e as meninas começaram uma turnê nacional. Em Rochester, sua primeira parada, médicos que examinaram as meninas diziam que elas causavam os barulhos estalando ossos dos joelhos. Mas um time maior de investigadores não conseguia encontrar motivos terrenos para as pancadas, nem para o sistema de comunicação — um código baseado em contagem — que as irmãs usavam para traduzir.

Em maio, Klara irrompe no banheiro enquanto Raj está tomando banho.

— Tempo!

Raj abre a porta embaçada do chuveiro.

— Quê?

— A Segunda Visão. O Truque de Morritt: é o tempo, o tempo que ajuda a fazer — e ela ri; é tão óbvio, tão simples.

— O truque de ler a mente? — Raj balança a cabeça como um cachorro, espalhando água nas paredes. — Como?

— Contagem sincronizada — diz Klara, pensando enquanto fala. — Ele sabia que a plateia estava de olho num código secreto, um código baseado em palavras. Como ele contornou isso? Criando um código baseado em silêncio... a quantidade de silêncio *entre* suas palavras.

— E o silêncio corresponde ao que, letras? Tem ideia de quanto tempo levaria para fazer palavras inteiras?

— Não, não pode ser letras. Mas talvez ele tivesse uma lista, uma lista de objetos comuns, sabe, carteiras, bolsas e, sei lá, chapéus, e se o Morritt dissesse "obrigado" depois de doze segundos, sua assistente sabia que era um chapéu. E para o *tipo* de chapéu eles podiam ter outra lista, digamos de materiais: um segundo para couro, dois para lã, três para tricô... Podemos fazer, Raj. Sei que podemos.

Ele olha para ela como se ela fosse louca, e ela é, claro, mas isso nunca a deteve. Mesmo anos depois, quando tinham feito o número centenas de vezes — mesmo quando Klara está grávida de Ruby, mesmo depois que Ruby nasce —, Klara nunca parece tão próxima de Raj do que durante a Segunda Visão. Juntos eles se equilibram à beira do fracasso: Raj segurando um objeto, e Klara se forçando, forçando a ouvir a dica antes de passar pela lista numerada. Um tênis Reebok. Um pacote de balas Lifesavers. A plateia inspirando, surpresa, quando ela acerta. Não é à toa que é preciso um drinque ou três para acalmá-la depois do show, horas até ela estar anestesiada o suficiente para dormir.

DUAS HORAS DEPOIS de estrearem no Teatro ZinZanni, Raj volta ao apartamento de Klara depois de seu turno na oficina. Eles vão ter de trabalhar a noite toda na Gaiola Desaparecida.

— Pegou o arame? — pergunta ele, jogando o casaco na cadeira.

— Não tenho certeza. — Klara engole. Ontem ela deveria pegar um pacote de arame grosso da seção de artes do mercado, que Raj usaria para terminar a gaiola. — Acho que esqueci.

Raj vai até ela.

— O que quer dizer com esqueceu? Ou você foi para a loja ou não.

Ela não contou a Raj sobre os apagões. Ela passou meses sem um, mas ontem Raj fez hora extra e ela não teve distrações dos pensamentos que a tomam quando está sozinha: a ausência de seu pai, a decepção de sua mãe. Ela pensava em como queria que Simon pudesse vê-la agora, não no palquinho do Filmore, mas num teatro de verdade, com equipamentos de verdade e um parceiro de verdade. Então ela saiu do apartamento para um bar no Kearny e bebeu até os pensamentos pararem.

— Bem, esqueci — diz Klara, se irritando, porque isso é o que Raj faz: ele nunca deixa nada passar. — Mas o arame não está aqui, então não devo ter pego. Vou amanhã.

Ela entra no banheiro e finge ajustar o fio de luzinhas ao redor do espelho. Raj a segue. Pega o braço dela.

— Não minta para mim, Klara. Se não pegou, diga. Temos um show para cuidar. E às vezes parece que eu me importo mais com isso do que você.

Raj criou seus cartões de visita — *A Imortalista*, anunciam, *com Raj Chapal* — e o novo figurino de Klara. Pegou um smoking de uma loja de ternos e pagou para uma costureira ajustá-lo para o corpo da Klara. Para a Mordida de Vida, ele encomendou um vestido de lantejoulas douradas de um catálogo de patinação no gelo. Klara resistiu — achava cafona, que não parecia vaudeville —, mas Raj disse que vai reluzir sob as luzes.

— Eu me importo com isso mais do que tudo — reclama ela. — E eu não mentiria pra você. Isso é um insulto.

— Tá. — Raj estreita os olhos. — Amanhã.

13

EM JUNHO DE 1982, dias após a morte de Simon, Klara chegou à rua Clinton 72 para o enterro. Depois de um voo noturno de São Francisco, ela ficou do lado de fora do portão do prédio, tremendo. Como ela se tornou uma pessoa que não via a família havia anos? Caminhando pela longa escadaria, ela pensou que fosse vomitar. Mas quando Varya abriu e porta e a abraçou — "Klara", ela suspirou, seu corpo magro envolvido no corpo mais cheio de Klara —, o tempo que estavam afastadas ainda não importava. Eram irmãs. Aquilo importava, e nada mais.

Daniel estava com vinte e quatro anos. Andava malhando na academia da Universidade de Chicago, onde se preparava para a faculdade de medicina. Agora, quando tirou um moletom e Klara vislumbrou seu peito pálido, musculoso, com dois tufos de pelos escuros, ela ficou vermelha. As espinhas marcaram seu queixo, mas sua solenidade adolescente havia sido substituída por uma testa e uma mandíbula fortes e um grande nariz romano. Ele parecia com Otto, avô deles.

Gertie insistiu numa cerimônia judaica para o enterro. Quando Klara era criança, Saul explicou as leis judaicas com dignidade e persistência, como Josefo fez aos romanos. Judaísmo não é superstição, ele disse, mas uma forma de viver na legalidade: ser judeu é respeitar as leis que Moisés trouxe do Monte Sinai.

Mas Klara não estava interessada em regras. Na escola de hebraico, ela adorava as histórias. Miriam, profeta amargurada, cuja pedra forneceu água durante quarenta dias de peregrinação! Daniel, incólume na cova dos leões! Essas histórias sugeriam que ela podia fazer tudo — então por que iria querer se sentar no porão da sinagoga por seis horas toda semana, estudando o Talmude? Além do mais, era um clube do bolinha. Quando Klara tinha dez anos, vinte mil mulheres deixaram suas máquinas de escrever e bebês na Greve por Igualdade na Quinta Avenida. Gertie assistiu na televisão com uma esponja em mãos, seus olhos brilhantes como colheres, apesar de ter desligado a velha Zenith assim que Saul chegou em casa. O *bat mitzvah* de Klara não aconteceu individualmente no *Shabat*, como as cerimônias de seus irmãos, mas num grupo de dez meninas — nenhuma das quais tiveram permissão para recitar a Torá ou as *haftará* — durante a cerimônia menor da sexta. Naquele ano, o Comitê da Leis e Padrões Judaicos decidiu que mulheres podiam contar num *minian*, mas alegaram que era preciso mais estudos para decidir a questão se mulheres podiam ser rabinos.

Agora, enquanto ficava com o resto da família e Gertie recitava *Kel Maleh Rachamim* em hebraico, algo mudou. Uma fechadura se abriu; ar entrou, com uma maré colossal de dor — ou era alívio? — pelas palavras que ela havia ouvido desde criança. Ela não podia se lembrar de todos seus significados, mas sabia que conectavam os mortos, Simon e Saul, aos vivos, Klara e Varya, Gertie e Daniel. Nas palavras da reza, não faltava ninguém. Nas palavras da reza, os Gold se reuniam.

TRÊS MESES DEPOIS, ela voltou a Nova York para as Grandes Festas. Era agonizante estar com qualquer um deles, como esfregar uma lixa numa queimadura, mas ela ainda pediu o dinheiro para uma passagem de avião; era menos agonizante estar com gente que também amava Simon. Inicialmente, eles foram gentis uns com os outros. Porém, no meio da semana, essa suavidade se esvaiu como poeira. Daniel cortava maçãs com ferocidade.

— Sinto como se eu nem o conhecesse — disse ele.

Klara largou a colher que estava usando para pegar mel.

— Por quê? Porque ele era bicha? É isso o que você acha dele? Que ele era apenas uma bicha qualquer?

Suas palavras saíram emendadas. Varya a olhou com desprazer. Klara havia enchido uma garrafa d'água com bebida transparente e escondido debaixo da pia do banheiro, num cesto cheio de sabão líquido e xampu velho.

— Fale baixo — disse Varya. Gertie estava na cama, onde ficava sempre que eles não estavam em cerimônias.

— Não — disse Daniel para Klara. — Porque ele nos excluiu. Ele não nos contava *merda* nenhuma. Sabe quantas vezes nós ligamos, Klara? Quantas mensagens deixamos, implorando para que ele falasse com a gente, perguntando por que ele simplesmente partiu? E você participando disso, mantendo os segredos dele, nem ligando para nós — a voz dele falhou —, nem ligando para nós quando ele ficou doente?

— Não era meu direito — disse Klara, mas saiu fraco, porque ela se retorcia constantemente de culpa. Ela via agora: a partida de seu irmão era a bomba que os separou, mais ainda do que a morte de Saul. Varya e Daniel foram colocados de lado por ressentimento, Gertie por sofrimento. E se Klara não tivesse estimulado Simon a partir, ele ainda estaria vivo? Era ela quem acreditara nas profecias; foi ela quem administrou a trajetória dele, cutucando até que se inclinou e virou à esquerda. E não importava quantas vezes ela se lembrasse das palavras de Simon no hospital — como ele apertou a mão dela, como ele a agradeceu —, ela não podia deixar de sentir que as coisas teriam sido diferentes se eles tivessem ido para Boston, Chicago ou Filadélfia. Se ela tivesse mantido suas malditas crenças para si mesma.

— Eu estava tentando ser leal a ele — sussurrou.

— É? E onde estava sua lealdade a nós? — Daniel olhou para Varya. — V colocou toda a vida dela em espera. Acha que ela quer estar aqui? Vinte e cinco anos de idade e ainda morando com a mãe?

— É. Às vezes acho. Às vezes acho que ela gosta de ficar em segurança — disse Klara olhando para Varya. — Acho que você fica mais confortável assim.

— Vai se foder — disse Varya. — Você não sabe nada sobre o que foram os últimos quatro anos. Você não sabe nada sobre responsabilidade ou dever. E provavelmente nunca vai saber.

Se Daniel havia se expandido, Varya parecia ter encolhido. Estava trabalhando como assistente administrativa numa indústria farmacêutica, tendo adiado sua formação para morar com Gertie. Numa noite, Klara viu Varya curvada sobre a cama de Gertie. A mãe tinha os braços ao redor de Varya e estava tremendo. Klara recuou, envergonhada. O privilégio do toque da mãe delas, sua confiança, era algo que Varya havia conquistado.

GERTIE PASSAVA OS Dias de Penitência numa névoa de tristeza. Após a morte de Saul, ela disse: de novo, não. Ela não podia, mais uma vez, aguentar as consequências do amor — então deu adeus a Simon antes que ele pudesse fazer isso para ela. *Não quero que você volte.* Ele não voltou. E agora nunca voltaria.

— Três livros são abertos no céu no Rosh Hashana — disse o Rabino Chaim na primeira noite das Grandes Festas. — Um para o pecador, outro para o virtuoso e um para aquele que está entre eles. Os pecadores são inscritos no livro da morte, os virtuosos no livro da vida, mas o destino daqueles intermediários fica suspenso até o Yom Kippur; e sejamos honestos — acrescentou, com sorrisos do público —, esses são a maioria de nós.

Gertie não pôde sorrir. Ela sabia que era pecadora. Toda a reza do mundo não faria diferença. Mas ela precisava tentar, disse o Rabino Chaim, quando ela foi vê-lo em particular. Os olhos dele estavam bondosos através de seus óculos, sua barba sacudindo pacificamente. Ela pensou na família dele, em sua esposa devota, que raramente falava, e em seus três meninos saudáveis — e por segundos ela o odiou.

Outro pecado.

O Rabino Chaim colocou uma mão no ombro dela.

— Nenhum de nós está livre do pecado, Gertie. Mas Deus não manda ninguém embora.

Então onde estava Ele? Desde a morte de Saul, Gertie havia se comprometido novamente ao templo e a suas promessas, ela havia se dedicado a isso como uma amante —, até havia se inscrito em aulas de hebraico. E apesar de ter chorado o suficiente para encher o Rio Hudson, ela não sentia nenhum perdão, nenhuma mudança. Deus permanecia distante como o sol.

No Yom Kippur, Gertie sonhou em visitar a Grécia. Ela nunca havia ido, apesar de ter visto em fotos numa revista no consultório do dentista. No sonho, ela estava num penhasco e agarrava duas urnas de cerâmica, cada uma com um conjunto de cinzas; aquelas de seu marido e aquelas de seu filho. Do abismo, Gertie podia ver as igrejas de topos azuis e casas brancas que se perdiam nas montanhas, como uma oferta rescindida. Quando ela virou as urnas em direção à água, sentiu uma liberdade horrenda — uma solidão desenfreada tão desnorteante que ela própria sentiu a correnteza.

Quando acordou, se sentiu enjoada por não ter enterrado Simon e Saul de acordo com os costumes judaicos. Tão ruim quanto a correnteza, aquela ladeira sombria de pena. Sua camisola estava pesada de suor. Ela vestiu seu roupão rosa de banho e se ajoelhou no piso de madeira aos pés da cama.

— Ah, Simon. Me perdoe —sussurrou ela. Seus joelhos tremiam. Pela janela o sol estava apenas começando a nascer e ela chorou por isso, por todos os dias de sol que Simon, seu filho brilhante, nunca veria. — Perdoe-me, Simon. A culpa é minha, minha culpa, eu sei. Me perdoe, meu filho.

Não havia alívio. Nunca haveria alívio algum. Mas o sol penetrando pela janela do quarto estava quente em suas costas. Ela podia ouvir os táxis buzinando em Rivington e as mercearias farfalhando ao despertar.

Caminhou incerta até a sala, onde as crianças — ela sempre os chamaria assim — haviam adormecido. Klara enrolada junto a Varya no sofá. As longas pernas de Daniel sobre o braço da poltrona favorita de Saul. Quando voltou ao quarto, fez a cama e bateu no travesseiro de Saul para afofar. Ela se vestiu num camisolão de lã escura e meias cor da pele, encaixou os pés em saltos pretos que usava para trabalhar. Passou pó no rosto e colocou bobs elétricos no cabelo. Quando saiu novamente, Varya estava fazendo café.

Ela levantou o olhar surpresa.

— Mama.

— É terça — disse Gertie. Sua voz estava rouca pela falta de uso. — Preciso ir trabalhar.

O escritório: tilintar de chaves, ar-condicionado central. Em 1982, Gertie tinha seu próprio computador, um monstro cinza mágico a seus comandos.

— Tudo bem — disse Varya, engolindo. — Bom. Vamos te levar para o trabalho.

QUATRO MESES DEPOIS, em janeiro de 1983, Klara reparou em Eddie O'Donoghue na plateia de um clube no Haight. Enquanto ela era erguida para a Mordida de Vida, o rosto dele virado para cima ficava cada vez menor e seu distintivo refletia a luz do refletor. Levou um momento para Klara reconhecê-lo como o policial que outrora havia intimidado Simon; então seu corpo ficou totalmente quente. Ela cambaleou quando aterrissou, fez uma reverência graciosa e deixou o palco. Estava pensando em todas as vezes em que havia enfiado a mão no bolso de trás de um cara e agarrado uma nota ou duas — mais, se precisasse. Ele estava atrás dela? Uma vingança, talvez, depois que ela o xingou nos degraus da delegacia?

Não. Não fazia sentido. Ela era cuidadosa quando batia carteiras, tinha olhos aguçados que percebiam tudo. Um mês depois, aqueles olhos visualizaram Eddie novamente num show em North Beach. Desta vez, ele não estava usando uniforme, apenas um suéter branco de gola redonda e jeans Dockers. Foi necessário todo o foco de Klara para seguir o roteiro durante seu número de bola e copo, para ignorar os braços cruzados dele e sorriso fechado, que ela viu em seguida numa boate em Valencia Street. Desta vez ela quase derrubou seus aros de aço. Depois do show, ela avançou em direção a Eddie, que se sentava num banquinho de couro no bar.

— Qual é seu problema?

— Problema? — perguntou o policial, piscando.

— É, problema. — Klara se sentou no banquinho ao lado dele, que rangeu.— Este é o terceiro show ao qual você veio. Então qual é seu problema?

Eddie franziu a testa.

— Vi a foto do seu irmão no jornal.

— Vai se foder — disse ela, e a sensação foi tão boa, como álcool queimando um vírus, que ela disse novamente. — Vai se foder. Você não sabe nada sobre meu irmão.

Eddie recuou. Ele havia envelhecido desde que ela o viu na delegacia da Mission Street. Havia vincos sob seus olhos e uma penugem laranja sob seu queixo. Seu cabelo ruivo estava bagunçado, como se ele tivesse acabado de acordar.

— Seu irmão era jovem. Fui duro com ele. — Os olhos de Eddie encontraram os dela. — Eu queria me desculpar.

Klara endureceu. Ela não estava esperando isso. Ainda assim, não poderia perdoá-lo. Ela agarrou seu sobretudo e sua sacola e saiu do bar o mais rápido que pôde sem atrair a atenção do gerente, um nojento que nunca perdia a oportunidade de pressioná-la a tomar uma bebidinha. Lá fora, estava um frio de rachar, e um punk pesado vinha da porta do Valencia Tool & Die. Os olhos de Klara doeram. Parecia inconcebível que Eddie estivesse vivo enquanto Simon, não. Mas sim, aquele homem estava vivo e correndo atrás dela, seus olhos aguçados com uma nova determinação.

— Klara, preciso te contar uma coisa.

— Você sente muito. Eu sei. Obrigada. Está absolvido.

— Não. Algo mais. Sobre seu show. Ele me mudou.

— Mudou você. — Klara gargalhou. — Que fofo. Você gosta do vestido que uso? Gosta de olhar minha bunda quando eu giro?

Ele fez uma careta.

— Que grosseiro.

— É sincero. Você acha mesmo que eu não sei por que os homens vêm para meus shows? Acha que eu não sei o que você ganha com isso?

— Não. Acho que você não sabe. — Ele estava ferido, mas manteve o olhar nela com uma teimosia que a surpreendeu.

— Ok, então. O que você ganha com isso?

Ele abriu a boca bem quando a porta da Die expeliu um grupo de punks que parou contra a frente vazia da loja para fumar. Suas cabeças estavam raspadas ou tingidas em cores gritantes, e correntes se penduravam de seus cintos. Em comparação, Eddie parecia dolorosamente convencional, e ele parou, desconfortável. Anos atrás, Klara podia ter se solidarizado com ele — com qualquer um — mas agora sua solidariedade havia se esgotado. Ela se virou e caminhou rapidamente em direção à Vigésima.

— Quando eu era moleque — disse Eddie para as costas dela —, eu era viciado em revistas em quadrinhos. O Flash. O Átomo. De tudo. Eu via o Lanterna Verde quando olhava para o céu. Se eu passava por um incêndio, sabia que era o Johnny Blaze. Eu achava que meu relógio de pulso era o de Jimmy Olsen; caramba, eu achava que *eu* era o Jimmy Olsen. "Alucinações", meu pai disse. "É isso que são." Mas não eram. Eram sonhos.

Klara cruzou os braços, fechando mais sua jaqueta, mas parou de andar. Ela olhava bem para frente quando Eddie chegou até ela e a encarou.

— Claro, eu não podia dizer isso ao meu pai Estamos falando de um irlandês católico das antigas, organizador de sindicato, membro da Antiga Ordem dos Hibernians. "Você me ouviu? Alucinações", dizia ele. "E não quero ouvir mais uma palavra sobre isso." "Tudo bem", eu dizia. E não falava mais. Fui para o Sagrado Coração e entrei para a corporação e imaginei que eu ainda podia ser como aqueles caras. Um herói, certo? Mas eu não era como aqueles caras. Eu era um homem, ou menos que isso: um porco. Eu odiava os moleques, os gays e os hippies chapados, todas as pessoas que não trabalharam duro como eu e ainda viviam melhor do que eu. Gente como seu irmão, era o que eu pensava.

Ela estava chorando. Não era preciso muito para fazê-la chorar. No mês seguinte faria um ano desde que ela se deitou na cama com Simon e o viu respirar pela última vez.

— Eu estava errado — disse Eddie. — Quanto eu te vi, fazendo uma carta aparecer do nada ou jogando esses aros de aço, eu me lembrei dos quadrinhos. Como é possível ser mais do que você é, mais do que você começou sendo. Acho que uma forma de colocar isso é que você me trouxe fé. Outra é que eu pensei que talvez eu não tivesse ido longe demais ainda.

Por segundos, Klara não conseguiu falar. Finalmente, sem que ela soubesse, ela havia lembrado a alguém sobre mágica. Ela havia dado fé a Eddie.

— Você não está me sacaneando, está?

Eddie sorriu, um sorriso como o de uma criança, cuja sinceridade a fez chorar mais ainda.

— Por que eu faria isso? — disse ele, e se inclinou à frente, mantendo as mãos nos bolsos, para beijá-la.

Ela se paralisou com o choque. Havia sido beijada muitas vezes, mas só agora via o quão íntimo o ato realmente era. Ela mal havia falado com as pessoas desde a morte de Simon; geralmente era doloroso demais até ver o Robert. Dentro dela uma revoada se remexeu e voou desesperadamente em direção a Eddie. Mas quando ele se afastou para sorrir para ela, com um sorriso de prazer e conquista, o desespero dela se tornou repulsa. O que Simon pensaria disso?

— Não — disse baixinho. A mão de Eddie apareceu atrás do pescoço dela para puxá-la mais perto, porque ele não a havia escutado ou porque decidiu fingir que não, e ela se permitiu ser beijada por ele por mais uns segundos. Ao fazer isso, ela podia fingir ser um tipo diferente de pessoa: alguém que beijava um homem porque gostava dele, não porque a fazia esquecer a dura ponta de rocha a que ela se agarrava com as unhas.

— Não — repetiu ela, e quando Eddie ainda não a soltou, ela empurrou o peito dele. Ele grunhiu e cambaleou para trás. Um ônibus 26 passou por Valencia, soltando fumaça, e Klara correu atrás dele. Quando o gás se dissipou, Eddie estava sozinho embaixo de um poste, com a boca aberta. E Klara havia sumido.

NAQUELE OUTONO, durante as Grandes Festas, ela voltou a Nova York pela terceira vez. Klara e Varya cortavam maçãs para um kugel, Gertie cozinhava as massas, enquanto Daniel contava histórias da vida em Chicago. Varya, com vinte e sete, havia finalmente se mudado para seu próprio apartamento. Ela começou a pós-graduação na Universidade de Nova York, onde estudava biologia molecular. Seu foco era expressão de genes: ela auxiliava um professor visitante removendo genes mutantes de organismos em rápido crescimento — bactéria e levedo, minhocas e drosófilas — para ver se isso alterava sua propensão de doença. Ela esperava um dia fazer o mesmo com humanos.

De noite, Klara subiu na cama com a gata Zoya, que em sua idade avançada desenvolveu uma indisposição de rainha de andar em qualquer lugar. Com a gata em sua barriga e Varya na cama em frente, ela pediu para ouvir histórias do trabalho de Varya. Dava esperança a Klara: o jogo de sorte de expressão genética e as infinitas variáveis que podiam ser usadas para ajustar cor dos olhos, predisposição a doenças, até morte. Há anos que ela não se sentia tão próxima de seus irmãos, e todos, até Gertie, pareciam mais leves. Quando Gertie sugeriu que os Gold fizessem as *kaparot*, ritual no qual uma galinha viva é girada sobre a cabeça enquanto se recita o *Machzor* — "Filhos do homem que se sentam na escuridão e na sombra da morte", ela entoou, "presos na miséria e correntes de ferro" —, antes do Yom Kippur, Klara irrompeu em risos; o *charosset* em sua boca sujou a camisa de Daniel.

— É a coisa mais deprimente que já ouvi — disse ela.

— E quanto à pobre galinha? — perguntou Daniel, tirando a maçã mastigada de Klara com dois dedos. A indignação de Gertie se esvaiu e de repente ela estava rindo também; um milagre, pareceu a Klara, que não ouvia sua mãe rir havia anos.

Ainda assim, Klara não podia explicar para ninguém o que significava perder Simon. Ela havia tanto perdido ele quanto a si mesma, a pessoa que era em relação a ele. Havia perdido tempo também, pedaços inteiros de vida que apenas Simon havia testemunhado: dominando seu primeiro truque de moedas aos oito anos de idade, tirando moedas das orelhas de Simon enquanto ele ria. Noites quando desciam pela saída de incêndio para ir dançar nas boates quentes e lotadas do Village — noites em que ela o viu olhando para homens, quando ele a deixou ver. A forma como seus olhos brilharam quando ela disse que iria para São Francisco, como se fosse o maior presente que alguém já deu a ele. Até o final, quando discutiram sobre Adrian, ele era seu irmãozinho, sua pessoa favorita na terra. Afastando-se dela.

No número 72 da Clinton, ela se deitou em sua velha cama e fechou os olhos até que a presença dele fosse tangível. Cento e trinta e cinco anos atrás, as irmãs Fox ouviram ruídos de pancadas em seu quarto em Hydesville. Numa cinza tarde tempestuosa em setembro de 1983, Simon bateu para Klara. Foi mais do que um ranger das tábuas do chão, mais do que o ruído de uma porta; um baque grave, sonoro que parecia vir das entranhas do 72 da Clinton, como se o prédio estivesse estalando seus dedos.

Os olhos de Klara se abriram. Ela podia sentir a pulsação em seus ouvidos.

— Simon? — ela se aventurou. Segurou o fôlego. Nada. Klara balançou a cabeça. Estava se deixando levar.

Em junho de 1986, o quarto aniversário da morte de Simon, ela já havia se esquecido da batida. Havia passado os aniversários anteriores em bares, bebendo vodca pura até se esquecer de que dia era, mas nesse ano ela se forçou a fazer café, amarrar seu Doc Martens e caminhar até o Castro. Era notável: muitas boates gays se fecharam com as saunas, mas a Purp ainda estava de pé. Parecia até recém-pintada. Ela queria poder contar a Simon, ou a Robert. Robert nunca gostou da Purp, mas Klara sabia que ele ficaria feliz em saber que havia sobrevivido.

Robert. Ela costumava encontrá-lo no centro. Em 1985, o Presidente Reagan ainda não havia reconhecido a AIDS, e dois homens se acorrentaram a um prédio na Praça das Nações Unidas, em protesto. Klara e Robert trouxeram comida e cópias do *Bay Area Reporter* para uma massa crescente de voluntários. Se Robert não estivesse doente demais, eles teriam dormido ali fora. Klara implorou a uma enfermeira que cuidou de Simon para incluir Robert no teste do Suramin, e ele recebeu a última vaga. Mas a medicação o deixava enjoado, então ele não podia dançar, e ele parou de tomar depois de dias. Klara bateu na porta do apartamento da Eureka Street onde Robert agora vivia sozinho.

— Você deve isso a Simon — gritou ela. — Não pode desistir agora. — Em agosto, eles não estavam mais se falando. Em outubro, cada paciente no teste já estava morto.

Quando Klara leu sobre isso no jornal, parecia que seu corpo todo estava em chamas, como se ela pudesse derreter pelo chão de tão queimada. Ela tentou ligar para Robert, mas sua linha havia sido desligada. Quando foi à Academia, Fauzi disse a ela que Robert havia voltado para Los Angeles. *Apenas se foi*. Isso foi sete meses atrás. Ela não havia sido capaz de encontrá-lo desde então.

Ela encontrou um nastúrcio laranja no chão e o prendeu na maçaneta da porta da Purp. Naquela noite, fez o bolo de carne de Gertie, que Simon adorava, tirou a roupa para tomar banho. Debaixo d'água, seu cabelo se espalhava como a Medusa. Ela podia ouvir o eco de vozes, pés abafados na escada. Então: um estalo. Ela o reconheceu instantaneamente como o ruído que ouviu em Nova York.

Saltou para a superfície da água, molhando o piso.

— Se você é real — disse ela —, se é você, faça de novo. — O ruído veio uma segunda vez, como um bastão atingindo uma bola. — Jesus Cristo. — Quando ela começou a tremer, lágrimas atingiram a água. — Simon.

14

JUNHO DE 1988: Raj está no palco do Teatro ZinZanni enquanto Klara pinta o rosto no camarim. É o melhor em que ela já esteve, com uma boa mesa e uma tela de TV que mostra o que está acontecendo no palco.

— A vida não é apenas desafiar a morte — diz Raj, sua voz vindo pelos alto-falantes dos dois lados da televisão. — É desafiar a si mesmo, sobre *insistir* na transformação. Desde que a pessoa tenha a capacidade de se transformar, meus amigos, ela não pode morrer. O que Clark Kent tem em comum com o camaleão? Quando eles estão à beira da destruição, eles mudam. Para onde foram? Para onde não podemos ver. O camaleão se torna um galho. Clark Kent se torna o Super-homem.

Klara vê o Raj miniatura na tela abrindo os braços. Ela contorna os lábios com um pincel vermelho vivo.

TRÊS MESES DEPOIS, Klara voa para Nova York: suas visitas nos períodos de festas se tornaram uma tradição. Ela está tonta de felicidade. A Segunda Visão foi um sucesso, e apesar de a gaiola dobrável ter aparecido como veias através da manga do paletó de Klara — vão deixar a costureira tirar —, a plateia não pareceu notar. O Teatro ZinZanni foi reservado para mais dez apresentações.

Klara quer que Raj conheça sua família, mas eles não podem pagar duas passagens para Nova York. Porém, logo terão dinheiro para ir para qualquer lugar, diz ele. No Rosh Hashana, Klara puxa Varya para o quarto de dormir. Parece que seu corpo é todo de hélio, como se ela pudesse subir ao teto se apenas tirasse os sapatos. Ela diz:

— Acho que talvez a gente se case.

— Vocês começaram a namorar em março — diz Varya. — Fazem seis meses.

— Fevereiro — diz Klara. — Sete.

— Mas Daniel nem pediu a mão de Mira ainda.

Mira é a namorada de Daniel. Eles tinham se conhecido um ano antes, quando Mira estava estudando história da arte, e ela já veio visitar Varya e Gertie. Assim que Daniel conseguir um emprego, ele planeja fazer o pedido com o anel de rubi que Saul deu a Gertie.

Klara prende uma mecha do cabelo de Varya atrás da orelha.

— Você está com ciúmes.

Ela está observando Varya, não acusando, e é isso — essa ternura na voz de Klara — que faz Varya recuar.

— Claro que não — diz ela. — Estou feliz por você.

Varya deve achar que é outro dos números de Klara, algo do qual ela vai desistir num mês ou dois. Ela não sabe que eles já estão praticamente casados, que Klara tem seu vestido, e Raj, seu terno, que planejam ir para o cartório assim que Klara voltar de Nova York. Ela certamente não sabe sobre o bebê.

Foi uma surpresa nada surpreendente. Klara sabe o que acontece quando você se descuida, mas isso não significa que ela não seja descuidada. E foi mais do que isso, foi a explosão, dançar à beira da casualidade — *se for pra ser* — com o homem que ela ama. O que é criar um bebê se não fazer uma flor aparecer do próprio ar, transformando um lenço em dois?

Ela parou de beber. No terceiro semestre, sua mente está limpa, nunca esteve melhor — mas esse é o problema. Está vazia demais, quilômetros e quilômetros de espaço nos quais Klara se senta e pensa. Ela se distrai imaginando o bebê. Quando ele chuta, Klara vê o pezinho de menino. Ela contou a Raj que precisam dar o nome de Simon. Durante o último mês, quando ela está tão inchada que seus sapatos não cabem mais, quando ela não pode dormir mais do que trinta minutos por vez, ela visualiza o rosto de Simon e não ressente mais o bebê. Então, quando um médico puxa a criança do corpo de Klara numa noite de tempestade em maio e Raj grita: "É uma menina!", Klara sabe que ele deve ter se enganado.

— Está errado. — Ela está delirando de dor; parece que uma bomba explodiu em seu corpo e ela, a estrutura vazia, está prestes a desabar.

— Ah, Klara — diz Raj. — Não está.

Eles embalam a criança e trazem para Klara. O rosto do bebê está ruborizado, desperto de espanto. Seus olhos são escuros como caroços de azeitona.

— Você tinha tanta certeza — diz Raj. Está gargalhando.

CHAMAM A MENINA DE RUBY. Klara se lembra de uma amiga de Varya com esse nome, uma menina que morava no andar de cima do 72 da Clinton. Rubina. É hindu, que a mãe de Raj teria gostado. Ele se muda para o apartamento de Klara e canta para Ruby cantigas de ninar num híndi enferrujado. *Soja baba Soja. Mackhan roti cheene.*

Em junho, a família de Klara vem visitar. Ela mostra a eles o Castro, Gertie agarrada à sua bolsinha quando passam por um grupo de drag queens e os levam para uma apresentação da Corps. Klara se senta ao lado de Daniel com seu estômago revirando — ela não sabe como ele vai reagir ao ver homens no balé —, mas quando os dançarinos fazem a reverência, ele aplaude mais alto do que todos. Naquela noite, o bolo de carne de Gertie está no forno, Daniel conta a Klara sobre Mira. Eles se conheceram no refeitório da universidade e desde então passam longas noites nos barzinhos do Hyde Park e em restaurantes vinte e quatro horas debatendo Gorbachev e a explosão da NASA e os méritos de *E.T.*

— Ela te desafia — observa Klara. Ruby está dormindo, sua bochecha quente presa no peito de Klara e, pela primeira vez, ela sente como se não houvesse nada de errado no mundo. — Isso é bom.

No passado, Daniel teria retrucado — *Me desafia? O que te faz pensar isso?* —, mas agora ele assente.

— Ela desafia sim — diz ele com um suspiro tão satisfeito que Klara quase tem vergonha de ter ouvido.

Gertie adora o bebê. Ela segura Ruby constantemente, olhando para seu nariz de morango, mordiscando seus dedos miniatura. Klara busca uma semelhança entre elas e encontra: suas orelhas! Pequenas e delicadas, curvadinhas como conchas. Mas quando Gertie conheceu Raj, ela abriu a boca e fechou, silenciosa como um peixe. Klara observou sua mãe fazer o inventário da pele escura de Raj e de suas galochas, seu jeito desengonçado. Ela puxou Gertie no banheiro.

— Mãe — reclamou Klara. — Não seja preconceituosa.

— Preconceituosa? — perguntou Gertie, corando. — É pedir demais que a criança seja criada como judia?

— Sim — disse Klara. — É sim.

Varya está cheia de conselhos.

— Você tentou leite quente? — pergunta ela quando Ruby chora. — Que tal passear no carrinho? Tem balanço de criança? Ela está com cólica? Onde está a chupeta dela?

O cérebro de Klara fica em parafuso.

— O que é uma chupeta?

— O que é uma chupeta? — repete Gertie.

— Você não está falando sério — diz Varya. — Ela não tem uma chupeta?

— E esse apartamento — acrescenta Gertie. — Não tem nenhuma proteção para crianças. Espere até ela começar a andar; ela pode abrir a cabeça nesta mesa, cair escada abaixo.

— Ela está bem — diz Raj. — Ela tem tudo do que precisa.

Ele pega o bebê de Varya, que o segura por um instante a mais.

— Passe ela! — provoca Daniel, cutucando Varya nas costelas, o que incita um tapa de volta e um uivo tão alto que Klara quase pede que eles se vão. Mas quando eles partem no dia seguinte, Gertie entrando no banco da frente de um táxi, Varya e Daniel acenando pela janela traseira, ela morre de saudades.

Enquanto eles estavam aqui, era mais fácil ignorar o fato de que Simon e Saul não estavam. Seu pai adorava bebês. Klara ainda se lembra de visitar o hospital quando Simon nasceu invertido, seu cordão umbilical enrolado como um colar. Saul ficou na frente da UTI como para guardar seu caçula azulado, seu último. Em casa, ele podia segurar o bebê por horas. Quando Simon se remexia no sono ou fazia biquinho, Saul ria com um prazer desproporcional.

Quando crianças, os irmãos acreditavam que Saul podia responder qualquer pergunta que eles quisessem saber. Mas Klara e Simon acabavam insatisfeitos com suas respostas. Eles desdenhavam de sua rotina de trabalho e estudo da Torá, seu uniforme de calça de gabardine, casacão e chapéu de lã. Agora Klara tem mais simpatia por ele: Saul veio de imigrantes, e Klara suspeita que ele tenha vivido com medo de perder a vida que recebeu. Ela entende, também, a solidão da paternidade, que é a solidão da memória — saber que ela conecta um futuro não conhecível para seus pais com um passado não conhecível para sua filha. Ruby virá para Klara com perguntas. O que Klara vai contar a ela com insistência nervosa e não ouvida? Para Ruby, o passado de Klara vai parecer uma história. Saul e Simon, nada mais do que fantasmas de sua mãe.

EM OUTUBRO JÁ SE PASSARAM meses desde que Klara e Raj se apresentaram pela última vez. Klara não pôde fazer a Mordida de Vida enquanto grávida; agora, noites acordada com Ruby transformaram seu cérebro em neblina e ela não consegue contar direito durante o número de leitura de mentes. Eles não conseguiram recuperar o custo dos materiais. Suas magras economias foram para fraldas e brinquedos, roupas que ficam pequenas para Ruby a cada hora. Raj caminha de Tenderloin a North Beach, visitando boates e teatros, mas a maioria os manda embora. O gerente do Teatro ZinZanni só pode dar quatro datas a eles neste outono.

— Precisamos sair — diz Raj durante o jantar. — Levar esse show para a estrada. Esgotamos São Francisco. As pessoas aqui são robôs, computadores. Que morram, cara. — Ele luta boxe com um computador invisível.

— Espere — diz Klara, levantando um dedo. — Ouviu isso?

Ela já apontou as batidas de Simon para Raj antes, mas ele sempre alega não ouvi-las. Desta vez, ele não pode ter perdido. A batida foi alta como um tiro; até o bebê saltou. Ela tem cinco meses, com o cabelo preto sedoso de Raj e o sorriso do gato de Cheshire de Klara.

Raj abaixa o garfo.

— Não tem nada aí.

Klara gosta que Ruby possa ouvir as batidas. Ela balança o bebê, beija seus novos dentes pontudos.

— Ruby — canta ela. — Ruby sabe.

— Foco, Klara. Estou falando sobre viajar. Ganhar dinheiro. Fazer acontecer uma nova vida nesse troço. — Raj bate palmas na frente do rosto dela. — A cidade acabou, querida. Morreu. Precisamos cair na estrada. Achar o ouro em outro lugar.

— Talvez tenhamos expandido rápido demais — diz Klara enquanto Ruby começa a chorar; as palmas a assustaram. — Talvez precisemos desacelerar.

— Desacelerar? É a última coisa que precisamos fazer. — Raj começa a andar de um lado para o outro. — Precisamos nos mudar. Precisamos nos movimentar. Se ficamos muito tempo num lugar, queimamos todos. É o segredo, Klara. Não podemos deixar de nos mover.

Seu rosto se ilumina como uma abóbora de Halloween. Raj tem grandes ideias, assim como Klara; é uma das coisas que ela ama nele. Ela pensa na caixa preta de Ilya. É feita para a estrada, Ilya disse. Talvez ela também seja.

— Para onde iríamos? — pergunta ela.

— Vegas — diz Raj.

Klara ri.

— De jeito nenhum.

— Por quê?

— É cafona — diz ela, contando nos dedos. — É exagerado e ultrapassado. É vulgar, mas é ridiculamente caro. E nunca há mulheres no palco principal.

Vegas lembra a ela da primeira e única convenção de mágicos de que ela participou: um evento reluzente em Atlantic City no qual a fila para o banheiro dos homens era maior do que das mulheres.

— Acima de tudo — acrescenta —, é falso. Não tem nada de real em Las Vegas.

Raj levanta a sobrancelhas.

— Você é uma mágica.

— Isso mesmo. Sou uma mágica que se apresenta em qualquer lugar menos Vegas.

— Qualquer Lugar Menos Vegas. Podia ser o título de nosso novo show.

— Fofo. — Ruby choraminga e Klara retira desajeitadamente a camiseta. Ela costumava andar nua pelo apartamento, mas agora se envergonha da utilidade de seu corpo. — Eu preferia viver como nômade.

— Tá — diz Raj. — Vamos viver como nômades então. Ficar alguns meses em cada cidade. Ver o mundo.

Ruby se solta, distraída. Klara puxa sua camisa para baixo, e Raj pega Ruby pelas axilas.

— São Francisco está cheio de lembranças, Rubyzinha — diz ele. — Se você fica aqui, você se mete com fantasmas.

Klara imaginou que ele lançou um olhar para ela? Seus olhos são pontas de lápis. Mas talvez ela esteja errada; quando olha novamente ele voltou ao bebê, assoprando cócegas na macia pele morena dela.

Klara se levanta para lavar os pratos.

— Onde a gente ficaria?

— Conheço um cara — diz Raj.

NAQUELA NOITE, Raj e Ruby adormecem facilmente, mas Klara não consegue. Ela sai da cama e passa pelo berço de Ruby para o armário, onde guarda a caixa de Ilya. Dentro dela estão suas cartas e seus aros de aço, suas bolas e seus lenços de seda. Ela não os usa mais com frequência — os números mais exuberantes dominaram os truques de habilidade manual —, mas agora ela traz dois lenços para a mesa redonda da cozinha. As velhas luzinhas pisca-pisca de Raj estão presas ao redor da janela; para evitar que ele perceba, ela as deixa desligadas. Antes de se sentar, busca a garrafa de vodca no fundo do freezer e se serve uma dose.

Ela costumava trabalhar tarde assim. Quando adolescente, ela esperava até ouvir a respiração regular de Simon e os sons abafados dos sonhos de Varya, até Daniel começar a roncar, então pegava suas ferramentas debaixo da cama e saía de fininho para a sala de estar. Ela apreciava o silêncio incomum e a sensação de que o apartamento todo era dela. Ela mantinha as luzes apagadas, se arrumando no chão ao lado da janela da sala, para poder ver pelas luzes dos postes da Clinton. Por meses, essas sessões foram seu segredo. Mas numa noite no inverno, ela caminhou para a sala e descobriu que seu pai havia chegado antes.

Por segundos, ele não a notou. Sentava-se em sua poltrona favorita — capitonê, forrada de veludo cor de ervilha — e estava lendo um livro. Havia um fogo novo na lareira, a lenha inteira e brilhando.

Klara quase deu meia-volta, mas se deteve. Se ele podia se sentar lá à uma da manhã, por que ela não podia? Ela saiu da escuridão do corredor para a soleira da sala, quando Saul finalmente a notou.

— Não conseguia dormir? — perguntou ela.

— Não — disse Saul e mostrou o livro. Era a Torá, claro. Klara não sabia como ele não havia enjoado disso. Naquele tempo ele já a havia lido de todas as formas: do começo ao fim, do fim pro começo, em pequenos trechos escolhidos aleatoriamente e em grandes seções pelas quais avançava durante semanas. Às vezes ele olhava para uma única página por dias.

— Que parte você está lendo? — perguntou Klara, uma pergunta que ela geralmente evitava para também evitar um sermão sobre a filha a ser sacrificada por Jefté, ou os homens da Babilônia que se recusaram a venerar a estátua de ouro do Rei Nabucodonosor e assim sobreviveram quando jogados numa fornalha.

Saul hesitou. Naquela época ele havia basicamente desistido do ensino da Torá para a família. Até Gertie se remexia quando ele lia os livros para eles.

— A história do Rabino Eliezer e o forno. Ele era o único sábio que acreditava que um forno impuro podia ser purificado.

— Ah. Essa é boa — disse Klara, de forma idiota, já que ela nem se lembrava da história. Ela esperava que Saul continuasse, mas em vez disso ele cruzou olhares com ela e sorriu em surpresa ou por felicidade da reação dela. Ela se aproximou mais na sala, segurando um maço de cartas numa mão. Quando se sentou ao lado da janela, Saul voltou ao Talmude. Eles ficaram assim até a lenha despedaçar e ambos bocejarem. Quando caminharam para seus respectivos quartos, Klara dormiu melhor do que em muitos meses.

Gertie nunca concordou com a mágica de Klara. Claro que Klara iria superar isso, ela achou; claro que iria para a faculdade, como Varya, e conseguiria o diploma que a própria Gertie nunca obteve. Mas Saul era diferente. E foi por isso que Klara pôde sair de casa semanas depois de sua morte, porque ela podia fazer isso sem se odiar; porque não era sua mãe que havia partido, mas seu pai, que havia ficado com ela em longas noites em perfeito silêncio e que, na manhã de sua morte, levantou o olhar da Mixná para vê-la transformar um lenço azul num vermelho.

— Que maravilhoso — disse ele quando o lenço deslizou pelas mãos dela e riu de uma forma travessa que a lembrou de Ilya. — Pode fazer de novo? — E ela fez de novo e de novo até ele largar o grande livro para cruzar uma perna e realmente vê-la, não da forma vaga com que ele frequentemente olhava para seus filhos, mas com verdadeiro interesse e admiração, da forma como ele olhava para Simon quando bebê. Então ele teria entendido a decisão dela de partir, não teria? No mínimo, o judaísmo a ensinou a continuar correndo, não importava quem tentasse mantê-la refém. Havia a ensinado a criar suas próprias oportunidades, transformar pedra em água e água em sangue. Havia a ensinado que tais coisas eram possíveis.

Às quatro da manhã, Klara está confusa, suas mãos tomadas por uma satisfatória dor muscular causada por horas de trabalho. Ela pensa em colocar seus lenços de volta na caixa de Ilya, mas em vez disso os coloca em seu punho esquerdo então na ponta do polegar direito; quando abre as mãos, os lenços desapareceram. Ela pensa no que significa deixar São Francisco, se estar na estrada vai parecer com um lar, e o que vem para ela é uma das histórias de Saul.

O ano era 1948, o cenário, uma cozinha num apartamento na Hester Street. Um homem e um garoto se sentavam um de cada lado da mesa, suas cabeças tocando sobre um rádio Philco PT-44. O garoto era Saul Gold. O homem era Lev, seu pai. Quando ouviram que o Mandato Britânico havia expirado, Lev colocou as mãos em cunha sobre a boca. Seus olhos estavam fechados, e água salgada gotejava de sua barba.

— Pela primeira vez, nós judeus estaremos encarregados de nosso próprio destino — disse ele, agarrando o queixo de Saul. — Sabe o que isso significa? Você sempre terá um lugar para ir. Israel sempre será seu lar.

Em 1948, Saul tinha treze anos. Nunca antes ele havia visto seu pai chorar. De repente ele percebeu que o que tomava como seu lar — um apartamento de dois quartos num prédio de tijolos recém-reformado sobre a padaria de Gertel —, para seu pai, não era mais que um objeto de cena no palco de outra pessoa, que a qualquer momento poderia ser levado embora. Em sua ausência, o lar estava no ritmo da halaca: a reza diária, o *Shabat* semanal, os dias sagrados anuais. Sua cultura estava no tempo. No tempo, não no espaço, estava seu lar.

Klara enfia a caixa de Ilya de volta no armário e sobe na cama. Apoiando-se num cotovelo, ela busca a persiana e abre uma fenda na qual pode ver uma lasca de lua. Ela sempre pensou no lar como um destino físico, mas talvez Raj e Ruby sejam lar o suficiente. Talvez o lar, como a lua, a seguirá para onde ela for.

15

ELES COMPRAM UM TRAILER de um colega de trabalho de Raj. Klara achava que seria deprimente, mas Raj reforma a mesa de madeira na área da cozinha, arranca o plástico laranja dos balcões e os substitui com um laminado que parece mármore. "*Hit the road Jack*", canta ele. Coloca prateleiras ao lado da cama, fixando corrimões de alumínio para evitar que livros caiam quando o veículo se mover. Durante o dia, a cama se dobra num sofá, revelando uma ampla área de piso onde Ruby pode brincar. Klara costura cortinas de veludo vermelho e coloca o berço de Ruby ao lado da janela traseira, para ela poder ver o mundo passando. Eles colocam seu equipamento num compartimento de carga preso atrás do trailer.

Numa fria manhã ensolarada de novembro eles seguem para o norte. Klara prende Ruby no seu assento.

— Dá tchauzinho, Rubini — diz Raj, levantando a mãozinha dela. — Dá tchauzinho para tudo isso.

Amo vocês todos, Klara pensa olhando para o templo taoista, a padaria abaixo de seu apartamento, as velhas carregando caixas de dim sum em sacolas de plástico rosa. *Adeus a tudo isso.*

Eles conseguem dois shows num cassino em Santa Rosa, quatro num resort em Lake Tahoe. A plateia sorri para Raj — showman e homem de família — e para Ruby, de olhos grandes debaixo de uma cartola tamanho infantil, que Raj usa para coletar gorjetas depois de cada show. Ele mantém o dinheiro numa caixa trancada embaixo do banco do motorista. Em Tahoe, ele compra um telefone de carro para fazer as reservas. Klara quer ligar para a família, mas Raj a desmotiva.

— A conta já está alta o suficiente — diz ele.

Quando chega o inverno, eles vão para o sul. Los Angeles está infestada de competição, mas eles até que vão bem em cidades universitárias e melhor nos cassinos do deserto. Mas Klara odeia os cassinos. Os gerentes sempre a confundem com uma assistente de Raj. As pessoas passam pelas mesas de jogos e caça-níqueis porque querem ver uma garota girar num vestidinho apertado ou porque estão bêbadas demais para ir para casa. Gostam do truque de pregos do Raj, mas vaiam durante a Gaiola Desaparecida. "Está na manga dela!" alguém berra, como se a falha no truque fosse uma ofensa pessoal. Klara começa a olhar para os pequenos shows em São Francisco com nostalgia, se lembrando dos palcos escuros detonados, mas se esquecendo do povo conversando, esquecendo que ninguém aqui ou lá nunca quis realmente o que ela vende.

Durante o dia, enquanto Raj está em reuniões de apresentação, ela lê para Ruby no trailer. Admira o visual do deserto, as montanhas azuis e o céu de *sorbet*, mas não gosta da sensação, ao mesmo tempo lânguida e incansável, ou do calor que se pressiona sobre ela como mãos. Ela mantém garrafas miniatura de vodca em sua bolsa de maquiagem, que ela prefere por sua claridade e pela levantada que dá, pela forma como rasga sua garganta. De manhã, quando Raj vai embora, ela vira dois dedos em seu café instantâneo. Às vezes leva Ruby até uma loja de conveniência por perto e pega uma garrafa de Coca-Cola, que disfarça melhor o cheiro. Raj sabe que ela parou de beber durante a gravidez, mas ele também acha que ela nunca voltou. Porém agora é diferente. Os apagões e ânsias de vômito foram substituídos por algo mais constante, difícil de detectar; um distanciamento sutil, porém constante, dos fatos da vida. Antes de Raj voltar para casa, ela joga a garrafa fora na sala de recreação. De volta ao trailer, escova os dentes e cospe pela janela.

— Isso — diz Raj, contando cheques. — Esse é o negócio.

— Não podemos ficar aqui muito tempo — diz Klara. Eles estacionaram ilegalmente atrás de um Burger King interditado porque Raj não quer pagar o aluguel de um estacionamento de trailer.

— Ninguém sabe que estamos aqui, baby. Somos invisíveis.

AS RAZÕES SÃO TODAS ERRADAS. Quando ela liga para casa durante o Chanucá, debruçada sobre o telefone do carro enquanto Raj está na loja de conveniência, está nevando em Nova York e faz trinta graus no trailer.

— Como você está? — pergunta Daniel, e ela fica chocada pela saudade que sente dele. Quando ele visitou São Francisco, ela o viu brincar de esconde-esconde com a Ruby e o imaginou pela primeira vez como pai.

— Estou bem — responde, fingindo glamour, fingindo animação. — Estou bem.

Klara escondeu duas coisas de seus irmãos: as batidas e o fato de que a morte de Simon se alinhava com a profecia. Simon nunca compartilhou sua data com Varya e Daniel, e eles não discutiram a mulher na Hester Street desde o shivá de Saul. Mas saber disso toma conta de Klara. Depois dos shows, enquanto tira sua maquiagem e Raj pega gorjetas, ela calcula quanto mais vai viver se a mulher estiver certa sobre ela também.

Eu não vou morrer, disse a Simon. *Eu me recuso.*

Era mais fácil ter essa marra até a primeira previsão da mulher se concretizar. Quando Simon morreu, Klara se deixou voltar aos seus nove anos, de volta à porta do apartamento na Hester Street. Na verdade, ela não queria saber a data de sua morte, não mesmo. Ela só queria conhecer a mulher.

Ela nunca tinha ouvido sobre uma mágica que fosse mulher. ("Por que há tão poucas de nós?", perguntou a Ilya uma vez. "Um dos motivos", disse ele, "foi a Inquisição. Outros dois, a Reforma Protestante e os Tribunais das Bruxas de Salém. E tem mais, as roupas. Já tentou esconder uma pomba num vestido de festa?") Quando Klara entrou no apartamento, a mulher estava parada contra a janela. Tinha o cabelo preso em duas longas tranças castanhas, o que fez seu rosto parecer simétrico e completo. Anos depois, Klara faltou à aula para vagar pelo Grande Corredor do museu Metropolitan. Lá ela viu uma estátua representando a cabeça de Jano, emprestada do Museu do Vaticano, e pensou na vidente. Os rostos da estátua olhavam em diferentes direções, representando o passado e o presente, mas isso não fazia a figura parecer desconjuntada; em vez disso, tinha uma coerência circular. Klara só ressentia que a estátua representava Jano — deus dos começos assim como das transições e do tempo — como um homem.

— Uau. — Klara olhou para os mapas e calendários, o I Ching e os pauzinhos da sorte no apartamento da mulher. — Você sabe como usar todas essas coisas?

Para surpresa de Klara, a mulher balançou a cabeça.

— Esse troço é só para impressionar. O pessoal que vem aqui? Eles gostam de pensar que eu sei das coisas por um motivo. Então tenho esses objetos de cena.

Quando ela caminhou em direção a Klara, seu corpo tinha o poder e eletricidade de um veículo em movimento. Klara quase deu um passo para o lado, mas não, ela se segurou, ficou firme.

— Os objetos fazem com que todos se sintam melhor — disse a mulher. — Mas eu não preciso de nada disso.

— Você apenas sabe — sussurrou Klara.

O espaço entre seus corpos estava tão carregado quanto o espaço entre dois ímãs. Klara se sentiu tonta, como se acabasse flutuando nos braços da mulher se deixasse seu corpo relaxar.

— Eu apenas sei — disse a mulher. Ela abaixou o queixo, virou a cabeça e olhou para Klara, inclinando a cabeça. — Como você.

Como você: foi como uma prova de existência. Klara queria mais. Ela não achava que se importava em saber a data de sua morte, mas agora estava hipnotizada. Ela queria ficar mais no feitiço da mulher, um feitiço no qual, como um espelho, Klara se via. Ela perguntou sobre seu futuro.

Quando a mulher respondeu, o feitiço se quebrou. Klara se sentiu como se tivesse levado um tapa. Ela não consegue se lembrar se agradeceu à mulher ou como seguiu até o beco. Apenas apareceu ali, seu rosto marcado de lágrimas e suas mãos manchadas de marrom pela sujeira no corrimão da saída de emergência.

Treze anos depois, a mulher estava certa sobre Simon, assim como Klara havia temido. Mas esse é o problema: a mulher era tão poderosa quanto parecia ou Klara deu passos para fazer a profecia se tornar realidade? O que seria pior? Se a morte de Simon era evitável, uma fraude, então a culpa é de Klara — e talvez ela seja uma fraude também. Afinal, se a mágica existe junto da realidade — dois rostos olhando para direções diferentes, como a cabeça de Jano —, então Klara pode não ser a única a ter acesso a isso. Se ela duvida da mulher, então ela tem de duvidar de si mesma. Se ela duvida de si mesma, deve duvidar de tudo em que acredita, incluindo as batidas de Simon.

O que ela precisa é de provas. Em maio de 1990, numa noite quente, enquanto Raj e Ruby estão dormindo, Klara se senta na cama. Ela deveria contar o tempo, como faz na Segunda Visão. Um minuto por letra. Fica de pé e caminha para o banco da cozinha onde deixou o relógio de Simon — um presente do Saul, pulseira de couro com um pequeno mostrador de ouro. Ela se senta na cabine, onde há luz da lua o suficiente para ver o tique-taque do fino ponteiro dos segundos.

— Vamos, Sy —cochicha.

Quando a primeira batida vem, ela começa a contar. Sete minutos se passam, então oito — doze, quando uma batida soa novamente.

M.

Ela olha para o relógio como se fosse um código, como se fosse o rosto sorridente de Simon. A próxima batida vem cinco minutos depois: *E.*

Ruby resmunga.

Agora não, Klara pensa. *Por favor, agora não.* Mas o resmungo se torna um gorjeio e então o choro de Ruby irrompe como a manhã. Klara ouve Raj sair da cama, o escuta murmurar até o bebê estar apenas fungando, daí eles aparecem na cabine.

— O que está fazendo?

Ele segura Ruby alta no peito, para que sua cabeça esteja alinhada com a dele. Seus olhos pairam na escuridão.

— Nada. Eu não conseguia dormir.

Raj embala Ruby.

— Por que não?

— Como vou saber?

Ele levanta sua mão livre — *só perguntei* — e volta para a escuridão. Ela o escuta colocar Ruby no berço.

— Raj. — Ela olha para a frente, vendo a porta bloqueada do Burger King. — Não estou feliz.

— Eu sei. — Ele vem sentar no banco do passageiro e puxa a cadeira para trás até suas pernas se estenderem para frente. Seu cabelo está preso num rabo, faz dias que ele não lava, e seus olhos estão aguados de exaustão.

— Nunca quis isso para nós. Eu queria algo melhor. Ainda quero. Para ela. — Raj aponta com o queixo para o berço de Ruby. — Quero que ela tenha uma casa. Quero que tenha vizinhos. Quero que ela tenha uma porra de um cachorro, se ela quiser isso. Mas cachorros não saem barato. Nem vizinhos. Estou tentando economizar, Klara, mas o que estamos faturando? Está melhor do que antes, mas não é o suficiente.

— Talvez esse seja o máximo que possamos alcançar. — A voz de Klara é inconstante. — Estou cansada, sei que você também está. Talvez seja hora de termos empregos de verdade.

Raj bufa.

— Eu larguei a escola. Você nunca fez faculdade. Acha que a Microsoft vai nos querer?

— Não a Microsoft. Outro lugar. Ou podemos voltar a estudar. Eu sempre fui boa de matemática; posso fazer um curso de contabilidade. E você, como mecânico. Você era talentoso. Você era brilhante.

— Você também! — irrompe Raj. — *Você* era talentosa. *Você* era brilhante. Da primeira vez que te vi, Klara, naquele pequeno show em North Beach, olhei para você no palco e pensei: Essa mulher. Ela é diferente. Seus sonhos eram grandes demais e seu cabelo também, toda hora se embaraçava nas cordas, mas você girava no teto como algo que eu nunca havia visto e eu achei que você não desceria mais. Não estou pronto para desistir. E não acho que você esteja também. Quer mesmo se acomodar? Pegar um emprego remexendo papéis ou trabalhar com o dinheiro de outra pessoa?

O discurso dele a emociona de forma profunda, escondida. Klara sempre soube que ela deveria ser uma ponte: entre realidade e ilusão, o presente e o passado, esse mundo e o próximo. Só precisa descobrir como.

— Tá — diz ela, lentamente. — Mas não podemos continuar assim.

— Não. Não podemos. — Os olhos de Raj estão voltados bem para a frente. — Precisamos pensar maior.

— Tipo o quê?

— Tipo Vegas.

— Raj... — Klara pressiona as palmas das mãos sobre os olhos. — Eu já te disse.

— Sei que disse. — Raj se remexe em seu assento e se inclina em direção a ela sobre o encosto do braço. — Mas se você quer uma plateia, quer impacto... quer ser conhecida, Klara, e você não pode ser conhecida aqui. Mas as pessoas vêm de todos os lugares para visitar Vegas, buscando algo que não podem ter em casa.

— Dinheiro.

— Não, diversão. Querem quebrar as regras, virar o mundo de ponta cabeça. E não é isso que você quer? Não é isso que você faz? — Ele agarra a mão dela. — Olha, eu nunca quis ser um astro. Você nunca quis ser a assistente. Você sempre sentiu que deveria fazer algo grande, algo melhor do que isso, certo? E eu sempre acreditei em você.

— Não sou mais assim. Algo se foi. Estou mais fraca.

— Você tem melhorado desde que parou de beber. Você só é fraca quando fica na sua cabecinha, quando está presa lá e não consegue sair. Você precisa ficar aqui em cima — diz ele, segurando a mão aberta sob o queixo. — Acima da superfície. Focar no que é real, como a Ruby. E sua carreira.

Quando Klara pensa em Ruby, é como se segurar numa rocha no meio de um rio, como tentar se agarrar a algo pequeno e firme enquanto tudo a está puxando para longe.

— Se formos para Vegas — diz ela — e eu não conseguir. Se não formos contratados. Ou se eu... se eu simplesmente não conseguir. O que faremos?

— Não penso assim — diz Raj. — Nem você deveria.

— VEGAS — diz Gertie. — Você está indo para Vegas. — Klara escuta a mão de sua mãe abafando o gancho. Então ela a ouve gritando. — Varya, você me ouviu? Vegas. Ela está indo para Vegas, é o que ela disse.

— Mãe... — diz Klara. — Estou te ouvindo.

— Quê?

— É minha escolha.

— Ninguém disse que não é. Certamente não seria a minha.

Há um clique de outro gancho sendo pego.

— Você está indo para Vegas? — pergunta Varya. — Para quê? Férias? Vai levar a Ruby?

— Claro que vamos levar a Ruby. O que íamos fazer com ela? E não é para férias, é de vez. — Klara olha pela janela do trailer. Raj está andando de um lado para o outro enquanto fuma. A cada poucos segundos ele olha para Klara para ver se ela ainda está no telefone.

— Por quê? — pergunta Varya, pasmada.

— Porque quero ser mágica. E é lá que você precisa estar se quer ser mágica, se quer ganhar dinheiro fazendo isso. Além do mais, V, tenho uma filha; você não sabe como isso é caro. Comida para a Ruby, fraldas, roupas...

— Eu criei quatro filhos — diz Gertie. — E não fui uma única vez para Vegas.

— Nós sabemos — diz Klara. — Eu sou diferente.

— Nós sabemos. — Varya suspira. — Se isso te faz feliz.

Raj caminha de volta para o veículo antes de ela colocar o telefone no gancho.

— O que disseram? —pergunta ele, pulando no banco do motorista, colocando a chave na ignição. — Desaprovam?

— É.

— Sei que é sua família — diz Raj, saindo para a estrada. — Mas se não fosse, você não ia gostar deles.

ELES PARAM NUM CAMPING em Hesperia para dormir. Klara acorda com o som da voz de Raj. Ela se vira e força a vista para o relógio de Saul: três e quinze da manhã e Raj está sentado ao lado do berço de Ruby. Está espiando-a através das barras, cochichando sobre Dharavi. Chapa metálica pintada de azul vivo. Mulheres vendendo cana-de-açúcar. Casas com muros feitos de saco de juta; enormes canos que se erguem como as costas dos elefantes nas ruas. Ele conta a ela sobre os gatos de eletricidade e o mangue, a favela onde ele nasceu.

— É a casa do Tata. Metade foi demolida quando eu era criança. A outra metade provavelmente se foi agora. Mas podemos visualizar assim. Visualizar a metade ainda de pé — diz ele. — Cada piso é um negócio. No piso do Tata, há garrafas de vidro e partes de metal e plástico. No próximo piso, há homens construindo a mobília; no piso acima disso, eles estão fazendo pastas e bolsas de couro. No último andar, há mulheres costurando jeans minúsculos e camisetas, roupas para crianças como você.

Ruby arrulha e acena com uma mão, branca azulada à luz da lua. Raj a pega.

— Dizem que seu povo é intocável, pior do que aqueles que vieram de baixo dos pés de Brahma. Mas seu povo é trabalhador. Seu povo são os mercadores e fazendeiros e mecânicos. Nas vilas, eles não têm permissão para entrar em templos ou altares. Mas Dharavi é o templo deles. E a América é o nosso.

A cabeça de Klara está virada para o berço, mas seu corpo está rígido. Raj nunca falou sobre essas coisas com ela. Quando ela pergunta a ele sobre Dharavi ou a insurgência em Caxemira, ele muda de assunto.

— Seu *tata* teria orgulho de você — diz Raj. — E você deveria ter orgulho dele.

Raj fica de pé. Klara pressiona a bochecha no travesseiro.

— Não se esqueça, Ruby — diz ele, puxando o cobertor para o queixo dela. — Não se esqueça.

16

EM VEGAS, ELES PARAM num estacionamento para trailers chamado King's Row. Fica a quinze minutos dos cassinos e custa duzentos dólares por mês, que Raj paga com pesar, porque a piscina está seca e só há uma máquina de lavar funcionando.

— É só por enquanto — diz a Ruby, beijando seu narizinho de cogumelo. — Vamos vender esse troço logo mais.

Enquanto ele arruma o veículo e prende os utilitários, Klara explora o terreno. Há uma sala de jogos com uma mesa de pingue-pongue e uma máquina de petiscos meio vazia. Os trailers parecem ter sido estacionados há meses, com deques de madeira nos quais os residentes colocaram potes de plantas ou bandeiras americanas.

Eles fecham um aluguel de carro a longo prazo, três meses com um Pontiac Sunbird 82, e dirigem até a Strip. Klara nunca viu nada igual. Cachoeiras que nunca secam. Flores tropicais sempre desabrochando. Os resorts são metálicos e angulares como estações espaciais. "Gatas ao vivo", alguém anuncia e um cartão postal aparece na mão de Klara. Deuses desfilam em frente ao Caesars; uma mulher está deitada com o rosto no chão da rua, sua cabeça apoiada numa bolsinha de couro rosa. Vedetes e Elvis falsos estão ao lado de um boneco vivo do Chucky, que acena para Klara segurando uma faca.

O hotel mais novo se ergue como um livro aberto, dois prédios esguios conectados. *The Mirage* está escrito numa placa eletrônica em letras maiúsculas vermelhas e redondas. O letreiro muda: *Nas nossas primeiras dez horas nós pagamos o maior prêmio individual de caça-níqueis da história de Las Vegas! 4.6 milhões! Aproveite o bufê!* Então as letras somem e *The Mirage* reaparece. Um vulcão na frente do hotel explode toda noite, é o que dizem, ao som do Grateful Dead e do músico indiano de tabla Zakir Hussain. Há um átrio com uma floresta tropical artificial e uma área com tigres reais. É exatamente o que Klara nunca quis, mas ela pensa em Ruby. Há dinheiro aqui. Eles caminham para o saguão, que está coberto de lustres gigantes e pétalas de vidro do tamanho de pneus de carro. Atrás do balcão de recepção, estendendo-se do piso ao teto, há um aquário de quinze metros de largura. Ela escuta um rugido estridente, que pensa vir da cachoeira ou do vulcão, antes de reconhecer como uma serra: o prédio ainda está em construção.

— Psiu — diz Raj. Ele aponta para um grande cartaz acima do balcão. Mostra Siegfried e Roy, seus rostos apertados de cada lado de um tigre branco. *Diariamente às 13 e 19h.* São 13h45. Eles seguem a placa para o teatro. Como o show já começou, não há bilheteiro. Raj passa pela porta com Ruby no colo e puxa Klara para dois assentos vazios. Siegfried e Roy estão vestidos em camisas de seda desabotoadas, jaquetas de pele curtinhas e calças de couro com saqueiras. Eles montam um dragão mecânico que cospe fogo, chicoteando a cabeça de três metros enquanto mulheres em biquínis de conchinha dançam com cajados de ponta de cristal. No final do show, Roy se senta num tigre branco que fica em cima de um globo de espelho. Siegfried se junta com mais doze animais exóticos, e eles levitam até as vigas. É um sonho americano distorcido, um sonho do sonho americano: quarenta anos antes, os dois se conheceram a bordo de um transatlântico e fugiram da Alemanha pós-guerra com um guepardo enfiado no baú. Agora seu show tem um elenco e equipe de duzentas e cinquenta pessoas.

Enquanto os homens agradecem no palco, Raj cochicha no ouvido de Klara.

— Só precisamos encontrar uma forma de entrar. Alguém deve conhecer alguém — diz ele.

KLARA AMAMENTA RUBY no futon, mantendo um olho no relógio de Simon. As mesmas duas letras apareceram como antes: *M,* depois *E.* Cinco minutos depois, há um segundo *E.* O próximo intervalo de tempo é tão longo — vinte minutos — que ela se preocupa de ter perdido algo enquanto fazia Ruby arrotar. Então ela escuta o ruído novamente. *T. "Meet — encontre!"*

Ruby grita. O leite de Klara está secando.

— O quê? — chama Raj de fora. Ele está com a barriga para cima debaixo do trailer, olhando para a lataria.

— Nada — diz Klara. Raj não vai querer ouvir o que acaba de ocorrer a ela, que é o seguinte: se Simon está se comunicando com ela do além-morte, então quem pode dizer que Saul também não está?

Klara fecha seu sutiã de amamentação e acalma o bebê, mas há uma dor em suas narinas como se ela fosse começar a chorar. Ruby está viva e precisa dela. Klara precisa de Simon, precisa de Saul, mas eles estão... mortos? Talvez. Mas talvez não completamente.

Raj esgota seus contatos com os cassinos de Southern California, mas o dono do resort em Lake Tahoe tem um primo cuja esposa administra o Golden Nugget. Raj vai encontrar o homem em seu melhor traje numa churrascaria na Strip. Quando volta, está pilhado, cheio de energia e com um olhar animado, como em êxtase.

— Meu bem, consegui um número de telefone.

17

KLARA NUNCA SE APRESENTOU em nenhum lugar como o teatro com proscênio do Mirage. As vigas estão a dez metros acima do piso; há duas plataformas móveis, cinco elevadores de palco, vinte holofotes e dois mil assentos. A corda de ascensão foi presa, e o gabinete de Proteus espera com rodinhas nos bastidores. Três executivos do Mirage se sentam na fileira da frente.

Durante o monólogo de abertura do Raj, Klara espera na coxia, o suor escorrendo pelas laterais de seu vestido de lantejoulas. Pela primeira vez, Ruby está na creche, um serviço no décimo sétimo andar para filhos dos empregados do hotel. O estômago de Klara está apertado. Ela tenta se concentrar, pelo bem de Ruby. *Sacuda as mãos. Engula. Sorria, porra.* Ela pisa no palco com saltos dourados.

Luz. Calor. Ela não consegue identificar os executivos, com suas camisas sociais para fora da calça e seus rostos nas sombras. Eles se remexem durante o gabinete de Proteus. Um vai embora durante a Gaiola Desaparecida, citando uma videoconferência. Os outros dois se empolgam durante a Segunda Visão, mas Klara calcula o Breakaway de forma incorreta e tem de levantar os joelhos para evitar acertar o palco cedo demais. Quando abre os olhos, um dos caras está olhando o pager. O outro pigarreia.

— É isso?

Um maquinista liga as luzes da casa, e Raj sai da coxia. Está sorrindo seu sorriso de vendedor, mas a raiva emana dele como calor. Por uma fração de segundos, a enormidade dessa oportunidade — a enormidade do fracasso deles — tira o ar de Klara. No refrigerador do trailer, há três potes de comida para Ruby. Ela e Raj têm comido fast-food, e ela pode sentir em seu corpo a combinação de abundância e falta. Eles têm sessenta e quatro dólares numa caixa trancada no porta-luvas. Se não conseguirem outro show, o que vão fazer?

Klara pensa em Ilya, seu mentor. Foi ele quem a ensinou que truques mágicos são criados para homens: os bolsos em paletós têm o tamanho perfeito para guardar copos de aço e esconder na palma da mão é mais fácil quando se têm mãos grandes. Então ele a ensinou como reinventar isso. Klara usa bolas de espuma compressíveis e aprendeu a trabalhar organicamente com a gaveta numa mesa de cartas. Mas não tem como contornar o tamanho de suas mãos e quando se trata de uma mágica de habilidade manual, ela só pode confiar na técnica.

— Você precisa ficar tão boa quanto os melhores homens da mágica — disse Ilya, ensinando-a sobre cortes de cartas de uma mão só, até que os dedos dela pulsavam de dor. — Daí precisa ficar melhor.

Esses truques manuais eram o forte dela. Ainda são. Mas Klara e Raj estão tentando ser Siegfried e Roy. No processo, Klara se esquece da velha mágica humilde com a qual foi criada. Ela se esqueceu de si mesma.

— Não — diz ela. — Não é.

Ela vai para a coxia pegar a caixa preta de Ilya, que trouxe hoje para dar sorte. Ela a carrega pelo palco e a coloca na plateia, então transforma a caixa numa mesa na frente dos executivos. De perto, os homens não se parecem nem um pouco. Um é compacto e higienicamente careca, seus olhos azuis alertas por trás de óculos de armação prateada. Usa uma camisa de seda vermelha. O outro, numa camisa preta e branca risca de giz, é alto com formato de pera, seu cabelo preto penteado num rabo de cavalo. Óculos cor de alfazema ficam sobre seu nariz, uma cruz dourada delicada ao redor de seu pescoço.

Raj caminha até o canto do palco e se senta atrás de Klara. Seu corpo está duro, mas ele a está observando. Ela tira seu maço de cartas favorito do compartimento escondido e coloca as cartas na mesa de Ilya.

— Pegue três — diz ao careca. — Vire-as com a face para cima.

Ele escolhe o ás de paus, a rainha de ouros e o sete de copas. Ela os coloca de volta no maço. Então bate palmas.

O ás voa para fora, flutuando no ar antes de cair numa cadeira. Ela bate palmas novamente: a rainha sai do centro. Bate a terceira vez, o sete de copas aparece em sua mão.

— Rá! — diz o cara. — Muito bom.

Klara não se permite o elogio. Ela tem trabalho a fazer — o truque Raise Rise, para ser mais exata. Ela tira um pincel atômico da gaveta e passa para o homem de óculos lavanda.

— Corte as cartas — diz ela. — Onde você quiser.

Ele corta, revelando o três de espadas.

— Excelente. Pode assinar essa carta para mim?

— Com o pincel atômico?

— Com o pincel atômico. Você vai garantir minha honestidade. Pode haver outro três de espadas neste maço, mas nenhum que se pareça com o seu. Colocamos no meio do maço, assim. Mas veja que engraçado. Quando bato na carta do topo do maço — ela a vira —, aqui está seu três. Estranho, não é? Agora, vamos colocá-lo onde pertence, no centro. Mas espere: se eu bater na primeira carta mais uma vez, aqui está o três novamente. Ele subiu pelo maço.

O Raise Rise é um dos truques mais difíceis que Klara conhece, e ela não o pratica há anos. Ela não deveria conseguir fazer — mas algo a está ajudando. Algo a está puxando de volta para a pessoa que ela sempre foi.

— Agora, vou te mostrar cuidadosamente como coloco no meio do maço. Até vou deixar com a ponta para fora desta vez para você ver que não estou mentindo. Vê só? Então — diz ela, virando a carta do topo —, por que está no topo pela *terceira* vez? E agora, vamos ver; acho que eu sinto mexendo, é estranho, mas eu podia jurar que está embaixo. Pode remover a carta de baixo, por favor?

Ele faz isso. É a carta dele. Ele ri.

— Muito bom. Eu não teria notado a puxada dupla se eu não estivesse de olho nisso.

Ele ainda tem um olho no pager. Klara o torna seu alvo. Seu dedinho está com câimbra — faz um ano que ela não exercita suas mãos —, mas ela não tem tempo de sacudi-las. Pega um punhado de moedas quando guarda o maço e aponta para a caneca de metal que está aos pés do careca.

— Se importa se eu usar isso? Obrigada, você é muito gentil. Não sei se você notou, não sei se olhou, mas este lugar não cuida direito das moedas.

Ela segura a caneca na mão direita e abre a esquerda para mostrar que está vazia. Quando estala os dedos, uma moeda aparece entre seu polegar esquerdo e o indicador. Ela a joga dentro da caneca, onde tilinta. Ela tira duas moedas do colarinho do careca, uma de cada orelha e duas do bolso da camisa do grandalhão.

— Agora, esta é sua caneca, não minha. Não há compartimento secreto, nenhum depósito de moedas. Então aposto que você está se perguntando como estou fazendo isso. Aposto que você já tem suas suposições. — Klara aponta para os óculos do cara de cabelo escuro. Ele passa a ela, e ela os vira em direção à caneca. Uma moeda desliza de cada lente. — É uma resposta natural: nós atribuímos lógica à vida o tempo todo. Você me vê tirando moedas seguidamente. Bem, você supõe que elas estejam na minha mão esquerda. E quando mostro minha mão esquerda, quando você percebe que não posso as estar segurando aqui, você muda de lógica. Agora você pensa que estão todas na minha mão *direita*. Seria útil, não seria? Tão perto da caneca. Você não pode ver que eu posso estar... — ela passa a caneca para a mão esquerda — trocando... — ela revela sua mão direita vazia — de métodos.

Ela tosse; duas moedas caem de sua boca. O homem de cabelo escuro coloca o pager no bolso da camisa. Agora ela tem a atenção dele.

— Você é um cara religioso — diz Klara, olhando a cruz no pescoço dele. — Meu pai também era. Às vezes, eu acho que ele era meu oposto. Suas regras contra minha quebra das regras. Sua realidade contra minha fantasia. Mas o que eu percebi, o que eu acho que ele já sabia, é que nós acreditávamos na mesma coisa. Pode chamar de alçapão, compartimento escondido, ou pode chamar de Deus; um espaço reservado para o que não conhecemos. Um lugar onde o impossível se torna possível. Quando ele recitava o kidush ou acendia as velas no *Shabat*, ele estava fazendo mágica.

Raj tosse para alertá-la. *Para onde está indo?* Mas ela sabe para onde está indo. Ela sempre soube.

— Sabemos algo sobre realidade, meu pai e eu. E aposto que vocês sabem também. É que a realidade é demais? Dolorosa demais, limitada demais, restritiva demais sobre prazeres ou oportunidades? Não. Eu acho que a realidade não é o suficiente.

Klara coloca a caneca no chão e tira um copo e uma bola da gaveta. Coloca o copo vazio com a boca para baixo na mesa e a bola em cima.

— Não é suficiente para explicar o que não compreendemos. — Ela levanta a bola e a segura firme em seu punho. — Não é suficiente para dar conta das inconsistências que vemos, ouvimos e sentimos. — Quando ela abre o punho, a bola desapareceu. — Não é suficiente para depositarmos nossas esperanças ou sonhos, nossa fé. — Ela levanta o copo de aço para revelar a bola abaixo dela. — Alguns mágicos dizem que a mágica despedaça nossa visão de mundo. Mas eu acho que a mágica é o que mantém o mundo inteiro. É matéria escura; é a cola da realidade, a argamassa que preenche os buracos entre tudo que sabemos ser verdade. E é preciso mágica para revelar quão inadequada... — ela abaixa o copo — a realidade — ela faz um punho — é. — Quando abre seu punho, a bola vermelha não está lá. O que há é um perfeito morango inteiro.

O silêncio se estende do chão acarpetado até o teto de quinze metros, dos fundos do palco até o camarote. Então Raj começa a aplaudir e o careca se junta a ele. Apenas o cara com a cruz dourada segura o aplauso. Em vez disso, ele diz:

— Quando pode começar?

Klara observa o morango em sua mão. Está úmido. Ela pode sentir o cheiro. Há um rugido em suas orelhas como a cachoeira que ela escuta na frente do Mirage — ou era uma serra?

O careca tira um calendário com capa de couro de seu bolso.

— Estou pensando em dezembro, janeiro... janeiro? Colocá-la logo antes de Siegfried e Roy?

O homem maior tem uma voz como se algo se movimentasse debaixo d'água.

— Eles vão comê-la viva.

— Certo, mas como uma abertura. Damos a ela meia hora, as pessoas vão entrando, querem algo para olhar; ela é uma menina bonita, você é uma menina bonita... ela capta a atenção deles, as bundas nas cadeiras e bam! Tigres, leões, explosões. Decolamos.

— Eles vão precisar de figurinos novos — diz o outro cara.

— Ah, repaginada completa no figurino. Vamos arrumar uma equipe de produção para vocês, tirar essa gaiola, tirar esse gabinete, ampliar o número da corda, ampliar o truque de leitura de mentes, trazer um membro da plateia para o palco, esse tipo de coisa; vamos preparar vocês para isso. — O pager de alguém toca. Os dois homens verificam os bolsos. — Escute, vamos conversar. Vocês têm quatro meses antes da abertura, vai ficar bom.

— PUTA MERDA — diz Raj assim que o elevador se fecha. — Um morango. — Ele está rindo, apertado num canto, onde duas das paredes de vidro se encontram. — Nunca vou saber como você fez isso, mas foi perfeito.

— Eu também não sei.

A risada de Raj para, apesar de seu sorriso permanecer aberto.

— Falo sério. Nunca vi aquele morango antes. Não tenho ideia de onde veio.

Seu primeiro pensamento é de que os apagões voltaram; talvez ela tenha ido até o mercado, comprado uma caixa, enfiado um no bolso. Mas isso não faz sentido. É Raj quem dirige o carro alugado e não há mercado perto de King's Row.

— Quem você pensa que é? — pergunta Raj. Há algo agressivo em seu rosto, algo selvagem, como um lobo protegendo sua caça. — Uma mágica que acredita nos próprios truques?

Meses atrás, ela teria se magoado. Desta vez ela não se magoa. Ela notou algo. A expressão nos olhos de Raj. Ela confundiu com raiva. Mas não é isso.

Ele está com medo dela.

18

RAJ TRABALHA COM A equipe de produção montando a Mordida de Vida e a Segunda Visão. Ele desenha um novo conjunto de equipamentos para o Truque dos Pregos Indianos: pregos maiores, para aparecerem bem no palco, e uma corda vermelha no lugar de um barbante. O diretor de entretenimento do Mirage pergunta a Klara se ela pode deixar Raj serrá-la ao meio — "É sopa no mel; não dói nadinha" —, mas ela se recusa. Ele acha que ela tem medo do truque quando a verdade é que ela poderia dar um tutorial de uma hora sobre P. T. Selbit e suas invenções misóginas; Destruir a Mulher, Esticar a Dama, Esmagar a Menina, todos planejados no momento perfeito para capitalizar a sede de sangue e o sufrágio feminino pós-guerra.

Klara não será a mulher que é serrada ao meio ou presa em correntes — nem será resgatada ou salva. Ela vai salvar a si mesma. Ela será a serra.

Mas ela sabe que eles podem perder o trabalho se ela resistir mais. Ela deixa o figurinista subir a barra de sua saia em doze centímetros e abaixar seu decote em cinco, e preencher o peito com sutiã de enchimento. Durante os ensaios, Raj fica orgulhoso, mas Klara está murchando. A energia que ela sentiu durante a audição está diminuindo a cada dia — é inundada pelos holofotes de quinhentos watts, obscurecida pela neblina da máquina de fumaça. Ela achou que o Mirage a queria como ela era, mas eles a querem embalada como um enfeite, exuberante. Eles a querem na versão Vegas. Para eles, ela é tão divertida como o vulcão rosa lá fora do hotel: a própria menina mágica deles.

A CARTILAGEM DE RUBY está se transformando em osso e seus ossos estão se fundindo. Seu corpo é setenta por cento água, a mesma porcentagem da água na terra. Ela tem delicados caninos e um conjunto de molares arredondados. Ela pode dizer *oi* e *não* e *vem migo*, que significa *vem comigo,* o que amolece o coração de Klara. Ela guincha de prazer ao ver os lagartos rosa que rastejam por King's Row e segura pedrinhas firme em suas mãozinhas. Quando o show começar e eles conseguirem o primeiro pagamento, Raj quer vender o trailer e alugar um apartamento, buscar pré-escolas e pediatras. Mas Klara não tem muito tempo. Se a mulher na Hester Street estiver certa, ela vai morrer em dois meses.

Ela não conta a Raj. Ele vai achá-la ainda mais louca. Além do mais, ela raramente o vê: entre ensaios, ele fica no teatro. De uma armação trinta metros acima do palco ele monta um sistema de linhas e polias customizadas nas vigas dos canos de aço. Ele usa os alçapões e as fendas do palco para conceber um desaparecimento para Klara depois dos cumprimentos pelo Breakaway. Ele cria uma nova mesa de cartas com o pessoal da marcenaria e os ajuda a carregar os objetos da oficina para o palco. O gerente de palco adora ele, mas alguns dos técnicos são ressentidos. Certa vez, a caminho de pegar Ruby na creche, Klara passa por dois maquinistas. Estão parados na entrada do teatro, vendo Raj marcar o palco com fita.

— Você é que costumava colocar as marcas — diz um.

— Se você não ficar esperto, Gandhi vai pegar seu emprego.

KLARA CAMINHA ATÉ O MERCADO Vons, empurrando Ruby em seu carrinho de plástico vermelho. Ela afana oito latas de batata doce Gerber da gôndola quatro, que tilintam em sua bolsa quando ela caminha em direção à saída. As portas automáticas se abrem, e ela sente um sopro de ar quente. É noite no final de novembro, mas o céu ainda está um azul brim. Ela se senta debaixo de um poste, abre uma das latas e dá de comer a Ruby com seu dedo indicador.

Dois globos de luz branca ficam mais próximos, maiores, e um grande Oldsmobile para. Klara cobre os olhos de Ruby e força a vista, mas o carro não se movimenta: parou na frente dela como se bloqueasse o caminho para fora do estacionamento. No banco do motorista, um homem a está encarando. Ele tem um cabelo ruivo bagunçado e olhos dourados pálidos e uma boca que permanece aberta. Ele parece exatamente com Eddie O'Donoghue, o policial de São Francisco.

Klara fica de pé e puxa Ruby para a cintura. No processo, ela derruba a lata de comida, que espalha um mingau laranja, mas ela não para — ela caminha, então começa a correr de volta às multidões anônimas da Strip. Está costurando o caminho entre turistas, empurrando o carrinho vazio torto com uma mão e se lembrando da invasão da língua dele em sua boca, quando, de repente, bate nas costas de uma gorda com duas longas tranças castanhas. Klara congela. É a vidente. Ela agarra o ombro da mulher, que se vira. É apenas uma adolescente. Abaixo das luzes dançantes do Stage Door Casino, seu rosto fica vermelho, depois azul.

— Qual é seu problema, porra? — As pupilas da menina estão dilatadas, e ela levanta o queixo em desafio.

— Me desculpe — cochicha Klara, recuando. — Achei que fosse outra pessoa.

Ruby grita de sua cintura. Klara segue em frente, passando o Caesars Palace e o Hilton Suites, o Harrah e o Carnaval Court. Ela nunca achou que ficaria tão feliz em ver a espuma rosa quente idiota do vulcão do Mirage. Apenas quando entra no hotel que ela percebe que deixou o carrinho de Ruby na frente do Stage Door, vazio.

ELA NÃO QUER OUVIR AS BATIDAS — quer que voltem para o lugar de onde vieram —, mas estão apenas ficando mais altas. Simon está bravo com ela; ele acha que ela o está esquecendo. Uma hora antes do primeiro ensaio geral, Klara caminha para o banheiro feminino do Mirage e coloca Ruby no balcão ao lado do vaso de flores falsas. Fica atenta. *Meet* vem rápido como antes. Treze minutos depois, ela escuta uma quinta batida: outro *M*. Em cinco minutos há um *E*.

Ela acha que ele está começando a mesma palavra novamente, quando ela percebe que ele está dizendo para ela: *Meet me* — "Me encontre". Depois de cinquenta e cinco minutos, ela tem outra. *Us* — "Nós."

Simon e Saul. *Nós*. O banheiro balança. Klara coloca as mãos no balcão de mármore e joga a cabeça ao peito. Ela não tem certeza de quanto tempo se passou quando escuta a voz de Ruby. O bebê não está chorando; não está nem balbuciando. O que ela diz é claro como o dia:

— Ma. Ma. Ma-ma.

Dentro de Klara um longo caule se entorta e parte. Sempre, é assim: a família que a criou e a família que ela criou, puxando-a em direções opostas. Alguém bate na porta.

— Klara? — grita Raj, entrando.

Em vez de seu traje habitual — camiseta branca, manchada de cinza, e uma velha calça Carhartts —, ele usa seu figurino: uma casaca sob medida e cartola, lisa e negra como a pelagem de um pinguim. Ruby está do outro lado do balcão. Está agachada numa das pias douradas do Mirage, brincando com a saboneteira automática. Há uma espuma azul em sua boca e ela está choramingando.

— Que porra, Klara? O que há de errado com você? — Raj pega Ruby em seus braços e a ajuda a cuspir, limpando sua boca com as mãos. Ele molha uma toalha de papel e limpa delicadamente seus olhos e nariz. Então coloca ambas as mãos contra o balcão e se inclina à frente, apoiando o queixo no cabelo escuro do bebê. Leva um momento para Klara perceber que ele está chorando.

— Você estava falando com o Simon, não estava?

— As batidas. Tenho cronometrado. Não tinha certeza se eram reais antes, mas agora eu sei; elas são, acabaram de dizer...

Raj se inclina como se para beijá-la. Mas para com seu nariz na bochecha dela antes de se afastar.

— Klara. — Quando ele olha para ela, há algo vívido em seu rosto, algo vivo, algo que ela acha que é amor, antes de perceber que é fúria. — Posso sentir o cheiro em você.

— O cheiro do quê? — pergunta Klara, ganhando tempo. Ela virou duas minigarrafas de Popov no trailer; elas servem para deixá-la firme.

— Você deve ser algum tipo de masoquista para fazer isso com a gente agora. Ou acha mesmo que vou estar sempre aqui para catar os pedacinhos?

— Foi um drinque. — Ela odeia a forma como sua voz fica trêmula. — Você fica me controlando.

— É isso que você diz a si mesma? — Os olhos de Raj se esbugalham. — Anos atrás, se eu não tivesse te encontrado, onde você acha que estaria?

— Estaria melhor. — Ela estaria em São Francisco, fazendo shows sozinha. Estaria solitária, mas no controle.

— Seria uma bêbada — diz Raj. — Um fracasso. — Ruby olha para sua mãe dos braços de Raj. Sangue corre para as bochechas de Klara. — O único motivo pelo qual você está fazendo o que está fazendo é porque te conheci. E o único motivo pelo qual você estava sobrevivendo antes de eu te encontrar era porque você estava roubando as pessoas. Você roubava, Klara. Sem vergonha. E acha que tudo o que estava fazendo era um bom show para as pessoas?

— Eu estava fazendo um bom show para as pessoas. Estou. Estou tentando ser uma boa mãe. Quero ser um sucesso. Mas você não sabe como é na minha cabeça. Você não sabe o que eu perdi.

— Eu não sei o que você perdeu? Você sabe... você tem a mínima ideia do que aconteceu no meu país? — Raj esfrega os olhos com o calcanhar da mão livre. — Seu pai tinha um negócio, uma família. Você ainda tem uma mãe, uma irmã e um irmão mais velho médico. Meu pai catava lixo; minha mãe morreu tão cedo que nem consigo me lembrar dela. Amit morreu em oitenta e cinco num avião, a minutos de Bombaim, na primeira vez que ele tentou ir para casa. Sua família teve tudo do bom. Eles *têm* tudo do bom.

— Sei como sua vida foi difícil — sussurra Klara. — Não quis minimizar isso. Mas meu irmão morreu. Meu pai morreu. Eles não tiveram nada do bom.

— Por quê? Porque não viveram até os noventa? Pensa no que eles tiveram enquanto estavam vivos. As pessoas como eu, por outro lado... nós nos agarramos pelos dentes, e se realmente tivermos sorte, se formos excepcionais pra caralho, chegamos a algum lugar. Mas você sempre pode ejetar seu assento. —

Raj balança a cabeça. — Jesus, Klara. Por que acha que eu não falo com você sobre meus problemas, problemas reais? É porque você não dá conta. Você não tem espaço na sua cabeça para o problema de ninguém além dos seus.

— Que coisa péssima de se dizer.

— Mas é verdade?

Klara não consegue falar; seu cérebro está embaraçado, fios cruzados, o monitor se apagando.

Raj verifica a fralda de Ruby e refaz os laços em seus minúsculos sapatinhos. Ele pega o saco de fraldas do ombro de Klara e caminha para a porta do banheiro.

— Juro por Deus, Klara. Achei que você estava melhorando. Logo que o seguro de saúde vier, logo que tivermos um dia de folga, vou te levar para ver alguém. Você não pode surtar agora. Estamos perto demais.

28 DE DEZEMBRO DE 1990. Se a mulher estiver certa, Klara tem quatro dias de vida. Se a mulher estiver certa, ela vai morrer na noite de estreia. Deve ter uma escapatória, um alçapão secreto. Ela é uma mágica, diabos. Tudo o que ela tem a fazer é encontrar uma porra de um alçapão.

Ela leva uma bola vermelha para a cama e brinca com ela sob as cobertas. Já descobriu como transformá-la num morango. Um *french drop* da mão direita para a esquerda faz a bola desaparecer. Então ela move a mão esquerda sobre a direita. Quando faz um passe de ida e volta e abre o punho esquerdo novamente, lá está a fria e cheirosa fruta. Ela come cada morango e enfia seus cabinhos verdes sob o colchão. Então sai do trailer.

Está escuro, uma noite escura, mas deve estar mais de trinta graus. Ela pode ouvir gente se mexendo em seus acampamentos: tomando banho e cozinhando, comendo e discutindo, gritos do casal de adolescentes em Gulf Stream, que está constantemente fazendo sexo. Por todo lugar há vida: chacoalhando em latas, tentando sair.

Ela caminha para a piscina. Tem a forma de um feijão e brilha um azul ácido, alienígena. Não há cadeiras de piscina — o gerente alega que elas são roubadas —, então ela fica parada no final. Ela tira sua regata e shorts, deixando-os cair num monte. Sua barriga ainda está macia e enrugada por causa de Ruby. Quando ela tira a calcinha, seus pelos púbicos parecem desabrochar.

Ela salta.

A água a cerca como uma membrana. Os pés de Klara parecem mais próximos do que estão, e seus braços parecem dobrar. A piscina parece mais rasa do que dois metros e meio, apesar de ela saber que isso é uma ilusão. Refração, é como se chama: a luz se desvia quando entra em outro meio. Mas o cérebro humano é programado para supor que a luz viaja em linha reta. O que ela vê é diferente do que está lá.

Ela ouviu a mesma coisa sobre estrelas: elas parecem piscar quando a luz, vista pela atmosfera da terra, se desvia. O olho humano processa o movimento como ausência. Mas a luz está sempre lá.

Klara irrompe na água. Busca ar.

Talvez a questão não seja resistir à morte. Talvez a questão seja que não há tal coisa. Se Simon e Saul estão contatando Klara, então a consciência sobrevive à morte do corpo. Se a consciência sobrevive à morte do corpo, então tudo o que ela sabe sobre a morte não é verdade. E se tudo o que ela sabe sobre a morte não é verdade, talvez a morte não seja a morte afinal.

Ela se vira de costas e boia. Se a mulher estiver certa, se ela pôde ver a morte de Simon anos antes, em 1969, então há mágica no mundo: algum estranho conhecimento reluzindo no próprio cerne do desconhecido. Não importa se ou quando Klara morre; ela pode se comunicar com Ruby assim como faz com Simon agora. Ela pode cruzar fronteiras, como sempre quis.

Ela pode ser a ponte.

19

O CARTAZ DO LADO DE FORA do hotel mudou. Diz *Esta noite: A Imortalista, com Raj Chapal.* O show só vai começar às onze da noite — um especial de réveillon —, mas a entrada já está tomada de turistas. Raj estaciona o Sunbird na vaga de funcionários. Geralmente ela carrega as sacolas e ele carrega Ruby, mas esta noite Klara não solta o bebê. Ela colocou Ruby num vestido de festa vermelho que Gertie mandou no primeiro aniversário de Ruby, com meias calças brancas grossas e sapatos de couro preto envernizado.

Eles caminham pelo saguão. Peixes brilham e somem no aquário de quinze metros. O habitat dos tigres está tomado, apesar de os animais estarem dormindo, seus queixos felpudos apoiados no concreto. Raj e Klara se viram em direção aos elevadores. É aqui que vão se separar: Raj vai levar as sacolas deles para o teatro e Klara vai levar Ruby para a creche.

Raj se vira e coloca a mão na bochecha dela. Sua palma está quente, calejada do trabalho na oficina.

— Você está pronta?

A pulsação de Klara tropeça. Ela olha para o rosto dele. É bonito: a proeminência de cada maçã do rosto, o queixo angular. Seu cabelo na altura do ombro está preso num rabo de cavalo, como de costume; o maquiador vai usar o secador e passar silicone para fazê-lo brilhar.

— Quero que saiba que estou orgulhoso de você — diz ele. Seus olhos brilham. Klara suspira, surpresa.

— Sei que tenho sido duro com você. Sei que as coisas têm sido tensas. Mas eu te amo; amo nós dois. E tenho fé em você.

— Mas você não acredita nos meus truques. Você não acredita na mágica. — Ela sorri. Sente pena por ele, pelo quanto ele não sabe.

— Não — admite, frustrado, como se estivesse falando com Ruby. — Isso não existe. — Famílias seguem para os elevadores passando ao redor de Klara e Raj, através deles, e Raj abaixa a mão. Quando estão sozinhos novamente. Raj a coloca de volta onde estava, mas está mais dura agora, sua palma segurando o queixo dela.

— Escute. Só porque não acredito nos seus truques não significa que não acredito em você. Acho você ótima no que faz. Acho que tem o poder de afetar as pessoas. Você é uma artista, Klara.

— Não sou um pônei, não sou um palhaço.

— Não — diz Raj. — Você é uma estrela. — Ele solta as sacolas e a abraça. Com os braços ao redor das costas dela, ele a puxa mais perto e aperta. Pressionada contra os seios de Klara, Ruby guincha. A família de três. Eles já parecem fantasmas, gente que ela costumava conhecer. Ela pensa nos dias — parece que faz tanto tempo — quando achou que Raj poderia dar a ela tudo o que ela queria.

— Estou subindo — diz ela.

— Tá. — Raj faz uma cara de peixe para Ruby, que ri. — Dá tchauzinho, Ruby. Dá tchauzinho pro papai. Deseje a ele boa sorte.

A MULHER QUE CUIDA da creche abre a porta quando Klara bate. A suíte atrás dela está tomada de filhos de maquinistas e artistas, recepcionistas e cozinheiros, gerentes e camareiras.

— Tá uma loucura esta noite. — Ela parece uma refém, seu rosto desgrenhado atrás da correntinha de segurança.— Feliz ano novo.

Klara ouve vidro quebrando e uma série de berros.

— Deus meu — grita a mulher, se virando. Então encara Klara novamente. — Se importa de ser rapidinho? Olá você.

Ela abre a porta e balança um dedo para Ruby. Klara agarra o bebê. Tudo que há de racional nela resiste em soltar.

— O que, não vai deixá-la esta noite? Não tem um show?

— Tenho — diz Klara. — Vou deixar. — Ela acaricia o cabelo preto lambido de Ruby, pega suas macias bochechas gordinhas.

Ela só quer que o bebê olhe para ela. Mas Ruby se remexe: as outras crianças a distraíram.

— Adeus, meu amor. — Klara coloca o nariz na testa de Ruby e inspira a doçura leitosa, o suor azedo, a humanidade essencial, de sua pele. Ela absorve tudo. — Eu te vejo logo.

QUANDO ENTRA NO ELEVADOR novamente, é como se Simon estivesse esperando por ela. Ela o vê no vidro, seu rosto oscilando em arco-íris como um vazamento de óleo. Ela vai para o andar quarenta e cinco. Ela só queria ver a vista do topo, mas a sorte está do seu lado: quando entra no corredor, uma camareira sai da suíte da cobertura. Logo que a mulher entra no elevador, Klara avança para a porta. Ela a para com o dedinho e entra.

A suíte é maior do que qualquer apartamento que Klara já viu. A sala de estar e de jantar têm cadeiras de couro creme e mesas de vidro: o quarto traz uma cama California King, além de uma TV. O banheiro é tão grande quanto o trailer, com uma jacuzzi extralonga e duas pias de mármore. Na cozinha, há um refrigerador de aço com garrafas tamanho grande de bebida, em vez das minis. Ela pega uma garrafa de Bombay Sapphire e Johnnie Walker Black Label, e Veuve Clicquot. Ela reveza entre elas, tossindo no champanhe antes de começar o ciclo novamente.

Ela se esqueceu de olhar a vista. As grossas cortinas dobradas, também cor creme, estão fechadas. Quando Klara toca um botão redondo na parede, elas se abrem para revelar a Strip, brilhando com eletricidade. Ela tenta imaginar como era sessenta anos atrás — antes de vinte mil homens construírem a Represa Hoover, antes das placas de neon e dos jogos, quando Las Vegas era apenas uma sonolenta cidade ferroviária.

Ela caminha para o telefone e liga. Gertie pega na quarta chamada.

— Mãe?

— Klara?

— Meu show é esta noite. Minha estreia. Queria ouvir sua voz.

— Você vai estrear? Que maravilhoso. — Gertie está sem fôlego como uma menina. Klara escuta risos no fundo, um grito perdido. — Estamos comemorando aqui. Estamos...

— Daniel ficou noivo! — A voz de Varya: ela deve ter pegado outro gancho.

— Noivo? — Um momento depois registra. — Noivo de Mira?

— Sim, tolinha — diz Varya. — De quem mais seria?

O aconchego penetra em Klara como tinta. Um novo membro da família. Ela sabe por que estão comemorando, por que significa tanto.

— Que incrível — diz ela. — É tão, tão incrível.

Quando ela desliga, a suíte parece fria e abandonada, como uma festa da qual todo mundo foi embora. Mas ela não vai estar sozinha por muito tempo.

MÁGICOS NUNCA FORAM muito bons em morrer. David Devant tinha cinquenta anos quando tremores o forçaram a deixar o palco. Howard Thurston caiu no chão após uma apresentação. Houdini morreu graças à sua autoconfiança: em 1926, ele deixou um membro da plateia socá-lo no estômago, e o golpe rompeu seu apêndice. E há também a Vó. Klara sempre supôs que ela tivesse morrido durante ao Mordida de Vida na Times Square porque caiu, mas agora ela tem dúvidas. A Vó havia perdido recentemente Otto, seu marido. Klara sabe como é se pendurar no mundo pelos dentes. Ela sabe como é querer soltar.

Ela abre a bolsa e tira a corda, que está enrolada como uma cobra. É a primeira que ela usou na Mordida de Vida, lá em São Francisco. Klara se lembra da trama áspera, forte, seu estalo repentino. Ela fica de pé na mesa da sala e a prende na base da imensa armação de luzes acima.

Ela estava esperando algo para provar que as profecias da mulher estavam certas. Mas este é o truque: Klara deve provar a si mesma. Ela é a resposta para o enigma, a segunda metade do círculo. Agora, elas trabalham em conjunto — costas com costas, cabeça a cabeça. Não que ela não esteja aterrorizada. A ideia de Ruby na creche — cambaleando pela sala em suas perninhas gorduchas, gritando de alegria — agita cada célula de seu corpo. Ela hesita. Talvez devesse esperar um sinal. Uma batida — apenas uma.

Ela está tão certa de que a batida vai vir que fica espantada quando, depois de dois minutos, ela não vem. Estala os dedos e se lembra de respirar. Outro minuto se passa, então mais cinco.

Os braços de Klara começam a tremer. Mais sessenta segundos e ela vai desistir. Mais sessenta segundos e ela vai guardar a corda, voltar para Raj e se apresentar.

Então vem.

Sua respiração é inconstante, seu peito estremecendo; ela chora lágrimas grossas, densas. As batidas são insistentes agora, estão vindo rápido como granizo. *Sim*, elas dizem a ela. *Sim, sim, sim.*

— Senhora?

Há alguém na porta, mas Klara não para. Ela pendurou um *Não perturbe* na maçaneta. Se são camareiras, elas vão ver.

A mesa da sala parece cara, toda de vidro com cantos afiados, mas é surpreendentemente leve. Ela a empurra em direção ao corredor e a substitui por um banquinho do bar da cozinha.

— Senhora? Senhora Gold?

Mais batidas. Klara sente um flash de medo. Ela vai até a cozinha e dá um gole no uísque, depois no gin. A tontura vem tão de repente que ela tem de se dobrar e abaixar a cabeça para evitar vomitar.

— Senhora Gold? — diz a voz, mais alta. — Klara?

A corda se pendura, esperando. Sua velha amiga. Ela sobe na cadeira e prende o cabelo. Mais um olhar lá fora, para o fluxo de pessoas e luzes. Mais um momento para segurar Ruby e Raj em sua mente; ela vai conversar com eles em breve.

— Klara? — grita a voz.

1 de janeiro de 1991, bem como a mulher prometeu. Klara pega as mãos dela e elas despencam pelo escuro, escuro céu. Flutuam secas como folhas, tão pequenas no universo infinito; elas se viram e piscam, viram novamente. Juntas, elas iluminam o futuro, mesmo de tão longe.

RAJ ESTÁ CERTO. Ela é uma estrela.

PARTE 3

A INQUISIÇÃO

1991-2006

DANIEL

20

DANIEL VIU MIRA três vezes antes de eles se falarem: primeiro estudando na Biblioteca Regenstein, escrevendo num pequeno caderno vermelho; depois numa cafeteria de estudantes no porão do Cobb, saindo pela porta com um café em mãos. Seu modo de andar tinha uma eletricidade que ele sentiu quando ela raspou passando por ele. Ele notou novamente algumas semanas depois, quando a viu correndo em volta de Stagg Field. Mas só em maio de 1987 ela foi até ele.

Ele se sentava na cantina, comendo um sanduíche de carne de porco. (Gertie teria tido um ataque cardíaco se soubesse que ele estava comendo porco. Ele até havia criado um gosto por bacon, que guardava na geladeira de seu apartamento em Hyde Park e jurava que ela podia sentir o cheiro nele sempre que ele voltava à Nova York.) Às três da tarde, o espaço estava quase vazio; Daniel comia a essa hora porque seu turno no escritório ia das seis da manhã às duas e meia da tarde. Ele sentiu o sopro das portas da frente abrindo, outro arrepio quando reconheceu a jovem na entrada. Seus olhos passeavam pela sala, então ela começou a caminhar em direção a Daniel. Ele fingiu não notá-la, até ela parar em frente de sua mesa de quatro lugares.

— Se importa se eu...? — Ela tinha uma bolsa pesada de couro num ombro e um braço carregado de livros.

— Não — disse Daniel, levantando o olhar como se não a tivesse notado até agora, antes de partir para a ação. Ele limpou uma lata de Coca amassada e o plástico da embalagem de um canudo, assim como um cestinho plástico vermelho cheio dos detritos de seu sanduíche: bolotas de gordura de porco e molho madeira. — Claro que não.

— Obrigada — disse a mulher num tom empresarial. Ela se sentou em diagonal a Daniel, tirou um caderno e um estojo e começou a trabalhar.

Daniel estava intrigado: parecia que ela não queria nada com ele. Claro, ela podia ter outros motivos para escolher a mesa dele: a distância do bufê, ou o fato de que era próxima das janelas, numa rara área de sol em Chicago.

Ele buscou um livro em sua mochila e a estudou pelo canto dos olhos. Era pequena, mas não magra, com um rosto redondo que se estreitava num queixo esguio, marcado. Tinha sobrancelhas elegantes, espessas, e olhos cor de amêndoa com cílios surpreendentemente pálidos. Sua pele era de um tom oliva, salpicada de sardas. Um cabelo castanho liso ia até a clavícula. O relógio passou pelas três e meia, depois quatro. Às quatro e quinze ele pigarreou.

— O que está estudando?

A mulher tinha um walkman Sony azul e prateado em seu colo. Ela tirou os fones.

— Que foi?

— Só estava perguntando o que você estuda.

— Ah. História da arte. Arte judaica.

— Ah — disse Daniel, levantando as sobrancelhas e sorrindo, no que ele esperava que fosse uma forma de demonstrar interesse, apesar de o assunto não o interessar muito.

— Ah, você desaprova?

— Desaprovo? Deus, não. — Daniel corou. — Você pode estudar o que quiser.

— Obrigada — ela disse, objetiva.

Daniel corou.

— Desculpe. Isso soou arrogante. Eu não quis dizer isso. *Eu sou judeu* — acrescentou, em solidariedade. A mulher olhou para o resto do sanduíche dele. — Meus ancestrais são.

— Então você está perdoado — disse a mulher, mas ela sorriu. — Me chamo Mira.

— Daniel. — Deveria apertar a mão dela? Geralmente ele não era tão desajeitado com as mulheres. Se contentou em sorrir de volta.

— Então — disse Mira. — Você não é mais religioso?

— Não — admitiu.

Quando criança, Daniel era tranquilizado pela sinagoga: os homens barbados com seus xales de seda e rituais, as maçãs com mel e ervas amargas, a reza. Ele desenvolveu uma reza particular que repetia toda noite com exatidão fiel, como se uma frase errada pudesse fazer algo terrível recair sobre ele. Mas coisas terríveis recaíram sobre ele: a morte de seu pai, depois de seu irmão. Pouco depois do falecimento de Simon, Daniel parou totalmente de rezar. Ele não se preocupava por ter abandonado a religião. Afinal, não houve briga. Sua crença foi embora de livre e espontânea vontade, logicamente, da forma que um bicho-papão desaparece quando você olha de volta debaixo da cama. Esse era o problema com Deus: ele não se sustentava a uma análise crítica. Ele não se mantinha. Ele desaparecia.

— Você é um homem de poucas palavras — disse Mira.

Algo em seu tom o fez rir.

— É só que... bem, falar de religião pode deixar as pessoas desconfortáveis. Ou na defensiva. — Caso a própria Mira estivesse se tornando defensiva, ele acrescentou: — Vejo sim muito valor na tradição religiosa.

A cabeça dela se inclinou com interesse.

— Tipo o quê?

— Meu pai era devoto. Eu respeito meu pai, então respeito o que ele acreditava. — Daniel fez uma pausa para organizar os pensamentos; ele nunca os havia articulado antes. — De certa forma, vejo a religião como o topo da conquista humana. Ao inventar um Deus criador, desenvolvemos a habilidade de considerar nossos próprios apuros, e o equipamos com esse tipo de escapatória sempre à mão, que nos permite acreditar que temos controle só até certo ponto. A verdade é que a maioria das pessoas gosta de um certo nível de impotência. Mas acho que temos *sim* controle, tanto que nos mata de medo.

Como espécie, Deus pode ser o maior presente que demos a nós mesmos. O presente da sanidade.

A boca de Mira fez um pequeno semicírculo virado para baixo. Logo, essa expressão iria se tornar tão familiar para Daniel quanto suas pequenas mãos frias ou a verruga no lóbulo esquerdo dela.

— Eu localizo peças de arte roubadas pelos nazistas — disse ela, depois de um momento. — E o que notei é quão longe cada objeto viaja. Pegue o *Retrato do Dr. Gachet,* do Van Gogh. Foi pintado em 1880 em Auvers-sur-Oise cerca de um mês antes de Van Gogh cometer suicídio. A obra mudou de mão várias vezes: do irmão de Van Gogh para a viúva de seu irmão para dois colecionadores independentes, antes de ser adquirida pelo Städel em Frankfurt. Quando os nazistas saquearam o museu em 1937, foi tomada por Hermann Göring, que leiloou para um colecionador alemão. Mas é aqui que as coisas ficam interessantes: esse colecionador a vendeu para Siegfried Kramarsky, um banqueiro judeu que fugiu do Holocausto para Nova York em 1938. É notável, não é? Que a pintura terminasse afinal em mãos judaicas e diretamente de alguém ligado a Göring? — Mira remexeu em seus fones de ouvido. Ela parece repentinamente tímida. — Acho que precisamos de Deus pelo mesmo motivo que precisamos da arte.

— Porque é bonito de se olhar?

— Não. — Mira sorriu. — Porque nos mostra o que é possível. — Era exatamente o tipo de noção reconfortante que Daniel há tanto havia rejeitado, mas ele foi atraído por Mira apesar disso.

Naquele final de semana eles beberam vinho e escutaram *Graceland,* do Paul Simon, num aparelhinho de som que Mira encaixou na janela aberta de seu apartamento no terceiro andar. Quando colocou as mãos nos bolsos traseiros do jeans dele e o puxou para perto, Daniel sentiu um prazer tamanho que quase o envergonhou. Ele não havia percebido o quão solitário estava ou por quanto tempo.

No seu casamento, quando olhou para a plateia e viu apenas Gertie e Varya, algo se partiu em seu coração como um graveto. Que Klara e Mira nunca tenham se conhecido permaneceu como um dos maiores arrependimentos da vida dele. Mira era eminentemente prática e Klara certamente não era, mas elas compartilhavam de um senso de humor afiado e um ar de desafio lúdico — às vezes não tão lúdico assim. Ele não sabia o quanto dependia de sua irmã para esse propósito até conhecer sua esposa. Durante a quebra dos copos, ele imaginou sua vida até agora se despedaçando também: sua ignorância e angústia, suas grandes e pequenas perdas. Dos pedaços ele montaria algo novo com Mira. Ele olhava para seus brilhantes olhos castanhos, reluzindo por baixo de uma camada de lágrimas, e sentiu sua alma relaxar como se entrasse num banho quente. Desde que ele continuasse olhando para ela, esse sentimento de paz pulsaria para fora, empurrando a dor à margem de sua consciência.

Posteriormente, deitado nu com sua esposa — Mira roncava, sua testa úmida no peito dele —, Daniel começou a tremer. Ele rezava. As palavras vieram tão naturalmente, tão necessariamente como urina. (Uma analogia terrível, ele sabia — Mira teria ficado horrorizada se ele a tivesse compartilhado —, e ainda assim parecia a ele mais propícia do que as metáforas infladas que ele ouvia na infância.) *Por favor, Deus*, ele pensou. *Ah, Deus, faça com que isso dure.*

Nas semanas seguintes, quando se lembrou da reza, Daniel se sentiu envergonhado, mas também de alguma forma mais leve; era como se ele tivesse cortado uma mecha de cabelo. Ele não achava que a religião podia fazer isso por ele. Verdade que as sementes do ateísmo haviam sido semeadas anos antes das mortes de Klara, Simon e Saul. Começou com a mulher na Hester Street. Ele sentira tamanha vergonha de seu paganismo, seu desejo de conhecer o desconhecido, que sua vergonha se tornou repúdio. Ninguém, ele jurava, poderia ter tal poder sobre ele; nenhuma pessoa, nenhuma divindade.

Mas talvez Deus não fosse nada como a horrenda e apavorante fascinação que o levou para a vidente, nada como suas pretensiosas alegações. Para Saul, Deus significara ordem e tradição, cultura e história. Daniel ainda acreditava em escolha, mas talvez isso não inviabilizasse a crença em Deus. Ele imaginava um novo Deus, um que o cutucava quando ele estava indo para o lado errado, mas que nunca o intimidava, um que aconselhava, mas não insistia — um que o guiava, como um pai. Um Pai.

VÁRIOS ANOS DEPOIS, quando estavam casados e morando em Kingston, Nova York, ele perguntou a Mira se ela havia sentado intencionalmente ao lado dele na cantina todos aqueles anos antes.

— Claro — disse Mira. Quando ela riu, um raio de luz da janela da cozinha transformou seus olhos em moedas douradas. — A cantina estava vazia. Por que mais eu teria escolhido sua mesa?

— Não sei — disse Daniel, envergonhado por ter perguntado ou por ter duvidado dela. — Talvez você quisesse companhia. Ou sol. Fazia sol, eu me lembro.

Mira o beijou. Ele podia sentir na nuca a faixa fria da aliança dela, um anel dourado igual ao dele.

— Eu sabia exatamente o que eu estava fazendo — disse ela.

21

DEZ DIAS ANTES do Dia de Ação de Graças de 2006, Daniel se senta no escritório do Comandante de Alistamento Militar de Albany, Coronel Bertram. Em seus quatro anos trabalhando com o alistamento, Daniel só visitou o coronel um punhado de vezes — geralmente para discutir um caso incomum, uma vez para receber uma promoção de médico para oficial médico chefe —, e hoje ele torce para um aumento.

O Coronel Bertram está sentado numa poltrona de couro com uma ampla mesa reluzente. Ele é mais jovem do que Daniel, com um capacete limpo de cabelo loiro, raspado dos lados, e uma constituição firme e magra. Ele parece apenas levemente mais velho do que os ávidos formandos da reserva que chegam de baciada para o exame médico.

— Você teve uma boa trajetória — diz ele.

— Perdão?

— Você teve uma boa trajetória — repete ele. — Serviu bem seu país. Mas vou ser direto, Major. Alguns de nós acham que é hora de você dar um tempo.

Daniel começou depois da faculdade de medicina. Nos primeiros dez anos de sua carreira, trabalhou no Hospital Keller Comunitário do Exército, em West Point. Esse era o tipo de trabalho que ele sempre se imaginou fazendo, muita coisa em jogo e imprevisível, mas foi exaurido pelas horas e o sofrimento sem fim. Quando abriu uma vaga no alistamento, Mira o encorajou a se inscrever. A posição não era glamorosa, mas Daniel acabou gostando da estabilidade e agora ele mal pode se imaginar voltando ao hospital — ou pior, ao desemprego.

Às vezes ele teme que sua preferência por rotina seja covardia. O paradoxo de seu trabalho — confirmando que jovens são saudáveis o suficiente para irem à guerra — não lhe escapa. Por outro lado, ele também se vê como um guardião. É seu trabalho agir como uma peneira, separando aqueles que estão prontos para a guerra daqueles que não estão. Os alistados olham para ele com uma esperança ansiosa, como se ele pudesse dar permissão para viver, não licença para morrer. Claro, há alguns cujo rosto mostra puro terror, e neles Daniel vê os pais militares ou a pobreza sem solução que os trouxeram às forças armadas em primeiro lugar. Ele sempre pergunta a eles se têm certeza de que querem ir para a guerra. Eles sempre dizem que sim.

— Senhor. — Por um momento a mente de Daniel fica escura. — Isso é por causa do Douglas?

O coronel inclina a cabeça.

— Douglas estava em forma. Ele devia ter sido aprovado.

Daniel se lembra dos papéis do garoto: a espirometria de Douglas e os testes de pico de fluxo expiratório máximo estavam longe do normal.

— Douglas tinha asma.

— Douglas é de Detroit. — O sorriso do coronel Bertram se foi. — Todo mundo de Detroit tem asma. Acha que deveríamos parar de aceitar garotos de Detroit?

— Claro que não. — Pela primeira vez a gravidade da situação se torna clara para Daniel. Ele sabe que o alistamento está dez por cento abaixo do padrão. Ele sabe que o exército abaixou os padrões do exame de aptidão mental; eles não admitem tantos inscritos da Categoria IV desde os anos setenta. Ele ouviu que certos oficiais de comando escreveram absolvições por convicções de má conduta; pequenos roubos, agressão, até atropelamento com morte e homicídio.

— Isso não é apenas por Douglas, major. — O Coronel Bertram se inclina à frente e seu broche de comando, uma estrela coroada, reflete a luz. Daniel visualiza o coronel debruçado sobre sua mesa com o broche em mãos, esfregando-o com uma bolinha de algodão embebida em cera para prata. — Você é bem-intencionado; todos nós sabemos disso. Mas vem de uma geração diferente. Você é conservador, tudo bem; não quer ver ninguém abatido que não tenha de ser. Alguns desses garotos não são bons, concordo com isso. Nós selecionamos por um motivo. Mas há uma época para ser conservador, major, e não é esta. Precisamos de homens, precisamos de números, para Deus e para este país, e às vezes temos um cara que vem aqui com um joelho ruim ou uma pequena tosse, mas seu coração está no lugar certo, é bom o suficiente: e neste momento, Dr. Gold, precisamos de coração. Precisamos do bom o suficiente. — O coronel pega uma pilha de formulários. — Precisamos de aprovações.

— Escrevo aprovações quando eles fazem jus.

— Você escreve aprovações quando você acha que eles fazem jus.

— Achei que essa fosse a descrição do meu trabalho.

— Você trabalha para mim. Eu que descrevo qual é seu trabalho. E tenho certeza de que você não quer um Artigo 15 na sua ficha, fedendo a merda.

— Por qual motivo? — A boca de Daniel se seca. — Nunca fui contra o código.

Um Artigo 15 acabaria com sua carreira no exército. Ele nunca teria uma promoção; podia até ser dispensado. Independentemente disso, ele estaria desgraçado. A humilhação o queimaria vivo.

Mas seu orgulho não é a única questão. Mira trabalha numa universidade pública. Quando Daniel deixou seu trabalho no hospital, eles tinham mais dinheiro do que precisavam, mas desde então, ele e Mira recorreram às economias de Gertie. A mãe de Mira também foi diagnosticada com câncer, e seu pai, com demência. Depois que sua mãe morreu, eles colocaram o pai num asilo cujas taxas anuais engoliram grande parte de suas economias e irão continuar a fazer isso; seu pai tem sessenta e oito anos e é saudável, de resto.

— Por insubordinação. — Um pedaço de clara de ovo tremula abaixo do lábio inferior do coronel. Ele levanta o papel alumínio no qual seu sanduíche estava embalado e dobra no meio. — Por falhar em cumprir com os padrões militares.

— Isso é mentira.

— Sou mentiroso? — pergunta o coronel em voz baixa. Ele ainda segura o pedaço de alumínio, dobrando-o seguidamente.

Daniel sabe que recebeu a oportunidade de se corrigir. Mas a ideia de um Artigo 15 queima dentro dele. Ele está possesso por essa ameaça, a injustiça.

— Ou isso ou um maria vai com as outras. Faz o que a liderança manda.

O coronel para. Ele coloca dentro do bolso o pedaço de alumínio, agora do tamanho de um cartão de visita. Então se levanta da cadeira e se inclina sobre a mesa em direção a Daniel, com as mãos espalmadas.

— Está suspenso do trabalho. Duas semanas.

— Quem fará meu trabalho?

— Tenho outros três caras que podem fazer exatamente o que você faz. Isso é tudo.

Daniel fica de pé. Se ele fizer continência, o Coronel Bertram verá que suas mãos estão tremendo, então ele não faz, apesar de saber que isso torna a situação muito pior.

— Você deve se achar a última Coca-Cola do deserto — diz o coronel quando Daniel se vira em direção à porta. — Um verdadeiro herói americano.

DANIEL CAMINHA PARA O estacionamento com os ouvidos zumbindo. Ele deixa o carro esquentar e encara o Prédio Federal Leo W. O'Brien, um quadrado alto de vidro que tem abrigado o alistamento de Albany desde 1974. Após uma reforma em 1997, Daniel recebeu um novo escritório grande no terceiro andar. O centro de Albany não tem muito o que se olhar, mas quando Daniel se sentou na primeira vez naquele escritório ele estava cheio de propósitos e certezas — a sensação de que sua vida estivera se encaminhando para esse momento desde o começo, e que ele havia chegado aqui fazendo uma série de escolhas espertas e estratégicas.

Daniel sai do estacionamento em ré e começa a viagem de cinquenta minutos para Kingston. O que ele vai contar a Mira? Antes de hoje, os homens buscavam seu aconselhamento, pediam sua permissão; ele próprio era um oráculo. Agora ele é indistinguível de qualquer outro homem, como um padre sem a batina.

— Canalha — diz Mira quando ele cai nos braços dela e conta. — Nunca gostei daquele cara; Bertram? Bertrand? Canalha. — Ela se levanta nas pontas dos pés e coloca as mãos nas bochechas de Daniel. — Onde está a ética? Onde está a maldita ética?

Lá fora, a luz da garagem ilumina os bosques que se estendem de seu jardim. Um veado fareja gravetos além do primeiro grupo de árvores. A paisagem ficou marrom tão rápido este ano.

— Use isso ao seu favor — diz Mira. — Vamos passar as próximas duas semanas fundamentando seu caso. Nesse meio-tempo, você terá um descanso; pense no que quer fazer enquanto isso.

Passando pela mente de Daniel, como por uma tela de televisão, a lista de condições desqualificantes. *Úlcera, varizes, fístula, acalasia ou outros distúrbios de mobilidade. Atresia ou microtia severa. Síndrome de Ménière. Dorsiflexão de dez graus. Ausência de polegares nos pés.* E assim seguem — milhares de regulamentos no todo. Para mulheres é ainda mais restrito. *Cisto no ovário. Sangramento anormal.* É espantoso que alguém consiga passar, mas até aí, também é espantoso que a maioria das pessoas ainda viva até os setenta e oito, apesar das taxas crescentes de câncer, diabetes e doenças cardiovasculares.

— Quais são as coisas que você queria fazer? — Mira continua. Ela está tentando ser forte, pelo bem dele, mas sua ansiedade é óbvia: ela sempre tenta se manter ativa quando está preocupada. — Você podia reconstruir o barracão. Ou entrar em contato com sua família.

Muitos anos atrás, Mira perguntou, com característica objetividade, por que Daniel não era mais próximo de seus irmãos.

— Nós não somos *não* próximos — disse ele.

— Bem, vocês não são próximos — disse Mira.

— Às vezes somos — argumentou Daniel, apesar de a verdade ser mais complicada. Havia vezes em que ele pensava em seus irmãos e sentia o amor emanar dele com um shofar, cheio de prazer, agonia e eterno reconhecimento: esses três feitos da mesma poeira de estrelas que ele, aqueles que ele conhece desde o começo do começo. Mas quando estava com eles, a menor infração o fazia irreversivelmente ressentido. Às vezes era mais fácil pensar neles como personagens (a caretona Varya, Klara, sonhadora e insensata) do que confrontá-las em suas idades adultas totalmente formadas e incômodas: seu bafo matutino e escolhas tolas, suas vidas se desenrolando num matagal não familiar.

NAQUELA NOITE ele se entrega ao torpor, depois acorda novamente. Pensa em seus irmãos e nas ondas, no processo de adormecer não diferente do mar batendo na praia. Durante uma das férias em Nova Jersey, Saul levou os irmãos de Daniel para o cinema, mas Daniel queria nadar. Tinha sete anos. Ele e Gertie levaram cadeiras plásticas para a praia, e Gertie leu um livro enquanto Daniel fingia ser Don Schollander, que havia ganho quatro medalhas em Tóquio no ano anterior. Quando a maré carregou Daniel para o horizonte, ele se deixou levar, eletrizado pela distância crescente entre ele e sua mãe. Quando cansou de enfrentar as águas, já havia se afastado cinquenta metros da praia. O mar batia em seu nariz, sua boca. Suas pernas eram longas e inúteis. Ele cuspiu e tentou gritar, mas Gertie não conseguia escutá-lo. Só quando um vento repentino jogou o chapéu dela na areia que ela se levantou e, ao pegá-lo, viu Daniel se debatendo.

Gertie largou o chapéu e correu para Daniel no que pareceu ser câmera lenta, apesar de ser o mais rápido que ela já havia se movido. Usava uma bata fina sobre a roupa de banho, cuja barra ela tinha de segurar; então, com um rugido de consternação ela arrancou a coisa toda e deixou amassada no chão. Embaixo havia um maiô preto com uma saia embutida que revelava suas coxas robustas e marcadas. Ela se debateu na água rasa antes de inspirar profundamente e mergulhar nas ondas. *Corre*, pensou Daniel, gargarejando água salgada. *Corre, mama.* Ele não a chamava assim desde que era uma criança de colo. Finalmente as mãos dela apareceram por baixo de suas axilas. Ela o arrastou para fora d'água, e juntos eles despencaram na areia. O corpo todo dela estava vermelho, seu cabelo colado à cabeça como um capacete de aviador. Ela ofegava, respirando fundo, que Daniel acreditou ser pelo esforço, até perceber que ela estava chorando.

Naquela noite, no jantar, ele contou a história do quase afogamento com pompa, mas por dentro ele brilhava com uma renovada conexão à sua família.

Pelo resto das férias, ele perdoou Varya por sua prolongada fala durante o sono. Deixou Klara tomar banho primeiro quando voltavam da praia, mesmo que o banho dela demorasse tanto que Gertie uma vez bateu na porta para dizer que se ela precisava de tanta água, por que Klara não levava um sabonete para o mar. Anos depois, quando Simon e Klara saíram de casa — e depois disso, quando até Varya se afastou dele —, Daniel não pôde entender por que eles não sentiam o que ele tinha: o arrependimento da separação e o prazer de estar de volta. Ele esperou. Afinal, o que poderia dizer? *Não se afastem muito. Vocês vão sentir saudades.* Mas os anos passaram e eles não sentiram, ele ficou magoado, desesperançado, depois amargo.

Às duas da manhã, ele caminha para escritório no andar de baixo. Deixa a luz apagada — o brilho azulado da tela do computador é o suficiente — e coloca o endereço do site de Raj e Ruby. Quando carrega, grandes palavras vermelhas aparecem na tela:

Vivencie as MARAVILHAS DA ÍNDIA sem deixar seu assento! Deixe RAJ E RUBY te levarem numa VIAGEM DE TAPETE VOADOR por prazeres de outro mundo, do Truque de Pregos Indianos ao Grande Mistério da Corda, que notoriamente confundiu HOWARD THURSTON — o maior MÁGICO AMERICANO do SÉCULO XX!

As letras em caixa alta dançavam e piscavam. Abaixo delas, estavam os rostos de Raj e Ruby, com bindis em suas testas. Há uma apresentação de slides no centro da página. Numa imagem, Raj está preso num cesto que Ruby perfurou com duas longas espadas. Em outra, Raj segura uma cobra grossa como o pescoço de Daniel.

É cafona, pensa Daniel. Apelativo. Mas até aí, é Vegas: cafona é claramente uma forma de vender. Ele foi duas vezes — primeiro para uma festa de solteiro de um amigo, depois para uma conferência médica. Ambas as vezes, pareceu a ele uma monstruosidade unicamente americana, tudo uma exagerada versão cartunesca de si mesmo. Restaurantes chamados Margaritaville e Cabo Wabo. Vulcões soltando fumaça rosa. O Forum Shops, um shopping construído para parecer com a Roma antiga. Quem poderia morar lá e sentir que vive no mundo real? Pelo menos Raj e Ruby viajavam: o show deles tem sede no Mirage, mas um link marcado Agenda & Turnê mostra que eles estão se apresentando no Mistery Lounge de Boston este fim de semana. Em duas semanas vão começar uma temporada de um mês na cidade de Nova York.

Daniel se pergunta onde eles planejam passar o Dia de Ação de Graças. Raj basicamente mantém Ruby longe dos Gold, mostrando-a e escondendo-a a cada dois anos como um coelho numa cartola. Daniel a viu como uma apaixonada menina de três anos, então uma melancólica criança observadora de cinco e nove, por último, como uma emburrada pré-adolescente. Essa visita terminou com uma discussão explosiva sobre a Mordida de Vida, o número de assinatura de Klara. Raj estava ensinando para Ruby, o que enlouquecia Daniel. Ele não conseguia conceber por que Raj iria querer recriar a imagem de Klara pendurada por uma corda através da filha dela.

— Estou mantendo a memória dela viva — rugiu Raj. — Pode dizer o mesmo?

Eles não se falaram desde então, apesar de isso não ser apenas culpa de Raj. Houve muitas vezes quando Daniel podia tê-los procurado — certamente antes desse desentendimento, e mesmo depois. Mas estar na presença de Raj e Ruby sempre deu a Daniel uma perturbadora sensação de arrependimento. Quando Ruby era criança, ela parecia com Raj, mas em sua adolescência assumiu as bochechas cheias e com covinhas de Klara, e o sorriso de gato de Cheshire. Cabelo longo e enrolado chegava a sua cintura como o de Klara, só que o de Ruby era preto — mais escuro que a cor natural de Klara — em vez de vermelho. Às vezes, quando ela estava irritada, Daniel vivenciava uma fantasmagórica sensação de déjà vu. Com facilidade holográfica, Ruby se tornava sua mãe, e Klara encarava Daniel com uma acusação. Ele não havia estado perto o suficiente dela, não sabia o quão doente ela estivera. Também fora ele que havia tido a ideia da visita à vidente, o que afetou os quatro, mas talvez Klara mais do que todos. Ele ainda se lembra de como ela estava no beco depois daquilo: com as bochechas molhadas e o nariz vermelho, seus olhos ao mesmo tempo alertas e estranhamente vagos.

O único número que Daniel tem é o fixo de Raj. Como eles estão viajando, ele clica em Contatos. Há endereços de e-mail do empresário de Raj e Ruby, assessoria de imprensa e agente, acima de uma caixa que diz: "Escreva para os Chapals!" Quem sabe se eles ao menos verificam — a caixa parece feita para e-mails de fãs —, mas ele decide tentar.

Raj:

Daniel Gold aqui. Já faz um bom tempo, então pensei em escrever. Reparei que você vai viajar para Nova York nas próximas semanas. Algum plano para o Dia de Ação de Graças? Ficaríamos felizes de receber vocês. Acho uma pena passar tanto tempo sem ver a família.

Abraços, DG.

Daniel relê o e-mail e se preocupa se é informal demais. Ele coloca *querido* antes de Raj, então deleta (Raj não é querido para ele, e nem Daniel e Raj toleram falsidade; é uma das poucas coisas que eles têm em comum). Daniel escreve *Vocês têm* antes de *Algum plano para o Dia de Ação de Graças?* E troca *ficaria feliz* por *gostaríamos mesmo* antes do *de receber vocês.* Ele apaga a última frase — *são família realmente?* — então a reescreve. Eles são próximos o suficiente. Ele aperta o Enviar.

ELE IMAGINOU QUE ESTARIA de pé às 6:30 da manhã seguinte, apesar da suspensão — aos quarenta e oito anos, ele não é nada além do previsível —, mas quando seu celular toca, o sol está alto no céu. Ele força a vista para o relógio, balança a cabeça, força novamente: são onze da manhã. Ele tateia pela mesinha de cabeceira com uma mão, encontra seus óculos e abre o telefone. Será que já é Raj ligando?

— Dia? — Ele é recebido por estática.

— Daniel... é... Di...

— Desculpa — diz Daniel. — A ligação está falhando. Quem é?

— *É... Di... aqui no...* son... sem... sinal...

— Di?

— ... Di — diz a voz, insistente. — Eddie O... hue...

— Eddie O'Donoghue? — Mesmo com a ligação entrecortada, algo no nome desperta a memória de Daniel. Ele se senta, colocando um travesseiro atrás de si.

— ... le... cial... encontramos... cisco... sua... mã... FBI...

— Ai, meu Deus — diz Daniel. — Claro. — Eddie O'Donoghue era o agente do FBI encarregado do caso da Klara. Ele esteve no velório em São Francisco, e depois Daniel o encontrou num pub em Geary. No dia seguinte, Daniel acordou com uma enxaqueca devastadora e não conseguia imaginar por que havia compartilhado tanto com Eddie, mas esperava que o agente estivesse bêbado o suficiente para esquecer.

— ... estacionar — diz Eddie, e de repente sua voz fica clara. — Pronto. Minha Nossa Senhora, o sinal aqui é uma merda. Não sei como você aguenta.

— Temos um fixo — diz Daniel. — É mais confiável.

— Escute, não posso demorar muito, estou no acostamento da rodovia... mas fica bom para você? Quatro, cinco da tarde? Algum lugar na cidade? Há algumas coisas que quero dividir com você.

Daniel pisca. O telefonema — a manhã toda — parece surreal.

— Tá —diz ele. — Vamos nos encontrar na Hoffman House. Quatro e meia.

Só quando ele desliga que nota a ampla sombra na porta do quarto: sua mãe.

— Jesus, mãe — diz Daniel, puxando as cobertas. Ela ainda tem o poder de fazê-lo se sentir como um garoto de doze anos. — Eu não te vi.

— Com quem você estava falando? — Gertie está usando seu roupão de banho rosa acolchoado. Há quantas décadas ela o tem, Daniel não quer calcular. Seu cabelo grisalho grosso parece com o de Beethoven.

— Ninguém — diz ele. — Mira.

— O diabo que era a Mira. Não sou imbecil.

— Não. — Daniel sai da cama, coloca um moletom da universidade e seu chinelo de pele de carneiro. Então sai pela porta e beija a bochecha de sua mãe. — Mas você é uma bisbilhoteira mesmo. Já comeu?

— Se já comi? Claro que já comi. É quase hora do almoço. E você dormindo como um adolescente.

— Fui suspenso.

— Eu sei. Mira me contou.

— Então pegue leve comigo.

— Por que acha que não te acordei?

— Ah, não sei — diz Daniel, descendo para o primeiro andar. — Talvez porque não sou mais criança?

— Errou. — Gertie passa por detrás dele e segue na frente, entrando autoritariamente na cozinha. — Porque pego leve com você. Ninguém pega mais leve com você do que eu. Agora se sente se quiser que eu te faça café.

GERTIE SE MUDOU PARA Kingston três anos atrás, no outono de 2003. Até lá, ela insistia em permanecer na Clinton Street. Geralmente Daniel a visitava uma vez por mês, mas naquele ano ele pulou março e abril; o trabalho estava caótico devido à invasão ao Iraque e Gertie o assegurou que iria passar o Pessach com uma amiga.

Quando ele chegou, em primeiro de maio, ela estava na cama, usando seu roupão de banho e lendo *O Processo* de Kafka. As janelas estavam cobertas com papel marrom de embalagem. Onde havia o espelho com moldura de madeira sobre sua penteadeira, agora havia um prego solitário. Ela havia tirado o espelho do banheiro, que fazia às vezes de porta do gabinete de remédios, expondo uma farmácia cheia de frascos de pílulas.

— Mãe — disse Daniel. Sua garganta estava seca. — Quem está prescrevendo esse troço?

Gertie caminhou até o banheiro. Seus olhos tinham um tom teimoso de *Quem, eu?*.

— Médicos.

— Que médicos? Quantos médicos?

— Bem, não tenho certeza de que posso dizer. Vejo um para meu problema no estômago e outro para meus ossos. Há um clínico geral, o oculista, o dentista, a médica de alergia, apesar de não vê-la há meses, a ginecologista, o fisioterapeuta que acha que tenho escoliose, que ninguém nunca diagnosticou apesar de eu ter dor nas costas a vida toda; há um ossinho na minha costela que te juro que sai pra fora quando eu faço o que o Dr. Kurtzburg chama de "torção pesada"... — ela levantou a mão quando Daniel começou a protestar — ... e você deveria ficar feliz que estão me tratando, cuidando de mim, tomando conta, uma senhora sozinha, precisando de todo cuidado que pode ter neste mundo, e conseguindo. Você deveria ficar feliz — repete, com a mão levantada.

— Você não tem escoliose.

— Você não é meu médico.

— Sou melhor do que isso. Sou seu filho.

— Acabei de me lembrar da dermatologista. Ela está de olho nas minhas verrugas. As pessoas acham que são pintas bonitinhas, mas a beleza pode te matar. Já pensou se a Marilyn Monroe morreu por causa de uma pinta? Aquela no rosto pela qual ela era famosa?

— Marilyn Monroe cometeu suicídio. Ela tomou um monte de barbitúricos.

— Talvez — disse Gertie, conspirativamente.

— Por que você tirou os espelhos?

— Foi para seu irmão, sua irmã e seu pai — disse Gertie.

Daniel entrou na cozinha. No balcão, uma taça grande de vinho, tomada de drosófilas.

— E essa é para Elijah. Não toque.

Quando Daniel virou o fedido Manischewitz pelo ralo, uma nuvem de moscas voou e se dispersou. Gertie bufou. Do outro lado da pia havia uma bandeja de alumínio de kugel comprado pronto, descoberto: a massa estava brilhante e dura como plástico. Aqui, como no quarto, as janelas estavam cobertas com papel.

— Por que você cobriu as janelas?

— Há reflexos lá também — disse Gertie, com as pupilas dilatadas e Daniel soube que algo tinha de ser feito.

Inicialmente, Gertie recusou, mas ficou lisonjeada de pensar que Daniel a queria próxima e aliviada pelo fim de sua solidão. Eles a tiraram de Manhattan em agosto. Varya havia se mudado para a Califórnia para aceitar um trabalho no Instituto Drake para Pesquisa sobre Envelhecimento, mas voou para o oeste para ajudar. De noite, o apartamento estava tão nu que Daniel sentiu pena de ter feito isso. Depois que tiraram a poltrona de veludo verde-ervilha de Saul, uma peça horrenda que a família inteira adorava, a única tarefa restante era desmontar os beliches.

— Não vou nem olhar — disse Gertie, meio ameaçando, meio desanimada. Os beliches haviam sido comprados na Sears quarenta anos antes, mas mesmo depois que Klara e Simon se foram, ela não os desmontava. No começo, alegava que todo mundo precisaria de um lugar para dormir, se Daniel, Mira e Varya todos visitassem ao mesmo tempo, mas quando Daniel sugeriu que pelo menos um dos dois fosse desmontado, Gertie ficou tão agitada que ele resolveu não trazer o assunto novamente. Antes de Mira a conduzir para o carro, Gertie insistiu em tirar sua foto com os beliches. Ela ficou segurando sua bolsinha e sorrindo alegre, como um turista na frente do Taj Mahal, antes de seguir rapidamente para fora do quarto, virando seu rosto em direção à parede para que eles não pudessem vê-lo.

Daniel fechou a porta da frente atrás dela e voltou para o quarto. Inicialmente, não viu Varya, mas ruídos abafados vieram de sua velha cama de cima do beliche, e quando Daniel espiou, ele viu seu pé no canto. Lágrimas rolavam para os lados de cada olho, criando dois círculos molhados no colchão.

— Ah, V — disse ele. Fez menção de tocá-la, então pensou melhor: ele sabia que ela não gostava de ser tocada. Por anos ele se magoava por seu hábito de desviar de abraços, e por sua distância em geral. Eles eram os únicos dois restantes e às vezes levava semanas para ela retornar suas ligações. Mas o que ele podia fazer? Era tarde demais para algum deles mudar substancialmente.

— Eu só estava pensando — disse Varya, e inspirou. — Em quando eu dormia aqui.

— O que, quando éramos crianças?

— Não. Quando éramos mais velhos. Quando eu estava... — ela soluçou — visitando. — A palavra parecia carregada de significados, mas Daniel não tinha ideia do que era. Assim que acontecia com ela; a paisagem que ela via era diferente, certas coisas agourentas ou ameaçadoras. Varya desvia ao redor do que parecia para ele um pedaço irrepreensível de calçada. Às vezes ele pensava em perguntar a ela, mas então qualquer que fosse o canal aberto entre eles se fechava, como agora: Varya limpou seu rosto apressadamente com uma mão e girou suas pernas para a escada.

Mas ela não conseguiu descer. A escada estava presa ao beliche de cima com parafusos tão velhos que a força repentina do peso de Varya os fez sair da madeira. A escada caiu ao chão; Varya gritou, com um pé pendurado. A queda do beliche de cima estava longe de ser perigosa, mas ela se agarrou à armação, olhando desconfiada para o canto.

Daniel esticou os braços.

— Venha cá, corujona — disse ele.

Varya parou. Então soltou uma risada e o abraçou. Ele colocou as mãos sob as axilas de Varya, e ela se segurou aos ombros dele enquanto ele a abaixava no chão.

22

QUINZE ANOS ATRÁS, o velório de Klara aconteceu no Columbarium de São Francisco. Raj planejava ter o corpo dela enviado para o jazigo da família Gold no Queens, mas Gertie inicialmente o proibiu. Quando Daniel confrontou sua mãe, ela citou a lei judaica que proíbe quem comete suicídio de ser enterrado a uma distância de até dois metros de outros judeus mortos, como se apenas a obediência mais estrita pudesse proteger os Gold que permaneciam. Daniel brigou com Gertie até ela recuar; ele podia ter batido nela. Nunca se sentiu capaz de tal coisa antes.

Daniel e Mira haviam acabado de se mudar para Kingston. Mira havia conseguido um trabalho de professora assistente no campus de New Paltz, em história da arte e estudos judaicos. Daniel conseguira uma posição no hospital de um dia para o outro. Seu trabalho iria começar em um mês, seu casamento aconteceria em seis, e ele nunca se sentiu tão incapaz. A morte de Simon havia sido devastadora o suficiente; como era possível perder Klara também? Como a família podia aguentar isso? Depois da cerimônia, Daniel cambaleou para um pub irlandês em Geary, deitou sua cabeça no bar e chorou. Nem tinha consciência de como estava ou o que dizia — *Ah, Deus; todos estão morrendo* — até que alguém respondeu.

— É — disse o cara no banquinho ao lado. — Mas isso nunca fica mais fácil.

Daniel levantou o olhar. O homem tinha mais ou menos sua idade, com cabelo ruivo e costeletas grossas. Seus olhos, de uma cor estranha, mais dourado do que castanho, estavam rodeados de vermelho. Um tufo de barba por fazer se estendia de suas bochechas até o fim de seu pescoço.

Ele levantou sua Guinness.

— Eddie O'Donoghue.

— Daniel Gold.

Eddie assentiu.

— Eu te vi no velório. Investiguei o falecimento de sua irmã. — Ele buscou no bolso de sua calça preta e tirou sua credencial do FBI. *Agente Especial*, dizia, ao lado de uma assinatura ininteligível.

— Ah — disse Daniel. — Obrigado.

Era isso que se dizia sob essas circunstâncias? Daniel estava feliz, bem feliz, que a morte de Klara estava sendo investigada — ele tinha suas próprias suspeitas —, mas estava alarmado pelos federais estarem envolvidos.

— Se não se importa de eu perguntar — disse —, por que o FBI pegou o caso? Por que não a polícia local?

Eddie guardou a credencial e olhou para Daniel. Apesar dos olhos vermelhos e da barbicha, ele parecia um menino.

— Eu estava apaixonado por ela.

Daniel quase engasgou na própria saliva.

— Quê?

— Eu estava apaixonado por ela — repetiu Eddie.

— Pela... minha irmã? Ela traía o Raj?

— Não, não. Duvido que ela o conhecesse naquela época. Enfim, eu não era correspondido.

O bartender apareceu.

— Alguma coisa para vocês, meninos?

— Vou tomar outro. E ele também. Essa é por minha conta. — Eddie apontou para o copo de bourbon de Daniel, um bourbon que Daniel acabava de perceber que estava bebendo.

— Obrigado — disse ele. Quando o bartender saiu, ele se virou para Eddie.

— Como você a conheceu?

— Eu estava de serviço em São Francisco. Sua mãe nos ligou: disse que seu irmão era fugitivo e pediu que o pegássemos. Isso foi o quê, doze anos atrás? Ele não devia ter mais do que dezesseis. Peguei pesado com ele; eu não devia. Acho que sua irmã nunca me perdoou. Mesmo assim, ela me despertou. Quando a vi na frente da delegacia, com seu cabelo balançando e aquelas botas, achei a mulher mais maravilhosa que já havia visto. Não só porque ela era bonita, mas porque ela me marcou como uma mulher poderosa.

Eddie terminou a cerveja e limpou a espuma da boca.

— Alguns anos depois encontrei um panfleto com o rosto dela e comecei a vê-la se apresentar. A primeira vez deve ter sido no começo de 1983; eu havia tido um dia terrível, um bando de drogados se matou em Tenderloin e quando eu me sentei para assisti-la, me senti transportado. Uma noite eu disse isso a ela. Como ela me ajudou. Como ela me tornou diferente. Levei meses para ganhar coragem. Mas ela não queria nada comigo.

O bartender voltou com suas bebidas. Daniel bebeu a sua num gole só. Ele não tinha ideia de como responder à revelação de Eddie, que era íntima o suficiente para deixá-lo desconfortável. Mesmo assim, isso anestesiou seu desespero; enquanto Eddie falasse, sua irmã ficaria suspensa no cômodo.

— Vou ser honesto com você — disse Eddie. — Eu não estava em boa forma. Meu pai tinha acabado de morrer, e eu estava bebendo demais. Eu sabia que tinha de sair de São Francisco, então me inscrevi no FBI. Direto de Quantico, eles me colocaram em Vegas para trabalhar em fraudes de hipoteca. Quando passei pelo Mirage e vi o rosto de Klara no cartaz, achei que havia enlouquecido. No dia seguinte a vi no estacionamento do Vons. Eu estava dirigindo um Oldsmobile e ela estava na calçada com um bebê.

— Ruby.

— É o nome dela? Menina bonitinha, mesmo gritando. Sua irmã fugiu; devo tê-la assustado. Não era minha intenção. Logo que a vi quis falar com ela. Então decidi ir à estreia. Eu esperaria depois, imaginei, e me certificaria de que estava tudo bem entre nós. Sem ressentimentos. Não tinha por que ela ficar nervosa.

Os dois olhavam para a frente. Era o lado bom de se sentar lado a lado no bar, Daniel pensou; você podia ter uma conversa sem nunca olhar nos olhos da pessoa.

— Na noite anterior, eu não conseguia dormir. Cheguei ao Mirage cedo. Fiquei andando em círculos do lado de fora do teatro até que vi três pessoas entrarem: Klara, o carinha dela e o bebê. Eles estavam discutindo, dava pra ver a um quilômetro de distância. Quando ele entrou no teatro, ela levou o bebê pelo elevador. Os elevadores eram de vidro, então peguei um do lado dela; fiquei com cabeça abaixada, esperando para ver onde ela ia descer. Ela deixou o bebê na creche no décimo sétimo antes de subir até o quarenta e cinco. Não parecia saber para onde estava indo até uma camareira sair da suíte de cobertura. Quando a camareira saiu, Klara entrou.

Daniel ficou grato pela escuridão do bar e a bebida, grato que havia lugares onde se podia ir no meio da tarde para ficar na escuridão. A barba que ele estava começando a deixar crescer estava salgada de lágrimas.

— Noite de sexta — disse Eddie — e todo mundo havia saído. Nunca escutei Vegas tão quieta. E isso é o que você aprende sendo policial: tranquilo é bom, quieto também, mas se fica assim tempo demais, não é pacífico e quieto. Corri pelo corredor e bati na porta. "Senhora", gritei. "Senhora Gold." Mas não tive resposta. Então peguei uma chave da recepção e voltei. — Ele bebeu até a cerveja terminar. — Não preciso dizer mais.

— Tudo bem — disse Daniel. Ele já a havia perdido. O que ele ouvia agora fazia pouca diferença

— Inicialmente, eu não entendi o que estava vendo. Achei que ela estava praticando. Estava pendurada na corda, como em seu show; estava girando, de leve; mas o bocal se pendurava ao lado de sua mandíbula. Coloquei uma mão nela. Queria curá-la. Tentei fazer respiração boca a boca.

Daniel estava errado. O que ele ouvia fazia diferença.

— Já chega.

— Sinto muito. — No escuro, as pupilas de Eddie estavam grandes, reluzindo. — Ela não merecia isso.

"Love me Tender" do Elvis tocou na jukebox. Daniel agarrou seu copo.

— Então como pegou o caso?

— Fui eu que a encontrei. Isso contou. Então discuti. Grandes casos de assassinato, crimes que cruzam fronteiras estaduais, sequestros: estão todos na jurisdição do FBI, não da polícia. Claro que parecia suicídio, mas meu radar estava ligado e algo não se encaixava. Sabia que eles haviam cruzado estados. Sabia que ela andava roubando. E eu sabia que tinha uma sensação estranha sobre Chapal.

— Raj — disse Daniel, espantado. — Você suspeitava dele?

— Sou um agente. Suspeito de todo mundo. E você?

Daniel fez uma pausa.

— Eu mal o conhecia. Acho que ele era controlador. Ele não gostava que ela ficasse em contato com a gente. — Ele apertou bem os olhos. Era horrível falar de Klara no passado.

— Vou dar uma olhada — disse Eddie. — Você tem alguma outra suspeita?

Daniel queria ter outras suspeitas. Queria um motivo, mas tudo o que ele tinha era coincidência. Quando Simon morreu, Daniel não pensou na mulher da Hester Street. Sua morte foi tão chocante a ponto de apagar todos os outros pensamentos da mente dele, e afinal Simon nunca havia compartilhado sua profecia. Mas Daniel se lembra da profecia de Klara: a mulher disse que ela morreria aos trinta e um. E era exatamente a idade que ela tinha.

— Só tem uma coisa em que posso pensar —disse ele. — É idiotice. Mas é estranho.

Eddie levantou as mãos.

— Sem julgamentos.

A dor ricocheteava no crânio de Daniel. Ele não tinha certeza se era o álcool ou a eminente revelação, que ele não havia feito nem para Mira. Quando terminou de contar a Eddie sobre a mulher na Hester Street — sua reputação e a visita deles, a data da morte de Klara —, Eddie franziu a testa. Ele iria dar uma olhada nisso, disse, mas Daniel não tinha muita esperança. Ele sentia que havia decepcionado o agente — que Eddie queria segredos ou conflitos, não a lembrança de infância de uma vidente viajante.

Seis meses depois, quando a morte de Klara foi declarada como suicídio, Daniel não ficou surpreso. Era a hipótese mais simples, e ele sabia que a hipótese mais simples era geralmente a certa. Seu orientador na faculdade de medicina havia sido um aluno do Dr. Theodore Woodward e gostava de citar o que Woodward contava a seus residentes: "Quando você ouve cascos galopando, pense em cavalos, não em zebras."

CATORZE ANOS DEPOIS e dez estados para o leste, Daniel entra na Hoffman House para encontrar Eddie novamente. A Hoffman foi uma fortificação e vigília durante a Guerra de Independência; agora, servia hambúrgueres e cerveja. Tirando a arquitetura — uma construção de cascalho holandês, venezianas brancas, teto baixo e pisos de tábuas largas —, a única lembrança da história de Hoffman é a chegada anual de entusiastas da guerra que vêm reencenar o incêndio de Kingston pelos britânicos. No começo, Daniel ficava intrigado pelos atores. Certamente se impressionava com a atenção deles pelos detalhes. Faziam os trajes à mão, baseados em documentos originais e pinturas, e carregavam suas armas em bolsas de linho branco. Mas eles o irritavam agora: as mulheres estridentes circulando em casacas e chapéus brancos, os homens passando com mosquetes falsos como atores que fugiram de um teatro comunitário. Os canhões ainda o faziam saltar. E a premissa o incomodava. Por que encenar o drama de uma guerra há muito passada quando havia uma atual? A determinação dos atores em viver numa época diferente o irritava. Fazia com que ele se lembrasse de Klara.

Hoje na Hoffman há apenas Eddie O'Donoghue. Ele se senta num banco de madeira ao lado da lareira, com uma cerveja. Na frente dele há um copo intocado de bourbon.

— Woodford Reserve — diz Eddie. — Espero que seja bom pra você.

Daniel cumprimenta a mão de Eddie.

— Boa memória.

— Me pagam para isso. Bom te ver.

Eles olham um para o outro; Daniel e Eddie, Eddie e Daniel. Como Eddie, Daniel estava pelo menos dez quilos mais gordo do que em 1991. Como Daniel, Eddie deve ter quase cinquenta, se já não tem. As sobrancelhas de Daniel espalham-se como exploradores intrépidos, crescendo tão rápido que Mira comprou para ele uma máquina de aparar no Chanucá; o rosto de Eddie suavizou e inchou, como um buldogue, ao redor da mandíbula. Mas seus olhos, como os de Daniel, estão brilhantes de reconhecimento. Daniel está nervoso — ele só pode imaginar que algo novo surgiu no caso de Klara —, mas está feliz em ver Eddie, que é como um amigo.

— Obrigado por ter faltado o trabalho para me encontrar — diz Eddie, e Daniel não o corrige. — Não vou te prender muito.

Daniel está consciente de seu jeans gasto e suéter, esse último um presente de Mira de uma década atrás. Eddie usa uma camisa social e calça, um casaco esportivo jogado ao lado no banco. Ele levanta uma maleta preta, coloca na mesa e abre. Tira um caderno e uma pasta, também pretos. Eddie tira uma folha de papel e mostra para Daniel.

— Algumas dessas pessoas parecem familiares para você?

Na página há pelo menos doze fotos xerocadas. Daniel busca seus óculos no bolso da jaqueta. A maioria é de fotos de registro policial, pequenos quadrados nos quais várias pessoas de cabelos e olhos escuros olham de cara feia ou fechada, apesar de dois adolescentes sorrirem e um jovem fazer o sinal da paz. Abaixo das fotos de registro há três fotos de uma mulher acima do peso com cabelos brancos. Parecem fotos de segurança tiradas no vestíbulo de um prédio.

— Acho que não. Quem são?

— Os Costello — diz Eddie. — Essa mulher aqui? — Ele aponta para a primeira foto policial, que mostra uma mulher de talvez uns setenta anos. Seu cabelo é ondulado como o de uma estrela de cinema dos anos 1940, seus olhos frios com pestanas pesadas. — É a Rosa. Ela é a matriarca. Esse é o marido dela, Donnie; essas duas são irmãs dela. Esta fileira é dos filhos, ela tem cinco, e abaixo os filhos *deles*; são mais nove. Dezoito pessoas no total. Dezoito pessoas responsáveis pela fraude mais sofisticada de videntes na história dos EUA.

— Fraude de videntes?

— Isso mesmo. — Eddie dobra as mãos e se inclina para trás para impressionar. — Agora, vidência é algo conhecido por ser difícil de se processar. É proibido em algumas partes do país, mas a proibição raramente é fiscalizada. Afinal, temos pessoas que preveem como será a bolsa de valores. Temos pessoas que fazem previsão do tempo e são pagas para isso. Caramba, tem horóscopo em todo jornal. E mais, é uma questão cultural. Esse povo são os que chamam de rom; talvez você os conheça como ciganos. Eles vão dos mongóis aos europeus e os nazistas. Historicamente são pobres, são desprivilegiados. Não vão para a escola — são criados para ser videntes desde o nascimento. Então quando você indicia alguém por fraude, qual é a primeira coisa que a defesa faz? Vão dizer que é uma questão de liberdade de expressão. Vão dizer que é discriminação. Então como fazemos? Como condenamos os Costello por catorze crimes federais?

Algo azedo sobe à base da garganta de Daniel. Eddie não tem informações sobre Klara, ele percebe. Eddie tem informações sobre a mulher da Hester Street.

— Não sei — diz ele. — Como?

— Vou te contar a história de um cara que chamamos de Jim. — Eddie abaixa a voz. — Esse Jim tinha perdido um filho para o câncer. Sua esposa se divorciou dele. Sua ansiedade estava nas alturas e ele tinha dores musculares constantes. Então você tem um cara bem doente, um cara que era evitado por muitos no meio médico porque era tão insuportável, um pé no saco, que suas relações com médicos convencionais deterioraram; você pega um cara desses, não é de se admirar que ele termine na porta de alguém diferente, alguém que diz "posso te ajudar; posso te deixar bem", alguém como Rosa Costello.

Rosa Costello. Daniel olha para a foto. Ele sabe que não é a mulher que ele conheceu em 1969. Seus lábios são muito carnudos; seu rosto tem forma de coração. Resumindo: ela é mais bonita. E ainda, em sua mente, ela se transforma. Seu rosto assume o queixo teimoso da mulher e olhos sem expressão, inflexíveis.

— Então é assim que começa — diz Eddie. — Essa cartomante, essa Rosa Costello, ela diz: "Vou te vender uma vela por cinquenta dólares e vou queimá-la para você e dizer essa reza e você vai notar diferença em seus nervos." E quando Jim não nota diferença, ela diz: "Tá, então precisamos fazer mais. Deixe-me vender essas folhas, folhas espirituais, e vamos queimá-las e dizer outra reza." Dois anos depois, esse homem passou por vários rituais de cura e dois sacrifícios bem dramáticos, cuja soma total dá na casa de quarenta mil dólares. Finalmente, Rosa diz: "É seu dinheiro, esse é o problema. Ele é amaldiçoado e é encrenca, então você precisa me trazer mais dez mil e vamos remover o mau-olhado." A soma é considerada uma doação; essa família é considerada uma igreja. A Igreja do Espírito Livre, eles se chamam.

Daniel não achou que estivesse com fome, mas quando um garçom aparece ao lado deles, ele está faminto. Eddie pede asinhas da taverna. Daniel pede os anéis de lula.

— O que você tem de entender sobre esses casos — continua Eddie, quando voltam a ficar sozinhos — é que eles fazem os promotores passarem um perrengue. Mas os Costello são diferentes. Estavam descarados. Quando pegamos seus bens, encontramos carros, motocicletas, barcos, joias em ouro. Encontramos casas na Intracoastal Waterway. Encontramos cinquenta milhões de dólares.

— Jesus Cristo.

— Segura aí — diz Eddie, erguendo uma mão. — Antes das apelações, o advogado de defesa faz um pedido de vinte e quatro páginas para anulação com base na liberdade religiosa. Eles são a própria igreja, lembra? A Igreja do Maldito Espírito Livre! E mais, ele alega, este não é nada além do exemplo mais recente na longa perseguição ao povo rom. Agora, estou dizendo que todos os ciganos são vigaristas e pilantras? De maneira nenhuma. Mas temos nove deles em grandes roubos, fraude do imposto de renda, fraude postal, fraude eletrônica, lavagem de dinheiro. Nós solicitamos certidões de nascimento, queríamos todo mundo envolvido nesse treco. Havia só uma pessoa que não conseguíamos achar.

Eddie aponta para as fotos de segurança no vestíbulo. Ela usa um casacão marrom e sapatos cinza de velcro. Suas mãos estão na barra de uma porta giratória e seu cabelo branco desce em duas longas teias finas.

— Ah, meu Deus — diz Daniel.

— Essa é a mulher?

Daniel assente. Ele vê agora. A testa ampla. A boca com um bico antipático. Ele se lembra de observar a boca dela enquanto ela falava seu futuro. Ele se lembra da divisão de seus lábios, a língua rosa úmida.

— Quero que você olhe cuidadosamente — diz Eddie. — Quero que tenha certeza.

— Eu tenho certeza. — Daniel solta o ar. — Quem é ela?

— É a irmã de Rosa. Pode ser que esteja envolvida; pode ser que não esteja. O que sabemos é que ela parece estar afastada do resto da família. Você encontra o povo rom vivendo em grupos, por isso é incomum essa mulher trabalhar sozinha. Mas isso é o que há de típico nela: ela está sempre viajando. E é esperta. Ela trabalha sob vários codinomes. Não tem licença, o que é ilegal na maior parte do país, mas isso também a mantém fora do sistema.

— Essa família — diz Daniel. — Eles não aceitam pagamento no começo? Porque foi assim conosco. Ela não pediu ou meu irmão não deu para ela. E sempre achei isso estranho.

Eddie ri.

— Se eles aceitam pagamento? Eles aceitam todo pagamento que puderem ter. Talvez essa mulher tenha pegado leve com vocês porque eram crianças.

— Mas se isso é verdade, então por que ela disse coisas tão terríveis? Klara tinha nove anos. Eu tinha onze. E ela ainda me borrou de medo. A única coisa que consegui pensar é que ela usa o medo para manter seus fregueses, tipo, quanto mais ela os assusta, mais é possível que eles voltem. Para se tornarem dependentes.

Quando ele era residente de medicina em Chicago, Daniel acompanhou um médico que usava técnicas similares: insistindo que a depressão de alguém não podia ser tratada sem visitas regulares ou dizendo para um paciente obeso que ele morreria sem cirurgia.

— Ou não importa o que ela diz, porque ela já reservou sua fatia de mercado. Videntes rons geralmente têm uma fórmula pronta: falam sobre sua vida amorosa, seu dinheiro, seu trabalho. Te dar uma data de morte? Isso é ousado. É esperteza. Os rons fazem algumas outras coisas — homens constroem calçadas, vendem carros usados, fazem trabalho corporal e reparos —, mas mesmo que o mundo pare de fazer calçadas, mesmo que ninguém nunca mais use carros, qual é a coisa que vai permanecer tanto quanto os seres humanos? Nosso desejo por saber. E pagamos qualquer coisa para isso. Os rons têm feito previsões há centenas de anos com o mesmo sucesso econômico. Mas essa sua mulher vai um passo além. Se ela te diz quando você vai morrer, ela oferece um serviço que nem os outros oferecem. Ela não tem concorrentes.

A lareira está fazendo Daniel suar. Ele tira o suéter, arrumando a camisa polo por baixo. Ocorre a ele que não contou a Mira onde está e que deveria encontrá-la na sinagoga às seis. Mas ele não pode ir embora, não agora, nem para escrever a ela uma dessas mensagens que ele finalmente descobriu como enviar.

— O que mais sabe sobre eles? — pergunta ele quando o garçom chega com a comida.

Eddie passa uma asinha no molho laranja-elétrico, então a afunda em seu grosso molho ranch.

— Sobre os Costello? Vieram para a Flórida da Itália nos anos trinta. Provavelmente fugiam de Hitler. Como todos os outros rons, são muito privados. Quando não estão com fregueses, falam a própria língua; nem tentam assimilar. Precisam dos *gazhe* pelo dinheiro (os *gazhe* são os não rons, como nós), mas também acham que somos poluídos. — Ele limpa a boca. — São as mulheres que leem a sorte. Veem como um presente de Deus. Mas porque as mulheres interagem com os *gazhe*, os rons acham que são poluídas também. São muito obsessivos com limpeza, pureza. Se você vai para uma casa rom, ela deve ser impecável.

— Mas a mulher que vi... sua casa era abarrotada. Eu quase chamaria de suja. — Daniel franze a testa. — Você perguntou à família sobre ela?

— Claro que perguntamos. Mas eles não falam. Por isso estou falando com você.

— O que você quer saber?

Eddie faz uma pausa.

— O que estou prestes a te perguntar... tenho consciência de que é delicado. Tenho consciência de que você pode não querer discutir. Mas peço que tente. Como eu disse: não descobrimos muito. Claro que essa mulher não é registrada, mas não vamos pegá-la por isso. O que nos interessa é que a ligamos a um certo número de mortes. Suicídios.

É tão simples, tão instantânea a resposta corporal: a fome de Daniel se foi. Ele podia vomitar.

— Agora, não encontramos relação direta, causal. São pessoas que a viram dois, dez, às vezes vinte anos antes. Mas há várias delas — cinco, incluindo sua irmã. O que é o suficiente para fazer você se perguntar. — Ele dobra as mãos e se inclina em direção a Daniel. — Então é isso o que quero saber. Quero saber se ela disse alguma coisa, fez alguma coisa, para empurrá-lo nessa direção. Ou se fez com Klara.

— Comigo não. Eu disse o que queria dela e ela me respondeu. Foi uma transação. Não tive a sensação de que ela se importava com o que eu faria com a informação depois que saísse. — Há um arrepio em seu pescoço, rápido e com várias perninhas, como uma centopeia, apesar de que, quando Daniel usa seu dedo indicador para buscar abaixo da gola da camisa, ele não sente nada. Ocorre a ele que Eddie não mencionou se isso é uma conversa ou um interrogatório.

— Quanto à Klara, não tenho certeza. Ela nunca me disse que se sentiu pressionada. Mas ela era diferente desde o começo.

— Diferente como?

— Ela era vulnerável. Um pouco instável. Suscetível, creio. Que deve ter sido algo com que ela nasceu, ou talvez tenha desenvolvido com o tempo. — Daniel afasta a comida. Ele não quer olhar para o monte de lulas, fatiadas em anéis perfeitos, ou os tentáculos enrolados para dentro. — Sei o que te falei depois do velório: achei que foi uma coincidência muito estranha, o fato de a vidente prever a morte de Klara. Mas fiquei confuso. Eu não estava pensando com clareza. Sim, a vidente estava certa, mas apenas porque a Klara decidiu acreditar. Não há mistério nisso.

Daniel pausa. Ele se sente profundamente desconfortável, apesar de levar um momento para identificar o motivo.

— Por outro lado — acrescenta — se você *acha* que essa mulher teve algo a ver com isso... se cogitamos a mínima chance... então francamente, a culpa é minha. Fui eu que ouvi falar sobre ela. Fui eu que arrastei meus irmãos para aquele apartamento.

— Daniel, você não pode se culpar. — A mão de Eddie está pousada sobre o caderno, mas sua sobrancelha suaviza com compaixão. — Fazer isso é culpar nosso Jim por ir ver a Rosa. Fazer isso é culpar a vítima. Não deve ter sido fácil para você também, ir tão novo para essa mulher. Ouvi-la dizer quando você vai morrer.

Daniel não esqueceu de sua data — vinte e quatro de novembro deste ano —, mas nem deu importância a isso. A maioria das pessoas que ele conhece que morreram jovens foram os infelizes que receberam terríveis diagnósticos: AIDS, como Simon, ou câncer incurável. Há apenas duas semanas, Daniel fez seu exame anual. A caminho de lá, ele se sentiu tenso, mas depois ficou envergonhado por ter deixado a superstição atingi-lo. Tirando um pouco de ganho de peso e um colesterol no limite do elevado, ele estava com saúde excelente.

— Claro — diz ele. — Eu era moleque; foi uma experiência desagradável. Mas eu superei há muito tempo.

— E se Klara não conseguiu? — pergunta Eddie balançando com o indicador para enfatizar. — É assim que os pilantras fazem: eles vão atrás de quem está mais vulnerável. Olhe, essa suscetibilidade de que você está falando? Pense nisso como um gene. A vidente pode ter sido o fator ambiental que o acionou. Ou talvez ela tenha notado isso na Klara. Talvez ela tenha se aproveitado disso.

— Talvez — ecoa Daniel, mas se irrita. Percebe que Eddie provavelmente invocou uma metáfora médica para atrair Daniel para sua área, mas a ideia soa pseudocientífica, e a tentativa, condescendente. O que Eddie sabe sobre expressão de genes, quanto mais do fenótipo de Klara? Melhor Eddie ficar no que ele sabe fazer. Daniel não iria dizer a ele como fazer um interrogatório.

— E quanto a seu irmão? — Eddie abaixa o olhar para suas notas. — Ele morreu em 82, não morreu? A vidente previu isso?

Algo no gesto de Eddie — o breve abrir da pasta, o suficiente para sugerir que ele tinha de olhar para encontrar a data, mas rápido demais para realmente fazer isso — irrita Daniel ainda mais. Ele não tem dúvida de que Eddie sabe do ano da morte de Simon, assim como várias outras coisas sobre Simon — coisas que Daniel certamente não sabe.

— Não tenho a menor ideia. Ele nunca nos disse o que ela contou a ele. Mas meu irmão sempre fazia exatamente o que queria. Era um rapaz gay que morou em São Francisco nos anos oitenta e contraiu HIV. Para mim, parece bem claro.

— Tudo bem. — Eddie mantém os pulsos na mesa, mas levanta os dedos e as palmas, um gesto de conciliação: a irritação na voz de Daniel não lhe passou despercebida. — Agradeço pelo que me forneceu. E se algo mais passar na sua cabeça — ele estende um cartão de visita pela mesa — você tem meu número.

Eddie fica de pé e fecha sua pasta, batendo na mesa para ajeitar os papéis dentro. Enfia a pasta na maleta e joga a jaqueta sobre um ombro.

— Ei, dei uma olhada em você. Vi que ainda está trabalhando com nossas tropas.

— Isso mesmo — diz Daniel, mas então sua garganta fica entupida e ele se vê incapaz de prosseguir.

— Coisa boa — diz Eddie saindo, batendo nas costas de Daniel com o encorajamento afável de um técnico de juniores. — Continue assim.

DANIEL CAMINHA RAPIDAMENTE para seu carro e parte num solavanco. Sente-se ao mesmo tempo ligado e esgotado. Ele não havia percebido quão perturbador seria revisitar a história da mulher em tantos detalhes, ou ouvir a gama das transgressões da família dela. É tão doloroso contemplar as mortes de seus irmãos que Daniel faz isso apenas em isolamento: deitado acordado enquanto Mira dorme ou dirigindo para casa do trabalho no inverno, a estrada iluminada por faróis, o rádio zumbindo no fundo. O que ele contou a Eddie é verdade: ele não comprou o papo da vidente. Ele acredita em más escolhas; acredita em má sorte. E ainda assim, a lembrança da mulher na Hester Street é como uma minúscula agulha em seu estômago, algo que ele engoliu há muito tempo e que flutua, indetectável, exceto por momento quando ele se move de certa forma e sente uma espetada.

Ele nunca contou a Mira. Ela cresceu em Berkeley, filha estudiosa de músicos — seu pai cristão, sua mãe judia — que produziam músicas inter-religiosas para crianças. Mira ama seus pais, mas não suporta escutar "Oy to the World" ou "Little Drummer Mensch" e tem pouca paciência com instituições New Age. Não é à toa que ela foi atraída pelo judaísmo; ela gosta do intelectualismo e da moralidade, de suas regras.

Antes de se casarem, Daniel pensou que ela acharia a história da vidente uma coisa infantil. Ele não queria afastá-la. Depois da morte de Klara, ele ansiou por contar, mas, novamente, não o fez. Desta vez, ele temia que Mira franzisse a testa preocupada — um minúsculo V delicado, como um arrepio certo de sua direção. Ele temia que ela visse nele um alinhamento com Klara: sua excentricidade, sua falta de racionalidade. Até a doença dela. E ele não estava alinhado com Klara — isso Daniel sabia. Não havia motivo para Mira pensar assim.

23

RAJ E RUBY ESTÃO VINDO para o Dia de Ação de Graças. Na sexta, Raj mandou um e-mail para Daniel e aceitou o convite. Chegarão na terça, dois dias antes do feriado, então Daniel e Mira passaram o fim de semana se preparando. Lavaram os lençóis do quarto de hóspedes e montaram o sofá-cama no escritório de Daniel. Limparam a casa: Mira, a cozinha e a sala; Daniel, os quartos e banheiros. Gertie, a sala de jantar. Vão para Rhinebeck comprar frutas do Breezy Hill Orchard e queijos do Grand Cru. Antes de dirigirem de volta cruzando o rio para Kingston, param na Bella Vita para um arranjo de centro com tulipas e romã e rosas cor de abricó. Daniel carrega de volta para carro. Contra o céu fraco de novembro, as flores parecem brilhar.

A CAMPAINHA TOCA duas horas mais cedo, enquanto Mira está dando aula e Gertie está cochilando. Daniel desce as escadas, ainda vestindo sua camiseta da Binghamton e mocassins de pele, se arrependendo de não ter se trocado. Pelo olho mágico: um homem e uma menina, ou não uma menina, uma adolescente, quase tão alta quanto o pai. Daniel abre a porta. Está garoando lá fora: uma corrente de gotas na cabeleira lustrosa preto-acobreada de Ruby.

— Raj — diz Daniel. — E Rubina.

Instantaneamente ele se sente incomodado por ter usado o nome inteiro dela, um nome listado em sua certidão de nascimento e, até onde ele sabe, raramente usado desde então. Mas ela parece tão mudada, não como a criança de quem ele se lembra, mas como uma adulta que ele nunca conheceu, que o que veio para ele foi o nome nunca dito, igualmente adulto: Rubina.

— Oi — diz Ruby. Usa um conjunto de moletom aveludado fúcsia enfiado em botas Ugg na altura do joelho. Quando sorri, ela parece tanto com Klara que Daniel quase recua.

— Daniel — diz Raj, dando um passo à frente para cumprimentá-lo. — Bom te ver.

Quando Daniel viu Raj pela última vez, ele parecia anemicamente belo, como um cão de rua; queixo pontudo, maçãs do rosto pronunciadas, nariz empinado. Agora está em forma e saudável, seu tronco bronzeado sob um suéter de cashmere com capuz. Seu cabelo está bem aparado. Há um toque de cinza nas têmporas, mas seu rosto tem menos rugas do que o de Daniel. Ele segura um suco de uma cor marrom-esverdeada nada atraente.

— Bom ver vocês — diz Daniel. — Entrem. Gertie está dormindo e Mira está dando aula, mas elas vão estar aqui logo mais. Querem beber alguma coisa?

— Adoraria uma água — diz Raj.

Ele coloca uma mala Tumi prateada pela porta. Ruby segura uma sacola Louis Vuitton. Ela a puxa para o ombro. Atrás de sua calça há duas palavras entalhadas em pedrinhas: *Juicy* em caixa alta elaborada e em letras menores e menos chamativas *Couture.*

— Tem certeza? — diz Daniel, fechando a porta. — Tenho um ótimo Barolo na garagem.

Por que ele está tentando impressionar Raj? Compensar por sua camiseta bagaceira e mocassins? Ele já está pensando que diabos ele vai cozinhar para o café da manhã de amanhã: uma *frittata*, talvez, com queijo fontina e o que sobrou dos tomates.

— Ah — diz Raj. — Não precisa. Mas obrigado.

— Sem problema. — De repente Daniel está desesperado por um drinque. — Só está guardado lá, esperando uma oportunidade dessas.

— Sério — diz Raj. —Eu estou bem. Mas fique à vontade.

Uma pausa quando seus olhos se encontram e Daniel entende: Raj não bebe. Um grande relógio prateado desliza pelo pulso dele.

— Claro — diz Daniel. — Água então. E vamos acomodar vocês. O quarto de hóspedes tem uma cama queen e há um sofá cama no meu escritório. Montamos os dois.

Ruby está digitando algo num telefone fininho dobrável — aquele Motorola Razr que todos os adolescentes têm —, mas ela o fecha.

— Pai, eu fico com o sofá-cama.

— Errado — diz Raj.

— E vou aceitar a taça de Barolo — acrescenta ela.

— Errado de novo — ralha Raj. Ruby comprime os olhos e faz uma careta, mas quando seu pai levanta as sobrancelhas a careta de Ruby se torna um sorriso verdadeiro.

— Velho pai tolinho — diz ela, seguindo Daniel para o escritório. — Velho pai estraga-prazeres. Paizinho estraga-prazeres pernalonga.

NA MANHÃ SEGUINTE, uma quarta, Daniel acorda às dez. Ele xinga. Escuta o chuveiro no banheiro do casal — Mira — e torce para que Raj e Ruby tenham dormido a mais também. Foi chocante para Daniel quão tarde eles foram dormir, mais chocante como tudo correu bem — um jantar animado de duas horas com sua mãe, sua esposa, seu cunhado e sua sobrinha, como se tal coisa fosse normal para eles, seguido de chocolates e chá na sala. Daniel abriu o Barolo afinal, e até Gertie seguiu para a cama depois das onze. Daniel ficou acordado mais tarde ainda. Seu computador de mesa está no escritório em que Ruby estava dormindo. Mira estava na cama, então Daniel aproveitou a oportunidade para pegar o laptop da mesinha de cabeceira e levá-lo ao banheiro do casal.

A sacola da Louis Vuitton atiçou sua curiosidade. A maioria das grifes não significa nada para ele, mas ele reconheceu aquelas icônicas letras marrom e bege. O relógio de Raj também era claramente caro. E o capuz de cashmere:

quem usa uma coisa dessas? Então Daniel investigou. Ele sabia que eles estavam indo bem — em 2003, quando Roy Horn foi ferido por um dos tigres brancos da dupla, Ruby e Raj substituíram Siegfried e Roy como show principal do Mirage —, mas o que ele viu pelo Google o impressionou. A casa deles, uma propriedade toda branca, fechada com portões, apareceu nas revistas *Luxury Las Vegas* e *Architectural Digest*. Os portões estão marcados com um *RC* ornado e abrem para uma estradinha de mais um quilômetro que leva a trinta acres de mansões e caminhos interconectados. Há um centro de meditação, um cinema, e um santuário de animais onde cisnes negros e avestruzes podem ser visitados por uma substancial taxa de entrada. No aniversário de treze anos de Ruby, Raj comprou para ela um pônei Shetland, um espécime bem gorducho chamado Krystal com quem Ruby posou para a revista adolescente *Bossy* — os braços de Ruby se penduravam no pescoço do pônei, sua cabeleira escura sobre a crina loira de Krystal. No artigo, um pdf que Daniel encontrou online, a revista identifica Ruby como a milionária mais jovem em Las Vegas.

Por que Daniel não sabia de tudo isso? É porque não queria? Ele evitou ler sobre o show de Ruby e Raj principalmente porque o fazia pensar no desastre do último encontro deles e na culpa que sentia por terem se afastado. Agora ele não pode evitar de repensar na noite anterior. Daniel e Mira compraram sua casa em 1990, quando não podiam pagar por Cornwall-on-Hudson ou Rhinebeck e ainda acreditavam que Kingston era uma aposta promissora. Daniel imaginou Raj e Ruby vindo para a cidade, esperando um lugar histórico — Kingston já foi capital de Nova York — e encontrando uma cidade lutando para se endireitar após o fechamento da fábrica da IBM que empregava sete mil moradores. Ele podia vê-los passar pelo centro de tecnologia abandonado e a rua principal, deixada em desleixo. Como devem ter encarado o sofá-cama no escritório de Daniel e o queijo caro — o primeiro uma vergonha, o segundo uma tentativa de compensar?

Ele não podia suportar pensar em seu retorno para o trabalho na segunda, e o que poderia acontecer se ele batesse o pé no que dizia respeito às dispensas. Dias antes, ele enviou um pedido para reverem seu caso com o Conselho de Defesa da Área local, um advogado militar que representava membros do serviço que eram acusados. Ele sabe que Mira está certa — é melhor ficar ciente de quais opções ele tem para se defender —, mas só o pedido já era humilhante. Sem um trabalho, quem ele seria? Alguém que se sentava num tapetinho de banheiro com as costas contra a privada, lendo sobre o solário de seu cunhado, ele pensou — uma imagem terrível o suficiente para forçá-lo para a cama, para que ele pudesse adormecer e parar de ver isso.

Agora ele se veste bem e desce as escadas correndo. Raj e Ruby se sentam na bancada da cozinha, bebendo suco de laranja e comendo omeletes.

— Merda — diz Daniel. — Desculpe. Eu queria cozinhar para vocês.

— Não tem porque se desculpar. — Raj está de banho tomado, usando outro suéter de aparência cara, verde sálvia desta vez, e um jeans escuro. — Demos uma volta.

— Nós sempre acordamos cedo — diz Ruby.

— A escola da Ruby começa às sete e meia — completa Raj.

— Exceto em dias de apresentação — diz Ruby. — Em dias de apresentação, dormimos até tarde.

— Ah? — diz Daniel. O café vai ajudar. Mira geralmente deixa pronto para ele, mas hoje a cafeteira está vazia. — Por que isso?

— Porque ficamos fora até tarde. Até a uma, às vezes. Ou mais tarde — diz Ruby. — Nesses dias tenho aula particular. — Ela ainda está de pijama: calça do Bob Esponja e uma regata branca com um sutiã rosa por baixo. O efeito é desconcertante: a calça infantil e a regata, que não é apertada exatamente, mas ainda mostra mais do que Daniel esperava ver.

— Ah — diz novamente. — Parece complicado.

— Viu? — pergunta Ruby, virando-se para Raj.

— Não é complicado — diz Raj. — Dia de aula, cedo. Dia de apresentação, tarde.

— Vocês viram minha mãe? — pergunta Daniel.

— Sim — responde Ruby. — Ela acordou cedo também. Tomamos café juntos. Daí ela foi pro Tai Chi. — Ela abaixa o garfo com um estrondo. — Ei, você tem um juicer?

— Um juicer? — pergunta Daniel.

— Isso. O pai e eu encontramos isso na geladeira — Ruby levanta o copo, o suco de laranja balança quase na borda —, mas preferimos fazer nosso próprio.

— Infelizmente não temos um juicer.

— Tudo bem — gorjeia Ruby. Ela espeta um canto dobrado da omelete. — Então o que vocês comem no café?

Ela só está puxando conversa. Daniel sabe, mas ele tem problema em acompanhar. E mais, a cafeteira não está ligando. Ele encheu o filtro com os grãos, colocou a água e apertou o botão de ligar, mas a luzinha vermelha fica apagada.

— Não sou muito de café da manhã, na verdade — diz ele. — Geralmente só levo uma caneca de café para o trabalho.

Passos suaves na escada e Mira entra na cozinha. Seu cabelo brilhante e recém-seco no secador balança como uma asa.

— Bom dia —diz ela.

— Bom dia — diz Raj.

— Bom dia — diz Ruby. Ela se volta para Daniel. — Por que não estão trabalhando hoje?

— A tomada, querido — diz Mira. Ela cruza atrás dele, tocando embaixo de suas costas e liga a cafeteira na parede. A luz acende imediatamente.

— É véspera do Dia de Ação de Graças, Ru — diz Raj. — Ninguém está trabalhando.

— Ah, tá. — Outro pedaço de omelete. Ela está comendo aos poucos, deixando um pedaço grosso central de recheio. — Você é médico, não é?

— Sou. — A humilhação disso, sua carreira tão estabelecida agora precária, é exacerbada pela mansão de Raj, seu cashmere, seu juicer. É preciso um esforço monumental para Daniel se lembrar da pergunta de Ruby. — Trabalho para um processo de entrada no exército. Eu me certifico de que os soldados têm saúde o suficiente para ir para a guerra.

Raj ri.

— Ora, se isso não é irônico. Você gosta?

— Muito — diz Daniel. — Estou no exército há mais de quinze anos. — Ele ainda tem orgulho de dizer. O café pinga fino na térmica.

— Tá — diz Raj, como se concordando em não avançar.

— E vocês? — pergunta Mira. — O que estão achando do trabalho?

Raj sorri.

— Nós adoramos.

Mira se inclina com os cotovelos no balcão.

— É tão empolgante; um mundo tão diferente do nosso. Adoraríamos poder vê-los se apresentar. Vocês são bem-vindos no Centro de Apresentações Artísticas Ulster, apesar de eu recear que não esteja à altura do padrão de vocês.

— E vocês são bem-vindos em Vegas — diz Raj. — Nós nos apresentamos toda semana. De quinta a domingo.

— Quatro noites seguidas — diz Mira. — Deve ser exaustivo.

— Não acho. — A voz de Raj é suave, mas seu sorriso é artificial. — Rubina, por outro lado...

— Pai — diz Ruby. — Não me chame assim.

— Mas é seu nome.

— É, tipo — Ruby torce o nariz —, meu nome de batismo, mas não meu *nome*.

— Ops — diz Daniel sorrindo. — Eu te chamei de Rubina ontem.

— Ah, tudo bem. Quero dizer, você é um estranho. — A palavra permanece na sala por segundos antes do rosto dela desmontar. — Ai, nossa. Desculpa. Não quis dizer... você não é um *estranho*.

Ela olha para Raj pedindo ajuda. Daniel é tocado pelo gesto: a adolescente correndo para as pernas do pai para se agarrar, se esconder.

— Tudo bem, querida. — Raj bagunça o cabelo dela. — Todo mundo entendeu.

ELES SE AMONTOAM no carro de Daniel, os cinco, todos oferecendo o assento da frente para Gertie e aquiescendo quando ela recusa para se sentar atrás ao lado de Ruby. Eles dirigem para o museu marítimo e o bairro histórico e dão uma breve caminhada pela Mohonk Preserve. Daniel corre com Ruby num campo, com lama sujando suas jaquetas. O ar em seus pulmões é gloriosamente frio e ele inspira com prazer. Quando começa a nevar, ele espera que Ruby reclame, mas ela aplaude.

— É como Nárnia! — exclama ela, e todos riem voltando para o carro.

Ela os surpreende de outras formas também. No jantar, por exemplo, quando Gertie conta sobre suas doenças — um dos tópicos favoritos dela e temido por Daniel e Mira, que trocam um olhar de pânico quando ela começa.

— Tive um calo no meu pé que não sarava por um ano — diz ela. — É parte da história. Então, por causa da infecção eu tive uma coisa chamada linfadenite. Os nódulos linfáticos das minhas pernas estavam inflamados. Eu tinha bolsas de pus do tamanho de bolas de golfe. Os pelos na minha perna pararam de crescer, totalmente. E logo se espalhou pela minha virilha.

— Mãe — chiou Daniel. — Estamos comendo.

— Perdoe-me — diz Gertie. — Mas eu não estava respondendo aos antibióticos. Então o médico deu uma olhada e disse que, se eu fizesse uma cirurgia, eles drenariam todos os meus nódulos e que poderia ser o suficiente para resolver o problema. Havia dois deles trabalhando em mim, um médico mais velho e um mais novo, e o mais novo disse. "Sra. Gold, você não acreditaria na gosma que encontramos." Depois eles me prenderam num tubo de drenagem e tive de ficar no hospital até todo o sangue e fluidos se esvaírem.

— Mãe — diz Daniel. Raj larga o garfo e Daniel fica aterrorizado; queria prender uma fita isolante na boca de sua mãe. Mas Ruby se inclina à frente com interesse.

— Então o que era? —pergunta ela. — O que estava causando o troço todo?

— Bem — diz Gertie. — Visto que estamos jantando, não tenho certeza de que devo dizer. Mas sabendo que você está interessada...

— Não estamos — diz Daniel firmemente —, agora não. — E o peculiar é que Ruby parece tão decepcionada quanto Gertie. Quando Mira pergunta a Raj sobre o calendário da turnê, Ruby se inclina para sua avó.

— Me conte em casa — cochicha ela, e Gertie cora com um prazer tão raro que Daniel quase se estica para agradecer a sobrinha.

NAQUELA NOITE, enquanto escova os dentes, Daniel pensa em Eddie. A pergunta de Eddie sobre Simon — se a vidente previu sua morte — o incomoda.

Daniel não sabe quando a vidente alegou que Simon iria morrer. Simon disse apenas que era *jovem* — isso no porão da Clinton Street, 72, naquela noite bêbada confusa, sete dias após a morte do pai deles. Mas jovem podia ser trinta e cinco. Jovem podia ser cinquenta. O detalhe era tão vago que Daniel o descartou. Parecia mais que a morte de Simon fora consequência de suas próprias ações. Não porque ele fosse gay — qualquer pequeno desconforto que Daniel tenha com a sexualidade de Simon está longe de ser uma homofobia moralista —, mas porque Simon era descuidado, egoísta. Ele pensava apenas em seu próprio prazer. Não se pode seguir assim para sempre.

Mas o ressentimento de Daniel por Simon mascara algo mais profundo, mais sombrio: ele tem a mesma raiva de si mesmo. Por seu fracasso em conhecê-lo — conhecê-lo de verdade — enquanto Simon estava vivo. Por seu fracasso em entender Simon, mesmo em morte. Ele era seu único irmão, e Daniel não o protegeu. Sim, eles se falaram depois da chegada de Simon em São Francisco, e Daniel tentou convencê-lo a voltar para Nova York. Mas quando Simon desligou, Daniel ficou tão furioso que jogou o telefone no chão e ele rachou contra o linóleo. Pensou que talvez a vida de Gertie fosse mais fácil sem Simon. Claro, esse pensamento foi tão temporário quanto cruel, mas Daniel não podia ter se esforçado mais? Não podia ter pego o próximo ônibus para São Francisco em vez de se alimentar em seu próprio ressentimento e esperar ser provado como certo? *Eles procuram quem é vulnerável,* Eddie disse sobre a vidente. *Eles podem ver exatamente.*

É verdade. Daniel acha que Simon era vulnerável. Ele tinha apenas sete anos, mas essa não era a única razão. Assim como havia algo diferente na Klara, havia algo diferente nele. Impossível de dizer se ele sabia naquela idade que era gay, mas ele era esquivo mesmo assim, difícil de analisar. Não era tão falante como seus irmãos. Tinha poucos amigos na escola. Adorava correr, mas corria sozinho. Talvez a profecia tenha se plantado dentro dele como um germe. Talvez o incitou a ser imprudente — a viver perigosamente. Daniel cospe na pia e reconsidera a teoria de Eddie, de que a vulnerabilidade inata que Klara tinha pode ter sido acionada, ou completada, por sua visita à vidente.

Há certas situações em que o casamento da psicologia e da fisiologia é inegável, ainda que não totalmente compreendido — que o fato da dor se origina não nos músculos ou nervos, mas no cérebro, por exemplo. Ou que os pacientes cujas visões de mundo são positivas têm mais propensão a vencer doenças. Quando ele era estudante, Daniel serviu como um assistente de pesquisa para um estudo que explorava o efeito placebo. O autor do estudo criou a hipótese de que o efeito era causado pela expectativa do paciente — e de fato, pacientes que ouviam que o tablete de farinha que tomaram era um estimulante, logo mostraram um aumento nos batimentos cardíacos, pressão sanguínea e tempo de reação. Um segundo grupo de pacientes, a quem disseram que o placebo era uma pílula para dormir, caiu no sono numa média de vinte minutos.

Claro que o efeito placebo não era novo para Daniel, mas era outra coisa quando testemunhado em primeira mão. Ele viu que um pensamento podia mover moléculas no corpo, que o corpo corre para atualizar a realidade do cérebro. Mas essa lógica, a teoria de Eddie, faz todo sentido: Klara e Simon acreditaram que haviam tomado pílulas com o poder de mudar suas vidas, sem saber que haviam tomado um placebo — sem saber que as consequências se originavam em suas próprias mentes.

Uma coluna alta desaba em Daniel. O pesar transborda, assim como algo mais: uma empatia por Simon, insuportavelmente carinhosa, que ele manteve fechada por anos. Daniel coloca as mãos no balcão de mármore e se inclina à frente esperando aquele sentimento passar. Ele precisa ligar para Eddie.

O cartão de visita de Eddie está no escritório. Ruby está lá dentro com a porta fechada, mas a luz está acesa. Quando Daniel bate, não há resposta. Ele bate uma segunda vez antes de abrir a porta com preocupação.

— Ruby?

Ela está sentada sob as cobertas com fones de ouvidos gigantes nas orelhas e um livro, *Dexter — A mão esquerda de Deus*, no colo. Quando vê Daniel, ela dá um salto.

— Merda — diz ela, tirando os fones. — Você me assustou.

— Desculpe — diz Daniel, levantando uma mão. — Eu só queria pegar uma coisa. Posso voltar de manhã.

— Tudo bem. — Ela vira o livro. — Não estou fazendo nada.

Durante o dia, ela usava maquiagem — lápis no olho e um troço brilhante nos lábios —, mas agora, de rosto limpo, ela parece mais jovem. Sua pele é um tom mais claro do que a de Raj, e apesar de seus olhos serem escuros como os dele, ela tem as bochechas de Klara. O sorriso dela também, claro. Daniel cruza a mesa, encontra o cartão de Eddie na gaveta de cima e o enfia no bolso. Está prestes a sair quando Ruby fala novamente.

— Você tem fotos da minha mãe?

O coração de Daniel se aperta. Ele para, encarando a parede. *Minha mãe.* Ele nunca ouviu alguém se referir a Klara dessa forma.

— Tenho. — Quando ele se vira, Ruby puxou os joelhos para o peito. Usa a calça de pijama do Bob Esponja e um casaco de moletom, elásticos de cabelo em seu pulso como braceletes. — Gostaria de vê-las?

— Temos algumas também — diz ela, rapidamente. — Em casa. Mas já vi essas um milhão de vezes. Então sim, eu gostaria.

Ele caminha para a sala para pegar uns álbuns velhos. Que estranho é ter Ruby aqui. Sua sobrinha. Daniel e Mira não têm filhos, claro. Quando ele pediu Mira em casamento, ela contou a ele sobre sua endometriose — estágio quatro. "Não posso ter filhos", ela disse.

— Tudo bem — disse Daniel. — Há outras opções. Adoção...

Mas Mira explicou que não queria adotar. Ela foi diagnosticada anormalmente aos dezessete, então teve anos para considerar. Ela teria outras realizações na vida, decidiu; não precisava ser mãe. Daniel descobriu que não podia dar adeus a ela. Porém, em particular, ele lamentou. Sempre havia se imaginado como pai. Quando via uma criança dormindo sendo carregada de um restaurante pelo pai, com a cabeça frouxa contra o ombro dele, Daniel pensava em seus irmãos. Mas a paternidade o assustava também. Ele só tinha Saul — rígido, distante — como parâmetro. Era impossível saber como ele se sairia. Naquela época, achou que seria melhor do que Saul, mas talvez isso fosse uma falácia. Era igualmente possível que ele fosse pior.

Ele volta para o escritório com dois álbuns de fotos. Ruby está sentada com as pernas cruzadas na cama, suas costas contra a parede. Ela bate no espaço vazio ao lado dela, e Daniel se senta. Ele não é flexível o suficiente para cruzar as pernas, então elas se penduram do canto do futom, quando ele abre o primeiro álbum.

— Não vejo isso há anos — confessa. Achou que seria doloroso, mas o que o fisga, quando ele vê a primeira foto, os quatro filhos Gold nos degraus da Clinton Street 72, Varya uma adolescente de pernas compridas, Simon uma criança de colo loira, é o prazer. A forma como o inunda, calorosa. Ele poderia chorar.

— A minha mãe. — Ruby aponta para Klara. Ela tem quatro ou cinco anos, num vestido de festa xadrez verde.

— Isso mesmo. — Daniel ri. — Ela adorava esse vestido; gritava quando sua avó lavava. Ela fingia ser a Clara, de *O Quebra Nozes*, sempre que usava. E somos judeus! Deixava meu pai louco.

Ruby sorri.

— Ela tinha gênio forte, né?

— Muito.

— Eu também tenho. Acho que é uma das minhas melhores qualidades. — Daniel se diverte, mas quando olha para ela, vê que fala sério. — Do contrário, as pessoas mandam em você. Especialmente se você é mulher. Especialmente se trabalha no entretenimento. Meu pai me ensinou isso. Mas acho que a mãe teria concordado.

Daniel está atento — Ruby foi pressionada? Como? —, mas vira a página para revelar fotos do mesmo dia dos irmãos em pares.

— É a tia Varya e o tio Simon. Ele morreu antes de eu nascer, de AIDS. — Ela olha para Daniel buscando confirmação.

— Isso mesmo. Ele era muito jovem. Jovem demais.

Ruby assente.

— Estão fazendo uma pílula para isso, Truvada. Sabia? Não cura o HIV, mas evita que você pegue. Li uma matéria no *New York Times*. Queria que existisse naquela época. Para o tio Simon.

— Fiquei sabendo. É incrível.

Milagroso até, e impensável no ápice da epidemia, quando dezenas de milhares morriam todos os anos só nos EUA. Nos anos noventa, quando as medicações da AIDS foram apresentadas, os pacientes tinham de tomar até trinta e seis pílulas por dia, e no começo dos anos oitenta não havia opção nenhuma. Daniel visualiza Simon, com apenas vinte, morrendo de uma doença desconhecida e sem nome. O hospital pôde fazer algo mais do que deixá-lo confortável? Ele tem a mesma sensação que teve momentos atrás, no banheiro — aquela empatia insuportável, muito mais invasora do que o ressentimento.

— Olhe a vovó — diz Ruby. — Ela está tão feliz.

Vovó. Outra palavra que Daniel nunca escutou e fica profundamente tocado por isso, pelo fato de que Ruby pensa nos Gold como família.

— Ela estava feliz. Aqui é ela com seu avô, Saul. Eles deviam ter vinte e poucos anos.

— Ele morreu antes do tio Simon, certo? Quantos anos ele tinha?

— Quarenta e cinco.

Ruby cruza as pernas.

— Fale uma coisa sobre ele?

— Uma coisa?

— É. Uma coisa bacana. Algo interessante que eu não saberia.

Daniel pensa um pouco. Ele podia contar a ela sobre a loja dos Gold, mas em vez disso pensa num jarro com letras verdes e tampa branca.

— Sabe esses picles em miniatura? Saul era obcecado com eles. Muito específico também: ele passou por Cains e Heinz e Vlasic antes de descobrir uma marca chamada Milwaukee's, que minha mãe tinha de encomendar de Wisconsin porque não havia em muitas lojas de Nova York. Ele podia comer um pote inteiro numa sentada.

— Que bizarro. — Ruby ri. — Sabe o que é engraçado? Gosto de picles no sanduíche de manteiga de amendoim.

— Mentira. — Daniel faz um som falso de vômito.

— Gosto! Eu corto e coloco em cima. É bom, eu juro... é esse tipo de crocância azedinha doce, e daí a manteiga de amendoim é doce e crocante também...

— Não acredito — diz Daniel, e agora os dois riem. O som é notável. — Não acredito mesmo.

À MEIA-NOITE, ele deixa Ruby com a pilha de álbuns de foto e sobe para o andar principal da casa. Na cozinha, ele para. Estava tão satisfeito, sentado lá com Ruby, e a sensação permanece em seu peito; parece tolo ou desnecessário fazer qualquer coisa além de deitar na cama com Mira. Mas quando ele pega o cartão de visita de Eddie do bolso de seu moletom, seu contentamento se transforma e ele sente uma melancolia no limite do luto. Ele podia ter tido mais dessa conexão — com o passar dos anos, com Ruby, ou com um filho próprio. Ele pensa que talvez tenha tido outra razão para não pressionar Mira em reconsiderar adoção. Talvez ele tenha sentido que não merecia. Afinal, com Saul trabalhando tanto, Daniel tentou ser um líder para seus irmãos. Ele tentou encarar o perigo, a imprevisibilidade, o caos. E veja como isso acabou.

Fazer isso, disse Eddie, é culpar a vítima. Mas é tarde demais: Daniel fez isso, ele pensou assim. Passou décadas se punindo por algo que nunca foi sua culpa.

Conforme a compaixão de Daniel por si mesmo aumenta, sua raiva em relação à vidente piora. Ele quer que ela seja pega — não apenas por Simon e Klara, mas por si mesmo agora. Ele caminha para a porta da frente e a abre suavemente. Há um ruído de sucção e uma corrente de ar frio de novembro, mas ele sai e fecha a porta atrás de si. Então abre o celular e coloca o número de Eddie.

— Daniel? Algo de errado?

Daniel visualiza o agente num quarto de hotel de Hudson Valley. Talvez Eddie esteja trabalhando de noite, uma xícara de café barato ao seu alcance. Talvez esteja pensando na vidente tão fixamente quanto Daniel, e esse pensamento compartilhado os conecte como um fio.

— Eu me lembrei de algo — diz Daniel. Deve estar pouco acima de zero grau lá fora, mas seu corpo está quente. — Você perguntou sobre Simon, se a vidente previu sua morte... e eu disse que não sabia. Mas ele nos contou que morreria jovem. Então digamos que ele sabia que era gay. Ele tem dezesseis anos, nosso pai se foi e ele está perturbado pela profecia; sente que essa é sua única chance de viver a vida que quer. Então ele desconsidera o bom senso, desconsidera a segurança.

— Tudo bem — diz Eddie lentamente. — Simon não foi mais específico?

— Não, não foi mais específico. Eu disse: éramos crianças, foi uma conversa. Mas dá crédito, não dá, para o que você disse antes? Que ela o influenciou também?

— Pode ser — diz Eddie, mas ele parece afastado. Agora Daniel o imagina diferente, girando para um lado, segurando o telefone no lugar com um ombro. Uma mão tateando pela mesinha de cabeceira para apagar a luz. A revelação de Daniel o decepciona.

— Algo mais?

O calor está deixando Daniel, a depressão se estabelecendo. Então algo ocorre a ele. Se Eddie não está tocado por essa informação — talvez até desiludido com o caso —, então talvez Daniel devesse fazer sua própria busca.

— Sim. Uma pergunta. — Conforme ele respira, nuvens de ar branco pairam como paraquedas. — Qual é o nome dela?

— O que saber o nome dela fará por você?

— Eu saberei como chamá-la — responde Daniel, pensando rápido. Ele mantém seu tom humorado, para acalmar Eddie. — Algo que não seja "a vidente", ou pior "a mulher".

Eddie pausa. Ele pigarreia.

— Bruna Costello — conta, finalmente.

— Quê? — Há um ruído nos ouvidos de Daniel, uma descarga de adrenalina.

— Bruna — diz Eddie. — Bruna Costello.

— Bruna Costello. — Daniel saboreia as palavras, cada uma é um fato. — E onde ela está?

— São duas perguntas — diz Eddie. — Quando terminar, eu te ligo. Quando tudo estiver sido dito e feito.

24

NA MANHÃ DO DIA de Ação de Graças, Daniel acorda mais cedo do que Raj e Ruby. São seis e quarenta e cinco, sob luz rosa leitosa e o farfalhar de esquilos, e um veado mordisca o gramado marrom. Ele faz um bule de café forte e se senta na cadeira de balanço ao lado da sala com o laptop de Mira. Quando busca no Google o nome de Bruna Costello, o primeiro link que aparece é dos Mais Procurados do FBI.

Proteja sua família, sua comunidade local e a nação ao ajudar o FBI a pegar terroristas procurados e fugitivos, diz a página. *Em alguns casos recompensas são oferecidas.* Ela está categorizada sob "Buscando informações", uma foto em preto e branco na quarta fileira. Está pouco clara, um close da imagem de segurança. Quando Daniel clica no nome dela, a foto aumenta e ele vê o mesmo retrato que Eddie mostrou para ele na Hoffman House. *O Escritório Federal de Investigação (FBI) vem a público pedir assistência para identificar as alegadas vítimas de Bruna Costello, suspeita por fraude em conexão com um círculo de cartomantes da Flórida. Outros membros da família Costello foram condenados por crimes federais, incluindo roubos substanciais, falsas declarações de renda, fraude postal, fraude eletrônica e lavagem de dinheiro. Até o presente momento, Costello permanece a única suspeita que não compareceu ao interrogatório. Viaja num trailer Gulf Stream Regatta, 1989 (veja Mais Fotos). Viveu anteriormente em Coral*

Springs e Fort Lauderdale, Flórida, e sabe-se que viajou extensamente pelos Estados Unidos continentais. Atualmente acredita-se que esteja temporariamente estabelecida nos arredores de Dayton, Ohio, na vila de West Milton.

Daniel clica em *Mais Fotos*. Há uma foto do trailer, largo e com frente chapada, pintado num creme encardido — ou talvez fosse originalmente branco — com uma faixa grossa de marrom. Abaixo do *Mais Fotos há outro link chamado "codinomes".*

Drina Demeter

Cora Wheeler

Nuri Gargano

Bruna Galletti

Mais uma dúzia. Abruptamente, Daniel fecha o computador. Eddie deve saber sua localização. Então por que ele não disse nada? Deve achar que Daniel é inconstante, com intenções de vingança. Será? É verdade que Daniel se sente motivado pela primeira vez desde sua suspensão. Sente a presença da mulher como uma música cantada no quarto ao lado ou uma rajada de vento que levanta o cabelo, desafiando-o a se aproximar.

MIRA E RAJ PREPARAM os vegetais enquanto Gertie faz seu famoso recheio. Daniel e Ruby cuidam do peru, um bicho de quase dez quilos, lambuzado de manteiga, alho e tomilho. No começo da tarde, quando a maior parte da comida está assando ou esperando para assar e Mira está limpando o balcão, Raj recebe uma ligação de trabalho na sala de hóspedes. Gertie cochila, Ruby e Daniel se sentam na sala; Daniel está na cadeira de balanço com seu laptop, Ruby no sofá com um livro de sudoku. A neve flutua do lado de fora da janela, derretendo assim que toca o vidro.

Daniel está pesquisando os rons: como eles se originaram na Índia, como partiram para escapar de perseguição religiosa e escravidão. Viajaram para o ocidente, para a Europa e os Balcãs, e começaram a prever o futuro como refugiados. Quinhentos mil deles foram mortos no holocausto. Lembra a ele da história dos judeus. Êxodo e peregrinação, resiliência e adaptação. Até o famoso provérbio rom, *Amari c'hib s'amari zor* — *"Nossa língua é nossa força"* — soa como algo que seu pai teria dito. Daniel pega um recibo da lavagem a seco de seu bolso e escreve a frase, junto com um segundo provérbio: *O pensamento tem asas.*

Ultimamente ele tem lutado para manter uma conexão com Deus. Um ano atrás, decidiu explorar a teologia judaica. Pensou nisso como um tributo para Saul e esperou encontrar consolo sobre a morte de seus irmãos. Mas encontrou pouco: no assunto da morte e imortalidade, o judaísmo tem pouco a dizer. Enquanto outras religiões se preocupam com a morte, os judeus são mais preocupados com a vida. A Torá foca no *olam ha-ze*: "este mundo".

— Está trabalhando? — pergunta Ruby.

Daniel levanta o olhar. O sol está aninhado acima das Catskills, as montanhas um tom suave de azul e pêssego. Ruby está enrolada encostada no braço do sofá.

— Na verdade não. — Daniel fecha o laptop. — Você?

Ruby dá de ombros.

— Na verdade não. — Ela fecha o livro de sudoku.

— Não sei como você faz esses quebra-cabeças — diz Daniel. — Eles parecem grego para mim.

— Você tem muito tempo ocioso quando está fazendo um show. Se não encontra outra coisa em que é bom, acaba pirando. Gosto de resolver as coisas. — Ruby recolhe as pernas para um lado, vestida hoje num moletom *Juicy* diferente. Seu cabelo é um coque volumoso como um ninho de passarinho. Daniel percebe que vai sentir saudades dela.

— Você daria uma boa médica — diz ele.

— Espero que sim. — Quando ela levanta a cabeça para olhar para ele, seu rosto é vulnerável. Uma surpresa: ela se importa com o que ele diz: — Quero ser médica.

— Quer? E seu show?

— Não vou fazer isso para sempre. — Ela fala num tom seco, objetivo, que Daniel não consegue avaliar direito. Raj sabe disso? Ele nunca poderia ter um relacionamento com outra assistente igual ao que tem com a Ruby. Daniel pensa na conversa que eles tiveram na manhã anterior, a tensão quando Ruby e Raj discutiram sua agenda. Raj alegou que era simples. *Rubina, por outro lado...*

Ruby joga o cabelo sobre um ombro. Ela não está objetiva, ele percebe. Está irritada.

— Quero dizer, Jesus. Quero fazer *faculdade*. Quero ser uma pessoa *de verdade*. Quero fazer algo que importe.

— Sua mãe não queria ser uma pessoa de verdade.

As palavras saem antes que Daniel as possa deter. Sua voz é grave e ele está sorrindo, porque de alguma forma, quando ele pensa em Klara, isso é o que vem à sua mente: sua coragem, sua ousadia. Não o que aconteceu depois.

— E daí? — As bochechas de Ruby coram. Há um brilho em seus olhos, que piscam com a luz da sala. — Que que tem a minha mãe?

— Sinto muito. — Daniel se sente enjoado. — Não sei o que há de errado comigo.

Ruby abre a boca, fecha. Ele já a está perdendo, ela está partindo para aquele lugar estrangeiro de adolescentes: montanhas de ressentimento, cavernas que ele não pode ver.

— Sua mãe. Ela era especial — diz Daniel. Parece urgente que ele a convença disso. — Isso não significa que você tenha que ser como ela. Eu só queria que você soubesse.

— Eu sei disso — diz Ruby, sem se impressionar. — Todo mundo me diz isso.

ELA SAI PARA DAR uma volta na neve. Daniel a observa claudicar pela lama da neve em suas botas Ugg e moletom com capuz, linhas escuras de cabelo flutuando perto de seu rosto antes de ela desaparecer entre as árvores.

25

— "ALELUIA. DEUS SEJA LOUVADO em seu santuário. Louvado nos firmamentos de seu poder. Louvado por seus atos de poder. Louvado de acordo com sua abundante grandeza. Louvado com o sopro da trombeta. Louvado com o saltério" — aqui Gertie para — "e harpa."

— O que é saltério? — pergunta Ruby. Quando ela voltou da caminhada, estava animada de novo. Agora senta-se entre Raj e Gertie de um lado da mesa. Mira e Daniel dão as mãos do outro lado.

— Não sei — diz Gertie, franzindo a testa para o Tehillim.

— Espere aí. Vou ver na Wikipédia. — Ruby tira seu celular do bolso e digita com eficiência nas teclas minúsculas. — Tá: "O saltério de arco é um tipo de saltério ou cítara que é tocado com um arco. Em contraste com o saltério dedilhado de séculos de idade, o saltério de arco parece ser uma invenção do século vinte." — Ela fecha o telefone. — Bom, isso ajudou. Pode continuar, vovó.

Gertie volta ao livro.

— "Louvado com o adufe e dança. Louvado com os címbalos retumbantes. Que tudo o que respire louve HaShem. Aleluia."

— Amém — diz Mira baixinho. Ela aperta a mão de Daniel. — Vamos comer.

Daniel aperta a mão dela de volta, mas sente-se desconfortável. Naquela tarde, ele soube de uma explosão em Sadr City, bairro de Bagdá. Cinco carros-bombas e uma granada mataram mais de duzentas pessoas, principalmente xiitas. Ele dá um longo gole no vinho, um Malbec. Bebeu um copo ou dois de um branco que Mira abriu enquanto estavam cozinhando, mas ainda está esperando pela neblina prazerosa que recai sobre ele quando bebe.

Gertie olha para Ruby e Raj.

— Que horas partem amanhã?

— Cedo — diz Raj.

— Infelizmente — diz Ruby.

— Temos um show na cidade às sete — diz Raj. — Precisamos estar lá antes do almoço para encontrar a equipe.

— Queria que vocês não tivessem que ir — diz Gertie. — Queria que ficassem um pouco mais.

— Eu também— diz Ruby. — Mas vocês podem nos visitar em Vegas. Vão ter a própria suíte. E posso te apresentar a Krystal. Ela é uma pônei Shetland, uma gorduchona. Provavelmente come um acre de grama por dia.

— Meu Deus — diz Mira, rindo. Ela corta algumas vagens pela metade com o garfo. — Agora, eu tenho um pedido pessoal. Eu não queria falar, porque tenho certeza de que as pessoas perguntam esse tipo de coisa o tempo todo, assim como nossos amigos estão sempre querendo que o Daniel dê um diagnóstico — mas temos mágicos na casa e não posso deixá-los partir sem tentar.

Raj levanta as sobrancelhas. Está quase silêncio total na sala de jantar — resultado dessa área florestal de Kingston.

Mira solta o garfo, corando.

— Quando eu era menina, um mágico de rua fez um truque de cartas comigo. Pediu para eu pegar uma carta enquanto ele passava o baralho, o que não deve ter levado mais de um segundo. Eu peguei o nove de copas. E foi isso que ele adivinhou. Eu o fiz fazer o truque outra vez para me certificar de que o maço não estava cheio de nove de copas. Nunca consegui descobrir como ele fez.

Raj e Ruby trocam olhares.

— Imposição — diz Ruby. — Quando um mágico manipula suas decisões.

— Mas foi só isso — diz Mira. — Não teve nada que ele disse ou fez para me influenciar. A decisão foi toda minha.

— Foi o que você achou — diz Raj. — Há dois tipos de imposições. Na psicológica, um mágico usa linguagem para conduzi-la a uma escolha em particular. Mas provavelmente o que ele usou foi imposição física: quando um objeto específico é ressaltado do resto. Ele teria parado o nove de copas por um microssegundo mais do que as outras cartas.

— Exposição extra — acrescenta Ruby. — É uma técnica clássica.

— Que incrível. — Mira se encosta de volta na cadeira. — Apesar de que preciso confessar que fiquei... decepcionada? Acho que eu não esperava uma solução tão racional.

— A maioria dos mágicos são incrivelmente racionais. — Raj está cortando carne da perna do peru, colocando em pedaços organizados no canto do prato. — Eles são analíticos. Você precisa ser. Para desenvolver ilusões. Confundir as pessoas.

Algo na frase atiça Daniel. Lembra a ele o que ele sempre ressentiu em Raj: seu pragmatismo, sua obsessão com o negócio. Antes de Klara conhecer Raj, a mágica era sua paixão, seu grande amor. Agora Raj vive numa mansão e Klara está morta.

— Não tenho certeza de que minha irmã via assim — diz Daniel.

Raj espeta uma cebola.

— O que quer dizer?

— Klara sabia que a mágica podia ser usada para enganar as pessoas. Mas ela tentava fazer o oposto: revelar uma verdade maior. Tirar o pano.

O candelabro no centro da mesa deixa a parte de baixo do rosto de Raj nas sombras, mas seus olhos estão acesos.

— Se me perguntar se acredito no que eu faço, se eu estou fornecendo algum tipo de serviço essencial... bem, eu podia te perguntar o mesmo. Esta é minha carreira. E significa tanto para mim quanto a sua para você.

A comida na boca de Daniel fica difícil de mastigar. Ele tem a impressão terrível de que Raj sabia sobre sua suspensão desde o começo e foi levando por generosidade, ou pena.

— O que você quer dizer com isso?

— Você acha nobre mandar seus jovens num combate mortal? — pergunta Raj. — Você é motivado por uma verdade maior?

Gertie e Ruby olham de Raj para Daniel. Daniel pigarreia.

— Tenho uma crença bem embasada na importância do exército, sim. Se o que eu faço é nobre não é da minha alçada julgar. Mas o que soldados fazem? Isso é nobreza, sim.

Ele soa convincente o suficiente, mas Mira notou a pressão em sua voz. Ela vira a cabeça em direção ao prato. Daniel sabe que ela o está evitando por educação, para que o olhar dela, qualquer que seja, não o desmascare, mas isso só o faz se sentir mais como uma fraude.

— Mesmo agora? — pergunta Raj.

— Especialmente agora. — Daniel se lembra do horror de 11 de setembro. Seu melhor amigo de infância, Eli, trabalhava na Torre Sul. Depois que o segundo avião a atingiu, Eli ficou na escadaria do andar setenta e oito, conduzindo pessoas para o elevador expresso. *Ok,* gritava ele. *Todo mundo para fora.* Antes disso, algumas pessoas estavam paralisadas de medo. Mais tarde, um colega que esteve nas torres durante o ataque com o carro-bomba de 1993 se referiu a ele como uma voz de despertar. Eli chegou até a cobertura, um local de resgate em 1993, e ligou para sua esposa. *Eu te amo, querida,* disse ele, *talvez chegue tarde em casa.* Ele caiu com a torre às dez da manhã.

— Especialmente agora? — pergunta Raj. — Quando a infraestrutura do Iraque foi dizimada? Quando homens inocentes estão sendo torturados por sádicos em Abu Ghraib? Quando as armas de destruição em massa não se encontram em nenhum lugar?

Raj cruza olhares com Daniel. Essa celebridade de Vegas, esse mágico em roupas caras — Daniel o subestimou.

— Pai — diz Ruby.

— Vagem? — pergunta Mira, segurando o prato.

— E você quer que deixemos um tirano brutal continuar com os assassinatos e opressão de centenas de milhares? — pergunta Daniel. — E quanto ao genocídio de Saddam contra os curdos e a violência no Kuwait? As abduções de Barzani? O armamento químico, os túmulos de massa?

O vinho está subindo agora. Ele se sente confuso e turvo e fica feliz de ter conseguido articular os crimes de Hussein na hora.

— Os EUA nunca são guiados por valores morais quando escolhem alianças políticas. Eles fazem operações militares no Paquistão. Apoiaram Hussein durante o auge de suas atrocidades. E agora estão caçando algo que não existe. O programa de armas de destruição em massa do Iraque acabou em 1991. Não há nada lá... nada além de petróleo.

O que Daniel se recusa a admitir é que ele teme que Raj esteja certo. Ele viu fotos horrendas de Abu Ghraib: homens encapuzados e nus, que apanhavam e levavam choques. Há boatos de que Hussein será enforcado em dezembro durante o Eid al-Adha, o dia santo muçulmano — uma perversão de religião, e não pelo inimigo.

— Você não sabe disso — diz ele.

— Não? — Raj limpa a boca com um guardanapo. — Há um motivo pelo qual nenhum país do mundo está entusiasmado com a guerra no Iraque. Exceto Israel.

Ele diz isso como um adendo, como se ele tivesse esquecido sua plateia por um instante. Ou foi calculado? Os Gold são pegos, juntados instantaneamente, anatomicamente. Daniel tem suas próprias reservas quanto ao sionismo, mas agora sua mandíbula está rígida e seu coração bate loucamente, como se alguém tivesse insultado sua mãe.

Mira solta os talheres.

— Me desculpe?

Pela primeira vez desde sua chegada, a confiança de Raj desliza como um capuz.

— Não preciso dizer a vocês que Israel é um aliado estratégico, ou que a invasão de Bagdá buscou reforçar sua segurança regional tanto quanto a nossa — diz ele, baixinho. — Foi tudo o que eu quis dizer.

— Foi mesmo? — Os ombros de Mira estão retesados, sua voz tensa. — Francamente, Raj, soava mais como usar os judeus de bode expiatório.

— Mas os judeus não são mais os vitimados. São parte do eleitorado mais importante da América. O mundo árabe se opõe a uma guerra americana no Iraque, mas os árabes americanos nunca terão o poder de judeus americanos. — Raj pausa. Ele deve saber que a mesa inteira está contra ele. Mas porque está ameaçado ou porque decidiu não ser, ele continua. — Enquanto isso, os judeus agem como se ainda fossem vítimas de uma terrível opressão. É um pensamento que vem a calhar quando querem oprimir os outros.

— Já chega — diz Gertie.

Ela se arrumou para esse jantar: um vestido marrom com meia-calça e tamancos de couro. Um broche de vidro de Saul está preso em seu peito. Dói em Daniel ver o sofrimento no rosto dela. Pior ainda é o olhar de Ruby. A sobrinha de Daniel está encarando o prato, já vazio. Mesmo à luz de velas, ele pode ver que os olhos dela começam a se comprimir.

Raj olha para sua filha. Por um momento ele parece atingido, quase confuso. Então ele empurra a cadeira para trás com um rangido.

— Daniel — diz ele. — Vamos dar uma volta.

RAJ CONDUZ DANIEL além da primeira fileira de bordos — flamejantes semanas atrás, agora nus — até a clareira além: um lago rodeado de taboas e bétulas. Ele é mais baixo do que Daniel, talvez um e setenta e cinco contra o um e oitenta de Daniel, mas Daniel é vencido pela confiança de Raj — como ele avançou para fora da casa e na clareira, como se estivesse tão confortável na propriedade de Daniel como está na sua. É o suficiente para fazer Daniel atacar primeiro.

— Você fala da guerra como se soubesse a quem culpar, mas é bem fácil fazer alegações quando se está sentado numa mansão fazendo truques com moedas. Talvez você devesse fazer algo que importe. — Onde ele ouviu essa frase antes? Da Ruby. *Quero ir para a faculdade*, ela disse a ele, *quero ser uma pessoa de verdade. Quero fazer algo que importe.* Daniel pode sentir o calor em suas bochechas, sente a pulsação em sua garganta e de repente ele sabe exatamente o que mais fere Raj. — Até sua própria filha acha que você não é nada além de um showman de Vegas. Ela me disse que quer ser médica.

O lago reflete a luz da lua, e o rosto de Raj se fecha como um punho. Daniel vê a fraqueza dele tão certa como a sua própria: Raj tem medo de perder Ruby. Ele a manteve afastada dos Gold não apenas porque não gosta deles, mas por causa da ameaça que eles representam. Outra família — outra vida.

Mas Raj sustenta o olhar em Daniel.

— Você está certo. Não sou um médico. Não tenho diploma universitário e não nasci em Nova York. Mas criei uma filha incrível. Tenho uma carreira de sucesso.

Daniel se remexe, porque de repente ele vê o rosto do Coronel Bertram. *Você deve se achar a última Coca-Cola do deserto*, disse o coronel, com um sorriso sobre seu broche decorado. *Um verdadeiro herói americano.*

— Não — diz ele. — Você roubou uma. Roubou o número da Klara. — Ele queria fazer essa alegação há anos, e ele se reanima por finalmente dizer isso.

A voz de Raj fica mais grave, mais lenta.

— Eu era *parceiro* dela — diz ele, com o efeito não de calma, mas de uma terrível contenção.

— Besteira. Você era um presunçoso. Se importava mais com o show do que com ela.

Com cada palavra, Daniel sente um jorro de convicção e de algo inicialmente turvo, antes de ficar mais claro em forma: o eco de outra história — a história de Bruna Costello.

— A Klara confiou em você — diz Daniel. — E você se aproveitou dela.

— Está brincando, cara? — Raj vira a cabeça para trás numa fração de centímetro e o branco de seus olhos brilha com a luz da lua. Neles Daniel vê possessividade, saudades e algo mais: amor. — Eu cuidei dela. Sabe como ela estava fodida? Algum de vocês sabe? Ela tinha apagões. Sua memória estava em frangalhos. Ela não se *vestia* de manhã se eu não ajudasse. Além do mais, ela era sua irmã. O que você fez para ajudá-la? Viu a Ruby uma vez? Conversaram no Chanucá?

O estômago de Daniel se revira.

— Você deveria ter nos contado.

— Eu mal conhecia vocês. Ninguém da família me recebeu bem. Vocês me tratavam como se eu estivesse invadindo, como se eu nunca fosse ser bom o suficiente para a Klara. Para os *Gold*; os preciosos, eleitos, sofredores Gold.

A zombaria na voz de Raj choca Daniel, e por um momento ele não consegue falar.

— Você não sabe nada sobre o que passamos — diz ele, finalmente.

— Isso! — diz Raj, apontando, e seus olhos estão tão vivos, seu braço tão elétrico que Daniel tem a impressão, absurda, de que Raj está prestes a fazer um truque mágico. — É exatamente o problema. Vocês passaram por tragédias. Ninguém está negando isso. Mas *não é a vida que vivem agora*. A aura está passada. A história, Daniel, está passada. Vocês não se desapegam disso, porque se desapegarem, não são mais vítimas. Mas há milhões de pessoas vivendo em opressão. Eu fui uma delas. E essas pessoas não podem viver no passado. Elas não podem viver nas memórias. Elas não podem se dar a esse luxo.

Daniel recua, entrando nas sombras das árvores como se buscasse cobertura. Raj não espera sua resposta: ele se vira e caminha ao redor do lago. Mas para no caminho da casa.

— Mais uma coisa. — A voz de Raj vem fácil, mas seu corpo está nas sombras. — Você alega estar fazendo algo importante. Algo que importa. Mas está se enganando. Você só observa outras pessoas fazendo seu trabalho sujo de milhares de quilômetros de distância. Você é um dente da engrenagem, um capacitador. E meu Deus, você tem medo. Tem medo de que nunca poderia fazer o que sua irmã fez: ficar no palco sozinho, noite após noite, e mostrar a porra da sua alma sem saber se vai ser aplaudido ou vaiado. Klara pode ter se matado. Mas ela ainda era mais corajosa do que você.

26

RAJ E RUBY PARTEM antes das oito da manhã. Choveu durante a noite e o carro alugado está na entrada, molhado. Raj e Daniel enchem o porta-malas em silêncio. Pingos se prendem ao veludo amarelo do moletom mais novo de Ruby. Ela abraça Daniel de forma tensa. Está igualmente fria com Raj, mas Raj é pai de Ruby: ela vai ter de acabar o perdoando. Não é o mesmo com Daniel, que sente um desespero visceral quando Ruby sobe no banco do passageiro e fecha a porta. Quando dão ré saindo da entrada, ele acena, mas Ruby já abaixou a cabeça olhando para o celular, e tudo o que ele vê é uma massa de cabelo.

MIRA DIRIGE PARA NEW PALTZ para uma reunião do departamento. Daniel caminha até a geladeira e começa a descarregar os restos de ontem. A pele de peru, antes crocante, tornou-se enrugada e úmida. O molho na assadeira forma poças bege, opacas. Ele aquece um prato inteiro no micro-ondas e come no balcão da cozinha até ficar enjoado. Ele não pode suportar sentar-se na mesa da sala de jantar, onde os Chapal e os Gold jantaram no que parece ter sido anos atrás. Pela primeira vez Daniel sentiu uma ligação com Ruby — sentiu que *podia* ser próximo dela, que ele não precisava ter vergonha de seu papel na morte da mãe dela. E agora ele a perdeu. Talvez Ruby a visite quando tiver dezoito anos e possa tomar suas próprias decisões, mas Raj não vai trazê-la de volta e nunca vai encorajar isso. Daniel podia procurar Ruby, mas sabe-se lá como ela iria responder. O desastre do Dia de Ação de Graças não foi só culpa de Raj.

Depois de sua última explosão com Raj, anos atrás, Daniel encontrou consolo no trabalho. Mas ele não pode mais fazer isso: desta vez, quando pensa no escritório, ele se sente sufocado. Só vai poder manter seu trabalho se abrir mão de seu poder, que está na habilidade de tomar decisões. E se ele fizer isso — se escolher o trabalho no lugar da integridade, segurança em vez de livre-arbítrio —, será exatamente um peão, como Raj alegou.

Seu celular toca do quarto. Daniel sobe as escadas. Quando vê o número na tela, puxa o telefone tão abruptamente que o carregador sai da tomada.

— Eddie? — pergunta.

— Daniel. Estou ligando com uma atualização no caso. Você queria que eu o mantivesse a par.

— Sim?

A voz de Eddie é pesada, tensa.

— Nós a liberamos das acusações.

Daniel cai na cama. Aperta o telefone em sua orelha, o fio como uma cauda.

— Não podem fazer isso.

— Olha, é... — Eddie bufa — É uma área bem cinzenta. Como se pode provar que ela matou essas pessoas quando ela nunca as tocou, nunca nem os incitou, não com todas as palavras? Passei os últimos seis meses tentando pegar essa mulher. Quando fui até você, a gente tinha quase fechado o caso. Mas achei que poderia ter alguma coisa faltando: alguma evidência que só você conhecesse. E você fez o que pôde. Você foi honesto. Não era o suficiente.

— O que é suficiente? Mais cinco suicídios? Vinte? — A voz de Daniel falha na última sílaba, algo que não acontecia desde menino. — Achei que você tinha dito que ela não era registrada. Não pode pegá-la por isso?

— É, ela não é registrada. Mas mal ganha dinheiro. O escritório acha que é perda de tempo. Além do mais, é uma senhora de idade. Ela não vai durar mais muito tempo.

— De que isso importa? Para pessoas que fizeram coisas horríveis, desprezíveis, não importa quão tarde seja feita justiça. A questão é fazer justiça.

— Pegue leve, Daniel — diz Eddie, e as orelhas de Daniel ficam quentes. — Eu queria isso tanto quanto você. Mas você precisa deixar para trás.

— Eddie — diz Daniel. — Hoje é meu dia.

— Seu dia?

— A data que ela me deu. A data que ela disse que eu iria morrer. — Esta é a última cartada de Daniel. Ele nunca achou que iria dividir isso com Eddie, mas está desesperado para fazer o agente reconsiderar.

— Ah, Daniel. — Eddie suspira. — Não entre nessa. Você só vai se torturar, e para quê?

Daniel faz silêncio. Do lado de fora da janela, ele vê uma nevasca delicada, cristalina. Os flocos de neve são tão leves que ele não sabe dizer se estão subindo ao céu ou descendo ao solo.

— Cuide-se, tá? — reforça Eddie. — A melhor coisa que você pode fazer hoje é se cuidar.

— Você está certo — diz Daniel, seco. — Entendo. E agradeço por tudo o que fez.

Quando eles desligam, Daniel arremessa o telefone na parede. Ele quebra em dois pedaços com um estalo fraco. Ele os deixa no chão e desce para o escritório. Mira já desfez a cama que Ruby usou, colocou os lençóis na máquina de lavar e transformou o futon de volta num sofá. Até passou o aspirador no chão — um gesto dedicado, mas que faz parecer que Ruby nunca esteve lá.

Daniel se senta em sua mesa e busca os Procurados do FBI. Bruna Costello foi removida da página de Buscando Informações. Quando ele coloca o nome dela na barra de pesquisa, um texto curto aparece: *Sua busca não encontrou resultados.* Daniel se inclina para trás na cadeira e gira, levando as mãos no rosto. Volta à mesma lembrança que teve muitas vezes antes — a última vez em que falou com Simon.

Simon ligou do hospital, apesar de Daniel não saber disso naquela época. "Estou doente", disse ele. Daniel ficou chocado; levou um momento para identificar a voz de Simon, que era ao mesmo tempo mais madura e mais frágil do que jamais havia sido. Apesar de não ter transparecido, Daniel sentiu tanto alívio quanto ressentimento. Na voz de Simon ele escutava o canto da sereia da família — como atraía apesar de toda a razão; como forçava a desconsiderar suas convicções, sua individualidade íntegra, em favor de profunda dependência.

Se Simon tivesse o menor pedido de desculpas, Daniel o teria perdoado. Mas Simon não tinha. Na verdade, ele não disse muita coisa. Perguntou como Daniel estava, como se essa fosse uma ligação casual entre irmãos que não estavam separados havia anos. Daniel não sabia se algo estava mesmo errado ou se Simon estava apenas sendo Simon, autocentrado, evasivo. Talvez ele tivesse decidido ligar para Daniel tão sem pensar quanto decidiu ir para São Francisco.

— Simon? — perguntou Daniel. — Tem algo que eu possa fazer? — Mas ele sabia que sua voz estava fria e Simon logo desligou. *Tem algo que eu possa fazer?* Ele não pode salvar Simon e Klara. Eles pertencem ao passado. Mas talvez possa mudar o futuro. A ironia é impecável: no dia em que Bruna Costello previu sua morte, ele pode encontrá-la e forçá-la a confessar como tirou vantagem deles. Então se certificar de que ela nunca mais faça isso de novo.

Daniel tenta se concentrar. Ele tira as mãos do rosto, piscando na luz artificial do escritório. Então se debruça no telhado e tenta lembrar das frases da postagem do FBI. Havia uma foto de um trailer creme e marrom, uma sequência de codinomes. E o nome de uma vila em Ohio — algo com Milton —, ele leu *Paraíso Perdido* na faculdade e lembrou da palavra quando leu. East Milton? Não, West Milton. Ele dá um Google na frase. Aparecem links para um colégio de ensino fundamental e uma biblioteca, assim como um mapa. West Milton contornado em vermelho e com a forma da Itália, sem o salto. Ele clica na imagem e vê um centrinho, lojas com a bandeira americana. Uma foto mostra uma pequena cachoeira ao lado de um lance de escadas. Quando Daniel clica nisso, é direcionado a um quadro de mensagens.

Alguém postou: *Cascatas e Escadarias de West Milton. Este lugar não está sendo bem cuidado. As pessoas jogam lixo e as escadas e corrimãos não são seguros.*

Parece um lugar melhor para se esconder do que a avenida principal. Daniel volta ao mapa. West Milton fica a dez horas de carro de Kingston. A ideia faz sua pulsação acelerar. Ele não sabe nada sobre a localização precisa de Bruna, mas as cascatas parecem promissoras, e a vila toda mal tem cinco quilômetros quadrados. Quão difícil pode ser avistar um trailer detonado?

Ele escuta um toque estridente na cozinha. Hoje em dia eles usam o fixo tão raramente que ele leva um momento para localizar o aparelho. As únicas pessoas que têm o número são telemarketing e membros da família, um ou outro vizinho. Desta vez, ele não precisa verificar para saber que quem liga é Varya.

— V — diz ele.

— Daniel. — Ela não pôde vir na Ação de Graças, tendo se comprometido com uma conferência em Amsterdam. — Seu celular estava desligado. Quis dar uma verificada.

A voz de Eddie falhava na estrada, mas a de Varya vem de seis mil quilômetros de distância com tanta clareza que ela poderia estar na frente dele. Ela fala com um autocontrole para o qual Daniel não tem paciência.

— Sei porque você está ligando.

— Bem. — Ela ri, sem graça. — Pode me processar.

Há uma pausa que Daniel não se esforça para preencher.

— O que vai fazer hoje?

— Vou encontrar a vidente. Vou caçá-la e vou forçá-la a se desculpar pelo que fez com nossa família.

— Isso não tem graça.

— Teria sido bom ter você aqui ontem.

— Tive de dar uma palestra.

— No Dia de Ação de Graças.

— Por acaso os holandeses não comemoram. — O tom dela foi frio, e o ressentimento de Daniel surge novamente. — Como foi? — pergunta.

— Bom. — Ele não vai facilitar para ela. — Como foi a conferência?

— Boa.

Isso o enfurece. Varya se importa o suficiente para ligar para ele nesse dia, mas não em nenhum outro dia, e certamente não o suficiente para vê-lo. Em vez disso ela observa de cima enquanto ele passa por aí, nunca descendo para intervir.

— Então, como você mantém controle dessas coisas? — pergunta ele, pressionando o telefone no ouvido. — Uma planilha? Ou tem tudo de memória?

— Não seja maldoso — diz ela, e Daniel vacila.

— Estou bem, Varya. — Ele se inclina contra o balcão e usa a mão livre para esfregar a base do nariz. — Tudo vai ficar bem.

Ele se sente arrependido assim que desligam. Varya não é o inimigo. Mas haverá muito tempo para ajeitar as coisas. Ele caminha até o balcão e pega chaves de um cesto de palha.

— Daniel — diz Gertie. — O que está fazendo?

Sua mãe está parada na porta. Usa seu velho roupão de banho rosa, suas pernas nuas. A pele ao redor dos olhos está úmida e estranhamente azulada.

— Vou dar uma volta.

— Para onde?

— O escritório. Ha algumas coisas que preciso fazer antes de segunda.

— É o *Shabat.* Você não deveria trabalhar.

— *Shabat* é amanhã.

— Começa esta noite.

— Então tenho seis horas.

Mas ele sabe que não vai voltar antes disso. Não vai voltar antes de amanhã. Então, vai contar tudo a Gertie e Mira. Vai contar a eles como pegou Bruna, como ela confessou. Vai contar isso a Eddie também. Talvez Eddie reabra o caso.

— Daniel. — Gertie bloqueia a saída. — Estou preocupada com você.

— Não fique.

— Você está bebendo demais.

— Não estou.

— E não está me contando alguma coisa. — Ela olha para ele: curiosa, sofrida. — O que está escondendo, meu amor?

— Nada. — Deus, ela o faz se sentir como uma criança. Se ela ao menos saísse da frente da porta. — Você está paranoica.

— Não acho que você deveria ir. Não é certo, no *Shabat.*

— *Shabat* não significa nada — diz Daniel, cruelmente. — Deus não se importa. Deus está cagando para isso.

De repente a noção de Deus parece tão irritante e inútil quanto o telefonema de Varya. Deus não cuidou de Simon e Klara, e certamente não fez justiça.

Mas o que Daniel esperava? Quando se casou com Mira, ele escolheu voltar ao judaísmo. Ele imaginou — ele escolheu — um Deus para acreditar, e esse foi o problema. Claro que as pessoas escolhem coisas em que acreditar o tempo todo: relacionamentos, ideologia política, bilhetes de loteria. Mas Deus é diferente, Daniel pode ver agora, Deus não deveria ser criado baseado em preferências pessoais, como um par de luvas customizadas. Não deveria ser um produto do desejo humano, que é poderoso o suficiente para criar uma divindade do puro ar.

— Daniel — diz Gertie. Se ela não parar de repetir o nome dele, ele vai gritar. — Você não está falando sério.

— Você também não acredita em Deus, mãe. Você só quer acreditar.

Gertie pisca, seus lábios franzidos, apesar de se manter imóvel. Daniel coloca uma mão no ombro dela e se inclina para beijar sua bochecha. Ela ainda está parada na cozinha quando ele parte.

ELE CAMINHA POR TRÁS da casa para o barracão. Lá dentro estão as ferramentas de jardim da Mira: os pacotes meio vazios de sementes, as luvas de couro e o regador prateado. Ele move a mangueira verde da prateleira de baixo para buscar a caixa de sapatos atrás dela. Dentro da caixa há uma pequena arma. Quando ele entrou no exército, recebeu treinamento de arma de fogo. Parecia razoável ter uma arma. Tirando uma viagem anual para um campo de tiros em Saugerties, ele não a usou, mas renovou sua licença em março. Ele carrega a arma e a leva para o carro dentro da jaqueta.

Talvez ele precise intimidar Bruna para fazê-la falar.

É meio-dia quando ele sai para a estrada. Quando percebe que esqueceu de limpar o histórico do navegador, ele já está na Pensilvânia.

27

ELE PASSA POR SCRANTON no começo da tarde. Quando chega a Columbus, já são quase nove. Seus ombros estão duros e sua cabeça lateja, mas ele se sacode com café barato e expectativas. As cidades se tornam mais rurais: Huber Heights, Vandalia, Tipp City. West Milton é marcada por uma placa pequena verde e bege. Leva menos de cinco minutos para dirigir pela cidade. Casas simples com lateral de alumínio, depois pequenos morros e fazendas. Não há trailer ou estacionamento de trailers que ele possa ver, mas Daniel não desanima. Se ele quisesse se esconder, escolheria as florestas.

Ele verifica o relógio: dez e trinta e dois e não há mais carros na estrada. A cascata do painel de mensagens está na esquina das Rodovias 571 e 48, atrás de uma loja de móveis. Daniel estaciona e caminha para dar uma olhada. Não vê nada exceto a escadaria, que está bamba como relataram. Os degraus estão escorregadios com folhas molhadas, o corrimão áspero de ferrugem. E se Bruna já deixou definitivamente West Milton? Mas é cedo demais para desistir, diz ele a si mesmo, caminhando de volta para o carro.

A floresta se estende imperturbada até a próxima cidade. Se ela partiu, pode não ter ido longe.

Ele continua ao norte, seguindo o Rio Stillwater em Ludlow Falls, população 209. Além de um campo na Covington Avenue, ele pode ver uma ponte que leva a Rodovia 48 sobre outra cachoeira, a mais impressionante até então. Ele estaciona no canto da grama, coloca seu casaco de lã e enfia a arma no bolso. Então desce o morro, debaixo da ponte. As Ludlow Falls têm quase dois andares de altura, rugindo. Uma velha escadaria conduz a pelo menos dez metros para dentro do desfiladeiro, para um caminho contornando o rio, iluminado apenas pela luz da lua.

Ele desce inicialmente devagar, depois mais rápido enquanto ajusta a largura e ritmo dos degraus.

O desfiladeiro é irregular, mais difícil de transitar. Seu casaco fica enroscando em galhos e ele tropeça duas vezes em raízes retorcidas. Por que achou que isso seria uma boa ideia? O desfiladeiro é estreito demais para acomodar um trailer, a entrada, íngreme demais. Ele continua caminhando, na espera de encontrar outra escadaria ou uma trilha que leve a uma área mais elevada, mas sua antecipação logo se transforma em cansaço. Em certo momento, ele escorrega no canto de uma pedra e tem de ficar de quatro para evitar cair no rio.

Suas mãos tateiam musgo e pedra. Os joelhos de sua calça estão encharcados; sua pulsação caiu ao estômago e ficou lá, deslocada. Ainda há tempo de voltar atrás. Ele podia alugar um quarto de hotel, limpar-se, e chegar em casa de manhã, dizendo a Mira que adormeceu no escritório. Ela poderia ficar preocupada, mas acreditaria nele. Acima de tudo, ele é fiel.

Em vez disso, ele se levanta cuidadosamente da rocha, pondo-se de joelhos, depois ficando de pé. Encontra melhor tração longe da água, onde a vegetação rasteira está seca. Conforme o desfiladeiro aumenta, Daniel começa a subir. Ele não tem certeza de quanto tempo passou quando nota que as cachoeiras ficaram longe. Ele deve ter andando ao redor delas, para o lado sul.

Daniel vê uma terra mais plana acima. Ele cambaleia, acelerando o passo, agarrando troncos de árvore e galhos baixos para ajudar a subir o desfiladeiro. Conforme sobe, forçando os olhos no escuro, ele nota que uma parte da clareira está bloqueada por algo angular. Retangular.

Um trailer está estacionado numa área de terra plana debaixo de árvores densas. Quando ele chega à parte superior do desfiladeiro, está sem fôlego, mas sente que poderia subir o dobro do caminho. O trailer está sujo de lama. Montes de neve no capô. As janelas estão cobertas e a palavra *Regatta* está escrita na lateral numa fonte inclinada.

ELE FICA SURPRESO ao encontrar a porta destrancada. Sobe as escadas e entra. Leva um momento para seus olhos se ajustarem à escuridão. É difícil ver com as janelas cobertas, mas o visual básico é discernível. Ele está de pé numa área de estar atulhada, seu joelho esquerdo tocando um sofá encardido, com uma estampa terrivelmente abstrata. Há uma mesa do outro lado do sofá, ou quase uma mesa — uma superfície que se dobra da parede, atualmente empilhada com caixas. Duas cadeiras dobráveis de metal estão encaixadas entre a mesa e os bancos da frente, também cobertas com caixas. À esquerda da mesa há uma pia e outra faixa do balcão com velas e estatuetas variadas.

Ele avança para dentro do trailer, passando por um banheiro pequeno, apertado, antes de dar com uma porta fechada. No centro da porta, ao nível do olho, uma cruz está pendurada por duas tachinhas. Ele vira a maçaneta.

Uma cama de solteiro foi empurrada para perto da parede. Ao lado dela há um caixote com uma Bíblia em cima, assim como um prato, vazio exceto por uma embalagem plástica. Acima disso há uma pequena janela quadrada. A cama está coberta com cobertores de flanela xadrez e uma colcha azul marinho, dentre os quais se estende um único pé.

Daniel pigarreia.

— Levante-se.

O corpo se remexe. O rosto está virado para um lado e escondido por baixo de longas mechas de cabelo. Lentamente uma mulher se vira para cima e abre um olho, depois o outro. Por um momento, ela olha para ele sem vê-lo. Então inspira rapidamente e se obriga a sentar. Ela usa uma camisola de algodão com estampa de minúsculas flores amarelas.

— Tenho uma arma — diz Daniel. — Vista-se.

Ele já está enojado por ela. Seu pé está descalço, seu calcanhar áspero e rachado.

— Vamos conversar.

ELE A LEVA PARA A SALA e a manda se sentar no sofá. Ela carrega a colcha azul-marinho do quarto e a mantém enrolada nos ombros. Daniel tira as cobertas pretas das janelas para poder ver melhor à luz da lua. Ela ainda é pesada, apesar de que talvez pareça maior assim, enrolada na colcha. Seu cabelo é branco e descuidado e vem até seus seios; seu rosto é coberto com delicadas rugas capilares, tão precisas que poderiam ter sido desenhadas a lápis. A pele abaixo de seus olhos é de um rosa amarelado.

— Eu te conheço. — Sua voz é rouca. — Eu me lembro de você. Você veio me ver em Nova York. Estava com seus irmãos. Eram três. Duas meninas e um garotinho.

— Estão mortos. O menino e uma das meninas.

A boca da mulher está franzida. Ela se remexe debaixo da colcha.

— Sei seu nome — diz Daniel. — É Bruna Costello. Conheço sua família e o que fizeram. Mas quero saber de você. Quero saber por que você faz o que faz, e por que fez o que fez conosco.

A boca da mulher está firme.

— Não tenho nada para dizer a você.

Daniel tira a arma de dentro da jaqueta e dá dois tiros no chão de alumínio. A mulher berra e cobre as orelhas; a colcha cai de um lado. Há uma cicatriz, branca e brilhante como cola seca, abaixo de sua clavícula.

— Esta é minha casa — diz ela. — Você não tem direito de fazer isso.

— Vou fazer pior. — Ele aponta a arma para o rosto dela, na altura do nariz. — Então vamos começar do básico. Você vem de uma família de criminosos.

— Não falo sobre minha família.

Ele aponta para cima e atira novamente. A bala explode pelo telhado e assobia no ar lá fora. Bruna grita. Com uma mão, puxa a colcha sobre os ombros novamente; ela estende a outra reta, sua mão de frente para Daniel como um sinal de pare.

— *Drabarimos*, é um presente de Deus. Minha família não estava usando direito. Estão invertidos, são desonestos, eles acertam e fogem. Eu não faço nada disso. Eu falo sobre a vida e as bênçãos de Deus.

— Você sabe que eles estão presos, não sabe? Sabe que foram pegos?

— Fiquei sabendo. Mas não falo com eles. Não tenho nada a ver com isso.

— Mentira. Vocês ficam juntos, seu povo, como ratos.

— Eu não — diz Bruna. — Eu não.

Quando Daniel abaixa a arma, ela abaixa a mão. Em seus olhos, Daniel vê o brilho de lágrimas. Talvez ela esteja falando a verdade. Talvez sua família seja tão distante dela quanto Klara, Simon e Saul para Daniel — como parte de outra vida. Mas ele não pode amolecer.

— É por isso que saiu de casa?

— Em parte.

— Por que mais?

— Porque eu era uma menina. Porque não queria ser noiva de ninguém, mãe de ninguém. Aos sete anos, você limpa a casa. Aos onze, doze, está trabalhando; aos catorze, está casada. Eu queria ir para a escola, ser enfermeira, mas não tinha ensino. Só tinha o "*Shai drabarel, shai drabarel?*" Ela pode ler o futuro? Então fugi. Fiz o que eu sabia. Fazia leituras. Mas disse para mim mesma que seria diferente. Não cobraria se não precisasse. Sem baboseira de bruxa. Teve uma cliente que mantive por anos, não pedi que me pagasse uma única vez. Eu dizia a ela "me ensine, me ensine a ler." Ela ria: "Mãos?" "Não", digo a ela. "O jornal."

A boca de Bruna treme.

— Tenho quinze anos — diz ela —, morando num motel. Não consigo escrever um anúncio. Não sei ler um contrato. Estou aprendendo, mas olho o que você precisa fazer para ser enfermeira, faculdade e tudo isso, aqui estou eu, deixando a escola aos sete anos. Sei que não posso fazer isso; sei que é tarde demais. Então digo para mim mesma: *tá, eu tenho o dom* — eu ainda tenho isso. Talvez seja só saber usar.

No final de seu monólogo, ela desinfla. Ele pode ver o quão miserável ela está, forçada a dividir isso com ele.

— Continue — diz ele.

Bruna inspira com um chiado.

— Eu queria fazer algo bom. Então pensei: *tá*, o que as enfermeiras fazem? Elas ajudam pessoas, pessoas que sofrem. Por que elas sofrem? Porque não sabem o que vai acontecer com elas. Então se eu puder tirar isso? Se elas tiverem respostas, vão estar livres, é o que eu pensei. Se elas sabem quando morrem, podem viver.

— O que você quer das pessoas que vem até você? Não é dinheiro. Então o quê?

— Nada. — Os olhos dela se esbugalham.

— Mentira. Você queria poder. Nós éramos crianças, e você nos fez comer na palma da sua mão.

— Eu não fiz vocês virem.

— Você anunciou seus serviços.

— Não anunciei. Vocês me encontraram. — O rosto dela está enérgico e indignado. Daniel tenta se lembrar se isso é verdade. Como ele ouviu sobre ela? Dois meninos numa deli. Mas como *eles* ouviram sobre ela? O caminho deve levar de volta a Bruna.

— Mesmo se isso fosse verdade, você deveria ter nos mandado embora. Éramos crianças e você nos contou coisas que nenhuma criança deveria ouvir.

— As crianças, todas pensam na morte. Todos pensam nisso! E aquelas que chegam até mim... elas têm suas razões, todas elas, então eu dou o que elas vieram buscar. As crianças são puras em seus desejos: elas têm coragem; elas querem conhecimento, não têm medo disso. Você era um garotinho valente, eu me lembro de você. Mas você não gostou do que ouviu. Então não acredite, não acredite em mim! Viva como se não acreditasse.

— Eu vivo assim. Vivo. — Ele está perdendo o controle. É o cansaço e o frio, como Bruna aguenta? A viagem, a ideia de Mira encontrando seu celular no chão. — Você conhece seu próprio futuro? Sua própria morte?

Bruna parece estar tremendo até ele perceber que ela está balançando a cabeça.

— Não, não sei. Não consigo ver a mim mesma.

— Não consegue ver a si mesma. — Um prazer cruel desabrocha em Daniel. — Isso deve te deixar louca.

Ela é da idade da mãe dele, da altura da mãe dele. Mas Gertie é robusta. De certa forma, Bruna parece ao mesmo tempo inchada e frágil.

Ele aponta sua arma.

— E se for agora?

A mulher engasga. Coloca as mãos sobre as orelhas e a colcha cai no chão, revelando sua camisola e pernas nuas. Seus pés estão cruzados num ângulo e pressionados juntos para se aquecer.

— Responda — diz Daniel.

Ela fala fracamente, do registro mais alto de sua garganta:

— Se for agora, é agora.

— Mas não precisa ser agora — diz ele, tocando a arma. — Eu poderia fazer a qualquer hora. Aparecer na sua porta, você nunca saberia quando eu estaria vindo. O que iria preferir? Ir agora ou nunca saber quando? Esperar, esperar, caminhar na ponta dos pés... olhando sobre o ombro todo santo dia, permanecendo enquanto todos ao seu redor morrem e você se pergunta se deveria ser você, e odiando a si mesma porque...

— É o seu dia! — grita Bruna, e Daniel fica espantado pela mudança na voz dela. Torna-se mais grave e mais confiante. — Seu dia é hoje. É por isso que você está aqui.

— Você acha que não sei disso? Acha que não fiz isso intencionalmente? — diz Daniel, mas Bruna está olhando para ele com uma dubiedade que sugere outra narrativa: uma em que ele não veio nem um pouco intencionalmente, mas foi compelido pelos mesmos fatores que Simon e Klara. Uma em que sua decisão foi armada desde o começo, porque a mulher tinha alguma previsão que ele não consegue entender, ou porque ele é fraco o suficiente para acreditar nisso.

Não. Simon e Klara foram puxados magneticamente, inconscientemente; Daniel está em total controle de suas faculdades. Ainda assim, as duas narrativas flutuam como uma ilusão de ótica — um vaso ou dois rostos? —, cada uma tão convincente quanto a outra, uma perspectiva deslizando da vista logo que ele relaxa.

Mas há um jeito de fazer sua própria interpretação se tornar permanente, de fazer a outra versão se misturar ao que era antes, ou poderia ter sido. Ele não tem certeza se a ideia apenas ocorreu a ele agora ou se estava dentro dele desde que viu a fotografia.

Os olhos da mulher viram para a esquerda, e Daniel fica imóvel. No começo, ele apenas escuta o ruído da cachoeira, mas então outro ruído se torna aparente: o lento esmagar acolchoado de pés no desfiladeiro.

— Não se mova — diz ele.

Ele caminha até a cabine. Quando seus olhos se ajustam à escuridão, ele vê uma massa escura movendo-se rapidamente pela passagem estreita.

— Saia — diz Bruna. — Vá.

Os passos estão se tornando mais próximos agora, mais rápidos, e seu pulso começa a acelerar.

— Daniel? — chama uma voz.

O mapa para West Milton na tela de seu computador. O cartão de visita ao lado do mouse pad. Mira deve tê-los encontrado. Ela deve ter ligado para Eddie.

— Daniel — grita Eddie.

Daniel geme.

— Eu disse para sair — diz Bruna. Mas Eddie está perto demais. Daniel vê uma figura subindo pelo canto do desfiladeiro para a clareira. Seu estômago se revira. Ele bate a mesa de Bruna, dobrando para cima em direção à parede e fazendo as caixas caírem no chão. As cadeiras dobráveis de metal caem sobre elas.

— Tudo bem — retruca Bruna. — Agora já chega.

Mas Daniel não consegue parar. Está alarmado por seu próprio medo, pelo frisson profundo e imbatível de tudo.

Isso não é ele, não faz parte dele: ele precisa cortar pela raiz. Caminha até o balcão ao lado da pia e usa o tambor da arma para derrubar os ícones religiosos no chão. Esvazia as caixas nos bancos da frente, jogando no chão seu conteúdo — jornais e comida enlatada, cartas de baralho e de tarô, papéis velhos e fotografias. Bruna está gritando agora, levantando-se pesadamente do sofá, mas ele passa por ela em direção à porta do quarto. Arranca a cruz de madeira e a arremessa na parede do trailer.

— Você não tem direito de fazer isso — grita Bruna, instável de pé. — Esta é minha casa. — O branco de seus olhos está tomado de vermelho, e as bolsas abaixo deles reluzem. — Estou aqui há anos e não vou sair daqui. Você não tem direito. Sou americana, como você.

Daniel agarra o pulso dela. Parece um osso de galinha.

— Você não é como eu.

A porta do Regatta se abre e Eddie aparece na entrada. Está à paisana, usando uma jaqueta de couro e jeans, mas seu distintivo está visível e sua arma também.

— Daniel — diz ele. — Largue a arma.

Daniel balança a cabeça. Ele agiu tão raramente com coragem. Então agora vai continuar — por Simon, sua sexualidade escondida durante a vida, compreendida apenas na morte. Por Klara, esbugalhada, presa a uma luz no teto. Por Saul, que trabalhou doze horas por dia para que seus filhos não precisassem, e por Gertie, que perdeu todos eles.

Para ele, é um ato de fé. Fé não em Deus, mas em suas próprias faculdades. Fé não no destino, mas na escolha. Ele viveria. Ele vai viver. Fé em sua vida.

Ele ainda segura o pulso delicado de Bruna. Ergue a arma para sua testa, e ela se contrai.

— Daniel — berra Eddie. — Vou atirar.

Mas Daniel mal o escuta. A liberdade, a expansividade, de pensar que ele é inocente; isso o preenche e o levanta como hélio. Ele olha para Bruna Costello. Outrora ele acreditou que a responsabilidade fluía entre eles como ar. Agora não consegue se lembrar do que achava que eles tinham em comum.

— *Akana mukav tut le Devlesa.* — Bruna fala para si mesma, um murmúrio partido. — *Akana mukav tut le Devlesa.* Eu agora te deixo para Deus.

— Me escute, Daniel — diz Eddie. — Depois disso, não vou poder te ajudar.

As mãos de Daniel estão úmidas. Ele engatilha a arma.

— *Akana mukav tut le Devlesa* — diz Bruna. — Eu agora te deixo para...

PARTE 4

LUGAR DE VIDA

2006-2010

VARYA

28

FRIDA ESTÁ COM FOME. Varya entra no viveiro às sete e meia e a macaca já está de pé em sua jaula, segurando as barras. A maior parte dos animais gorjeia e canta, sabendo que a chegada de Varya significa café da manhã, mas Frida solta os mesmos guinchos rápidos que tem feito há semanas.

— Pssiu — diz Varya. — Pssiu. — Cada macaco recebe um comedouro de quebra-cabeça que o força a trabalhar por sua comida, como faria na natureza: usam seus dedos para guiar uma ração do topo de um labirinto de plástico amarelo até o buraco embaixo. Os vizinhos de Frida remexem os comedouros, mas Frida deixa o seu no chão da jaula. O quebra-cabeças é fácil para ela; ela poderia ter a ração em segundos. Em vez disso, encara Varya e chama em alarme, sua boca larga o suficiente para caber uma laranja.

Um flash de cabelo escuro, uma mão na porta, e Annie Kim enfia a cabeça na sala.

— Ele está aqui — diz ela.

— Cedo. — Varya usa avental azul e dois pares de pesadas luvas na altura do cotovelo. Seu cabelo curto está protegido por uma touca de banho, seu rosto por máscara e escudo plástico. Ainda assim, o odor de urina e almíscar é sobrepujante. Ela o detecta em seu apartamento, assim como no laboratório. Ela não tem certeza se seu próprio corpo começou a absorver o cheiro ou se agora é tão familiar que ela o imagina em todo lugar.

— Apenas cinco minutos. Olhe — diz Annie —, quanto antes você fizer, mais cedo terminará. É como tirar um dente.

Alguns dos macacos terminaram seus quebra-cabeças e pedem mais comida. Varya usa seu cotovelo para coçar uma comichão na cintura.

— Uma consulta ao dentista de uma semana.

— A maioria dos pedidos de doação leva mais tempo — diz Annie, e Varya ri. — Lembre-se: quando olhar para ele, veja cifrões de dólar.

Ela segura a porta aberta para Varya com seu pé. Assim que fecha atrás delas, os guinchos são quase indetectáveis, como se viessem de uma TV distante. O prédio é de concreto, com poucas janelas, e todos os quartos são à prova de som. Varya segue Annie pelo corredor para seu escritório compartilhado.

— Frida ainda está fazendo greve de fome — diz Varya.

— Ela não vai aguentar muito mais.

— Não gosto disso. Ela me deixa desconfortável.

— Acha que ela não sabe disso? — pergunta Annie. O escritório é um longo retângulo. A mesa de Varya está embutida na curta parede oeste; a de Annie está contra a longa parede sul, à esquerda da porta. Entre suas mesas, na frente da porta, há uma pia de aço de laboratório. Annie se senta e volta seu rosto para o computador. Varya tira sua máscara e protetor, avental e luvas, cobertura de cabelo e de sapatos. Ela lava a mão, passando sabonete e enxaguando três vezes na água mais quente que aguenta. Então ajusta suas roupas cotidianas: uma calça preta e uma camisa oxford azul com um cardigã preto abotoado por cima.

— Bem, continue. — Annie força a vista no computador com uma mão no mouse, a outra segurando uma barra de cereal Luna comida pela metade. — Não o deixe muito tempo sozinho com os saguis. Ele vai começar a pensar que todos os nossos macacos são fofos assim.

Varya aperta as têmporas.

— Por que não posso mandar você?

— O Sr. Van Galder foi muito claro. — Annie não tira os olhos da tela do computador, mas sorri. — Você é a líder. As descobertas chiques são suas. Ele não me quer.

QUANDO VARYA SAI no elevador, encontra o cara observando o cercado dos saguis. O cercado é a única exibição pública do laboratório. Tem três metros de altura por dois e meio de largura, com paredes feitas de rede rígida e fechadas por vidro. O homem não se vira imediatamente, o que dá a Varya a oportunidade de observá-lo de trás. Ele tem talvez um metro e oitenta, com uma densa cabeleira de cachos loiros e usa roupas mais propensas a caminhadas do que a um tour pelo laboratório: algum tipo de calça de náilon com um quebra-vento e uma mochila de aparência complicada.

Os saguis se juntam contra a rede. Há nove: dois pais e seus filhos, todos menos um dos mais recentes gêmeos. Totalmente crescidos, eles medem cerca de dezessete centímetros, quarenta se incluir suas caudas listradas e expressivas. Os rostos dos macaquinhos são do tamanho de cascas de nozes, mas extraordinariamente detalhados, como se desenhados numa escala maior e perfeitamente encolhidos; suas narinas são do tamanho de cabeças de alfinete, seus olhos negros são fendas no formato de lágrimas. Um se agacha sobre um tubo de papelão num ângulo de quarenta e cinco graus. Seus pés estão virados para fora e suas coxas redondas cobertas de pelos, o que o faz parecer um gênio. Ele emite um assobio penetrante que é apenas ligeiramente abafado pelo vidro. Dez anos atrás, quando Varya começou a trabalhar no laboratório, ela confundia os chamados dos saguis por alarmes soando em algum corredor bem no fundo do prédio.

— Eles fazem isso — diz ela, dando um passo à frente. — Não é o que parece.

— Um completo terror?

Quando o homem se vira, ela fica surpresa por quão jovem ele parece. É magro como uma vara, com um rosto que se esconde por trás de um nariz grande e investigador. Mas seus lábios são carnudos e quando ele sorri seu rosto se abre numa beleza esperada. Há uma leve fenda entre seus dentes da frente, como a de um menino. Por trás de óculos com armação prateada, seus olhos são de uma cor castanha que lembra a ela de Frida.

— É um chamado de contato — explica ela. — Os saguis usam para se comunicar por longas distâncias e saudar novatos. Macacos rhesus, você não vai querer encará-los. São territoriais e se sentem ameaçados. Mas saguis são curiosos e mais submissos.

É verdade que os saguis são menos agressivos do que os outros macacos, mas esse assobio de boca aberta é um chamado de incômodo. Varya não tem certeza do que a fez mentir tão imediatamente, e sobre algo com tão poucas consequências. Talvez tenha sido a intensidade do olhar do homem, uma intensidade que agora ele aplica a ela.

— Você deve ser a dra. Gold — diz ele.

— Sr. Van Galder. — Varya não busca a mão dele, esperando que ele não busque a dela, mas ele busca e ela tem de se fazer cumprimentar. Imediatamente ela marca a mão em sua mente, sua direita.

— Por favor, Luke está bem.

Varya assente.

— Até seus resultados de tuberculose chegarem, não vou poder te levar ao laboratório. Então pensei em hoje mostrar o campus principal.

— Você não perde tempo — diz Luke.

A provocação dele deixa Varya ansiosa. É isso que jornalistas fazem: criam uma falsa sensação de intimidade, conquistando você até ficar confortável o suficiente para contar a eles coisas que do contrário você teria bom senso de não contar. O último jornalista que eles autorizaram no laboratório foi um repórter de TV cujas imagens causaram tamanho frenesi entre doadores que o Drake construiu uma nova área para os macacos para acalmar a todos. Claro que aquele repórter escolheu incluir apenas o lado B mais desfavorável, os macacos rhesus sacudindo as barras da jaula e guinchando, como se não tivessem sido alimentados o suficiente.

Varya conduz Luke para o vestíbulo de entrada, onde um homem pesadão se senta atrás de um balcão de segurança, lendo o jornal.

— Já conheceu Clyde.

— Claro. Somos velhos amigos. Eu estava ouvindo sobre o aniversário da mãe dele.

— Ela fez cento e um mês passado — diz Clyde, abaixando o jornal. — Então meus irmãos e eu fomos a Daly City e fizemos uma festa para ela. Ela não pode sair de casa, então pagamos para o coro da antiga igreja dela vir cantar para ela. Ela ainda sabe todas as letras.

Varya não trocou mais do que bom dia com Clyde nos dez anos em que trabalha no laboratório. Ela busca a porta pesada de aço e coloca o código mais recente de Annie no teclado ao lado.

— Sua mãe tem cento e um?

— Pode apostar — diz Clyde. — Vocês deviam estar estudando ela em vez desses macacos.

O INSTITUTO DRAKE DE PESQUISAS sobre Envelhecimento é uma série de prédios brancos angulares aninhados com os morros perpetuamente verdes de Mount Burdell. Sua propriedade — de quase quinhentos acres — fica três quilômetros ao sul do Parque Histórico Estadual Olompali e três quilômetros ao norte do Skywalker Ranch, quase todo ele uma vegetação intocada. O campus está confinado num planalto no meio da montanha com enormes pedras calcárias entre loureiros e chaparrais como um acampamento alienígena. Para Varya, as montanhas sempre pareceram desagradáveis por sua falta de cuidados — os arbustos emaranhados e espinhosos, os loureiros caindo como barbas grandes demais —, mas Luke Van Galder estica seus braços acima da cabeça e suspira.

— Meu Deus — diz ele. — Imagina trabalhar num lugar desses. Vinte graus em março. Você pode caminhar num parque estadual na hora do almoço.

Varya busca os óculos.

— Temo que isso nunca aconteça. Chego ao trabalho às sete da manhã. Frequentemente não tenho ideia de como está o tempo até eu sair de noite. Vê aquele prédio? — Ela aponta. — É o centro principal de pesquisas. Foi desenhado por Leoh Chen. Ele é conhecido por seus elementos geométricos; você deve ter estacionado na área de visitantes, então viu que o prédio é um semicírculo. Há janelas em todos os lados. Daqui elas parecem pequenas, mas na verdade vão do chão ao teto. — Ela para, a cinquenta passos do laboratório de primatas e meio quilômetro das instalações principais. — Tem um caderninho?

— Estou escutando. Posso verificar os fatos depois.

— Se assim é o melhor método para você...

— Estou pegando a ideia geral. Vou estar aqui a semana toda. — Luke ergue as sobrancelhas e sorri. — Imaginei que deveríamos nos sentar.

— Certamente vamos nos sentar — diz Varya — em algum ponto. Mas geralmente eu não recebo jornalistas e acredito que você vai entender que algumas informações são dadas em trânsito. Dada a configuração do estudo, é importante que eu passe o mínimo de tempo possível longe do laboratório.

Com um e setenta e sete de altura, ela fica quase a nível do olhar de Luke. O rosto dele, visto através dos óculos escuros dela, é reduzido em cor e dimensão, mas ela ainda consegue ver que a surpresa passa por seu rosto. Por quê? Porque ela é enérgica, impessoal? Certamente Luke não ficaria surpreso se o laboratório fosse comandado por um homem que mostrasse essas qualidades. Qualquer culpa que ela sente por sua objetividade é substituída por segurança. Segundo o mundo da pesquisa de primatas, ela está estabelecendo dominância.

Luke gira sua mochila para frente e tira um gravador preto de fita.

— Tudo bem?

— Tudo bem — diz Varya. Luke aperta o botão de gravar, e ela começa a caminhar novamente. — Há quanto tempo trabalha no *Chronicle?*

É uma oferta de paz, esse temido papo furado, enquanto transitam para passeios mais amplos, pavimentados, que cercam as instalações principais. O caminho para o laboratório de primatas não é nada mais do que uma trilha de terra reaproveitada.

— Eles gostam de nos manter guardadinhos longe — dissera Annie certa vez —, os selvagens — e Varya riu, apesar de não saber se Annie estava se referindo aos macacos ou às duas.

— Não trabalho — diz Luke. — Sou frila. Esta é a primeira matéria que faço para eles. Trabalho fora de Chicago; geralmente escrevo para o *Tribune.* Não viu meu pedido?

Varya balança a cabeça.

— A Dra. Kim lida com essas coisas.

Apesar de Annie ser pesquisadora, não uma funcionária de informações, ela assumiu esse papel com facilidade. Varya é constantemente grata pela expertise dela com a mídia, então consentiu quando ela sugeriu que aceitassem a entrevista desta semana, que será publicada no *San Francisco Chronicle*. O laboratório de primatas está com dez anos de um estudo de vinte. Neste ano, eles vão se inscrever numa segunda rodada de financiamento competitivo. Oficialmente, publicidade não tem peso nas concessões de pesquisa. Extraoficialmente, as fundações que apoiam o Drake gostam de sentir que estão possibilitando algo importante, algo que tenha conquistado tanto empolgação pública quanto — no caso da pesquisa de primatas — aprovação pública.

— Já trabalhou numa redação antes? — pergunta ela.

— Na faculdade. Eu fui editor do jornal.

Varya quase ri. Annie sabia exatamente o que estava fazendo. Luke Van Galder é um moleque.

— Deve ser um trabalho empolgante. Muitas viagens. Sempre um assunto diferente — diz ela, apesar de na verdade essas coisas não a empolgarem nem um pouco. — O que estudou na faculdade?

— Biologia.

— Eu também. Onde?

— St. Olaf. Pequena faculdade de artes liberais nos arredores de Minneapolis. Sou de uma cidade agrícola em Wisconsin. Era perto o suficiente de casa.

O traje de Varya é apropriado para o laboratório, que é desprovido de luz natural e está sempre frio, mas não para andar ao ar livre. O calor a está fazendo suar, então fica aliviada quando chegam às instalações principais, onde a grama é podada, e as árvores, recém-plantadas. Varya conduz Luke por uma entrada de carros circular e por uma porta giratória.

— Puta merda — Luke diz quando eles entram.

O saguão do Drake é palacial, com pé direito alto e vasos de árvores de calcário do tamanho de piscinas infantis. Seus pisos são feitos de mármore branco importado e se estendem tão largos quanto um refeitório de colégio. Um grupo de visitantes se junta na parede oeste, onde vídeos e exibições interativas passam em telas planas. Um segundo grupo está sendo conduzido em direção aos elevadores. Esses são espetaculares — cubos modernos de vidro e cromo que dão para a baía de San Pablo—, mas o único membro da equipe que o usa é um pesquisador de setenta e dois anos, preso à cadeira de rodas devido a uma artrite reumática, que estuda o verme nematoide *C. elegans*. Todos os outros vão de escada, a não ser que estejam doentes ou machucados, mesmo aqueles que trabalham no oitavo andar.

— Por aqui — diz Varya. — Podemos conversar no átrio.

Luke fica atrás dela, olhando ao redor. O átrio, modelado com inspiração no Louvre, é um triângulo de vidro que dá para o Oceano Pacífico e o Monte Tamalpais. Também funciona como café, com mesas redondas e um bar de sucos cuja fila já é de dez turistas. Varya para na mesa mais distante e se senta, prendendo sua bolsa no braço de uma cadeira.

— Não é sempre cheio assim. Fazemos passeios para o público nas manhãs de segunda.

Ela se inclina levemente à frente para que apenas sua lombar toque o tecido; um ato de equilíbrio, ameaça contrabalançada por vigilância constante, como se o desconforto fosse o preço que ela paga por segurança. Houve uma vez, quando criança, que ela estava no beliche de cima e enfiou um pé sujo no teto, só para ver como era. Sua sola deixou uma marca escura na pintura. Naquela noite, ela teve medo de que minúsculas partículas de sujeira caíssem em seu rosto enquanto dormia, então ficou acordada, observando. Ela nunca viu a sujeira cair, o que significou que não caiu. Se ela tivesse adormecido — se não tivesse ficado vigiando —, poderia ter caído.

— Deve haver um interesse público intenso nesse local — diz Luke, sentando-se também. Ele tira seu quebra-vento, que é laranja vivo, como o de um guarda de trânsito, e joga sobre as costas da cadeira. — Quantas pessoas trabalham aqui?

— Há vinte e dois laboratórios. Cada um é comandando por um líder do corpo docente e tem pelo menos três membros adicionais, às vezes até dez: cientistas da equipe, professores, pesquisadores associados, técnicos de laboratório e de animais, doutorandos, mestrandos e graduandos. Os maiores têm assistentes administrativos, como o laboratório da Dunham: ela está estudando células nervosas indicativas de Alzheimer. Claro, isso sem mencionar as instalações e a equipe dos serviços gerais. Total? Cerca de cento e setenta empregados, a maioria cientistas.

— E todos vocês estão fazendo pesquisa antienvelhecimento?

— Nós preferimos o termo *longevidade*. — Varya força a vista; apesar de ter escolhido uma porção sombreada do átrio, o sol se moveu e a superfície de suas mesas de metal reflete. — Você fala em antienvelhecimento e as pessoas pensam em ficção científica, criogenia e emulação de cérebros inteiros. Mas o Santo Graal para nós não é apenas aumentar a expectativa de vida, é aumentar expectativa de saúde; a qualidade de vida. O Dr. Bhattacharya está desenvolvendo uma nova droga para o Parkinson, por exemplo. O Dr. Cabrillo está tentando provar que a idade é o único fator maior de risco para desenvolver câncer. E o Dr. Zhang foi capaz de reverter doenças cardíacas em ratos idosos.

— Vocês devem ter seus detratores, gente que acha que a expectativa de vida humana já é longa demais. Gente que aponta para a inevitabilidade de escassez de alimentos, superpopulação, doenças. Isso sem mencionar na economia envolvida no aumento de expectativa de vida, ou a política de quem é mais propenso a se beneficiar disso.

Varya está preparada para essa linha de perguntas, porque sempre houve detratores. Uma vez, numa festa, um advogado ambiental perguntou por que, se Varya estava tão preocupada com preservação da vida, ela não trabalhava na conservação. Ele argumentou que hoje em dia, incontáveis ecossistemas, vegetações e espécies animais estão à beira da extinção. Não era mais urgente reduzir as emissões de dióxido de carbono ou salvar a baleia azul do que meter mais dez anos na expectativa de vida humana? Além do mais, sua esposa acrescentou — ela era economista —, o aumento da expectativa de vida iria fazer explodir os custos com previdência social e saúde, colocando o país em dívidas ainda maiores. O que Varya pensava sobre isso?

— É claro — diz ela para Luke. — E é exatamente por isso que é tão importante que o Drake seja transparente. É por isso que oferecemos visitas toda semana, por isso que permitimos jornalistas como você em nossos laboratórios:

porque o público nos mantém honestos. Mas o fato é esse: qualquer decisão que você toma, qualquer estudo que você faz, haverá certos grupos que se beneficiam disso e certos grupos que não. Você precisa escolher suas alianças. E minha aliança está com os seres humanos.

— Alguns diriam que é interesse próprio.

— Alguns sim. Mas vamos seguir esse argumento para sua conclusão lógica. Deveríamos parar de buscar a cura do câncer? Não deveríamos tratar o HIV? Deveríamos cortar acesso a saúde pública para os idosos, condenando-os ao que quer que lhes ocorra? Seus pontos são válidos em teoria, mas todo mundo que perdeu um pai para doença cardíaca ou uma esposa para o Alzheimer, você pergunta a qualquer uma dessas pessoas, antes e depois, se elas apoiariam nossa pesquisa, e eu garanto que o que elas diriam depois é sim.

— Ah. — Luke se inclina à frente e junta suas mãos, descansando-as na mesa. Uma das mangas de sua jaqueta vai ao chão. — Então é pessoal.

— Nós buscamos reduzir o sofrimento humano. Não é tão moralmente imperativo quanto, digamos, as baleias? — Essa é sua carta na manga, a frase que silencia conhecidos em coquetéis e a inevitável pergunta argumentativa feita a cada palestra pública. — Sua jaqueta — diz ela, hesitando.

— Quê?

— Sua jaqueta está no chão.

— Ah — diz Luke e dá de ombros, deixando bem onde está.

29

O CÉU ESTÁ SALPICADO com o ocaso quando Varya deixa o laboratório. Quando está na metade da Ponte Golden Gate, as luzes do cabo principal ascendem, vivas. Ela vira por Land's End, passando por Legion of Honor e as mansões de Seacliff, e estaciona numa vaga para visitantes em Geary. Então assina na recepção e caminha o caminho externo para o prédio de Gertie.

Ela tem morado na Helping Hands há dois anos. Nos meses após a morte de Daniel, ela ficou em Kingston enquanto Mira e Varya discutiam opções. Mas em maio de 2007, Mira voltou do trabalho e encontrou Gertie caída de cara no quintal, tendo caído enquanto voltava do jardim. A bochecha esquerda de Gertie estava pressionada na terra, um círculo vidrado de baba ao lado de seu queixo. Havia sangue em seu braço direito, que ela havia raspado na tela de arame. Mira gritou, mas logo descobriu que Gertie podia ficar de pé sozinha e até caminhar. Depois de uma tomografia e um exame de sangue, os médicos consideraram o incidente como um derrame. Varya ficou furiosa. Não havia outra palavra para isso; mal havia tristeza — apenas raiva tão cega que ela se sentiu tonta assim que finalmente ouviu a voz de Gertie.

Varya pressionou:

— Por que não ligou para a Mira? Você podia ficar de pé, podia andar. Por que não entrou e ligou para Mira? E se não a Mira, então eu? — Ela apertou o celular no ouvindo, estava arrastando a mala pelo aeroporto, prestes a embarcar no avião que a levaria para Kingston.

— Achei que eu estivesse morrendo — disse Gertie.

— Você logo deve ter percebido que não estava.

Silêncio se estendeu e nele Varya ouviu o que ela já sabia ser verdade, a fonte de sua raiva em primeiro lugar. *Eu esperava estar. Eu queria.* Gertie não tinha de dizer, Varya sabia. Ela também sabia o motivo — claro, ela sabia o motivo —, e ainda assim parecia insuportavelmente cruel pensar em Gertie deixando-a agora, de livre e espontânea vontade, quando só restavam as duas. Dentro de semanas, Gertie teve complicações. Ela se tornava facilmente confusa. Seu braço esquerdo ficou anestesiado e seu equilíbrio estava pior. Por seis meses ela viveu no apartamento de Varya, mas uma série de quedas perigosas convenceu Varya de que sua mãe precisava de cuidados vinte e quatro horas. Elas visitaram diferentes instalações antes de decidir pela Helping Hands, que Gertie gostou porque o prédio — pintado de creme e azul bebê, com toldos amarelos sobre cada varanda — lembrava a ela da casa de praia que os Gold costumavam alugar em Nova Jersey. Além disso, tinha uma biblioteca.

Quando Varya entra no quarto de sua mãe, Gertie se levanta de uma poltrona desbotada e cambaleia até a porta em seus tornozelos fracos. Os funcionários da Helping Hands sugeriram que ela usasse cadeira de rodas o tempo todo, mas Gertie detesta o aparelho e encontra todas as desculpas para se livrar dele, como uma adolescente deixando os pais para trás numa multidão.

Ela agarra os braços de Varya.

— Você está diferente.

Varya se inclina para beijar as delicadas bochechas de veludo de sua mãe. Na maior parte de sua vida, Varya escondeu seu nariz mantendo o cabelo comprido. Mas agora seu cabelo está branco e semana passada ela raspou curtinho.

— Por que a roupa preta? — pergunta Gertie. — Por que o cabelo de *Bebê de Rosie*?

— *Bebê de Rosemary*? — Varya franze a testa. — Ela era loira.

Uma leve batida na porta, e uma enfermeira entra para trazer o jantar de Gertie: alface picada; um peito de frango numa membrana gelatinosa amarela; um pãozinho com um pedaço de manteiga, essa envolvida em alumínio dourado.

Gertie sobe na cama para comer, ativando um braço robótico que se desdobra para se tornar uma pequena mesa. No começo, ela odiava a instalação — ela chamava de "instalação", mas Varya preferia o termo "o lar" — e semanalmente tentava fugir de lá. Dezoito meses atrás — depois que ela ligou para a concessionária Don Dorfman's Auto Emporium e fez planos de comprar um Volvo S40, dando a Don Dorfman o número de um cartão de crédito há muito expirado, que pertencera a Saul —, Gertie começou a tomar um antidepressivo, e suas circunstâncias melhoraram. Agora ela frequenta aulas sobre assuntos como Batalhas da Segunda Guerra Mundial e a popular Assuntos Presidenciais (Não de Estado). Ela joga mah-jongg com um grupo de viúvas barulhentas. Faz uso da biblioteca e até da piscina, onde boia sobre uma poltrona inflável como uma celebridade numa parada, chamando quem estiver à distância de um grito.

— Não sei por que você não vai para o refeitório — diz a Varya quando a enfermeira parte. — Podemos nos sentar à mesa e socializar. Talvez você até comesse alguma coisa.

Mas as novas amigas de Gertie deixam Varya desconfortável. Elas fofocam constantemente sobre qual filho precisa visitar, qual neta acabou de dar à luz. Elas responderam com choque, depois pena, ao saberem que Varya não tem nem filhos nem marido. E mostraram pouco interesse na pesquisa de longevidade, que afinal busca ajudar gente como elas.

— Mas nenhum filho? — insistiram elas, como se Varya tivesse mentido da primeira vez. — Ninguém com quem compartilhar sua vida? Que desperdício.

Agora Varya para ao lado da cama de Gertie, de pé.

— Vim aqui para ver você. Não preciso socializar com mais ninguém. E já te disse, mãe, que nunca como tão cedo. Não antes...

— Das sete e meia, eu sei. — O rosto de Gertie é ao mesmo tempo rebelde e pesaroso. Ela conhece Varya mais do que qualquer um, conhece seu segredo mais profundo e provavelmente já descobriu muitos outros, e recentemente as visitas de Varya provocaram essas brigas por poder, momentos em que Gertie pressiona contra o interior cuidadosamente reunido de Varya, e Varya empurra essa coisa rígida de volta, insistindo em sua legitimidade.

— Eu te trouxe algo — diz Varya.

Ela caminha para uma pequena mesa quadrada ao lado da janela e começa a descarregar um pacote de um saco de papel marrom. Há um livro de poemas de Elizabeth Bishop, que ela encontrou em promoção numa livraria; um pote de picles Milwaukes's, em homenagem a Saul; e lilases, que ela leva para o pequeno banheiro de Gertie. Ela corta os caules sobre o lixo, enche um copo alto de água da torneira e os leva para a mesa ao lado da janela.

— Se você parasse de andar de um lado para o outro assim — diz Gertie.

— Eu te trouxe flores.

— Então pare e olhe para elas.

Varya para. O copo é curto demais. Uma folha dobra-se parcamente de lado. Não vão viver muito tempo.

— Bem bonito — diz Gertie. — Obrigada. — E quando Varya percebe a mesa de plástico sem cor e a janela coberta de poeira, a cama de hospital na frente da qual Gertie colocou uma manta desbotada que a mãe de Saul tricotou, ela pode ver por que Gertie pensa isso. Nesse contexto, as flores se sobressaem, tão coloridas que quase parecem neon.

Varya puxa para o lado da cama de Gertie uma cadeira dobrável de metal da mesa de cartas na janela. A poltrona está mais próxima da cama, mas seu tecido está nodoso e manchado e Varya não tem como saber quem se sentou nela.

Gertie tira o alumínio da manteiga e corta um pedaço com uma faca de plástico.

— Você me trouxe uma foto?

Varya trouxe, apesar de toda semana ela esperar que Gertie se esqueça de perguntar. Dez anos atrás, ela cometeu o erro de fotografar Frida com a câmera de seu novo celular. Frida havia acabado de chegar ao Drake depois de uma jornada de três dias de um laboratório de primatas na Georgia. Tinha duas semanas de idade; seu rosto rosa enrugado e em formato de pera, seus polegares na boca. Naquele ano, Gertie ainda estava morando sozinha, e pensando em seu isolamento Varya enviou uma foto por e-mail. Imediatamente ela percebeu o erro. Ela havia se juntado ao Drake um mês antes, quando assinou um termo de confidencialidade. Mas Gertie respondeu à foto com tamanha alegria que Varya logo se viu mandando outra — essa de Frida enrolada num cobertor azul enquanto era alimentada na mamadeira.

Por que ela não parou? Por dois motivos: porque as fotos era uma forma de dividir sua pesquisa com Gertie, que nunca a entendeu completamente — antes, Varya havia trabalhado com levedo e drosófilas, organismos tão pequenos e não carismáticos que Gertie não conseguia conceber como Varya poderia descobrir qualquer coisa útil para os seres humanos —, e porque traziam prazer a Gertie; porque *Varya* trazia prazer a Gertie.

— Melhor — diz Varya agora. — Um vídeo.

O rosto de Gertie é uma máscara de ansiedade. Suas mãos, endurecidas e retorcidas pela artrite, buscam o celular, como se Varya tivesse trazido notícias de um neto. Varya ajuda Gertie a segurar o telefone e apertar o play. No vídeo, Frida está se arrumando enquanto se olha no espelho que fica do lado de fora da jaula. O espelho é um tipo de incremento, como os comedouros de quebra-cabeça e a música clássica tocada no viveiro toda tarde. Ao passar seus dedos pelas barras, os macacos podem manipular os espelhos, usando-os para olhar para si mesmos assim como o resto das jaulas.

— Own — diz Gertie segurando a tela perto do rosto. — Olha só isso.

O vídeo já tem dois anos. Varya se acostumou a reciclar material antigo durante essas visitas, porque Frida está diferente agora. Ela sorri, lembrando-se de Frida nesta idade, mas o rosto de Gertie está escurecendo. Nos três anos desde seu derrame, esses momentos se tornaram mais frequentes. Varya sabe o que vai acontecer antes da transformação acabar; um vazio nos olhos, uma frouxidão na boca, enquanto a nova desorientação de Gertie se expressa.

Agora ela olha do telefone para Varya com uma acusação.

— Mas por que você a mantém numa jaula?

30

— HÁ DUAS GRANDES TEORIAS sobre como deter o envelhecimento — diz Varya. — A primeira é que você deve suprimir o sistema reprodutivo.

— O sistema reprodutivo — repete Luke. Sua cabeça abaixada sobre um caderninho preto, que ele trouxe hoje além do gravador.

Varya assente. Ela encontrou Luke no átrio esta manhã, e agora ele a segue pela trilha de terra para o laboratório de primatas.

— Um biólogo chamado Thomas Kirkwood sugeriu que nos sacrificamos para passar genes para nossas crias e que tecidos não envolvidos na reprodução — o cérebro, por exemplo, e o coração — suportam danos para proteger os órgãos reprodutivos. Isso foi provado no laboratório; há duas células em minhocas que dão origem a todo o seu sistema reprodutivo, e quando você usa um laser para destruí-las, a minhoca vive sessenta por cento mais tempo.

Uma pausa antes de ela ouvir a voz de Luke atrás de si.

— E a segunda teoria?

— A segunda teoria é de que deveria suprimir a ingestão de calorias. — Ela coloca um novo código numérico (Annie mudou noite passada) no teclado ao lado da porta com o nó do dedo indicador direito. — Que é o que estou fazendo.

A luz fica verde e Varya abre a porta quando bipa. Dentro, ela acena cumprimentando Clyde e olha para os saguis — hoje, todos os nove se deitam na mesma rede, indistinguíveis, exceto por suas pequenas identificações de metal —, enquanto usa seu cotovelo para apertar o botão do elevador para o segundo andar.

— E como isso funciona? — pergunta Luke.

— Achamos que tem a ver com um gene chamado DAF-16, que está envolvido no caminho de sinalização molecular iniciado pelo receptor de insulina. — A porta abre e sai uma técnica de animais num avental azul; Varya e Luke tomam o lugar dela. — Quando você bloqueia esse caminho no *C. elegans*, por exemplo, pode mais do que dobrar sua expectativa de vida.

Luke olha para ela.

— Fale em inglês?

Varya raramente discute seu trabalho com não cientistas. Mais um motivo para fazer essa entrevista, disse Annie: levar o trabalho deles para o amplo público do *Chronicle*.

— Vou te dar um exemplo — diz ela, conforme o elevador se abre. — A população de Okinawa tem a expectativa de vida mais alta do mundo. Estudei a dieta de Okinawa na faculdade e está claro que, ainda que muito nutritiva, é muito baixa em calorias. — Ela vira à esquerda, num longo corredor. — Comemos para produzir energia. Mas produção de energia também cria elementos químicos que danificam o corpo, porque fazem as células ficarem estressadas. Agora, aqui está a parte interessante: quando você está numa dieta restrita, como a de Okinawa, você na verdade causa *mais* estresse ao seu sistema. Mas isso permite que o corpo viva mais; está continuamente lidando com um nível baixo de estresse e isso ensina o corpo a lidar com estresse a longo prazo.

— Não parece muito agradável. — Luke usa uma calça sintética e um casaco de zíper com capuz. Um par de óculos está preso em seu cabelo, segurado no lugar pelos cachos.

Varya encaixa a chave na porta do escritório e empurra abrindo com o quadril.

— Hedonistas não costumam viver muito.

— Mas se divertem enquanto vivem. — Luke a segue para o escritório. O lado dela é imaculado, enquanto que o de Annie está sujo com embalagens de PowerBar e garrafinhas d'água e pilhas tortas de jornais acadêmicos. — Parece que você está dizendo que podemos escolher viver. Ou que podemos escolher sobreviver.

Varya passa a ele uma pilha de roupas de trabalho.

— Trajes protetores.

Ele pega o monte e solta a mochila. A calça é quase pequena demais; as pernas de Luke são longas e finas, e sem aviso Varya vê as pernas de Daniel, o rosto de Daniel. Ela se afasta para ele se arrumar. Por anos após sua morte, ela não teve nenhum episódio. Mas na segunda, quatro meses atrás, sua cafeteira quebrou, então ela foi para a Peet's e ficou numa longa fila de clientes. A música era horrenda — uma seleção de músicas de Natal jazzísticas, apesar de mal ser Dia de Ação de Graças —, e algo nisso, na multidão e no denso e opressor cheiro de café torrado e o ruído que acompanhava, fez Varya se sentir como se estivesse engasgando. Quando chegou ao caixa, pôde ver que a boca do empregado estava se movendo, mas ela não conseguia ouvir o que ele dizia. Ela encarou, vendo a boca como se pelo outro lado de um telescópio, até ele falar mais incisivamente — *"Moça? A senhora está bem?"* — e o telescópio se estatelou no chão.

Quando ela se vira, Luke já está vestido, e a está encarando.

— Há quanto tempo trabalha aqui? — pergunta ele, que é diferente do que ela achou que ele iria dizer — *Está tudo bem?* — e por isso ela é grata.

— Dez anos.

— E antes disso?

Varya se abaixa para colocar a proteção nos calçados.

— Tenho certeza de que você fez sua pesquisa.

— Você se formou em Vassar com bacharelado em ciências em 1978. Em 1983 você fez faculdade na NYU, que terminou em oitenta e oito. Permaneceu como pesquisadora assistente por mais dois anos, então ganhou uma bolsa em Columbia. Em noventa e três você publicou um estudo sobre levedo — "Extensão extrema de expectativa de vida em levedura mutante: mutações dependentes de idade aumentam num ritmo menor em organismos com restrição calórica Sir2", se não estou enganado. O que foi inovador o suficiente para ser matéria de algumas revistas populares de ciência e até no *Times.*

Varya levanta, surpresa. A informação que ele citou está disponível no site do Drake, mas ela não esperava que ele chegasse a decorar.

— Queria ter certeza de que estou com os fatos certos — acrescenta Luke. Sua voz é abafada pela máscara, mas seus olhos, vistos pela proteção facial, parecem levemente tímidos.

— Está sim.

— Então por que saltar para os primatas? — Ele segura a porta do escritório aberta para ela, e ela a tranca do lado de fora.

Ela se acostumou com organismos tão minúsculos que só podiam ser avistados devidamente através de um microscópio: levedura de laboratório, enviadas em contêineres selados a vácuo de um suprimento da Carolina do Norte, e drosófilas criadas para estudo humano, com asas em miniatura, pequenas demais para voar. Varya tinha quarenta e quatro anos quando a CEO do Drake — então uma severa mulher mais velha que avisou a Varya que uma oportunidade como essa não surgiria novamente — a convidou para cuidar de um estudo de restrição de calorias em primatas. Quando desligaram, Varya riu de medo. Ela já tinha problemas o suficiente ao ir para o consultório médico; passar os dias perto de macacos rhesus, dos quais ela podia contrair tuberculose, Ebola e herpes B era inimaginável.

E mais, ela estava desnorteada. Ela não havia trabalhado com primatas nem com ratos, mas isso, dizia a CEO, era a fonte de interesse deles: o Drake não queria promover um estilo de vida de poucas calorias para seres humanos — "Imagine o sucesso que seria", a mulher disse ironicamente —, mas desenvolver uma droga que tivesse o mesmo efeito. Eles precisavam de alguém que fosse bem versado em genética, alguém que pudesse analisar suas descobertas num nível molecular. E ela foi rápida em assegurar a Varya que suas tarefas diárias teriam pouco a ver com os animais. Eles tinham técnicos e um veterinário para isso. A maior parte do tempo de Varya seria passada em videoconferências e reuniões, ou na mesa dela: lendo e analisando papéis, autorizando concessões, verificando dados, preparando apresentações. Sério, se ela preferisse, podia não ter contato algum com os animais.

Agora Varya conduz Luke em direção a uma grande porta de aço.

— Compartilhamos cerca de noventa e três por cento de nossos genes com os macacos rhesus. Eu me sentia mais confortável trabalhando com levedura. Mas percebi que o que eu fazia com levedura nunca iria importar muito para seres humanos... nunca iria importar tanto, biologicamente falando, quanto um estudo com primatas.

O que ela não diz é que no ano 2000, quando foi procurada pelo Drake, fazia quase dez anos da morte de Klara e vinte da morte de Simon. "Pense nisso", a CEO disse, e Varya disse que pensaria, enquanto calculava quanto tempo seria razoável para ela fazer isso para saber quanto teria até recusar. Mas quando voltou a seu laboratório em Columbia, onde fazia um novo estudo em levedos, ela não sentiu satisfação ou orgulho, mas inutilidade. Quando Varya estava na faculdade, sua pesquisa fora inovadora, mas hoje em dia, qualquer pós-doutorado sabia como estender a expectativa de vida de uma mosca ou minhoca. Em cinco anos, o que ela teria para mostrar? Provavelmente nenhum parceiro, certamente nenhum filho, mas isso, idealmente: uma grande descoberta. Um diferente tipo de contribuição para o mundo.

Ela aceitou o trabalho por outro motivo também. Varya sempre disse a si mesma que fazia sua pesquisa por amor — amor pela vida, pela ciência e por seus irmãos, que não haviam vivido o suficiente para chegar à velhice —, mas no fundo, ela se preocupava que sua motivação primária fosse medo. Medo de que ela não tivesse controle, que a vida sempre escapasse pelos dedos das pessoas, não importa o que fizessem. Medo de que Simon, Klara e Daniel tenham pelo menos vivido no mundo enquanto Varya vivia em pesquisas, em seus livros, em sua mente. O trabalho no Drake parecia sua última chance. Se ela pudesse se pressionar a fazer isso, apesar de todo o sofrimento que causasse nela, ela iria se livrar de sua culpa, aquela dívida que sua sobrevivência gerava.

— Suas luvas — diz ela, parando do lado de fora da porta do viveiro. — Não as tire, nenhuma das duas.

Luke levanta as mãos. Sua câmera pendura-se do pescoço por uma corda; ele deixou o caderninho e gravador no escritório. Varya abre a porta selada do Viveiro 1, outra porta aberta apenas por um código que Annie troca todo mês, e conduz Luke no cegante rugido do meio-dia.

VIVARIUM, DO LATIM, significa "lugar de vida". Na ciência, viveiro refere-se a um ambiente fechado onde animais são mantidos em situações que simulam seu ambiente natural. Qual é o ambiente natural do macaco rhesus? Seres humanos são os únicos primatas mais amplamente distribuídos pelo globo do que o macaco rhesus, esses nômades que viajaram por terra e por água, que podem viver tanto numa montanha de mil e quinhentos metros de altitude como numa floresta tropical ou num mangue. De Porto Rico ao Afeganistão, o macaco sobrevive, criando lares em templos, margens de canais e estações ferroviárias. Comem insetos e folhas, junto a comidas que conseguem pegar de humanos: pão frito, amendoim, banana, sorvete. Todos os dias eles viajam quilômetros.

Nada disso é fácil de simular no laboratório, mas o Drake tentou. Como macacos são criaturas sociais, são confinados em pares, e cada jaula tem a habilidade de se abrir para a próxima, criando uma coluna da largura do viveiro. Atividades de incremento garantem que os macacos sejam estimulados psicologicamente, através dos comedouros de quebra-cabeça e espelhos, assim como bolas plásticas e vídeos assistidos em iPads (apesar de recentemente os iPads terem sido removidos porque os macacos com muita frequência quebravam as telas) e sons da selva tocados pelos alto-falantes. O laboratório é visitado anualmente por um representante federal do Departamento de Agricultura, que garante que eles estejam de acordo com as normais de bem-estar de animais, e ano passado essa pessoa recomendou que a equipe ocasionalmente entrasse no viveiro usando roupas diferentes — chapéus ou luvas com padrões interessantes — para intrigar e entreter os animais, o que eles agora também fazem.

Varya não se ilude, é claro, os macacos preferiam estar livres. Mas como só fazem um estudo, as jaulas na Drake são maiores do que o tamanho recomendado pelo Instituto Nacional de Saúde. Atrás do viveiro há uma área de jaula maior onde os macacos podem brincar com pneus ou cordas e se balançarem numa rede, apesar de que, na verdade, deveria ser maior, e cada macaco recebe apenas algumas horas por semana lá. Mas a questão é que seu estudo não busca testar novas drogas ou pesquisar a SIV, mas manter os animais vivos o máximo possível. Onde está o mal nisso?

Ela se vira para Luke e compartilha os pontos de conversa que Annie preparou. Sem pesquisa de primatas, incontáveis vírus não teriam sido descobertos. Incontáveis vacinas não teriam sido desenvolvidas e incontáveis tratamentos não teriam sido provados seguros para Alzheimer, Parkinson e AIDS. Há também o fato de que a vida no mundo externo não é um piquenique, cheia de predadores e a possibilidade de inanição. Ninguém além de um sádico e talvez Harry Harlow gosta de ver um macaco na jaula, mas pelo menos no Drake eles são bem-cuidados e protegidos.

Ainda assim, ela consegue ver como um visitante poderia ter a impressão errada. As jaulas são empilhadas contra as paredes, deixando um corredor central estreito para Varya e Luke. Os animais os encaram, estendidos contra as redes como lagartos. Suas barrigas rosa estão alongadas, os dedos presos nos quadrados abertos. Os macacos dominantes encaram silenciosamente com suas bocas abertas e seus longos dentes amarelos à mostra; os menos dominantes fazem careta e gritam. Fazem a mesma coisa com o novo CEO da Drake, um homem que visita o laboratório uma ou duas vezes por ano, pelo mínimo tempo possível.

No primeiro ano, os macacos também reagiam assim com a Varya. Era necessário todo o autocontrole dela para não fugir. Mas não fugiu, e, apesar da antiga CEO estar certa — a maior parte do tempo de Varya é passado em sua mesa —, ela se força a visitar o viveiro uma vez por dia, geralmente para servir o café da manhã. Ela não toca nos animais, mas gosta de saber como estão indo, gosta de ver a evidência do seu sucesso. Ela chama a atenção de Luke para os macacos com restrição de calorias e para os macacos de controle, que comem o quanto querem. Luke tira fotos de cada grupo. O flash os faz gritar mais alto. Alguns macacos começaram a sacudir as barras das jaulas, então Varya grita para explicar que os macacos de controle são mais propensos a diabetes precoce e que o risco de doença é quase três vezes maior do que o do grupo restrito. O grupo restrito até parece mais jovem: seus membros mais antigos têm uma rica pelagem castanha, enquanto os de controle são enrugados e carecas, seus traseiros vermelhos aparentes.

Este ponto é a metade do estudo, então é cedo demais para avaliar sua expectativa de vida total. Ainda assim, é claro que os resultados são promissores, que eles sugerem que a tese de Varya deverá ser provada, e ao compartilhar isso ela sente tanto orgulho que pode ignorar os gritos, a bagunça, o cheiro e encarar com prazer os macacos, seus objetos de estudo.

QUANDO LUKE PARTE, ela pega Frida de volta. Hoje mais cedo ela pediu a Annie para colocá-la na câmara de isolamento. Frida é seu macaco favorito, mas é má publicidade — Frida com sua ampla testa chata, seus olhos dourados circundados de preto como se pintados. Quando filhote, suas orelhas eram grandes demais, seus dedos longos e rosa. Ela chegou na Califórnia uma semana depois da própria Varya. Naquela manhã, Annie tinha recebido um carregamento de novos macacos, mas um se atrasou devido a uma nevasca, um bebê que nasceu num centro de pesquisas da Georgia. Annie teve de sair, então Varya ficou. Às nove e meia da noite, uma van branca sem identificação subiu o morro e parou do lado de fora do laboratório de primatas. De lá pulou um moleque com a barba por fazer, que não podia ter mais de vinte anos e para quem Varya assinou um recibo, como se por uma pizza. Ele parecia não ter interesse em sua carga, ou talvez tenha ficado cansado dela: quando tirou a jaula, que estava coberta com um cobertor, ela emitiu um guincho tão horrível que Varya instintivamente recuou. Mas o animal era sua responsabilidade agora. Ela usava vestimenta protetora completa, apesar disso não fazer nada para diminuir os sons que vinham da jaula que o motorista passou para ela. Ele esfregou o rosto com alívio e correu de volta para a van. Então dirigiu morro abaixo bem mais rápido do que havia vindo, deixando Varya sozinha com a jaula que gritava.

A jaula era do tamanho de um micro-ondas. Eles só apresentariam Frida aos outros animais amanhã, então Varya a levou para um quarto isolado do tamanho de um quarto de despejo, e a colocou no chão. Seus braços já estavam doendo e seus batimentos cardíacos aceleravam com terror. Por que ela concordou em fazer isso? Ela nem havia feito a parte mais difícil, que era uma transição física da jaula velha para a nova, e que requeria que Varya tocasse o animal lá dentro.

A jaula ainda estava coberta pelo que Varya agora viu que era um cobertor de bebê, com estampas de chocalhos amarelos. Ela tirou um canto do cobertor e os gritos do animal ficaram mais altos. Varya se sentou nos calcanhares. Sua ansiedade estava no auge — ela sabia que tinha de fazer a transição agora ou não poderia fazer nunca —, então colocou a pequena jaula de transporte dentro da maior e tirou o cobertor. A jaula de transporte era pouco maior do que o macaco em si, mas o animal começou se revolver, virando em círculos enquanto agarrava as barras. Movia-se tão rapidamente que Varya não conseguia ver seu rosto, mas a confusão e o medo do macaco eram insuportáveis. Ela buscou o fecho, como Annie havia mostrado a ela, e abriu a tampa de transporte.

O bebê explodiu para fora, como uma bala de canhão. Não aterrissou na jaula maior, mas no peito de Varya. Ela não pôde evitar: gritou também, e caiu para trás de bunda. Achou que o macaco queria machucá-la, mas envolveu seus braços esguios nas costas dela e se agarrou, apertando o rosto em seus seios.

Quem estava mais aterrorizado? Varya tinha imagens de amebíase e hepatite B, doenças com que ela sonhava todas as noites, das quais temia morrer, todas as razões pelas quais ela não queria pegar esse trabalho para começar. Mas pressionando-se contra esse medo havia outra criatura viva. O corpo do bebê era pesado, tão mais denso do que um bebê humano que o fazia parecer oco em comparação. Ela não sabe quanto tempo ficaram assim, Varya balançando nos calcanhares enquanto a macaca gritava. Ela tinha três semanas de idade. Varya sabia que havia sido tirada de sua mãe com duas semanas, que era o primeiro bebê da mãe, cujo nome era Songlin — ela havia sido transportada de um centro de criação em Ghangxi, China; a mãe ficou tão perturbada que teve de ser tranquilizada.

Num ponto ela levantou o olhar e viu seu reflexo no espelho montado do lado de fora da jaula. O que veio a ela foi o *Autorretrato com Macaco*, de Frida Kahlo. Varya não parecia com Kahlo — ela não era tão forte, não era desafiadora —, e o laboratório, com suas paredes de concreto bege, não podia estar mais longe da iúca de grandes folhas reluzentes de Kahlo. Mas havia o macaco nos braços de Varya, seus olhos escuros e enormes como amoras: havia as duas, igualmente com medo, igualmente sozinhas, encarando o espelho juntas.

31

TRÊS ANOS E MEIO ATRÁS, quando Varya chegou a Kingston depois da morte de Daniel, Mira a levou para o quarto de hóspedes e fechou a porta.

— Há algo que preciso te mostrar — disse ela.

Mira se sentou no canto da cama, com um laptop nas coxas. Com as pernas duras e os dedos do pé raspando no carpete, ela mostrou a Varya uma série de páginas de histórico: buscas do Google sobre os rons, uma captura de tela da foto de Bruna Costello nos Mais Procurados do FBI. Varya reconheceu a mulher imediatamente. Imediatamente ela sentiu a pressão cair: confete prateado estonteante. Ela quase caiu no chão.

— Essa é a mulher que Daniel decidiu perseguir. Ele pegou nossa arma do barracão e dirigiu até West Milton, onde ela estava morando. E eu liguei pro agente que atirou nele — disse Mira sua voz envergada como um junco: — Por que, Varya? Por que Daniel fez isso?

Então Varya contou a Mira a história da mulher. Sua voz estava áspera, suas palavras descamando como ferrugem, mas ela as forçou até saírem mais rápido, mais claras. Estava desesperada por fazer Mira compreender. Mas, quando terminou, Mira parecia mais confusa.

— Mas isso faz tanto tempo. Está tão no passado.

— Não para ele. — As lágrimas de Varya corriam livremente; ela limpou as bochechas com os dedos.

— Mas devia ter sido. Devia ser. — Os olhos de Mira estavam vermelhos, sua garganta em brasa. — Que desgraça, Varya. Meu Deus! Se ao menos ele tivesse superado.

Elas combinaram sobre o que contar para Gertie. Varya queria dizer que Daniel havia ficado fixado nos crimes dessa mulher após sua suspensão — que a noção de justiça deu algo para ele fazer, para acreditar. Mira queria ser honesta.

— O que importa se dissermos a ela a verdade? — perguntou ela. — A história não vai trazer Daniel de volta. Não vai mudar como ele morreu.

Mas Varya discordava. Ela sabia que as histórias tinham o poder de mudar as coisas: o passado e o futuro, até o presente. Ela havia sido agnóstica desde a faculdade, mas se havia um traço de judaísmo com o qual ela concordava era esse: o poder das palavras. Elas escapavam sob rachaduras da porta e através de fechaduras. Elas se prendiam em indivíduos e penetravam em gerações. A verdade poderia mudar a percepção que Gertie tinha de seus filhos, filhos que não estavam vivos para se defenderem. Certamente causaria mais dor a ela.

Naquela noite, enquanto Mira e Gertie dormiam, Varya saiu da cama de hóspedes e caminhou até o escritório. Traços de Daniel estavam por todo canto — reconfortantes em sua familiaridade, agonizantes em sua superfície. Ao lado do computador estava um peso de papel na forma da Ponte Golden Gate, que Varya comprou no aeroporto quando era uma pós-doutoranda estressada a caminho de Kingston para o Chanucá, e percebeu que havia esquecido os presentes. Ela esperava que Daniel confundisse com uma obra de arte. Ele não confundiu. "Uma quinquilharia de aeroporto?", caçoou ele, dando um tapinha nela. Agora a camada dourada se tornou um verde de cobre; ela não sabia que ele havia guardado por todos esses anos.

Ela se sentou na cadeira dele e inclinou a cabeça para trás. Ela não havia ido para Amsterdã no Dia de Ação de Graças, como havia dito a ele; não havia conferência alguma. Ela havia descongelado um saco de vegetais picados, os salteou em azeite e comeu a maçaroca na mesa da cozinha, sozinha. Naquele outono, sua ansiedade sobre a data do Daniel ficou aguda. Ela não sabia o que iria acontecer naquele dia, não achou que poderia suportar testemunhar — ou talvez fosse porque, se ela estivesse lá, se sentiria responsável. Ela ainda temia que pudesse pegar ou transmitir algo terrível, como se seu azar fosse contagioso. A melhor coisa que ela poderia fazer por Daniel era ficar longe.

Mas às nove da manhã, no dia depois da Ação de Graças, o coração dela começou a palpitar. Estava suando tão profusamente que uma ducha fria deu um alívio apenas temporário. Varya fez o que jurou que não faria e ligou para ele. Ele havia feito algum comentário sobre encontrar a vidente, algo que ela achou bobagem e não acreditou. Então veio o velho peso da culpa, a voz de Daniel ficando manhosa e infantil — *Teria sido legal ter você aqui ontem* —, e ela sentiu uma irritação misturada a um ódio por si mesma. Havia momentos em que ela apagava suas mensagens de telefone sem escutar, para não ter de ouvir o tom de voz, uma enlouquecedora e incansável dor, como se ele estivesse satisfeito em ser decepcionado seguidamente. Por que ele continuava tentando? Ele tinha Mira, afinal. Quanto antes ele percebesse que Varya não tinha nada a oferecer, que ela iria apenas continuar fracassando com ele, ele ficaria feliz, livre dela, e Varya seria libertada dele.

Um recibo de lavagem a seco, anteriormente preso pelo peso de papel, flutuou ao lado do computador. A letra organizada em maiúsculas de Daniel atravessava o papel do outro lado. Varya o virou. *Nossa língua é nossa força*, ele escreveu. Abaixo havia uma segunda frase, uma que Daniel traçou tantas vezes que parecia se erguer tridimensionalmente do papel: *O pensamento tem asas.*

ELA SABIA EXATAMENTE o que significava. Uma vez, na faculdade, ela tentou explicar esse fenômeno para sua primeira terapeuta.

— Não é uma questão de *ver* que algo é limpo — disse ela. — *É uma questão de sentir* que é limpo.

— E se você não sentir? — perguntou a terapeuta. — Não sentir que algo está limpo?

Varya fez uma pausa. A verdade é que ela não sabia exatamente o que aconteceria; ela simplesmente sentia um mau agouro constante, uma sensação de que a ruína estava atrás dela como uma sombra, e os rituais podiam continuar a evitá-la.

— Então algo ruim acontece.

Quando isso começou? Ela sempre havia sido ansiosa, mas algo mudou depois de sua visita à mulher na Hester Street. Sentada no apartamento da *rishika*, Varya estava certa de que ela era uma fraude, mas quando foi para casa, a profecia agiu dentro dela como um vírus. Ela viu o mesmo acontecer com seus irmãos: era evidente nas corridas de Simon, na tendência de Daniel à raiva, na forma como Klara se separou e se afastou deles.

Talvez eles sempre tenham sido assim. Ou talvez eles teriam se desenvolvido assim de qualquer modo. Mas não: Varya já teria visto, os inevitáveis futuros de seus irmãos. Ela teria sabido.

Ela tinha treze anos e meio quando lhe ocorreu que evitar rachaduras na calçada podiam evitar que a previsão da mulher se tornasse real para Klara. Em seu aniversário de catorze anos pareceu imperativo assoprar todas as velas o mais rápido possível, porque algo terrível aconteceria com Simon se ela não conseguisse. Ela perdeu três velas e Simon, com oito anos, soprou o resto. Varya gritou com ele, sabendo que isso a fazia parecer egoísta, mas não era esse o problema. O problema foi que o ato de Simon arruinou a tentativa dela de protegê-lo.

Ela não foi diagnosticada até os trinta anos. Hoje em dia toda criança tem um acrônimo para explicar o que há de errado com ela, mas quando Varya era jovem, a compulsão parecia nada além de seu próprio fardo secreto. Ficou pior depois da morte de Simon. Ainda assim, só depois da faculdade ocorreu a ela que poderia fazer terapia, e não até sua terapeuta mencionar o TOC foi que ocorreu a ela que havia um nome para suas constantes lavagens de mão, as escovações dentárias, a resistência a banheiros públicos, lavanderias, hospitais, e tocar portas e bancos de metrô e as mãos das outras pessoas, todos os rituais que protegiam cada hora, cada dia, cada mês, cada ano.

Anos depois, uma terapeuta diferente perguntou exatamente do que ela tinha medo. Varya ficou inicialmente desconcertada, não porque ela não sabia do que tinha medo, mas porque era mais difícil pensar do que ela não tinha.

— Então me dê alguns exemplos — disse a terapeuta, e naquela noite Varya fez uma lista. Câncer. Mudanças climáticas. Ser vítima de atropelamento. Ser causadora de um atropelamento. (Houve um tempo em que a ideia de matar um ciclista ao fazer uma curva à direita fazia Varya seguir qualquer ciclista para ver bloqueios, verificando seguidamente para se certificar de que não havia.) Atiradores. Queda de avião — morte súbita! Pessoas usando Band-Aids. AIDS — sério, todos os tipos de vírus e bactérias e doenças. Infectar outra pessoa. Superfícies sujas, roupas de cama sujas, secreções corporais. Drogarias e farmácias. Pulgas, percevejos e piolhos. Química. Mendigos. Multidões. Incerteza, riscos e finais abertos. Responsabilidade e culpa. Ela até tem medo de sua própria mente. Tem medo do seu poder, do que faz com ela.

Na próxima consulta, Varya leu a lista em voz alta. Quando terminou, a terapeuta se inclinou de volta em sua cadeira.

— Tudo bem — disse ela. — Mas do que você tem realmente medo?

Varya riu da pureza da pergunta. Era a perda, é claro. Perda da vida; perda das pessoas que ela amava.

— Mas você já passou por isso — disse a terapeuta. — Perdeu seu pai e todos os seus irmãos... mais perda familiar do que a maioria das pessoas da meia idade. E ainda está de pé. Sentada — acrescentou, sorrindo para o divã.

Sim, Varya ainda estava sentada, mas não era simples assim. Ela *havia* perdido partes de si mesma quando perdeu seus irmãos. Era como observar a energia ir se apagando aos poucos pelo bairro: certas partes ficavam escuras, depois outras. Certas formas de bravura — bravura emocional — e desejo. O custo da solidão é alto, ela sabe, mas o custo da perda é maior.

Levou um tempo até ela entender isso. Ela tinha vinte e sete anos e fazia um curso de pós-graduação no departamento de física. O curso era ensinado por um professor visitante de Edimburgo, que havia estudado com um pesquisador chamado Peter Higgs.

— Muita gente não acredita no Dr. Higgs — contou ele a Varya. — Mas é um erro.

Eles se sentavam num restaurante italiano em Midtown. O professor disse que o Dr. Higgs havia postulado a existência de algo chamado de bóson de

Higgs, que infiltra partículas com massa. Ele disse que seria a chave para nossa compreensão do universo, que era um marco da física moderna, mesmo que ninguém tivesse visto. Ele disse que apontava para um universo governado por simetria, mas no qual os desenvolvimentos mais empolgantes — como os seres humanos — seriam aberrações, produtos de breves momentos quando a simetria fracassa.

Algumas das amigas de Varya ficaram chocadas quando suas menstruações não desceram, mas Varya soube instantaneamente: ela acordou certa manhã e não era mais ela mesma. Três dias antes, ela havia dormido com o professor numa cama de solteiro no apartamento do campus. Quando ele encaixou o rosto entre as pernas dela e moveu a língua, ela teve um orgasmo pela primeira vez. Logo depois, ele se tornou formal e distante, e ela não ouviu mais falar dele. Agora ela imaginava as novas células de seu corpo e pensava: você vai me desfazer. Vai me prender para sempre. Vai tornar o mundo tão vivo, tão real, que não vou conseguir esquecer minha dor por um instante. Ela tinha medo da aberração, do que não podia ser controlado; ela preferia a consistência segura da simetria. Quando marcou para ter seu útero esvaziado na clínica de Planejamento Familiar da Bleecker Street, ela viu a aberração desaparecer como se entre duas portas de elevador, tão limpo que podia nunca ter estado lá.

Outras pessoas falam do êxtase a ser encontrado no sexo e do prazer mais complicado da maternidade, mas para Varya não havia prazer maior do que o alívio — o alívio de perceber que o que ela sente não existe. Mesmo assim, é temporário: um prazer tempestuoso, levado pelo vento, histérico como uma risada — *Que ideia foi essa?* —, seguida pela lenta erosão dessa certeza, a dúvida se infiltrando, que requer outra verificação no espelho retrovisor, outra ducha, outra maçaneta limpa.

Varya fez terapia suficiente para saber que está se enganando. Ela sabe que sua fé é um truque mágico — que rituais têm poder, que pensamentos podem mudar resultados ou afastar infortúnios: ficção, talvez, mas necessária para a sobrevivência. E ainda assim, é engano se você acredita? Seu segredo mais profundo, a razão pela qual ela acha que nunca vai se livrar da desordem, é que em alguns dias ela não pensa que é uma desordem. Em alguns dias, ela não acha absurdo acreditar que um pensamento pode fazer algo se tornar real.

Em maio de 2007, seis meses após a morte de Daniel, Mira ligou para Varya histérica.

— Inocentaram Eddie O'Donoghue. — Uma análise interna não encontrou evidência de infração.

Varya não chorou. Sentiu a fúria entrar em seu corpo e se estabelecer lá, como uma criança. Ela não acreditava mais que Daniel morrera de uma bala destinada à sua pélvis, mas que entrou em sua coxa, rompendo a artéria femoral, então todo seu sangue foi perdido em menos de dez minutos. Sua morte não apontava para o fracasso do corpo, apontava para o poder da mente humana, um adversário totalmente diferente — ao fato de que pensamentos têm asas.

32

NA MANHÃ DE SEXTA, enquanto dirige para o trabalho, Varya para no acostamento, coloca o carro na primeira e joga a cabeça entre os joelhos. Ela está pensando em Luke. Nos últimos dois dias ele a encontrou no laboratório às sete e meia e a seguiu para o viveiro. Lá ele tem sido útil — ajudando-a a pesar a ração para os comedouros, transferindo jaulas pesadas para a limpeza —, e os animais se apegaram a ele. Na quarta ele desenvolveu um jogo com um dos machos mais velhos, Gus, um belo rhesus com uma pelagem laranja volumosa e um ego à altura. Gus vinha para a frente da jaula e apresentava sua barriga para ser coçada. Então ele ou dava um salto atrás numa tentativa de assustar Luke, que ria e entrava na brincadeira, ou se sentava lá por todo o tempo que Luke coçava sua barriga cor de salmão, estalando os lábios com afeto.

Quando Varya expressou surpresa com sua habilidade com os macacos e seu desejo em ajudar, Luke explicou que cresceu numa fazenda, que trabalho físico e contato com animais eram familiares a ele, e que era isso que seu editor no *Chronicle* queria: ter uma noção da vida diária no Drake, para que anto os pesquisadores quanto os macacos fossem retratados como indivíduos únicos. Na quinta, enquanto almoçavam no escritório — Varya com seu tupperware de brócolis e feijão preto, Luke com um wrap de frango do refeitório —, ele perguntou a ela sobre isso, se ela pensava nos macacos como indivíduos, e se a incomodava vê-los em jaulas. Se ele tivesse feito isso na segunda, ela teria ficado receosa, mas os dias passaram tão facilmente sem crises ou julgamento, que na quinta ela estava relaxada o suficiente para responder com honestidade.

Antes de vir para o Drake, ela nunca havia estado perto de organismos tão grandes. Os corpos dos macacos eram carnudos e impossíveis de ignorar: eles tinham cheiro forte e berravam, eram cobertos de pelo, sofriam de diabetes e endometriose. Seus mamilos eram rosa como chiclete e distendidos, seus rostos impressionantemente emotivos. Era impossível olhar em seus olhos e não ver — ou achar que via — exatamente o que eles estavam pensando. Eles não eram objetos passivos sujeitos a ações, mas participantes opinativos. Ela tinha consciência de não antropomorfizá-los, ainda assim, nos primeiros anos, ela ficou espantada pela familiaridade de seus rostos e, especialmente, de seus olhos. Quando eles se reuniam e olhavam para ela com aqueles olhos sem fundo, pareciam humanos em trajes de macacos, espiando através de aberturas nas máscaras.

— O que era obviamente insustentável — diz ela a Luke —, esse tipo de pensamento.

Ela se sentava em sua mesa. Luke na mesa de Annie. Ele havia apoiado o tornozelo direito no joelho esquerdo, suas longas pernas dobradas com a forma desengonçada de uma aranha, típica dos homens altos. Confortável com a gentileza da atenção dele, Varya continuou:

— Num Dia de Ação de Graças, era meu segundo ou terceiro ano no Drake, visitei meu irmão, que trabalhava como médico do exército, e dividi tudo isso. Ele me contou sobre um paciente que havia visto naquele dia, um soldado de vinte e três anos com uma amputação infectada que xingava os afegãos toda vez que Daniel tocava sua pele. Daniel lembrava dele de um exame médico alguns anos antes, quando o soldado expressou tanta ansiedade sobre o estado do Afeganistão — tanta preocupação pelo povo — que Daniel quase pediu uma avaliação psiquiátrica. Estava preocupado que o garoto fosse mole demais.

Daniel estava sentado bem como Luke se sentava naquele dia — pernas cruzadas, seus grandes olhos atentos —, mas a pele abaixo de seus olhos estava escura e seu cabelo antigamente denso estava ralo. Naquele momento,

Varya se lembrou dele quando menino, seu irmão mais novo, cujo idealismo havia sido substituído por algo mais realista, mais simples, algo que ela reconhecia em si mesma.

— A questão dele — disse Varya — era que era impossível sobreviver sem desumanizar o inimigo, sem criar um inimigo em primeiro lugar. Ele disse que compaixão era uma perspectiva de civis, não daqueles cujo trabalho era agir. Agir exigia que você escolhesse uma coisa no lugar de outra. E é melhor ajudar um lado do que nenhum.

Ela encaixou a tampa do tupperware na tigela e pensou em Frida, que era parte do grupo de calorias restritas. No começo, ela pedia e pedia mais comida. Em casa, Varya era assombrada por esses pedidos. Havia algo na fome desavergonhada da macaca que a fazia se sentir ao mesmo tempo culpada e enojada. Era tão claro o desejo de Frida por vida, tão visível a acusação em seus olhos, que Varya quase esperava que ela trocasse seus brutais gritos em staccato por inglês.

— Me apeguei aos macacos — acrescentou ela. — Não devia dizer isso... não é muito científico. Mas eu os conheço há dez anos. E eu me faço lembrar de que o estudo os beneficia também. Eu os estou protegendo, os restritos, especialmente. Eles vivem mais assim.

Luke estava quieto; ele guardou seu gravador e apesar de seu caderninho estar na mesa de Annie, ele não o tocou.

— Ainda assim, você tem de colocar um limite que diz: "Essa pesquisa vale a pena. A vida desse animal simplesmente não é tão valiosa quanto os avanços médicos a que pode servir."

Naquela noite, Varya ficou acordada por horas. Ela se perguntava por que havia dividido tudo aquilo com Luke, e como poderia refletir nela se Luke incluísse isso em seu artigo. Ela podia pedir que ele omitisse essa conversa, mas isso indicaria um grau de dúvida sobre o trabalho dela, e o pensamento necessário para chegar a isso, que ela não queria projetar. Agora ela se senta no carro, enjoada. Tem a sensação sobrepujante de que não apenas se colocou em risco, mas também traiu Daniel. Quando ela pensa em encontrar Luke no laboratório, ela vê seu irmão. Não faz sentido. A única similaridade entre eles é a altura, e ainda assim o visual permanece, Daniel esperando por ela no quebra-vento e mochila de Luke, o rosto de Daniel transposto no rosto mais jovem e cheio de expectativas de Luke. A imagem se transforma, então: ela vê Daniel no trailer, uma bala em sua perna e o chão com uma poça vermelha, e ela sabe que se ela não estivesse tão distante, ele teria vindo falar a ela sobre Bruna e ela poderia tê-lo salvo.

Quando o enjoo passa e suas mãos param de tremer o suficiente para ela segurar a direção, já se passou uma hora. Ela nunca se atrasou para o trabalho antes, e Annie, para seu alívio, levou Luke para a cozinha, onde ele a está ajudando a pesar a comida que os macacos não comerem e separar as rações da próxima semana nos comedouros de quebra-cabeça. Varya o evita, trabalhando numa aplicação no escritório com a porta fechada. Em certo ponto, alguém bate, e porque Annie não a incomodaria, Varya sabe que só pode ser Luke.

— Pensei em ver se você gostaria de sair para jantar — diz ele quando ela abre a porta. Ele está com as mãos no bolso e vendo a confusão dela, ele sorri. — Já são seis horas.

— Não estou com fome, receio. — Ela volta à sua mesa para desligar o computador.

— Um drinque? Há resveratrol em vinho tinto. Não pode dizer que não fiz minha pesquisa.

Varya bufa.

— Isso seria oficial ou em off?

— Você que escolhe. Pensei em off.

— Se é em off — diz ela, girando —, qual seria o sentido?

— Contato? Conexão humana? — Luke olha para ela de forma peculiar, como se não pudesse dizer se ela está brincando ou não. — Eu não mordo. Ou pelo menos mordo menos do que seus macacos.

Ela desliga a luz do escritório, e o rosto de Luke fica nas sombras, iluminado apenas pelas luzes fluorescentes do escritório. Ela o ofendeu.

— Eu pago — acrescenta ele. — Como agradecimento.

Mais tarde, ela vai se perguntar o que a fez aceitar o convite quando nada nela queria ir, e o que teria acontecido se ela não tivesse ido. Foi culpa ou cansaço? Estava tão cansada da culpa, que só diminuía quando ela trabalhava, e quando lavava as mãos, deixando a água correr tão quente que a sensação não era mais de água, mas de fogo ou gelo. Diminuía também quando ela estava com fome, o que era tão frequente — havia horas em que ela se sentia leve o suficiente para ascender ao céu, leve o suficiente para ascender até seus irmãos. Ela estava com fome agora, mas ainda assim, algo a fez ir; algo a fez dizer sim.

ELES SE SENTAM num bar de vinhos na Grant Avenue e dividem uma garrafa de tinto, um Cabernet que foi cultivado e engarrafado dez quilômetros ao sul e que bate imediatamente em Varya. Ela percebe quanto tempo faz desde que comeu, mas ela não come em restaurantes, então bebe e escuta Luke contar a ela sobre sua criação: sua família tem uma fazenda de cerejeiras em Door County, Wisconsin, uma combinação de ilhas e praias que se estende para o Lago Michigan. Ele diz que lembra a ele de Marin, tendo a terra pertencido aos nativos americanos — em Door County, aos Potawatomi; em Marin, aos Miwoks da costa — antes da chegada dos europeus, que tomaram a terra e usaram para cultivo e lenha. Ele descreve o calcário e as dunas e os pinheiros canadenses, com seus longos dedos verdes, e as bétulas amarelas, que no final do outono depositam impressionantes cobertas douradas no chão.

Fora da temporada, a população é de menos de trinta mil, ele diz, mas no verão e começo de outono fica quase dez vezes maior. Em julho a fazenda fica frenética, a corrida para pegar, secar, enlatar e congelar as cerejas é um tipo de loucura. Eles têm quatro tipos de cereja, e quando Luke era jovem, cada membro da família tinha o dever de coletar um com uma colheitadeira mecânica. O pai de Luke pegava as grandes e suculentas Balatons. Por Luke ser o mais jovem, ele e sua mãe faziam par para pegar as cerejas Montmorency, com sua carne amarela translúcida. O irmão mais velho de Luke colhia as cerejas doces, firmes, negras e mais preciosas de todas.

Varya começa a viajar enquanto ele fala. Ela vê as cerejas, amarelas, pretas e vermelhas, com o foco suave de um sonho. Ele usa o telefone para mostrar a ela uma foto de sua família. É começo de outono, as árvores uma confusão de mostarda e sálvia. Os pais de Luke têm cabelo loiro denso, mais claro do que o de Luke. Seu irmão — "Asher", ele diz, — é um jovem adolescente, seu rosto com espinhas, mas sorrindo abertamente, com as mãos no ombro de Luke. Luke não tem mais do que seis anos. Seus ombros sobem para as mãos de Asher, e seu sorriso é tão largo que é quase uma careta.

— E quanto a você? — pergunta ele, colocando o telefone de volta no bolso. — Como é sua família?

— Meu irmão mais velho era médico, como mencionei. Meu irmão mais novo era dançarino. E minha irmã era mágica.

— Não brinca. De cartola e coelho?

— Nenhum dos dois. — Ao redor deles a luz é fraca, então Varya não consegue notar coisas que a incomodem. — Ela era fantástica com cartas e era mentalista: seu parceiro pegava um objeto da plateia, um chapéu ou carteira, e ela adivinhava sem dicas verbais, vendada e virada para a parede.

— O que eles estão fazendo agora? — pergunta Luke, e ela se espanta. Ele nota. — Desculpe. É que você falou no passado, achei que eles podiam ter...

— Se aposentado? — pergunta Varya, e balança a cabeça. — Não. Eles faleceram. — Ela não sabe o que a faz dizer o que diz em seguida; talvez seja por Luke estar partindo, e há algo que parece incomum, tão reconfortante em dividir com outra pessoa essas coisas que ela só contou a um terapeuta. — Meu irmão mais novo morreu de AIDS; tinha vinte anos. Minha irmã... tirou a própria vida. Vendo agora, me pergunto se ela era bipolar ou esquizofrênica, não que haja algo que eu possa fazer agora. — Ela termina sua taça e serve outra; ela raramente bebe, e o vinho a faz se sentir preguiçosa, turva, aberta. — Daniel se envolveu em algo que não devia. Levou um tiro.

Luke está quieto, olhando para ela, e por um momento ridículo ela teme que ele vá se esticar e apertar sua mão. Ele não aperta — por que o faria? —, e ela suspira.

— Desculpe — diz ele. — É por isso que você faz o trabalho que faz?

Ela não responde e ele pressiona, inicialmente hesitante, então deliberadamente.

— Com os medicamentos que temos agora... bem, eles poderiam ter salvo a vida de seu irmão, se estivessem disponíveis naquela época. E o teste genético poderia detectar um risco de doença mental, até diagnosticá-la. Isso poderia ter salvo Klara, certo?

— Seu artigo é sobre o quê? — pergunta Varya. — Meu trabalho ou minha vida? — Ela tenta manter a voz leve. Dentro dela há uma veia de medo, apesar de ela não saber exatamente o motivo.

— É difícil separar os dois, não é? — Quando Luke se inclina à frente, seus olhos pairam e algo dentro de Varya arremete. Ela percebe agora o que a assustou: ela nunca disse a ele o nome de Klara.

— Preciso ir — murmura ela, pressionando suas mãos na mesa para ficar de pé. Imediatamente o chão se inclina para cima, as paredes balançam, e ela se senta, cai, de volta na cadeira.

— Não vá — diz Luke, e agora ele coloca a mão na dela.

Uma bolha de pânico sobe até a garganta dela e explode.

— Por favor, não me toque — diz ela, e Luke a solta. O rosto dele está arrependido; ele a acha patética e isso é mais do que ela pode tolerar. Tenta ficar de pé novamente. E desta vez consegue.

— Você não deveria dirigir — diz Luke, ficando de pé também. Ela vê pânico no rosto dele, o mesmo pânico que ela sente, e isso a alarma ainda mais. — Por favor... sinto muito.

Ela remexe em sua carteira, tirando um maço fino de notas de vinte, que coloca na mesa.

— Estou bem.

— Me deixe levá-la — insiste ele enquanto ela segue para a porta. — Onde você mora?

— Onde eu moro? — ela chia e Luke recua; mesmo na escuridão do bar ela pode vê-lo ficando vermelho. — O que há de errado com você? — E agora ela está na porta, do lado de fora. Depois de olhar para trás para ver se Luke não a está seguindo, ela encontra seu carro e corre.

33

ELA ACORDA NO SÁBADO com uma pontada de dor no centro de suas costas e um martelo em seu crânio. Suas roupas estão molhadas de suor e fedem. Ela tirou os sapatos durante a noite e o suéter, mas sua blusa gruda na barriga e suas meias estão tão úmidas que, quando ela as tira, caem pesadas no chão do carro. Ela se levanta no banco traseiro. Lá fora amanheceu e uma chuva pesada cai sobre Grant Street.

Ela pressiona os punhos contra os olhos. Lembra-se do vinho, o rosto de Luke vindo em direção a ela, sua voz baixa, mas insistente — é difícil separar os dois, não é? — e sua mão na dela, que estava quente. Ela se lembra de correr para o carro e se aninhar no banco traseiro como uma criança.

Ela está morrendo de fome. Rasteja do banco traseiro para a frente e busca no banco do passageiro os restos de ontem. As maçãs ficaram marrons e esponjosas, mas ela as come mesmo assim, assim como as uvas mornas e enrugadas. Ela evita o espelho do carro, mas se vê acidentalmente na janela lateral do passageiro — seu cabelo como o de Einstein, sua boca aberta —, até afastar o olhar e encontrar as chaves.

No apartamento, ela tira as roupas, colocando tudo direto na máquina de lavar, e toma um banho tão demorado que a água esfria. Tira seu roupão de banho — rosa e ridiculamente felpudo, um presente da Gertie, algo que Varya nunca teria comprado para si mesma — e toma tanto Advil quanto acha que seu corpo pode suportar. Então deita na cama e dorme novamente.

É METADE DA TARDE quando acorda. Agora que ela não está mais puramente exausta, sente uma pontada de pânico e sabe que não pode passar o resto do dia em casa. Ela se veste rapidamente. Seu rosto está pálido e assustado, como um pássaro, e seu cabelo, arrepiado em tufos. Ela molha as mãos e os abaixa, então se pergunta por quê: as únicas pessoas no laboratório no sábado são os técnicos dos animais, e de todo modo Varya irá colocar uma touca na cabeça assim que chegar. Ela geralmente não almoça, mas hoje pega outro saco da geladeira e come ovos cozidos enquanto dirige.

Assim que entra no laboratório, ela se sente mais calma. Coloca seu avental e entra no viveiro.

Ela quer verificar os macacos. Ainda fica nervosa perto deles, mas às vezes é afligida pelo medo de que algo irá acontecer com eles enquanto ela está longe. Nada aconteceu, é claro. Josie usa o espelho para olhar a porta e, quando vê Varya, deixa o espelho cair. Os filhotes se agitam ansiosamente na jaula comunitária. Gus está nos fundos de sua jaula. Mas a última jaula — a jaula de Frida — está vazia.

— Frida? — pergunta Varya, absurdamente; não há prova de que macacos entendem seus próprios nomes e ainda assim ela diz novamente. Deixa o viveiro e caminha pelo corredor chamando, até uma funcionária chamada Johanna sair da cozinha.

— Ela está em isolamento — diz Johanna.

— Por quê?

— Ela estava arrancando pelos — diz ela rapidamente. — Achei que em isolamento ela poderia...

Mas ela não termina, porque Varya já deu meia volta.

O SEGUNDO ANDAR do laboratório é um quadrado. O escritório de Varya e Annie fica no lado oeste, o viveiro no norte. A cozinha é no sul, junto com as salas de administração, e a câmara de isolamento fica no leste — assim como o quarto de despejo e a lavanderia. Com um metro e oitenta de largura por dois e meio de altura, a câmera de isolamento é na verdade maior do que as jaulas normais dos macacos. Mas é desprovida de incrementos: um lugar onde animas desobedientes são mandados para serem punidos. Claro, não há nada ameaçador nisso, nada abertamente assustador. Apenas não há nada de interessante: é uma jaula de aço inoxidável com uma pequena porta quadrada para entrar, que se tranca do lado de fora. É equipada com uma caixa de comida e uma garrafa d'água. Há quatro polegadas entre o chão e o fundo da câmara, que foi furado para permitir que urina e fezes caiam numa bandeja removível.

— Frida — diz Varya. Ela olha na câmara, o mesmo lugar em que trouxe Frida na noite de sua chegada, quando a macaquinha tinha poucos dias de vida.

Agora Frida encara o fundo da jaula e se balança no lugar, curvada. Suas costas estão carecas em locais do tamanho de punhos, de onde ela arrancou o pelo. Seis meses atrás ela parou de cuidar do pelo que tinha, e os outros animais mantiveram distância, sentindo sua fraqueza, repelidos por ela. Ela se senta numa fina camada de urina cor de ferrugem que ainda não escorreu para a bandeja.

— Frida — repete Varya, mais alto agora, porém de forma calma. — Pare, Frida... por favor.

Quando a macaca ouve a voz de Varya, ela vira o rosto para um lado. De perfil, suas pestanas são lustrosas, azuladas, sua boca uma meia-lua aberta. Então ela faz uma careta. Lentamente ela se vira, mas quando encara Varya, ela não para: continua a girar, favorecendo seu membro direito, arrastando o esquerdo. Duas semanas atrás ela mordeu tão feio a coxa esquerda que precisou dar pontos. Como isso aconteceu? Quando Frida era jovem ela era mais animada do que qualquer outro macaco. Podia ser maquiavélica em seu comportamento social, forjando alianças estratégicas e roubando dos animais mais submissos, mas também era encantadora e incrivelmente curiosa. Ela adorava colo: buscava pelas barras a cintura de Varya, que ocasionalmente deixava Frida sair e a carregava pelo viveiro no quadril. A experiência de ser tão próxima a ela fazia Varya se sentir ao mesmo tempo assustada e empolgada — assustada por causa da contaminação e empolgada porque Varya podia brevemente, através de camadas de roupas protetoras, sentir o que era ser próxima de outro animal, ser um animal em si.

Uma batida na porta. Johanna, Varya pensa, ou Annie, apesar de Annie raramente vir ao laboratório nos finais de semana. Como Varya, ela não tem filhos nem marido. Aos trinta e sete, não chega a ser tarde, mas Annie não quer essas coisas. "Não sinto falta de nada", disse ela uma vez, e Varya acreditou nela. A populosa família coreana de Annie vive do outro lado da ponte. Ela parece estar sempre namorando — às vezes um homem, às vezes uma mulher — e lida com essas ligações com a mesma confiança com que faz sua pesquisa. Varya sente um carinho maternal por Annie, assim como uma inveja maternal. Annie é o tipo de mulher que Varya queria ser: o tipo que faz escolhas não convencionais e fica satisfeita com elas.

A batida vem novamente.

— Johanna? — chama Varya, levantando-se para abrir a porta. Mas a pessoa que a encara é Luke. Seu cabelo está emaranhado, escuro de sujeira. Seus lábios estão partidos e seu rosto tem um estranho tom amarelado. Usa as mesmas roupas que usava no dia anterior. Deve ter dormido com elas também. A cobertura de calma que Varya colocou esta tarde racha ao meio e despenca.

— O que você está fazendo aqui?

— Clyde me deixou entrar. — Luke pisca. Uma de suas mãos ainda está na maçaneta, e a outra, ela vê, está tremendo. — Preciso falar com você.

Frida se virou para encarar a parede e voltou a balançar. Varya odeia quando ela se balança assim, e odeia que Luke esteja aqui para ver. Ela se afasta dele para fechar a porta da câmara de isolamento. O processo não leva mais de dois segundos, mas antes de terminar ela escuta um clique e se arrepia. Quando ela se vira para encará-lo ele está guardando a câmera na mochila.

— Dê isso para mim — diz ela, furiosa.

— Não — diz Luke, mas sua voz é fraca, como a de um garotinho com um pertence valioso.

— Não? Você não foi autorizado a tirar essa foto. Vou te processar.

O rosto de Luke não está tomado da alegria profissional que ela esperava, mas de medo. Ele agarra sua mochila.

— Você não é jornalista — diz Varya. Seu medo é agudo, está zumbindo. Ela pensa nos gritos de alarme dos saguis. — Quem é você?

Mas ele não responde. Está fixo na entrada, seu corpo tão parado que seria como uma estátua se não fosse pela mão esquerda ainda tremendo.

— Vou chamar a polícia — diz ela.

— Não — diz Luke. — Eu...

Mas ele não termina, e nessa pausa surge um pensamento espontâneo em Varya. *Que seja benigno*, pensa ela, *que seja benigno*, como se estivesse encarando o raio-X de um tumor e não o rosto de um completo estranho.

— Você me deu o nome de Solomon — diz ele.

E o buraco na escuridão. Inicialmente ela sente confusão: *Como? Não é possível. Eu teria sabido.* Então o impacto completo, o baque. Sua visão borra.

Pois ela parou do lado de fora da Clínica de Planejamento Familiar da Bleecker Street, vinte e seis anos atrás, e ficou presa ao chão como por um raio. Era começo de fevereiro, escuro e congelante às três e meia da tarde, mas o corpo de Varya queimava. Dentro dela havia um agito nada familiar. Ela olhou para o prédio de ferro liso no qual ficava a clínica e se perguntou o que aconteceria se ela não terminasse com aquele agito. Ela poderia fazer a escolha que planejou fazer; sua vida seguiria em frente, como havia sido antes da aberração, então ela permaneceria simétrica. Em vez disso, desabotoou seu casaco para receber uma lufada de ar frio. E deu meia volta.

34

ELA CAMBALEIA PARA FORA do viveiro e pega a escada para o primeiro andar. Corre pelo saguão, passando por Clyde, que fica de pé para perguntar se ela está bem, e para a montanha. Ela não se importa que Luke esteja lá dentro, sem supervisão; só quer se afastar dele. A chuva clareou para revelar um sol tão brilhante que queima seus olhos.

Ela caminha em direção ao estacionamento o mais rápido que pode sem atrair atenção, não querendo gastar o tempo que levaria para pegar seus óculos de sol porque ela pode ouvir que Luke a está seguindo.

— Varya — chama ele, mas ela não para. — Varya!

Por ele ter gritado, ela se vira.

— Fale baixo. Este é meu local de trabalho.

— Desculpe — diz Luke, ofegante.

— Como você ousa. Como ousa me enganar. Como ousa fazer isso no laboratório, meu laboratório.

— Você nunca teria falado comigo de outra forma. — A voz de Luke é estranhamente aguda, e Varya vê que ele está tentando não chorar.

Ela ri, um latido.

— Não vou falar com você agora.

— Vai sim. — Uma nuvem passa sobre o sol e nessa nova luz metálica ele se endireita. — Ou eu vendo as fotos.

— Para quem?

— Para o PETA.

Varya o encara. Ela pensa na ideia de ter o ar tirado de si, mas isso não está certo; não foi tirado, foi sugado.

— Mas Annie — diz ela. — Annie verificou suas referências.

— Minha colega de quarto se passou por editora do *Chronicle*. Ela sabia o quanto eu queria te conhecer.

— Nós seguimos os mais rígidos padrões éticos — diz Varya. Sua voz está áspera com uma raiva inútil.

— Talvez, mas Frida não estava lá muito bem.

Eles ficam na metade do caminho descendo a montanha. Atrás deles, dois pós-doutores caminham em direção à instalação principal, comendo garfadas de comida para viagem.

— Você está me chantageando — diz Varya quando é capaz de falar novamente.

— Eu não queria. Mas levou anos para descobrir quem era você. A agência não ajudou em nada, eles sabiam que você não queria ser encontrada, e todos os meus registros estavam lacrados. Gastei tudo o que eu tinha numa viagem para Nova York e me debrucei sobre as certidões de nascimento no cartório por... por semanas. Eu sabia o dia do meu nascimento, mas não para qual hospital você havia ido, e quando te encontrei, quando finalmente te encontrei, eu não podia... — Isso sai apressado e ele inspira profundamente. Então vê o rosto dela. Ele gira a mochila para pegar algo dentro e tira um pano branco dobrado. — Lenço —diz ele. — Você está chorando.

Ela não havia notado.

— Você carrega um lencinho de pano?

— Era do meu irmão e de nosso pai antes disso. Suas iniciais são as mesmas. — Ele mostra a ela as minúsculas letras bordadas e a vê parar. — Está limpo. Não usei desde que lavei, e sempre lavo em água quente.

Seu tom é confidencial. Ela sabe então que ele a enxerga como ela é, da forma como ela não quer ser vista, e é tomada de vergonha.

— É que eu tenho isso também — diz Luke. — Notei em você imediatamente. Mas o meu não tem a ver com contaminação. Eu tenho medo de machucar alguém, matar acidentalmente.

Varya pega o lenço e limpa o rosto, e quando emerge pensa no que Luke disse — *de matar acidentalmente* — e ri até ele a acompanhar, e começa a chorar novamente, porque entende exatamente o que ele quer dizer.

ELA DIRIGE para seu apartamento em silêncio enquanto Luke a segue. Quando sobe as escadas, ela escuta os passos dele atrás, sente o peso de seu corpo e seu estômago se prende na garganta. Ela raramente leva alguém para seu apartamento, e se ela soubesse que ele estava indo, ela teria arrumado. Mas não há tempo para isso agora, então ela acende a luz e observa enquanto ele absorve tudo.

O apartamento é pequeno. Sua decoração é pensada para tentar reduzir sua ansiedade o máximo possível. Ela escolhe peças que ao mesmo tempo aprimoram e obstruem a visibilidade: seu sofá é de couro, por exemplo, escuro o suficiente para que ela não possa ver cada farpa de tecido ou sujeira, mas liso o suficiente, diferente de um tecido com textura, de estampas, para que ela possa inspecionar qualquer coisa nojenta antes de se sentar. Seus lençóis são de um carvão opaco pelo mesmo motivo; os lençóis brancos nos hotéis são de um tecido branco cru que a deixa quase histérica toda vez que verifica a cama. As paredes são desprovidas de quadros, as mesas sem toalhas e mais fáceis de limpar. As cortinas ficam fechadas, sempre, mesmo durante o dia.

Só quando ela vê o apartamento através dos olhos de Luke que se lembra de quão escuro é, e quão feio. Os móveis não são esteticamente agradáveis, porque ela não escolhe por razões estéticas. E se escolhesse? Ela mal sabe qual seria seu estilo, apesar de uma vez ter passado por uma loja em Mill Valley que se especializava em decoração escandinava e ter visto um sofá cinza com travesseiros retangulares e pés de nogueira. Ela olhou por trinta segundos, um minuto, até se lembrar que o tecido seria terrível de limpar, que ela veria cada pelo e mancha e que, principalmente, seria terrivelmente doloroso se livrar dele se ela se convencesse de que estava sujo.

— Posso te servir alguma coisa? Chá?

Luke aceita chá e se senta no sofá para esperar por ela, jogando sua mochila no chão. Quando ela volta com duas canecas e um bule de cerâmica de chá Genmaicha, ele está com os joelhos juntos e um gravador no colo.

— Posso gravar isso? Para me lembrar. Acho que não vou te ver mais.

Ele sabe a permuta que fez; então aceita. Ele a pegou e vai fazê-la falar, mas conquistou o ressentimento dela em troca. Ainda assim, ela também havia feito uma troca: ela escolheu ser sua mãe, então vai responder a ele.

— Tá. — O rosto dela está seco e a fúria que ela sentia no laboratório foi substituída por ora por resignação. Ela se lembra dos macacos, aqueles que gritaram até ficarem roucos e deram seus corpos para serem estudados sem escolha.

— Obrigado. — A gratidão de Luke é genuína: Varya pode senti-la buscando por ela, e afasta o olhar. — Onde e quando nasci?

— Hospital Mount Sinai Beth Israel: 11 de agosto de 1984. Era onze e trinta e dois da manhã. Você não sabia disso?

— Sabia. Só estava checando sua memória.

Ela leva a caneca à boca, mas o chá está escaldante e seus olhos lacrimejam.

— Chega de truques — diz ela. — Você pediu minha honestidade. Eu mereço a sua em troca. Você não precisa desconfiar de mim; não precisa tentar me pegar numa mentira. Eu não poderia esquecer isso, nada disso, mesmo que tentasse a vida toda.

— É justo. — O olhar de Luke abaixa. — Não vou mais fazer isso. Me perdoe. — Quando ele olha para ela novamente, sua petulância se esvaiu. O que permanece é timidez. — Como foi aquele dia?

— O dia em que você nasceu? Estava abafado. A janela do meu quarto dava para a Praça Stuyvesant e eu podia ver mulheres caminhando, mulheres da minha idade, de regatas e camisetas crop, como se ainda estivessem nos anos setenta. Eu tinha uma alergia e suava por qualquer fenda possível. Meu pé havia inchado tanto que eu usei chinelos no táxi para o hospital.

— Tinha alguém com você?

— Minha mãe. Foi a única para quem contei.

Gertie ao lado dela, murmurando. Gertie com um pano de chão e um balde de água gelada; Gertie que berrava com as enfermeiras toda vez que o ar-condicionado parava de funcionar. Gertie, que manteve o segredo dela todos esses anos.

— Mama — disse Varya, loucamente depois de entregar o bebê. — Não poderei conversar mais sobre isso, nunca — e desde aquele dia, Gertie não puxou o assunto. Mesmo assim, elas falavam sobre isso constantemente; por anos, era o subtexto de cada conversa, era um peso que elas carregavam pesadamente em conjunto.

— E quanto ao pai?

Ela nota que ele diz "o pai" em vez de "meu pai", o que é um alívio. Ela não quer pensar no professor dessa forma.

— Ele nunca soube. — Ela sopra o chá. — Era um professor visitante da NYU. Eu estava no meu primeiro ano da faculdade e naquele outono fiz aula dele. Dormimos algumas vezes até ele dizer que achava que não deveríamos continuar. Quando percebi que estava grávida era começo de janeiro, férias de fim de ano, e ele havia voltado para o Reino Unido, apesar de eu não saber disso na época. Liguei para ele seguidamente: primeiro no departamento, depois no número que ele me deu de seu escritório em Edimburgo. No começo, deixei mensagens, então tentei não deixar. Não que eu estivesse apaixonada por ele, eu não estava, não mais, mas queria dar a ele uma chance de te criar, se ele quisesse. Finalmente entendi que ele não merecia, e foi quando parei de ligar.

O rosto de Luke está fechado, sua garganta marcada de veias. Como ela não o reconheceu? Ela imaginou isso — dar de cara com um homem estranho, mas familiar, num aeroporto ou mercado — e pensou que uma consciência animal iria surgir nela, alguma memória sensorial dos nove meses em que dividiram um corpo e as ofegantes quarenta e oito horas que se seguiram. Ela não teria se surpreendido em ouvir que sua pélvis havia estraçalhado durante o nascimento, mas não estraçalhou: sua experiência foi completamente normal, o nascimento tão rotineiro que a enfermeira disse que seria bom para o próximo de Varya. Mas ela sabia que não haveria um segundo, então ela se agarrou ao minúsculo humano, seu filho biológico, e disse adeus não apenas a ele, mas à parte dela que havia sido corajosa o suficiente para amar um homem que pensava tão pouco nela e carregar uma criança com quem sabia que não iria ficar.

Luke tira seus sapatos e traz seu pé com meias ao sofá. Então envolve os braços neles, deixando seu queixo descansar nos joelhos.

— Como eu era?

— Você tinha uma pelugem reluzente de cabelo preto, como uma lontra, ou um punk. Seus olhos eram azuis, mas a enfermeira disse que eles talvez ficassem castanhos, que obviamente ficaram. — Varya mantinha isso em mente quando examinava calçadas, vagões do metrô e os rostos no fundo das fotos de outras pessoas, buscando a criança de olhos azuis ou castanhos que havia sido dela. — Você era sensível. Quando se estimulava demais, fechava os olhos e pressionava suas mãos juntas. Pensamos que você parecia um monge, minha mãe e eu, incomodado e se esforçando muito para rezar.

— Cabelo preto. — Luke sorri. — E olhos azuis. Não é à toa que você não sabia quem eu era.

Do lado de fora da janela, são seis da tarde e está chuviscando, o céu um azul luminoso.

— Sua mãe queria que você me desse para adoção?

— Deus, não. Pensamos sobre isso. Nossa família passou por muitas perdas. Meu pai morreu repentinamente, quando eu estava no mestrado. E dois anos antes de você nascer, Simon morreu de AIDS. Ela queria que eu ficasse com você.

Varya já tinha seu próprio apartamento, uma quitinete perto da universidade, mas durante a gravidez ela dormiu na Clinton 72. Às vezes ela discutia com Gertie durante a madrugada, mas ainda ia para cama em seu velho beliche de cima. Dez minutos ou duas horas depois, Gertie se juntava a ela, pegando o beliche de baixo que Daniel costumava ocupar, em vez da própria cama no quarto do corredor. De manhã ela ficava no último degrau da escada para tirar o cabelo do rosto de Varya e dar-lhe um beijo molhado na testa.

— Então por que não ficou comigo? — perguntou Luke.

Uma vez, dirigindo por Wisconsin no auge do verão — estava indo de uma conferência de Chicago para uma segunda conferência em Madison —, Varya parou para entrar até os joelhos no Lago do Diabo. Estava desesperada para se refrescar, mas a água estava morna, e dúzias de minúsculos peixinhos começaram a picar seus tornozelos e pés. Por um momento ela não pôde se mover; ficou na areia, tão cheia de sentimentos que achou que iria explodir. De que sentimento exatamente? O insuportável êxtase da proximidade, da troca simbiótica.

— Eu tinha medo — disse ela. — De todas as coisas que podem dar errado quando as pessoas se prendem umas às outras.

Luke fez uma pausa.

— Você podia ter abortado.

— Podia. Eu marquei hora. Mas não consegui.

— Por motivos religiosos?

— Não. Eu senti... — Mas aqui sua voz fica rouca e falha. Ela pega a caneca e bebe até a garganta relaxar. — Era como se eu estivesse tentando compensar... pelo fato de que eu estava fechada. Pelo fato de que não participava da vida, não totalmente. Achei, esperei, que você participasse.

Como ela foi capaz de fazer isso? Porque pensava neles: Simon, Saul, Klara, Daniel e Gertie. Pensava neles no segundo semestre, quando estava frequentemente incapacitada pelo pânico e durante seu terceiro, quando se sentia grande como uma morsa e mijava mais do que dormia. Ela pensava nele a cada chute. Ela os mantinha na mente para que não pudesse sentir mais nada — ela os amava e os amava até eles a desarmarem, a fazerem se sentir forte e a abrirem ao meio, dando poderes que ela normalmente não tinha.

Mas ela não podia sustentar isso. Enquanto voltava do hospital com seus braços dobrados sobre a barriga, ela perguntou que tipo de pessoa ela era para desistir de uma criança por nenhum motivo melhor do que seu próprio medo. A resposta veio imediatamente: o tipo de pessoa que não merece essa criança. Seu corpo, que estava irrompendo de vida, que *havia* explodido com vida, agora era oco, como havia sido antes — como sempre havia sido. Por isso ela se sentiu triste, mas também aliviada, e o alívio inspirou tamanha autodepreciação que ela sabia que estava certa. Ela não podia suportar esse tipo de vida: perigoso, corpulento, cheio de um amor tão doloroso que tirava seu fôlego.

— E o que aconteceu desde então? — pergunta Luke.

— O que quer dizer?

—Tem outro filho? Se casou?

Varya balança a cabeça. Ele franze a testa, intrigado.

— Você é gay?

— Não. Eu simplesmente... nunca... não desde que, eu não... — Ela inspira entrecortado, um soluço sem som. Quando Luke entende o significado, ele se espanta.

— Você não tem um relacionamento desde o professor? Não teve nada?

— *Nada* não. Mas um relacionamento? Não, não tive.

Ela se prepara para a pena dele. Em vez disso, ele parece indignado, como se Varya se tivesse privado de algo essencial.

— Você não se sente solitária?

— Às vezes. Não é assim com todo mundo? — Ela sorri. Abruptamente, Luke fica de pé. Ela acha que ele vai para o banheiro, mas ele caminha para a cozinha e fica de pé na frente da pia. Pressiona as mãos no balcão; seus ombros estão caídos como os de Frida. De frente para a pia, no peitoril da janela, está o relógio de seu pai. Depois da morte de Klara, Daniel foi para o trailer no qual Klara e Raj estavam morando. Raj havia pego itens que achou que a família Gold iria querer: um antigo cartão de visita; o relógio de ouro de Saul; um velho programa burlesco que mostrava a vó Klara arrastando um grupo de homens de coleira. Não era muito, mas Daniel ficou grato pelo gesto. Ele ligou para Varya do aeroporto.

— O trailer, por outro lado. Não é que era sujo: era bem bonzinho, em se tratando de um trailer. Mas o trailer em si. — A voz de Daniel estava furtiva, quase abafada. — Esse Gulf Stream dos anos setenta, e Klara viveu lá por mais de um ano — grande parte disso estacionado num camping de trailers chamado King's Row, ele acrescentou, como para piorar as coisas. Do lado de Klara da cama, encontrou um pequeno grupo de cabinhos de morango. Primeiro ele confundiu com um punhado de grama, vindo do sapato de alguém. Estavam felpudos de mofo; ele os jogou fora. Mas iria mandar o relógio para Varya, que havia sido de Simon antes de ser de Klara e de Saul antes de ser de Simon.

— É um relógio masculino — disse Varya a ele. — Você deveria ficar com ele.

— Não — disse Daniel, no mesmo tom misterioso, e ela entendeu que ele viu algo que o desconcertou, algo que ele não queria levar para casa.

— Luke? — chama ela agora.

Ele tosse e busca a maçaneta da geladeira.

— Se importa se eu...

Pare, ela pensa, mas ele já está lá, abriu a porta e viu.

— Você mantém a comida dos macacos aqui? — ele diz, apesar de que quando se vira para ela, seu espanto já deu lugar para a compreensão. A porta fica aberta. Da sala, Varya pode ver fileiras de comida pré-embalada lá dentro. Na prateleira de cima está o café da manhã dela, frutas misturadas em sacos plásticos com colheradas de cereal rico em fibras. Na última prateleira estão seus almoços: castanhas com feijão ou, nos finais de semana, um pedaço de tofu ou atum. Seus jantares estão no freezer, preparados semanalmente, depois divididos em porções envolvidas em papel alumínio. Presa à lateral da geladeira, o lado que dá para Luke, está uma planilha de Excel com a contagem de calorias de cada refeição, assim como seu conteúdo de vitaminas e minerais.

No primeiro ano de sua restrição, ela perdeu quinze por cento de seu peso corporal. Suas roupas ficaram largas e seu rosto assumiu a insistência estreita de um galgo inglês. Ela observou essas mudanças com um desapego curioso; estava orgulhosa de poder resistir à tentação de doces, carboidratos, gordura.

— Por que você faz isso? — pergunta Luke.

— Por que acha? — diz ela, mas recua quando o vê vindo em direção a ela. — Por que está bravo? Não é meu direito decidir como eu vivo?

— Porque estou triste — diz Luke, pesadamente. — Porque ver você assim parte meu coração, porra. Você limpou o caminho: não tem marido, não tem filho. Podia ter feito qualquer coisa. Mas é como seus macacos, trancada e mal alimentada. A questão é que você tem de viver uma vida menor para poder viver uma vida mais longa. Não vê isso? A questão é que você está disposta a fazer o trato, você *fez* o trato, mas para que fim? A que custo? Claro, seus macacos nunca tiveram escolha.

É impossível transmitir o prazer da rotina para alguém que não acha a rotina prazerosa, então Varya não tenta. O prazer não é o do sexo ou do amor, mas o da certeza. Se ela fosse mais religiosa, e cristã, ela poderia ser uma freira; que segurança saber que reza ou tarefa você estará fazendo em quarenta anos, às duas da tarde de uma terça.

— Estou tornando-os mais saudáveis — diz ela. — Eles vão ter vidas mais longas por minha causa.

— Mas não vidas melhores. — Luke para sobre ela, e ela se pressiona contra o sofá. — Eles não querem jaulas e rações. Querem luz, brincar, calor, textura... perigo! Toda essa besteira sobre sobrevivência em vez de vida, como se tivéssemos controle sobre uma das duas. Não é à toa que você não sente nada quando os vê em suas jaulas. Você não sente nada por si mesma.

— E como deveria viver minha vida? Deveria viver como Simon, que não se importava com ninguém além de si mesmo? Deveria viver num mundo de fantasia, como Klara? — Ela sai do sofá, com cuidado para não tocá-lo, e entra na cozinha. Lá ela abre a porta da geladeira e começa a reorganizar os sacos de comida que caíram quando Luke fechou a porta.

— Você os culpa — diz ele seguindo-a, e Varya dirige a ele a raiva que sente por seus irmãos, a raiva que ferve constantemente dentro dela. Se eles tivessem sido mais espertos, mais cuidadosos. Se tivessem demonstrado autoconhecimento, mostrado humildade... se tivessem mostrado paciência! Se não tivessem vivido como se a vida fosse uma corrida louca em direção a algum clímax não merecido; se tivessem caminhado em vez de corrido. Eles começaram juntos: antes de qualquer um deles ser gente, eram óvulos, quatro dos milhões de sua mãe. Impressionante que eles possam divergir tão dramaticamente no temperamento, nas falhas fatais — como estranhos pegos por segundos no mesmo elevador.

— Não — diz ela. — Eu os amo. Faço meu trabalho em homenagem a eles.

— Não acha que nada disso é egoísmo?

— O quê?

— Há duas grandes teorias sobre como parar de envelhecer. — Luke a imita. — A primeira é que você deve suprimir o sistema reprodutivo. E a segunda, que você deve diminuir a ingestão de calorias.

— Eu nunca devia ter contado nada. Você é jovem demais para entender; é uma criança.

— Sou uma criança? Sou? — Luke ri incisivamente, e Varya estremece. — É você quem está tentando me convencer de que o mundo é racional, como se houvesse algo que você pudesse fazer para colocar um freio na morte. Está dizendo que eles morreram por causa de X e você viveu por causa de Y e que essas coisas são mutuamente exclusivas. Dessa forma você pode acreditar que é mais esperta; dessa forma pode acreditar que é diferente. Mas você é tão irracional como eles. Você se chama de cientista, usa palavras como *longevidade* e *envelhecimento saudável*, mas você conhece a história mais básica da existência: *tudo o que vive deve morrer* — e quer reescrever isso.

Ele se inclina ainda mais perto, até que seus rostos estão a poucos centímetros de distância. Ela não pode olhar para ele. Ele está próximo demais, quer demais dela — ela pode sentir o hálito dele, uma pasta bacteriana cortada pelos grãos torrados do chá Genmaicha.

— O que você quer da vida? — pergunta ele, e quando ela faz silêncio, ele agarra o pulso dela e aperta. — Quer continuar assim para sempre? Assim?

— E o que você quer? Me salvar? Isso te faz se sentir bem, ser o salvador? Faz você se sentir homem? — Ela o feriu; as mãos dele caem e seus olhos brilham. — Não me dê sermão; você não tem o direito, e certamente não tem experiência.

— Como você sabe?

— Você tem vinte e seis anos. Cresceu numa porra de uma fazenda de cereja. Teve pais ricos e um irmão mais velho que te amava tanto a ponto de você ter o precioso lencinho dele.

Ela sai de trás da porta da geladeira e caminha para a porta da frente. Mais tarde ela vai tentar entender o que aconteceu — mais tarde ela vai revirar a conversa seguidamente em sua mente, se perguntando como poderia tê-la salvado antes de ter descambado de vez —, mas agora ela quer que ele vá embora. Se ele ficar mais, ela vai fazer algo terrível.

Mas Luke não vai embora.

— Ele não me deu. Ele morreu.

— Sinto muito — diz Varya, seca.

— Não quer saber como? Ou só se importa com suas próprias tragédias?

A verdade é que ela não quer saber; a verdade é que ela não tem espaço para a dor de mais ninguém. Mas Luke, emoldurado na porta arqueada entre a sala e a cozinha, já começou a falar.

— O que você precisa saber sobre meu irmão é que ele cuidava de mim. Meus pais sempre quiseram outro filho, mas não conseguiam, então me adotaram. Asher tinha dez anos quando eu cheguei. Ele podia ter sido ciumento. Mas não era; era bonzinho e generoso e cuidava de mim. Nós morávamos no interior do estado de Nova York na época. Quando nos mudamos para Wisconsin tínhamos mais terra, mas uma casa menor, e tínhamos de dividir o quarto. Asher tinha treze anos; eu era pequeno. Que moleque no ginásio quer dividir o quarto com um de três? Mas ele nunca reclamava. Eu era o difícil. Eu era o pivete. Queria ver até onde podia pressionar: ainda está feliz de ter me pego? Se eu fizer isso, você vai me mandar de volta? Uma vez fugi da casa e me espremi debaixo da varanda e fiquei lá por horas, queria vê-los procurando por mim. Outra vez fui com Asher para as árvores e me escondi bem quando era hora de ir embora com a colheitadeira. Isso se tornou um jogo que fazíamos, eu me escondendo bem na hora errada, na hora mais irritante, e Asher sempre largava o que estava fazendo e me procurava, então ele me encontrava e a gente começava a trabalhar.

Ela estica uma mão, como para pará-lo. Ela não quer ouvir o que vem em seguida, não pode suportar — seu corpo já está arrepiado de medo —, mas Luke a ignora, continuando.

— Um dia fomos aos depósitos de grãos. Na época tínhamos galinhas e vacas, e em abril os grãos tinham de ser verificados para evitar bolotas. Asher desceu no compartimento. Eu devia ficar no topo da plataforma de olho nele, para poder pedir ajuda se algo desse errado. Quando ele estava lá, ele olhou para mim e sorriu. Estava abaixado no topo da massa; era amarela, parecia areia. "Não ouse", disse ele. E eu sorri para ele e desci a escada e corri. Eu me escondi entre os tratores, porque ele iria me procurar lá. Mas ele não veio. Depois de alguns minutos, eu soube que havia algo de errado, que eu havia feito algo feio, mas eu estava com medo. Então fiquei lá. Asher tinha levado dois bastões para o depósito de grãos; ele os usava para quebrar as bolotas. Quando eu saí, ele tentou usá-los para escalar para fora. Mas fizeram buracos demais. Ele afundou nos primeiros cinco minutos. Levou mais tempo para ele ser esmagado, depois sufocado. Encontraram pedaços de milho em seus pulmões.

Por segundos, Varya fica em silêncio. Ela encara Luke e ele a encara. O ar parece carregado e pesado, como se apenas a força do olhar mantivesse algo pairando entre eles. Então Varya vacila.

— Por favor, vá — pede. Sua mão na porta está úmida, ela vai ter de limpar quando ele sair.

— Está brincando? É tudo o que você tem a dizer? — pergunta Luke, com a voz falhando. — Inacreditável. — Ele caminha até o sofá e tira seus sapatos, enfiando os pés, suas meias com as pontas frouxas, acinzentadas. Varya abre a porta para ele. É tudo o que ela pode fazer para não gritar com ele, gritar por ele, quando ele passa pela porta e desce as escadas.

ELA OBSERVA DA JANELA enquanto ele caminha para seu carro e sai cantando pneu. Então ela agarra as chaves e faz a mesma coisa. Ela o segue por dois semáforos até perder a coragem. O que ela poderia dizer? No próximo sinal, ela faz uma volta em U e vai para o lado oposto, para o laboratório.

Annie não está lá. Nem Johanna, ou nenhum dos técnicos. Até Clyde está de folga. Varya caminha para o viveiro — guinchos indignados dos macacos, que estão assustados pela entrada repentina dela — e encontra a jaula de Frida.

Ela acha que Frida está dormindo, até ver que os olhos da macaca estão abertos. Ela se deita de lado com seu antebraço esquerdo na boca.

Frida já havia feito automutilação — a mordida na sua coxa, por exemplo —, mas sempre escondeu seu comportamento. Agora ela raspa desavergonhadamente seu próprio osso, a carne ao redor dele um corte destroçado de sangue e tecidos.

— Venha — grita Varya —, venha cá — e abre a porta da jaula. Frida levanta o olhar, mas não se move, então Varya cruza para a parede oposta e pega uma coleira, que prende no pescoço de Frida e usa para puxar a macaca para fora. Os outros animais gritam e Frida se vira para olhar para eles, selvagem com uma consciência súbita. Ela se senta e abraça os joelhos, balançando, então Varya não tem escolha além de puxar e puxar até estar arrastando o corpo de Frida pelo chão. Ela está nauseada pela fragilidade de Frida. Antigamente com cinco quilos, a macaca agora só tem três e mal consegue se manter ereta. Na próxima puxada ela cai, de costas, e a coleira começa a sufocá-la. Os outros macacos aumentaram o agudo — percebem a fraqueza de Frida, estão empolgados com isso —, e Varya, histérica, abaixa para pegar a criatura em seus braços.

Frida abaixa a cabeça no ombro de Varya e descansa o braço em seu peito. Varya busca ar. Ela não está usando proteção, e o ferimento, que solta um fedor de podre, se prende a seu suéter. Ela começa a correr, a testa de Frida batendo em sua clavícula, e entra na cozinha. Os comedouros estão empilhados na parede, mas Varya quer pedaços soltos de ração, os enormes sacos de comida aberta e as guloseimas que são dados aos macacos sem restrições: maçãs, bananas, laranjas, uvas, uvas passas, amendoim, brócolis, carne de coco, cada um num balde. Ela tira os baldes e sacos e os coloca no chão com Frida em sua cintura. Então coloca Frida no chão diante dos cochos.

— Vai — grita ela. — Come! — Mas Frida encara perdida o banquete. Varya a incita mais alto, apontando, e Frida estica sua mão esquerda. Suas pernas estão abertas no chão como o de uma criança, seus joelhos dobrados; as solas de seus pés são macias e cinza. Varya observa avidamente Frida buscando as uvas passas, mas antes de sua mão entrar no saco, ela muda de ideia e coloca o braço no rosto. Ela abre a boca, encontra a ferida e mastiga. Varya se abaixa para tirar a mão de Frida e soluça. O ferimento está coberto de pelo, mas é muito fundo. Frida pode ter quebrado o osso.

— Coma — grita Varya. Ela se agacha no saco de uvas passas e leva sua mão aos lábios de Frida. A macaca fareja. Lentamente, lentamente, ela pega a primeira uva em sua boca. Varya usa as duas mãos para pegar novamente. Logo seus dedos estão cobertos de grãos de comida e pele, mas ela continua buscando o saco de coco, os amendoins, as uvas. — Ah, que bom — diz ela. — Ah, meu bebê — palavras que ela não usa há décadas, palavras que ela só usou uma vez: Luke coroando, o corpo dela se partindo para acomodar sua vida repentina.

Quando Frida se vira para longe da mão, Varya tenta com outro tipo de fruta, ou uma ração de formato diferente. Frida come essas também, então vomita: muco transparente, bile, um rio de uvas passas. Varya lamenta. Limpa a boca de Frida, sua careca falhada e suas orelhas translúcidas, cor de salmão, porque o animal está suando. O vômito flui quente sobre a calça de Varya. Ela precisa chamar o veterinário. Mas a ideia de chamar o veterinário — o que Dr. Mitchell vai perguntar a Varya, o que ela vai ter de explicar — a faz chorar mais forte.

Então ela abraça Frida, até o Dr. Mitchell vir; ela vai confortá-la, vai fazer Frida se sentir melhor. Ela puxa o animal para seu colo. Os olhos de Frida estão vidrados e sem foco, mas ela se remexe, quer ser deixada em paz. Varya a aperta mais firme.

— Pssi —cochicha ela. — Psssiu. — Frida continua a lutar para se soltar e Varya continua a se agarrar. Ela está acabada, já deu para ela. O que importa? Ela quer abraçar algo, quer ser abraçada. Ela não solta até Frida levar seu rosto para o de Varya, seus lábios macios contra o queixo de Varya, e morder.

35

VARYA NÃO CHAMOU O VETERINÁRIO. Na manhã seguinte, Annie a encontrou com Frida, dormindo na cozinha — Varya tinha as costas contra uma pilha de caixas, Frida na última prateleira —, e gritou.

No hospital, Varya achou que fosse morrer: primeiro por algo contraído durante a mordida, depois, quando o médico disse que Frida não tinha nem hepatite B nem tuberculose, de algo que iria contrair na unidade de isolamento. Ficou espantada quando sobreviveu; em seu pânico, parecia que o único desfecho seria o que ela mais temia. Logo que seus medos se provaram inválidos, foram substituídos por uma perturbação bem mais concreta: saber que o que ela havia feito era tão destrutivo ao ponto de ser irreparável.

A cada dia que comia a comida do hospital, ela ficava mais alerta. Não havia habitado totalmente seu corpo desde a infância. Agora o mundo avançava em direção a ela, com todas as suas texturas e sensações. Ela sentia a miséria ácida de cada limpeza do ferimento e o toque de papel dos lençóis do hospital, que ela estava esgotada demais para inspecionar. Quando a enfermeira se aproximava, Varya sentia o cheiro de um xampu que tinha certeza de que Klara costumava usar. Ocasionalmente ela via Annie dormindo numa cadeira ao lado de sua cama e uma vez, num momento de coerência, ela pediu a Annie para não contar a Gertie o que havia acontecido. Annie fechou a cara e desaprovou, mas concordou. Varya iria contar a ela algum dia, mas contar sobre a mordida significava contar sobre tudo mais, e ela não podia fazer isso ainda.

Frida foi mandada para um hospital veterinário em Davis. Seu osso estava rachado, como Varya temia. Um cirurgião amputou seu braço no ombro. Mas a única forma de saber se Frida tinha raiva era cortar sua cabeça e examinar o cérebro. Varya implorou por leniência: ela mesma não tinha sintomas, e se Frida tivesse raiva, iria morrer em poucos dias.

Duas semanas depois, Varya encontra Annie num café em Redwood Boulevard. Ao entrar, Annie sorri — usa roupas de passeio, calça preta estreita com uma camiseta listrada e tamancos, seu cabelo está solto —, mas seu desconforto é óbvio. Varya pede um wrap vegetariano. Normalmente ela não comeria, mas seu experimento terminou no hospital, e ela não encontrou convicção para recomeçar.

— Conversei com Bob — diz Annie quando o garçom sai. — Ele vai te deixar pedir demissão voluntariamente.

Bob é o CEO do Drake. Varya não quer saber como ele reagiu quando ouviu que ela colocou um experimento de vinte anos em risco. Frida estava num grupo restrito. Ao alimentá-la, Varya anulou os dados de Frida e comprometeu a análise como um todo: com os resultados de Frida omitidos, o número de macacos restritos para controlar será distorcido. Isso sem mencionar o desastre de relações públicas que surgiria ao se espalhar a notícia de que um pesquisador de alto escalão do Drake sofreu um colapso, colocando em perigo funcionários e animais. Quando Varya pensa em como Annie deve ter pressionado Bob para permitir uma demissão voluntária, ela se enche de vergonha.

— Será mais fácil assim — diz Annie, hesitando. — Para continuar sua carreira.

— Está brincando? — Varya usa um guardanapo para assoar o nariz. — Não tem como manter isso em segredo.

Annie fica em silêncio, concordando.

— Ainda assim — diz ela. — É uma forma melhor de sair.

Annie conteve a maior parte de sua raiva por Varya, ao menos porque, diferentemente de Bob, conhece a história dela: no hospital, Varya confessou a verdade sobre Luke, enquanto a expressão de Annie ia de fúria para descrença e pena.

— Droga, eu queria te odiar.

— Você ainda pode.

— Sim — disse Annie. — Mas agora é mais difícil.

Varya engole um pedaço de seu wrap. Ela não está acostumada com as porções de restaurante, que parecem comicamente enormes.

— O que vai acontecer com Frida?

— Você sabe tão bem quanto eu.

Varya assente. Se Frida tiver sorte, vai ser levada para um santuário de primatas, onde antigos animais de pesquisa vivem com intervenção humana mínima. Varya batalhou por isso, fazendo ligações diárias do hospital para um santuário em Kentucky onde primatas passeiam por trinta acres cercados ao ar livre. Mas a capacidade do santuário é limitada. É mais provável que Frida seja mandada para outro centro de pesquisa e usada numa experiência diferente.

Naquela noite, Varya adormece às sete e acorda pouco depois da meia-noite. Rasteja para fora da cama em sua camisola e fica na janela, abrindo as persianas pela primeira vez em meses. A lua está clara o suficiente para Varya ver o resto do condomínio; em frente, a luz da cozinha de alguém está acesa. Varya tem uma sensação curiosa de purgatório, ou talvez de vida após a morte. Ela perdeu seu trabalho, que deveria ser sua contribuição para o mundo — sua retribuição. O pior aconteceu, e em meio ao vazio da perda está a ideia de que agora há muito menos a temer.

Ela pega o celular da mesinha de cabeceira e se senta na coberta. Do outro lado a linha toca e toca. Quando ela se resigna de que irá cair na caixa de mensagens, alguém responde.

— Alô? — pergunta a voz, incerta.

— Luke. — Ela está tomada de duas emoções: alívio de que ele atendeu e medo de que qualquer abertura que ele dê a ela não seja o suficiente para conquistar seu perdão. — Sinto muito. Sinto muito pelo que aconteceu com seu irmão e sinto muito pelo que aconteceu com você. Você nunca deveria ter passado por isso, nunca; queria que não tivesse, queria poder tirar isso de você.

Silêncio do outro lado. Varya aperta o telefone na orelha, respirando superficialmente.

— Como conseguiu meu telefone? — pergunta ele, finalmente.

— Estava no seu e-mail para Annie... quando você pediu a entrevista. — Ele fica em silêncio novamente, e Varya continua. — Me escute, Luke. Você não pode passar pela vida convencido de que foi sua culpa. Precisa se perdoar. Senão não vai sobreviver... não de uma forma completa. Não da forma que merece.

— Vou ser como você.

— Sim — diz ela e se segura para não chorar novamente. Essas palavras se aplicam a ela também, é claro, mas ela nunca se permitiu acreditar nelas antes.

— Você vai mesmo bancar a mãe judia comigo agora? Porque estou bem certo de que o estatuto de limitações disso acabou há vinte e seis anos.

— É justo — diz ela, apesar de soltar uma risada. — É verdade.

Ela transmite um apelo: que ele estenda a ela o dom da empatia, ainda que não merecida. Ela olha na frente do condomínio, aquela cozinha iluminada.

— Preciso dormir — diz Luke. — Você me acordou, sabe.

— Me desculpe — diz Varya. Seu queixo treme, com pontos, ainda com curativo.

— Pode me ligar amanhã? Saio do trabalho às cinco.

— Sim — diz Varya, fechando os olhos. — Obrigada. Onde você trabalha?

— Sports Basement. É uma loja de equipamentos esportivos.

— No dia em que te conheci, pensei que você parecia pronto para fazer escalada.

— Geralmente estou assim. Temos um ótimo desconto de funcionários.

Quão pouco ela sabe dele. Sente uma pontada de decepção que seu filho não é um biólogo ou jornalista, mas um vendedor de loja, então se censura. Ele está sendo sincero agora, e ela mantém essa honestidade dentro dela: mais uma coisa dele que é real.

TRÊS MESES DEPOIS, Varya está numa padaria francesa em Hayes Valley. Quando o homem que ela veio encontrar entra no café, ela o reconhece imediatamente. Eles nunca se encontraram pessoalmente, mas ela viu fotos promocionais dele online. Claro, ele também está em fotos antigas com Simon e Klara. A que Varya mais gosta foi tirada no apartamento em Collingwood Street onde Klara e Simon moraram. Um homem negro se senta no chão, encostado na janela, um braço sobre o parapeito. Seu outro braço está em Simon, deitado com a cabeça no colo do primeiro homem.

— Robert — diz Varya, levantando-se.

Robert se vira. Ela pode ver o belo homem musculoso que ele costumava ser — é alto e imponente, sua expressão alerta —, apesar de agora ter sessenta anos e ser mais magro, seu cabelo grisalho. Varya se perguntou sobre ele por anos, mas não tinha coragem o suficiente para procurá-lo de nenhuma forma séria até este verão. Ela encontrou um artigo sobre dois homens que comandam uma empresa de dança contemporânea em Chicago. Quando escreveu o e-mail, ele disse a ela que estaria em São Francisco esta semana para um festival de dança em Stern Grove. Agora eles conversam sobre a pesquisa dela, a coreografia dele, e o apartamento no South Side onde ele e seu marido, Billy, moram com dois gatos Maine Coon.

— São Ewoks — diz Robert. Está rindo, mostrando fotos no celular, e Varya ri também, até que de repente está quase chorando.

— O que foi? — pergunta Robert. Ele guarda o celular.

Varya esfrega os olhos.

— Estou tão feliz de te conhecer. Minha irmã, Klara... ela falava muito de você. Ela teria adorado... — O condicional: um tempo que ela ainda odeia. — Ela teria adorado saber que você está...

— Vivo? — Robert sorri. — Tudo bem; pode dizer isso. Nunca foi uma garantia. Não que seja garantido para nenhum de nós. — Ele ajustou um bracelete de prata gravado, que ele e Billy usam em vez de alianças. — Eu tenho o vírus. Nunca achei que viveria até a velhice. Diabos, achei que iria morrer aos trinta e cinco. Mas aguentei até o coquetel estar disponível. E Billy tem energia para nós dois. Ele é jovem, jovem demais para ter passado pelo que passamos. Quando Simon morreu, ele tinha dez anos. — Robert cruza olhares com ela. É a primeira vez que um dos dois diz o nome de Simon.

— Nunca consegui superar o fato de não tê-lo visto depois que ele saiu de casa — diz Varya. — Quatro anos morando em São Francisco, e eu nunca fui. Estava tão brava com ele. E achei que ele iria... crescer.

As palavras pairam. Varya engole seco. Klara estava com Simon e até Daniel falou com ele, uma breve ligação que ele contou depois do velório, mas Varya era pedra, era gelo, tão remota que ele não poderia tê-la procurado nem se quisesse. E por que ele iria querer? Ele deveria saber que Varya o ressentia mais do que a Klara. Pelo menos Klara havia deixado claro que estava indo embora; pelo menos em São Francisco ela teve a decência de pegar o telefone. Varya desistiu de Simon. Não era surpresa que ele também tivesse desistido dela.

Robert coloca a mão sobre a dela, e ela tenta não recuar. Sua mão é grande e quente.

— Não tinha como você saber.

— Não. Mas eu devia tê-lo perdoado.

— Você era uma menina. Nós todos éramos. Olha, antes do Simon morrer, eu era cuidadoso. Cuidadoso demais, talvez. Mas quando ele morreu, eu fiz umas coisas idiotas, impulsivas. Coisas que poderiam ter me matado.

— A ideia de que você pode morrer pelo sexo — diz Varya, hesitando. — Você não se apavorava?

— Não. Na época não. Porque não parecia assim. Quando os médicos disseram que deveríamos ficar em celibato, não parecia que eles estavam falando para escolhermos entre sexo e morte. Parecia que estavam pedindo para escolhermos entre morte e vida. E ninguém que se esforçou tanto para viver a vida autenticamente, para fazer sexo autenticamente, estava disposto a desistir.

Varya assente. Ao lado deles, um sininho na porta do café toca quando uma jovem família entra. Quando eles passam pela mesa dela, Varya se força a não se esquivar deles. Ela está indo a um novo terapeuta, um que pratica terapia comportamental cognitiva e a encoraja a aguentar esses momentos de exposição.

— Eu sempre me perguntei o que em Simon atraiu você. Klara dizia que você era tão maduro, tão estabelecido. Mas Simon era um moleque, um moleque orgulhoso. Não me entenda mal, eu o adorava. Mas eu nunca teria namorado ele.

— Isso parece certo. — Robert sorri. — O que eu amava nele? Ele não tinha medo. Quis se mudar para São Francisco e se mudou. Queria ser dançarino, então se tornou. Tenho certeza de que ele não se *sentia* sempre destemido. Mas agia assim. Foi algo que ele me ensinou. Quando Billy e eu começamos nossa companhia, pegamos um empréstimo que achamos que nunca devolveríamos. Nos primeiros três anos, cara, estávamos todos nas trincheiras. Daí fizemos um show em Nova York, e tivemos uma crítica no *Times*. Quando voltamos a Chicago, começamos a ter lucro. Agora posso pagar plano de saúde para nossos dançarinos. — Ele morde seu croissant; flocos amanteigados caem em sua jaqueta de couro. — Nunca planejei minha aposentadoria. Ainda tenho medo de olhar muito para a frente. Mas tudo bem; adoro meu trabalho, não quero que termine.

— Eu queria me sentir assim. Deixei meu trabalho. Nunca me senti tão à deriva.

— Chega disso. — Robert levanta seu croissant e aponta para ela com uma expressão exagerada de repreensão. — Pense como Simon. Seja destemida!

Ela está tentando, mesmo quando sua definição da palavra é risivelmente pequena se comparada à de todo mundo. Ela começou a usar o encosto de cadeiras e dar caminhadas pela cidade. Dez anos atrás, quando se mudou para a Califórnia, visitou o Castro pela primeira vez desde que Ruby havia nascido. Tentou visualizar Simon lá, mas só conseguia vê-lo em suas caminhadas para a Congregação Tifereth Israel, fugindo dela. Agora ela o imagina novamente, mas desta vez ele não fica nas amarras da pessoa que ela conheceu. Enquanto caminha de Cliff House para o velho hospital militar perto de Mountain Lake Park, ela vê Simon parado ao lado dos restos de Sutro Baths, onde outrora havia espaço para cerca de dez mil pessoas nadarem. Ela não tem ideia se ele caminhou por esses lados; Richmond fica a pelo menos quarenta e cinco minutos do Castro de ônibus. Não importa. Ele está lá entre os arbustos e lilases, seu cabelo balançado pelo vento vindo d'água, abrindo uma trilha enquanto Varya segue atrás dele.

QUANDO ELA VOLTA para casa, há um e-mail de Mira.

Querida V: Onze de dezembro é bom para você? Acontece que Eli tem um com-

promisso no dia quatro e Jonathan ainda gosta da ideia de arrastar todo mundo para a Flórida no inverno, cara louco. (Acho que vai ser legal, só preciso superar a vergonha de contar a todos que vou me casar em Miami.) Me diga.

Com amor — M.

Jonathan é um colega professor no campus de New Paltz, que perdeu a esposa com câncer no pâncreas quatro anos antes da morte de Daniel. Não era alguém que Mira jamais considerou romanticamente. Depois que Daniel morreu, ele trazia as refeições de Mira — "*É* peito", dizia, "mas comprei no mercado; era minha esposa quem cozinhava" — e ficou com ela durante os ataques de pânico que ela começou a sofrer antes de dar aulas. Foi dois anos antes de ela se apaixonar por ele.

— Apesar de não ter sido uma paixão. O ritmo foi glacial — disse Mira, durante uma de suas sessões de Skype domingo à noite com Varya. — Eu tive de me render.

Mira colocou o prato na mesinha de centro e puxou os pés para baixo de si. Ainda era pequena, porém mais musculosa: depois da morte de Daniel, ela começou a andar de bicicleta, indo de New Paltz para Bear Mountain com o mundo passando para trás, parecendo o borrão que ela sentia que era.

— Se render ao quê? — perguntou Varya.

— Bem, era o que eu me perguntava, e percebi que o que eu tinha de deixar para trás não era minha dor ou minha confiança, tinha de deixar Daniel.

Seis meses atrás, Jonathan a pediu em casamento. Tem um filho de onze anos, Eli, com quem Mira está aprendendo a lidar. Varya será a madrinha.

O que você quer? perguntou Luke a ela, e se Varya o tivesse respondido com honestidade, ela teria dito isso: voltar ao começo. Ela diria à sua antiga eu de treze anos para não visitar a mulher. Para sua eu de vinte e cinco anos: encontre Simon, perdoe-o. Ela se diria para tomar conta de Klara, para se inscrever no JDate, para impedir a enfermeira de tirar o bebê de seus braços. Ela diria a si mesma que iria morrer, iria morrer, todos iriam. Diria a si mesma para prestar atenção no cheiro do cabelo de Klara, na sensação dos braços de Daniel quando ele tentava abraçá-la, nos polegares curtos de Simon — meu Deus, as mãos deles, de todos eles, a velocidade de passarinho das mãos de Klara, as mãos esguias e incansáveis de Daniel. Ela diria a si mesma que o que ela realmente queria não era viver para sempre, e sim parar de se preocupar.

E se eu mudar? Ela perguntou à vidente, todos esses anos atrás, certa de que o conhecimento poderia salvá-la do azar e da tragédia. *A maioria das pessoas não muda*, a mulher disse.

São sete da manhã, o céu é um borrão neon. Varya se recosta em sua cadeira. Talvez ela tenha escolhido a ciência porque era racional, acreditando que a distanciaria da mulher na Hester Street e suas previsões. Mas a crença de Varya na ciência era rebeldia também. Ela temia que o destino fosse fixo, mas ela esperava — Deus, ela esperava — que não fosse tarde demais para a vida surpreendê-la. Ela esperava que não fosse tarde demais para ela se surpreender.

Agora ela se lembra do que Mira disse a ela depois do enterro de Daniel. Elas se agacharam debaixo de uma árvore, a neve se filtrando pelos galhos, enquanto as pessoas seguiam para o estacionamento.

— Não conheci a Klara — disse Mira. — Mas neste momento, quase sinto que a entendo, porque o suicídio não parece irracional. Irracional é continuar, dia após dia, como se seguir em frente fosse natural.

Mas Mira continuou. A impossibilidade de se mover além da perda, encarando a probabilidade de conseguir: é tão absurdo quanto aparentemente milagroso, como a sobrevivência sempre é. Varya pensa em seus colegas, com seus tubos de ensaio e microscópios, todos tentando replicar os processos que já existem na natureza. *Turritopsis dohrnii*, uma água-viva do tamanho de uma lantejoula, envelhece ao contrário quando está sob ameaça. No inverno, a rã da floresta se torna gelo: seu coração para de bater, seu sangue congela e ainda assim, meses depois, quando chega a primavera, ela derrete e salta para longe. A cigarra magicicada hiberna sob o solo em ninhadas, alimentando-se de fluidos de raízes de árvores. Seria fácil pensar nelas como mortas: talvez, de alguma forma — sedentárias e silenciosas, aninhadas meio metro abaixo do solo —, elas estejam. Uma noite, dezessete anos depois, elas rompem a superfície em números impressionantes. Sobem para o objeto vertical mais próximo; as cascas da pele de suas ninfas vão ao chão. Seus corpos são pálidos e ainda não endurecidos. Nas trevas, elas cantam.

36

NA PRIMEIRA SEMANA de julho, Varya dirige para a cidade para sua visita semanal à mãe. Gertie está animada: Ruby também veio. Varya nunca entendeu por que uma estudante universitária passaria duas semanas numa casa de repouso todo verão de livre e espontânea vontade, mas Ruby sugeriu esse plano quando caloura e não recuou. A Helping Hands fica a oito horas de carro da UCLA, onde Ruby logo vai começar seu último ano. A cada verão ela chega num tumulto de óculos escuros e braceletes empilhados, vestidos de verão e saltos plataforma, assim como um ostensivo Range Rover branco. Ela joga mah-jongg com as viúvas e lê para Gertie de livros de suas aulas de literatura. Na última noite de sua visita, ela faz um show de mágica na sala de jantar, que ficou tão disputado que os funcionários trazem cadeiras extras da biblioteca. Os residentes ficam extasiados como crianças. Depois, esperam por Ruby em longas filas, ansiosos por contar que conheceram o irmão de Houdini ou viram uma mulher deslizar pela Times Square presa numa corda pelos dentes.

— O que vai fazer agora? — pergunta Gertie a Varya. — Se não vai voltar a trabalhar?

Ela se senta numa poltrona, com uma tigela de picles no colo. Ruby está deitada na cama de Gertie. Joga no celular um jogo chamado Bloody Mary. Quando chega na quinta fase, passa o telefone para Varya, que tem uma satisfação particular em esmagar o ligeiro tomate saltitante que vigia um saco de palitinhos de aipo.

— Não é que não vou voltar a trabalhar — diz Varya. — Só não vou voltar para o Drake.

Ela contou à mãe que cometeu um erro crítico, algo que comprometeu a integridade do experimento. Logo — quando Ruby for embora, talvez — ela vai contar a Gertie sobre Frida e, acima de tudo, sobre Luke. O relacionamento deles tem sido frágil demais para compartilhar e, apesar de estar menos frágil agora, Varya ainda teme perdê-lo tão repentinamente quanto ele apareceu. Começaram a trocar correspondência, fotos, cartões postais e outras coisinhas. Em maio, Luke mandou uma foto com sua nova namorada, Yuko. Ela é pelo menos meio metro mais baixa do que ele, com um corte de cabelo assimétrico tingido de rosa nas pontas. Na foto, ela está fingindo carregar Luke, uma das longas pernas dele caída sobre o braço dela enquanto eles se dobram de rir. Outro mês passa até Luke admitir que Yuko é sua colega de quarto, aquela que fingiu ser editora da *Chronicle* — apesar de não terem nada na época, ele se apressa em acrescentar —, e que manteve isso em segredo porque não queria que Varya se ressentisse dela.

Varya corou de prazer, tanto por ver a felicidade dele e por pensar que ele se importava com o que ela pensava. Naquela semana, ela passou por uma barraquinha de feira vendendo compotas de frutas caseiras. Ela parou no acostamento e espiou pelos potes de vidro, seus conteúdos como joias na luz da tarde. Quando encontrou cerejas, comprou dois potes, guardou um e mandou o outro para Luke. Dez dias depois, veio a resposta:

Nada excepcional, mas firme. Sólido. *O extrato de amêndoa é um bom toque e ressalta o almíscar da cereja, então fica algo mais do que apenas doce.*

Varya sorriu para o cartão e leu mais duas vezes. Nada excepcional, mas firme e sólido não era a pior coisa que se poderia ser, ela pensou, e foi para a despensa pegar seu próprio pote, que ela havia guardado esperando a resposta dele.

— Onde então? — diz Gertie agora, olhando para seu próprio colo. — Não pode ficar sentada o dia todo como eu. Comendo picles.

Imediatamente Varya escuta seus irmãos. *Como se você tivesse mesmo que se preocupar com isso,* diria Klara. Então Daniel: *É. Varya sentada comendo picles?*

Acho que ela não é capaz de tal coisa. Ultimamente, Varya os vê em todo lugar. Um garoto adolescente que passou correndo por seu apartamento ao anoitecer a faz lembrar de Simon, correndo pela Clinton 72 nas noites frescas de verão. Ela vê o sorriso de Klara — reluzente, incisivo — no rosto de uma mulher num bar. Ela se imagina buscando o conselho de Daniel. Ele sempre a seguia, em idade, em suas ambições, no apoio da família. Ela sabia que podia contar com ele para cuidar de Gertie ou para levar Simon para casa.

Por tanto tempo ela abafou essas lembranças. Mas agora quando ela as traz à tona dessa forma sensorial, para que eles pareçam mais pessoas do que fantasmas, algo inesperado acontece. Algumas das luzes dentro dela se acendem — a vizinhança que ficou escura anos atrás.

— Acho que eu gostaria de dar aulas — diz ela. Na pós-graduação ela ensinou os graduandos em troca de abatimento na mensalidade. Ela não achou que poderia fazer tal coisa — antes de sua primeira aula, ela vomitou na pia do banheiro feminino, incapaz de chegar à privada —, mas logo achou revigorante, todos esses rostos virados para cima, esperando para ver o que ela tinha na manga. Claro, alguns dos rostos não estavam virando, estavam dormindo, e secretamente era desses que ela mais gostava. Ela estava determinada a acordá-los.

NA ÚLTIMA NOITE da visita de Ruby, Varya vem ver o show de mágica. Enquanto Ruby está arrumando a sala de jantar, Varya e Gertie jantam no quarto de Gertie. Varya pensa nos Gold, o que seus irmãos e Saul achariam de ver Ruby no palco; então, na estranha semiluz do crepúsculo, ela começa a dividir algo que achou que nunca faria: ela conta a Gertie sobre a mulher na Hester Street. Descreve o calor envolvente daquele dia de julho, sua ansiedade enquanto subia as escadas, o fato de cada irmão entrar na sala sozinho. Ela divide a conversa que tiveram na última noite do shivá de Saul, que ela percebeu em retrospecto que foi a última vez que os quatro estiveram todos juntos. Enquanto Varya fala, Gertie não levanta o olhar. Ela encara seu iogurte, levando cada colherada para a boca com tamanho foco que Varya se pergunta se esse é um dia ruim, se sua mãe está ausente. Quando Varya termina, Gertie limpa a colher com o guardanapo e a coloca na bandeja. Cuidadosamente ela fecha o pote de iogurte com sua tampa de papel-alumínio.

— Como você pode acreditar nesse lixo? — pergunta ela, baixinho.

Varya abre a boca. Gertie coloca o pote de iogurte ao lado da colher e dobra as mãos no colo, olhando para Varya com uma indignação rigorosa.

— Éramos crianças. Ela nos assustou. E enfim, a questão não é...

— Lixo! — diz Gertie, decisiva agora, recostando-se em sua cadeira. — Então vocês foram ver uma cigana. Ninguém é idiota o suficiente para acreditar neles.

— Você acredita nesse tipo de lixo. Você cospe quando passa um funeral. Depois que o pai morreu, você queria fazer aquele troço com a galinha, girar uma galinha viva no ar enquanto recitava...

— Isso é um ritual religioso.

— E cuspir no funeral?

— O que tem isso?

— Qual é sua desculpa?

— Ignorância. Qual é a sua? Você não tem — diz ela quando Varya pausa. — Depois de tudo que te dei: educação, oportunidade... modernidade! Como você pôde terminar como eu?

Gertie tinha nove anos quando as forças alemãs tomaram a Hungria. Os pais de sua mãe e três irmãos em Hajdú foram mandados para Auschwitz. Se a *Shoah* havia solidificado a fé de Saul, havia apenas diminuído a dela. Quando tinha seis anos, até seus pais estavam mortos. Deus deve ter parecido menos provável do que a sorte, a bondade menos provável do que maldade — então Gertie bateu na madeira e cruzou os dedos, jogou moedas em fontes e jogou arroz por trás dos ombros. Quando rezava, ela negociava.

O que ela deu a seus filhos, Varya percebe: a liberdade da incerteza. A liberdade de uma fé incerta. Saul teria concordado. Como filho único de imigrantes, o pai dela teve poucas opções. Olhar para a frente ou para trás devia parecer ingratidão, como testar a fé — a fé apresenta uma visão que pode desaparecer se ele afastar os olhos dela. Mas Varya e seus irmãos tiveram escolhas e o luxo da autoavaliação. Eles queriam medir o tempo, tramar e controlá-lo. Porém, na busca pelo futuro, eles só se aproximaram das profecias da vidente.

— Sinto muito — diz Varya. Seus olhos inchados.

— Não se desculpe — diz Gertie, esticando-se para bater no braço de Varya. — Seja diferente. — Mas depois de bater, ela pega o braço de Varya e o segura, como Bruna Costello fez em 1969. Desta vez, Varya não puxa para longe. Elas se sentam em silêncio até que Gertie se remexe.

— Então, o que ela te disse? —pergunta ela. — Quando você vai morrer?

— Oitenta e oito. — Agora parece muito distante, um luxo quase vergonhoso.

— Então com o que está preocupada?

Varya morde a bochecha para evitar sorrir.

— Achei que você tinha dito que não acreditava nisso.

— Não acredito. — Gertie funga. — Mas se eu acreditasse, eu não estaria reclamando. Se eu acreditasse, acharia que oitenta e oito seria bom.

ÀS SETE E MEIA elas entram na sala de jantar para o show de mágica. Uma plataforma elevada funciona como palco; duas lâmpadas colocadas de cada lado são os holofotes. Uma das enfermeiras pendurou lençóis vermelhos sobre uma arara como cortina. Gertie e suas amigas se arrumaram para a ocasião, e a sala de jantar está lotada. Uma ansiedade elétrica prende todo mundo no cômodo, invisível como matéria escura. Empurra todos juntos e em direção ao palco, em direção a Ruby.

Então a cortina se abre e ela aparece.

Nas mãos de Ruby, o palco se transforma. A cortina se torna uma cortina real e as lâmpadas se tornam holofotes. Klara era especialista em manuseio veloz, mas Ruby tem um talento inesperado para comédia física e uma forma de incluir todo mundo na sala. Há algo mais que a difere de sua mãe. Ela tem um sorriso fácil e sua voz nunca vacila. Quando ela derruba uma bola que deve pegar, gasta um momento numa pantomima autodepreciativa antes de se recompor. É confiança o que Varya vê. Ruby parece mais confortável com seu talento, consigo mesma, do que sua mãe.

Ah, Klara, pensa Varya. *Se você pudesse ver sua filha.*

A noite toda Gertie olha para Ruby como um filme que ela não quer parar de assistir. São quase onze quando os últimos residentes deixam a sala de jantar.

Apesar de Gertie concordar de subir na detestada cadeira de rodas, seu peito está inflado como o de um peru. Varya sabe que parar o envelhecimento é tão improvável quanto a ideia de que uma compulsão pode evitar que algo de ruim aconteça. Mas ela ainda quer gritar: *não vá.*

RUBY EMPURRA GERTIE de volta para seu quarto. Logo, ela vai voltar sua atenção para outros milagres: como suturar um ferimento, encaixar a coluna, fazer um parto. Porém hoje, há algo que a ligou a todos na sala, uma rede de emoções, e Ruby não deixou passar. Quando estava no palco, olhou e teve essa sensação, que a fez pensar nas crianças da pré-escola que às vezes ela vê passando pelo seu prédio em Los Angeles. Para se certificar de que não se percam, as crianças caminham numa fila com uma corda nas mãos. Hoje foi assim, Ruby pensa. Uma a uma, elas vieram para a corda. Uma a uma, elas se seguraram.

— Por que quer ser médica quando podia continuar fazendo isso? — Seu pai ainda pergunta. — Você traz tanto prazer às pessoas.

Mas Ruby sabe que mágica é apenas uma ferramenta entre muitas para nos manter vivos. Quando era criança, Raj contou a ela as três palavras que Klara sempre dizia antes de um show. Ruby tem recitado as mesmas palavras desde então. Hoje ela ficou atrás da cortina com as mãos apertadas. Do outro lado, ela pôde ouvir a plateia cochichando, se remexendo, farfalhando com ansiedade seus programas de impressão barata.

— Amo todos vocês — sussurrou ela. — Amo todos vocês, amo todos vocês, amo todos vocês.

Então ela passou a cortina para se juntar a eles.

AGRADECIMENTOS

SOU PROFUNDAMENTE GRATA a tanta gente que ajudou a dar vida ao *Os imortalistas.*

Este livro não teria sido possível sem a crença, trabalho e defesa de duas mulheres incríveis. Para minha rockstar e irmã de alma, minha agente Margaret Riley King: obrigada por sua fé, sua lealdade e suas sessões quinzenais de terapia. Sempre começa com você. Para minha editora, Sally Kim: seu brilho, paixão e integridade brilham tanto. Trabalhar com você foi uma das maiores honras e prazeres da minha vida.

Eu não poderia ter sonhado com uma equipe mais incrível na WME e Putnam. É um privilégio trabalhar com Tracy Fisher, Erin Conroy, Erika Niven, Haley Heidemann e Chelsea Drake na WME, e com Ivan Held, Danielle Springer, Christine Ball, Alexis Welby, Ashley McClay, Emily Oilis e Katie IllcKee na Putnam, assim como toda a equipe da Penguin. Agradecimentos também a Gail Berman, Dani Gorin, Joe Earley e Rory Koslow na Jackal por seu trabalho na arena de TV.

Devo a muitos autores, cineastas, cientistas e outros profissionais cujo trabalho foi essencial no meu processo de pesquisa. Fontes essenciais incluem *A subtle craft in several worlds: Performance and participation in Romani fortune-telling* (Ruth Elaine Andersen); o documentário de David Weissman, *I Was*

Here; *Hiding the Elephant: How Magicians Invented the Impossible and Learned to Disappear* (Jim Steinmeyer); e a vida de Tiny Kline, uma inovadora artista de circo que criou a Mordida de Vida e inspirou a personagem da Klara Avó. (*Circus Queen and Tinker Bell: The Memoir of Tiny Kline*, Janet M. David). O tenente Scott Gregory serviu como um conselheiro crucial para a carreira militar de Daniel; Deborah Robbins e Bob Ingersoll compartilharam generosamente suas experiências com primatas. O Drake foi inspirado no Buck Institute de pesquisa sobre envelhecimento em Novato, California, apesar de minha visão ser totalmente ficcionalizada, além de criar descrições dos prédios e a missão em geral. Finalmente, eu não poderia ter escrito a parte de Varya se não fosse pelos vários cientistas cuja pesquisa em longevidade deram suporte à dela, e que foram tão generosos de falar comigo, incluindo os doutores Ricki Colman, Stefano Piraino e Daniel Martinez, assim como a equipe do Wisconsin National Primate Research Center. A pesquisa de Varya emergiu desse passado, mas, como o Drake, é ficcionalizada e não é um comentário sobre um trabalho existente específico.

Amor eterno e agradecimentos para os membros da família e queridos amigos que serviram com primeiros leitores e ofereceram ajuda. Meus pais são os apoiadores mais fervorosos e fiéis; sou tão grata e tão sortuda de ser sua filha. Minha amada avó e a luz que me conduz, Lee Krug, foi a primeira pessoa a ler esse livro. Entre meus brilhantes amigos, sou grata à genialidade de editora e dedicação de uma vida de Alexandra Goldstein; o companheirismo intelectual de Rebecca Dunham; a solidariedade apaixonada de Brittany Cavallaro; e ao coração sábio e pulsante de Piyali Bhattacharya, assim como a irmandade de Alexandra Demet e Andrew Kay. Marge Warren e Bob Benjamin me deram o dom da percepção sobre a vida dos imigrantes e de meados do século vinte na cidade de Nova York. Judy Mitchell continua a ser uma mentora e querida amiga.

Para Jordan e Gabriel, meus irmãos: este livro é para vocês também.

E, meu Deus, o que posso dizer para Nathan? Não é fácil ser companheiro de uma escritora, mas eu acharia que você faz isso sem o mínimo esforço se eu não soubesse quanto desdobramento, conversa, trabalho editorial e apoio emocional isso requer. Você tem o coração mais sólido e o cérebro mais rápido e o tipo de perspectiva panorâmica que estabiliza até beija-flores agitados como eu. Obrigada, para sempre.

SOBRE A AUTORA

CHLOE BENJAMIN é autora do livro *Anatomy of Dreams*, seu primeiro livro, vencedor do prêmio Edna Ferber de ficção. Nascida em São Francisco, Califórnia, escreveu dois livros e teve seu trabalho traduzido em 30 línguas. Graduou-se na Faculdade de Vassar e estudou ficção na Universidade de Wisconsin. Atualmente vive com seu marido em Madison, Wisconsin, nos Estados Unidos.

PUBLISHER
Omar de Souza

GERENTE EDITORIAL
Mariana Rolier

EDITORA
Alice Mello

COPIDESQUE
Thaís Lima

REVISÃO
Daniel Austie

PROJETO GRÁFICO, DIAGRAMAÇÃO E ADAPTAÇÃO DE CAPA:
Julio Moreira | Equatorium Design

DESIGN DE CAPA
Amanda Dewey

Este livro foi impresso em 2018,
pela Ipsis, para a HarperCollins Brasil.
O papel do miolo é avena 80g/m^2, e o da capa é couché 115g/m^2.